朱辉文集

天知道

朱辉——著

江苏凤凰文艺出版社
JIANGSU PHOENIX LITERATURE AND ART PUBLISHING

图书在版编目（ＣＩＰ）数据

天知道 / 朱辉著 . —— 南京：江苏凤凰文艺出版社，2024.1

ISBN 978-7-5594-7467-4

Ⅰ.①天… Ⅱ.①朱… Ⅲ.①长篇小说—中国—当代 Ⅳ.① I247.5

中国国家版本馆 CIP 数据核字 (2023) 第 003142 号

天知道

朱辉 著

出 版 人	张在健
选题策划	陈　武
责任编辑	孙建兵　李珊珊
责任印制	刘　巍
出版发行	江苏凤凰文艺出版社
	南京市中央路 165 号 , 邮编：210009
网　　址	http://www.jswenyi.com
印　　刷	三河市华东印刷有限公司
开　　本	880 毫米 × 1230 毫米　1/32
印　　张	14.5
字　　数	285 千字
版　　次	2024 年 1 月第 1 版
印　　次	2024 年 1 月第 1 次印刷
书　　号	ISBN 978-7-5594-7467-4
定　　价	68.00 元

江苏凤凰文艺版图书凡印刷、装订错误，可向出版社调换，联系电话 025 - 83280257

总　序

　　我的写作始于20世纪80年代。第一篇公开发表的作品是散文《水杉林畅想曲》，1984年，那时我还在华东水利学院农田水利工程专业学习。我没有读过中文系，引导我写作的，是阅读和天性。

　　第一篇小说《夜谭随录·三题》，发表于1987年的《青春》，居然是用文言文写的。无知无畏，现在想来不免汗颜。这是我的小说起点，此后又有一些习作发表，直到1990年的短篇小说《在劫难逃》，我的小说才有了点模样。

　　多有论者指出，我的小说风格驳杂，难以归类，有两套"语言系统"。这是有原因的。时光漫长，人在变，作品的风格也会变；激起我心灵感应的题材很多，我更在意风格与题材的匹配。

　　语言自然是极重要的。语言关涉小说的内核，但有时候，作家的语言也如他穿的衣裳。总穿一套"好"衣裳，而不随季节、场合换装，未见得是有衣品，也可能是缺衣服。我只想写出好的小说，至于它们的风格是否方便分拣、归置，我并不在意。

迄今为止，我大概写了一百个中短篇。这些篇什，被2000年前后一连四个长篇小说拦腰分开，《我的表情》《牛角梳》《白驹》和《天知道》。这并非刻意规划，只是情之所至。

这套文集只选了小说。短篇小说五卷，中篇小说两卷，长篇小说三卷。中短篇小说按时间流编列。除了少量散佚的或实在难以见人的——譬如那个文言文小说，基本都在这儿了。这是我的道路。

文集截止于2021年，我的写作之路还在延伸。到文集出版时，我已写出了长篇小说《万川归》。

对我的创作予以关注、批评和褒奖的师友们，你们的慷慨令我心存感念。流风所至，文集用了腰封，文字来源于师友们的评论，没有一一注明；也有一些摘自我自己的创作谈。

感谢出版方。感谢为文集的搜集、整理提供帮助的朋友们。

是为序。

朱辉，2022年10月

目 录

001 楔 子
007 第一章
029 第二章
040 第三章
056 第四章
081 第五章
094 第六章
107 第七章
122 第八章
142 第九章
157 第十章

173	第十一章
192	第十二章
208	第十三章
225	第十四章
237	第十五章
257	第十六章
268	第十七章
282	第十八章
299	第十九章
309	第二十章
324	第二十一章
337	第二十二章
352	第二十三章
367	第二十四章
379	第二十五章
391	第二十六章
407	第二十七章
422	第二十八章
433	第二十九章
451	尾　声

楔 子

> 真相是无底洞的底。
>
> ——德谟克利特（古希腊）

雾天的夜晚，一切都影影绰绰的。天地间浓雾弥漫。

太阳阴燃着努力了一天，也没能把雾气驱散，于是撒手不管了。太阳落下去，大雾立即全面占领；浓雾和夜色纠集着，推波助澜，整个石城淹没在浓烈的夜雾之中。

路灯早早地就亮了，但它们更不济事，一排排挂在半空，像一个个棉花团，连灯杆都照不亮。无数的霓虹灯成行成片，但远不如平日里那么嚣张夺目，它们被雾气洇散了，像隔了毛玻璃，云蒸霞蔚地向路人们施放着含蓄的诱惑。

这是一幅含混而又奇异的夜景。夜里十一点过后，马路上的车辆比白天少多了，显得异样的宽阔。因为有雾，车子依然开不快。所有的车子都打开了前后雾灯，鱼贯着勾勒出马路的曲线。

突然，一串刺耳的警笛声破雾而来，凄厉而急促，在夜雾中激荡；开车的司机们略一错愕，警车已蛇行着超越过去，闯过一个红灯，转眼间消失在浓雾里。

出事了！

石城城中有山，山左有湖。所谓"山水城林"，得天独厚。天鸡山属紫金山余脉，雄踞城中。发案地点就在天鸡山附近，一个居民区的小超市里。

警车从干道上拐下，沿天鸡山北山脚继续向西。山脚的雾格外地浓，如浓云破絮，警车仿佛在波浪中前行。李天羽抬手关掉了警笛。年底将至，最近案件频发，手上的案子压了好几件，谁知道这案子什么时候才能破？能不能破？——他本能地不愿意招摇过市。这类案子通常是流窜作案，线索很少，所以他们必须尽快赶到现场。车身这时突然一歪，"嘎"一声，停住了。开车的朱绛拉开车门跳下了车。李天羽抬眼一看，派出所的两个同行已经在超市的门口等着了。

这是个约莫两百平方米的小型超市，属于居民区的配套网点，货品拥挤，布局凌乱，顶上的日光灯也只开了一半，随着他们的进入，雾气也趁隙而入，光线更显暗淡。受害人趴在超市最里面的地上，边上有一摊血。一副眼镜镜片脱落，摔在一边。朱绛立即开始拍照，李天羽伸手到受害人鼻子边一探道："快，立即送医院！"

两个同行闻声立即动手，把受害人抬了起来。"等一下。"李天羽手一伸，小心翼翼地从受害人的外衣插袋里掏出了几样东西。工作证，里面夹着身份证，钱包也在。受害人突然伸了一下身子，呻吟道："我的笔记本……"李天羽皱眉道："笔记本？"朱绛插话说："恐怕是电脑！笔记本电脑！"李天羽手一挥道："先送医院！"

两个同行吃力地抬着受害人，沿着曲里拐弯的货架走向外面。外面雾气浓重，他们一出门就开始大喘粗气，倒好像抬着的人特别地重。临上车他们喊来一个人，对李天羽道："这人交给你了，他就是店主。"

此刻是夜里十二点，发案大概在此前不久。因为超市很小，只有店主一个人值夜班。晚上客人很少。店主披件外套，趴在门口的桌子上打盹。天又冷又湿，他用外套领子捂住了耳朵，所以他什么也没听见。

这就是店主的陈述。他是个五十多岁的半老头，吓得直哆嗦，手足无措，但话倒是很清楚。不知道什么时候，警戒线外已经聚集了许多人，他们探头探脑，议论纷纷。这些人声音清晰，声声入耳，却一律面容模糊。这场面十分怪诞。朱绛走过去，把超市的卷帘门拉了下去。人声被隔断了，雾气也被关在了门外，丝丝缕缕的残雾在灯光里飘浮着。李天羽狐疑地盯着店主，他实在不相信店里出了这么大的事，他真的一点动静都没听到。

"我白天打麻将了,我犯迷糊,"没等李天羽开口,店主就急忙辩白道,"我耳朵也不好。"

朱绛问:"你有没有看见被害者进去?"

"我看见的。"

"你有没有看见后来又有别人进去?"

"我……我没在意。"

"那你这是值的什么班?!还是你自己的店哩!"朱绛的笔在询问纸上点道,"这样开店,你喝西北风!你还是说实话吧!"

"我说的全是实话啊。"

李天羽一直没有开口,在店里四处察看,他在货架那边插话道:"那你怎么结账?顾客出来你怎么知道?"说着他从里面出来,盯着店主道,"你不会告诉我,你的店是自动售货店吧?"

"不是的。不是的。他们买东西出来我会知道收钱,"店主辩白道,"我打盹也就是一歇一歇的。"

李天羽立即逼问:"那凶手出来你为什么没看见?!"

店主一愣,跺着脚道:"我真的没看见啊!"他一急鼻涕都流出来了,"我就打了个盹嘛,打盹也犯法吗?我真没看见啊!"

卷帘门外的人轰笑起来,有人喊道:"就是他,就是他自己干的。"一个女人骂道:"你他妈放屁!让我进去,让我进去!"她啪啪拍着门。那大概是店主的老婆。店主冲外面喊道:"你滚回家去,不要再吵死啦!"他可怜巴巴地看着李天羽,不知道能不能去开门。李天羽不理会,继续问:"那么你是看到了受害人,却没有看到凶手？"

"是的。"

"他进去的时候有没有带什么东西？"朱绛想起了受害人刚才说的"笔记本"，问，"譬如，一个包？"朱绛比画着。

"我，我没在意……好像是有的，背着？还是拎着？……"店主也比画起来。

李天羽暂时不愿在这个问题上纠缠，问："你看见有人进去买东西，就不能熬一会儿等他出来？买东西能要多长时间？"

"我困啊。"店主突然想起了什么，说，"他是熟客，他出来会喊我结账的。"

"他叫什么，做什么工作？"李天羽瞥了瞥手里受害人的工作证，问，"他住哪里？"

"不知道。我真的不知道。反正是熟客，姓周。"

朱绛讥笑道："这就算熟客？"

店主道："他差不多每天都来买东西的，他反正住得不远。我就知道这么多。"

李天羽问："每天都是这个时间吗？"

"那不一定。有时早一点。九点多，十点多，都有的。也不是天天来。"

李天羽看看朱绛，沉吟起来。他示意把店主带走。店主主动过去推上了卷帘门。一出门，浓雾扑面而来，围观的人也拢过来了。店主无可奈何地上了车，大声叫屈道："我没一句假话，我说假话你们直接枪毙我！"他老婆挤过来拉住朱绛说："他白天真打麻将的，我把名字都报给你，他们能做证明。黑子，你别躲啊，有你一个的！"又拉开车门对李天羽说："那我明天能不能开门做生意？"

"不能。你什么都不能动。"李天羽轰地发动了车子，说，"你老公很快能回家的。什么时候开店，你就等通知吧。"

朱绛还要留守在这里，继续勘查现场。李天羽招手喊他过来，轻声道："这个案子好像不一般啊。受害人是市医药研究所的研究员，叫周长，43岁。他可能还丢了一台电脑。里面的东西要紧不要紧，我们现在还不知道。"

第一章

有雾的日子是越来越多了。第二天，依然大雾弥漫。整个城市都沉浸在雾气里。城中的天鸡山上，天鸡寺的一智方丈散了早课，缓缓踱出了大雄宝殿。他站在殿前的广场上，面朝西方，做一点吐纳之功。这也是他每天必行的早课。石城多山，紫金山、九华山、天鸡山、清凉山，由东向西一路绵延，伸向长江。放眼望去，一个个山包都像是漂浮在波涛之中。浓雾中，人的耳朵比眼睛长，他看不清远处的景物，只听到繁杂的市声在山下浮沉。

除了车声和人声，有一些声音也是老相识。天鸡山闹中取静，是晨练的人们难得的乐园。南朝时，天鸡山因传说有金鸡报晓而名"天鸡"，现在鸡叫当然是听不到了。每天清晨，总有晨练的人们所发出的尘世之音，喊山、鸟鸣、狗吠，和诵经声相伴。一智绕着广场轻踱一圈，大殿上"佛光普照"的匾额已经依稀可见，但山下的大雾却似乎越来越沉。这真像是妖雾啊。看来要真的佛光普照，澄碧如洗，也只能等太阳破雾而出了。

路堵了。随着"轰隆隆"一连串的闷响，山下的马路上一堆车灯挤成了一团，喇叭声响成一片。警察在吹哨，几个人愤怒地斥骂起来，祖宗八代都遭了殃。一智叹一口气，喃喃道："菩提本无树，明镜亦非台。本来无一物，何处惹尘埃？"据说，是工业和城市发展造成的污染导致了大雾的频发，谁说得清呢？

"啊！出车祸了，撞车了！"身后，一个小和尚轻声说道，"师父，佛法无边，能驱掉气象上的浓雾吗？"

"不能。"一智答道，"佛法只能驱除人心里的毒雾，六祖坛经云：智如日，慧如月，智慧常明。一灯能除千年暗，一智能灭万年愚。"

"那，那怎么办呢？师父，他们急着赶路啊。"小和尚是佛学院一年级学生，喜欢问个究竟。一智道："人在荆棘中，动则痛，不动则不痛。"

"可是他们要上班。"

"动是不动，不动是动。"一智扬扬寿眉，看看小和尚，闭上了眼睛，"佛法无常形，对这些开车的施主来说，佛法就是交通法。"

小和尚似懂非懂，说一声"善哉"，轻轻退去了。一智是市政协委员，他心里思量着，该向政府进一善言了，遇上这样的大雾，上班考勤也应该从权才是。

雾气渐渐消散了些。马路上的交通堵塞被排除了。一智绕过广场上的香炉，走向大殿。寺外的山道上，无数的鸟儿在宛转鸣叫，那里是遛鸟遛狗的人聚集的地方。清脆的鸟鸣像无数的小镲子,轻叩着,似乎要啄破浓雾。突然,一阵闷棍似的狗叫声传了过来,夹杂着低沉的吼叫。从声音看,显然是两只狗在争斗。两只狗撕咬追逐着,一群人在七嘴八舌地议论谈笑。紧接着,有人开始争吵了,嗓门越来越大,那些脱口的脏话在雾气中飞舞飘散,已经像是要动手了。一智皱起了眉头,长叹一口气,心道:"六尘非有,心如虚空;对境心不起,菩提日日长,谈何容易啊。"他想起夜里曾隐约入耳的警笛声,嘴中念叨道,"这竟是一幅乱象了!"

天鸡山地势高耸,周围景物尽收眼底。在繁杂的市声中,一智的目光扫过,只东边的医药研究所依然静谧安详。疏朗的秋叶中,点缀着团团常青松柏,几角飞檐翘然而出,大有出尘之势。除了毗邻的天鸡寺,这看上去也算是一个离尘出世的所在了。此刻已是上班时分,喧闹的马路上,不断有人拐下来,汇入研究所的大门。日入而息,日出而作,这才是佛光普照下的人间行乐图啊。一智抬头看看逐渐明朗的太阳,心中重归虚空平和之境了。

医药研究所是几栋老房子。灰墙红瓦,大屋顶,是典型的民国建筑。据说,当年本是某个高官的别墅。按理说,私邸不该取这种官派的式样,但那人官做得实在太大,非如此不足以显示其身份。现在气势仍在,但用起来就不那么方便了。前些年,因为房顶漏水,地板也已糟朽,进行了一次大规模的整修。现在这几栋房子除了外表没动,里面已完全与时代同步了。

从地势来说，这里简直是一块宝地。西邻天鸡寺，东眺紫金山，北面的一带古城墙外，是周长十几公里的玄武湖。因为是古城保护带，周围没有高层建筑，更显得研究所身份不凡。更重要的是这院子原本就围墙完好，高逾两米，闲杂人等混不进来。这围墙是祈天工作的帮手。他是研究所保卫科长，完好的围墙是他的重要倚靠。他是从部队转业来的，部队养成的严实作风已让他习惯于忠于职守，准点守时。

但他今天差一点就迟到了。他今天身上不舒服，更要命的是，他有了心病了。

祈天身材颀长敦实，走起路来大步流星，看上去很健硕。走过大门口，他看了看站得笔直的门卫，正要说什么，身边一辆小车刷地停下了。这是所长，他钻出车子，迎住了祈天。"老祈，你今天没骑车啊。"所长五十多岁，相貌清癯，他不断朝身边上班的下属点头致意，一边朝大门边走去。看得出，他是有什么话说。祈天跟了过去。"我车子没气了。"祈天解释着，有些尴尬。所长"哦"了一声，轻声道："昨天夜里，我们所里的周长，出事了！"

"什么？！"

所长挥挥手，示意车子先走，边走边向祈天简要介绍了情况。他今天一大早就接到了公安局的电话，但因为周长并不是在研究所内，也不是上班时间出的事，他到现在才告诉这个保卫科长，但周长手里正在进行的研究项目非常重要，实在是非同小可。所长阴沉着脸说:"这给我们敲响了警钟,大意不得。你得给我看好这个院子!"

"是。这是我的职责。你放心。"

"可我不放心啊。"所长正色说道,"我以前就是太放心了,但还是出了事——再说吧,等一会儿我们开个会。"又看看祈天道:"你气色不好。怎么了?"不等他回答,又说道,"你要注意身体。"就走了。

祈天呆呆地站在那里。

他心里很清楚,周长出事,与他并没有太多干系,既然公安部门已经介入,就没有他多少事;所长刚才也并不是责怪。但这毕竟是一个意外。他更揪心的是另一个意外:他的身体,他的档下,那个私密的所在,又在不可忽略地骚扰他了。

他装得若无其事。用他在部队长期练就的正步走的功夫夹着他的阴私,轻松地走向了他的办公室。

那些细菌和病毒虽说轻于鸿毛,却让他的步履重于泰山。

明确的症状出现在今天早晨。每天上班前,他都要到离家不远的天鸡山去遛狗,这也算是他的日常工作。

他家的狗是一只西施犬,雌性,小巧秀气。每天他都要沿着蜿蜒的山道爬上天鸡山半腰的一个平台,撒了皮绳,让那狗自己撒欢。今天大雾弥漫,祈天丢下狗,自己在山道上跑了一圈,再回来时,却发现有一只博美犬正死乞白赖缠着他家的狗。那只狗恶形恶状，穷追不舍。他的狗哀号着，周围遛狗遛鸟的人围了一圈，都在看西洋景。祈天闻声赶到，他的狗嗖一声钻到了他的裆下，瑟瑟发抖。"怎么回事？这怎么回事？"他奇怪地问道，却没有人理他。那博美犬并不把他放在眼里，还不肯罢休，它蹦纵蹿跳，在祈天周围迂回突袭。西施犬刚躲开去，它突然猛一闪身，拦截了西施犬的去路。这一招很灵，西施犬猝不及防，一下子被它扑倒了。那博美犬扑倒了对手却不咬，纵起身子往上骑，后臀还一抖一抖的。祈天脑子里嗡了一下，顿时明白了。他怒火中烧，抬腿把博美犬踢出老远。那狗打个滚，呜呜叫着，虎视眈眈地盯着他。边上还有几只狗，一直在观战，这时也躁动起来，有的像是要参加作恶，有的却是英雄救美，一齐吼了起来。

"干什么？干什么？"一个染了头发的年轻人靠了上来，"干吗打我的狗，它惹你了？"

祈天道："是你的狗？你为什么不管好它？"

后来就吵起来了。周围的人你一言我一语地插腔。有的说那公狗算强奸，有的说狗又不是人，没有强奸这一说，那小伙子见有人帮腔，理直气壮地说："强奸个屁！它又不是人。母狗不掉腚，公狗不敢上，我还说是你的狗勾引我的狗哩！"年轻人瘦干干的，倒能言善辩，"我看顶多算个通奸，婚外情，这犯什么法？"他得意洋洋地道，"我老实跟你说，我的狗是名贵狗，人家找它配，都要给营养费。它的精子比鸡蛋还金贵哩。"

祈天阴沉地道："那你就留着当鸡蛋，自己吃。"

这话一出,双方差点就动手了。要不是几个老头上来拉架,那小伙子很可能就要吃亏。祈天又羞又恼,气呼呼地下了山。一个老头跟在后面道:"你的狗真是漂亮,是狗里的美女,不漂亮人家也瞧不上。你应该感到自豪。"他絮絮叨叨地说,"你应该给它戴个肚带,叫什么'贞操带'的,戴了那玩意就刀枪不入了。呵呵。"

祈天苦笑。现在是秋天啊,秋天狗也发性?他心想,这可真是有点出鬼了!

西施犬被吓得不轻。它慌张地走在前面,皮绳被拉得直颤。它自己认得路,祈天恼火地撒了手,让它自己走。就在这时候,他开始觉得身上有什么地方不对了,有什么东西在他身体里游走,可他暂时还无法确定,或者说不愿意确定。走到马台街口,西施犬突然停住了,它蹲下来,朝路边的树根上撒了一泡尿。

祈天愣住了。

这是这只狗每天都在这树下做的一个动作。可是,这小小的一只狗,竟有那么长的一泡尿!这狗难道是个热水袋?!其实并没有人盯着这边看,牵着绳子的祈天却感到羞愧,浑身都不自在。问题显然不在狗身上,他,究竟是怎么了?

他简直不好意思盯着那一条水流看。其实,狗撒尿又不是人裸奔,更不是跳脱衣舞,这又有什么?

显然有什么地方出了问题!狗完了事,抖抖屁股,往家的方向去了。祈天跟在后面。他逆着上班的人流往小区里走,远远看见了妻子和女儿。王芳帮女儿背着书包，牵着她的手，送她上学。女儿看见小狗，欢喜地跑过来要去逗它。妻子搂一下她的头，让她别耽误。"我们走啦。"她朝丈夫说一声，急匆匆地走了。

他看着她们的背影，身上的不适似乎在游走，渐渐又朝某一点集中。王芳体态窈窕，走起路来背是背腰是腰，长发晃起来像一面小旗。那是他老婆，一个美丽的老婆，属于那种走在路上很招人的老婆。他目送她汇进人群，却消失不掉，因为她个子高，他的视线就一直被牵着。陡然，他身上的不适感明确地固定了：那是他的下面，他的裤裆处，有一种说不出的难受。汪汪！小狗已经跑进了小区，等在拐弯处朝他叫。他怔忡站立，像一棵戳在那里的树。他的裆下，分叉的地方，好像有一些虫子在爬动。

晨雾继续消散，景物逐渐明朗起来。这些天来，他隐约觉得什么地方不对，他在他脑子里找，在他自己身上找。现在他明白了！他跟着小狗急急地往他家那栋楼走去。小区是个老居民区，路径复杂混乱，分岔的地方都像是一些裤裆。他走到裤裆处，站住了。他现在确凿无疑：他就是裤裆不对。

一个邻居夹着包快步走过他身边，见他直直地朝墙上看，好奇地张了一眼。那是一张新贴上的广告。邻居呵呵笑着说："这些鸟人，倒是深入社区哩！"祈天吓了一跳。那广告上写的是："包治性病，保密高效！"邻居又道："还老军医呢，倒好像是军民共建啊！"祈天光火地说："这些物业是干什么吃的，小孩子看到了多不好！"抬手就把它撕掉了。

裤裆的问题是个严重的问题，所以那地方自古就叫"命根子"。祈天的心情糟糕到极点。这么多年来，他一直很健康，记忆里，除了很难得的感冒之类，他连药都不吃。不需要吃。然而现在，他的下面出事了。他的裆下，那东西似乎正逐渐充血，变大，变得比他整个身体还要大，裹住了他全部的思想和意识。他整个人，就只剩下这东西了。它在捣乱，阴险地膨胀放大，像他的第三条腿，一条病腿，爬满了病毒和细菌。

有个谜语说，早晨是四条腿，中午是两条腿，黄昏是三条腿，谜底是：人。其实，三条腿的不是老人，是生了性病的人。祈天走路都有点分岔了。

突然，他觉得有件事他再也忍不住了。他霍地站起，冲进了厕所。

半晌，他皱着眉头出来了。小狗离了食盆，走了过来。那眼神表示它很关心它的主人。祈天抬脚把它拨开了。他其实早就该明白了。大概半个月以来，他每天要用好几遍的东西就出了问题。他不太愿意上厕所，怕去。越怕去还就越想去。开始时还只是在潜意识里有点怕，万想不到别处去。到了今天早上起床，他几乎已明确地感到了痛楚。现在，就是刚才，他在厕所里已经看见了！

他在什么地方看到过一句话，说是你身体的哪个地方生了病，它就向你提示它的存在。这话对，你吃，你听，你走路，但你不会想到你还长着嘴和耳朵，更不会哪天突然惊喜地发现，自己原来还有两条腿。男人的裆下有点特殊,想女人的时候那东西也要作怪,但除了那个特殊时间,你撒尿都不会朝自己那东西上多看一眼的——可是,他刚才已经看见了,决不会错的!

其实也不能怪他粗心。一个健康的人,一个健康的家庭,他怎么也不会想到那上面去。他的小狗乖乖地蹲在他身前,摇头摆尾地讨好。他要是去上班,它就只能孤独地被关在家里,所以它不愿意人走。祈天突然想起了早晨它惹的事,想起了那只耍流氓的博美犬和它的主人,他一阵窝心。

母狗不掉腚,公狗不敢上。那年轻人的话又响了起来。他怔住了。他不敢想下去,也没有时间再深想。他恶狠狠地瞪了西施犬一眼,砰地关上门出去了。

小狗可怜地在门里抓挠。祈天咣地甩上了防盗门,下楼了。

他到车棚里推出自行车,刚骑出去,却又下来了。那坐垫顶着要害,弹簧像病人在呻吟,一路发布着他裤裆里的消息。实在是难受!

所以他只能步行去上班。

他难道是得了性病?!

他坐在自己办公室,却不知道要做什么好。身体的那一处,不可忽略地痛痒。他去水房打来了开水,泡了杯茶,刚端起杯子就放下了。他要上厕所。这时,尿频,尿急,红肿,下腹发胀,菜花状赘生物,衣原体支原体,等等,一个系列,排着队,闪过了他的脑海。那张性病广告呼的一声，朝他脸上贴过来了！

他坐也不是，站也不是。他在办公室里乱转。办公桌上，有一份"治安情况通报"，是公安局发来的。说是现下已进入案件高发期，各类盗抢事件频发，提醒各单位注意防范。祈天拿起来扫了一遍，扔到一边去了。他想起了周长的案子，想起了自己工作。但这无论如何还只是疥癣之疾，他身上的才是心腹之患！这时候，他还不知道，周长手上的研究项目是那么机密、重要，他更没有想到，最后找到抢劫犯的竟是他自己，他将被深深地卷进去。现在他实在是坐不住。他腹胀，又要上厕所了。那捣乱的不是尿，是辣椒水啊。

他伸手拿起了电话。

"是王芳吗？是我。"

"嗯，你早饭吃了吧？"

"你……我……"

"你什么事？我这儿还有病人。"

祈天问："你没有什么不舒服吧？"

"我？我没有啊。你……你怎么啦？"

"没什么。先就这样吧。"

电话刚放下，突然又响了。是所长。"市公安局的李队长来了。你过来一下。"

所长办公室里，李天羽一身便装。他和祈天原本就认识，也就不再客套，直截了当地进入了案情："你们的周研究员，已经醒过来了。"

"哦。没什么大碍吧？"

"问题不大。再治疗几天就好了。"李天羽道，"他随身带的笔记本电脑被抢，其他随身物品一样不少。"

"有点眉目了吗？"祈天问，"现场有没有找到什么？"

所长一直没有出声，这时也投去了期待的目光。李天羽道："什么都没有找到，可以说一无所获。你也是内行，我难话说在前面：这类案子，如果是见财起意，流窜作案，破案率很低。相当地低。但如果是冲着那台电脑去的，准确地说，是冲着电脑里的资料去的，我们至少就找到了一根线头。所以——"他环顾着所长和祈天，郑重地道，"我们希望知道那台电脑里究竟有些什么，至少你们可以告诉我，里面的东西是不是价值很高？"

"当然有价值。"祈天几乎脱口说出这句话，但他忍住了。凭直觉，他断定周长的电脑绝不可等闲视之，但是，他对所里的科研项目从来就不甚了了，所以这个问题应该由所长来回答。所长抬起头，意外地一笑，轻松地道："没有什么大不了的。"他的脸上甚至已完全没有了对这个案子的关切，"周长搞的是 SARS 和禽流感，已经结题发布了。现在他人没有大事，我就谢天谢地了。"他显然不愿意就这个问题多言，话头略一转道，"你们不会就此撒手吧？"

"那不会。"李天羽微笑道，"我们已经把全市的电脑市场控制起来了，只要他一销赃，就跑不了。"

祈天心想道：如果他从此不出手呢？真正的要案不是这个做法的！他一笑道："那我们就等着他自投罗网吧。"

所长用力揉揉自己的眉头，站起了身。他这是送客了。"有什么情况我们及时联系。"李天羽出门前叮嘱道，"你们的保卫工作恐怕还要收收紧。需要我们协助，只管开口。"

"对。"所长道，"一台电脑，一万多块，大小也是个损失啊。再也不能出事了。"他拍拍祈天的肩膀道，"看你的了。"

送走李天羽，祈天没有回办公室。刚才坐在所长那里，他的身上就痛痒不断，再到办公室坐着，实在是受罪。他敛敛神，在研究所大院里转转。

每天他都要在研究所的院子里转一圈的。这算是巡视，也是他融入这个单位的一种方式。很多单位的保卫部门，和本单位的联系并不那么密切，倒常常像是公安部门的分支。但祈天乐于在研究所显示他的存在，否则，在这个长期不出保卫事故的地方，他更像个可有可无的边缘人了。

弥漫的晨雾尚未完全消散，薄雾中的实验楼仿佛琼楼玉宇，显出一丝神秘。这是个有知识有文化的地方，他能到这里工作，不容易。如果不是老首长关心，他肯定还在郊区的派出所里当他的管片民警。如果他不到这个单位来，他也几乎没有可能认识王芳。虽说他并不参与研究工作，但两个单位总算是对口的。他相貌堂堂，一表人才，看起来和王芳正是佳偶。祈天在家庭，在社会，都和他在单位一样，是个忠于职守的男人。他处事扎实，难得的是脑子也并不笨。偶尔遇到王芳的同事，他会自我介绍说他是在研究所工作，并不说明他是干保卫的。能娶到王芳这样才貌双全的妻子，他觉得是祖坟上冒了青烟，但渐渐地，他还是觉得了一点憋屈。也许这种憋屈还是双方的，他们结婚，生女儿，带孩子，各自上班——可是下了班他们没有多少话说。她对他的保卫没兴趣，他也不懂她的医学。其实他们一个是防火防盗，一个是防病防死，都是个防，但两个盾牌无法并拢，只有磕碰。只有某一次，王芳说起他们医院当天的一起医疗纠纷，病人家属冲砸医院，医院保卫处在里面忙前忙后，他们才算是第一次找到了工作的结合点。但即使是那一次，夫妻俩也是话不投机。王芳说他们的保卫处惊慌失措，除了打电话给公安局屁事不顶，祈天还跟着附和，说那是没经验；但后来她越说越难听，竟然开始年终总结了，她说保卫处不能尽责，实属白拿工资；既然尸位素餐，还不如直接交钱给公安局，让他们派人设点。她振振有辞，还有板有眼。她这一说祈天坐不住了；她如果是他的领导，他的科长位子更是坐不住。他实在忍不下，两人激烈地争吵，最后不欢而散。第二天都没有说话。

　　但这个家庭依然是平静的。他们有一个家，有各自稳定的工作，有一个可爱的女儿，连宠物都有了，看上去简直是完美无缺。一直以来，祈天平心静气地过着日子，对家庭外的一切，他几乎都无关痛痒。可是,现在痛痒出现了,就在他的身上,在他裆下。如附骨之蛆,他躲不掉。他心中有一个巨大的疑惑,更是如影随形。就如这烦人的雾气,躲都没处躲。

他身上这究竟是怎么了?为什么会这样?王芳似乎浑然无事,但难道细菌会自己长出来?!

研究所的大院里,最前面是办公楼,后面两栋楼里都是实验室。西北面的院墙边上砌着一排小房子,养着一些实验动物。祈天现在又不想到实验楼去了,他不想见人。他跺跺脚,还没有走近,笼子里的两只猴子突然"吱呀"尖叫起来,它们兴奋得不行,简直像见到了什么怪物。它们扑向栅栏,伸出双爪,乱挥乱舞。这些悟空的后代,如果手上抓着金箍棒,大概就要打出来了。祈天气恼地站住,怒视着——它们难道配备了火眼金睛,看出了他身上附着的妖孽?!

他突然想起了自己家里的狗。全是因为它,一大早的感觉都变得怪异了。简直就是那只狗,点燃了他身上阴燃着但尚未发作的毒!

一想到裆下,他路都走不匀了。他的念头飞快地被抓挠到那里,扒都扒不掉。

正在这时,他的手机响了。还是所长,叫他去开会。

又是开会!这真是个多事之秋啊。

祈天一进会议室就愣住了:周长赫然在座!他戴着一顶绅士

帽，坐在所长边上，只有帽檐微露的绷带说明他刚刚遭遇过非常之事。看来他果然没有大碍，只是脸上略有些苍白萎靡。祈天朝他挥挥手，算是招呼，也是祝贺。

这是一个小范围的会议。在座的除了所长和周长，就只有宣传科长和祈天。在一个单位，与会人员的身份常常直接表明了会议的性质和主题。这是一个以周长为中心的会议，但很明显，他们故意撇开了警方。所长刚才在李天羽面前轻描淡写的态度曾让祈天十分吃惊，但他很快就明白，那种态度是做出来的，是假的！——因为事关重大，反而不愿强调——他们连警察也信不过。周长手里的项目，他电脑里的资料，都是不可外泄的。如果他不是保卫科长，他自己也绝没有资格与会。可宣传科长却不是个透彻人，刚一坐定他就一迭声地问："你那电脑里到底有什么？要紧吗？找不到怎么办？"见没人回答，又道，"不是我小看警察，我看恐怕很难找回来，老祈当过警察的，他有数——他们只能抓些小毛贼。"

"我看也就是个小毛贼。"周长不屑地道，"这种小毛贼，拿到电脑肯定就满足了。他就是冲着电脑去的嘛。"似乎是怕别人的注意力被引向电脑，随即手一摊补充道，"电脑里本来也没什么。而且，我相信他也打不开。"他讥笑地嗤了一声。

周长的电脑一直随身携带，里面存有一些研究资料，自不待言，但所长现在不愿就此多说。对电脑的丢失，周长其实内心忧虑。艾滋病的研究是全球的热点，他们研究所将其列为重点也已经有六年，一直以来进展都不大。自从他接手后，短短两年就取得了进展。所里很低调，从事科学研究最忌讳咋咋呼呼。他本人更是个低姿态的人。他家祖传中医，讲究"讷于言而敏于行"，看上去是个书呆子，但其实也有心计。他麾下有几个小组，协作攻关，但关键性的环节，完全由他一人独立操作。在所领导眼里，他是栋梁，是"带头人"，但普通人员却看不出端底：这其实正是周长希望的理想状态。他的研究进度只向所里核心领导汇报，所领导曾提醒他，要注意保密，漫藏即是诲盗，但他很自信。他的回答是：我这是藏木于林。所有人都不关心他，不留意他，才是真正的保密。但没想到，还是出事了。他一苏醒，立即就给所长打了电话，他辩解道："笔记本电脑就该随身携带，这才是'普通'的电脑。"他自信地道，"他也许可以打开它，却不可能得到核心资料！"话虽如此，但针对目前的局面，他们必须低调行事，不能声张。这一点，所长和他达成了共识。临近年底，已进入刑事案件高发期，最乐观的情况是，这只是无数类似案件中的一个，只是为了钱，周长是偶然中了彩；但如果凶手是有备而来，那么他的身后，就可能有着更深的背景了——他们焉能不为此忧心？——所以今天这个会，必须要开。周长晃晃脑袋，诡异地一笑，头上的伤口被牵动了，疼得他一皱眉："今天这个会，我只有一个建议：电脑被劫的事，要尽量保密。我出的这点事，也淡化处理。而且——"他轻松一笑道，"你们应该相信，电脑里一无所有，无关痛痒。"

他的语气轻描淡写，简直有点轻佻。这时候，他还不知道，这件无头案还将会牵来杀身之祸。

所长对周长的话点头认可。"案子的事不要外传，到此为止！老周马上还回医院，对外就说是出差了。"周长的艾滋病研究并未公开立项，所有的工作都在秘密状态下进行，甚至连经费都是以 SARS 和禽流感研究的名义，从多个渠道筹集的。按理说，"漏风"的可能性很小。所长突然话锋一转，严厉地问道："前天的报纸上，那个报道是怎么回事？"

祈天心里一咯噔，他看看宣传科长。宣传科长立即道："什么报道？"

"关于艾滋病研究的报道。"

"我不知道这个事，报纸我都没看到！"

"不及时阅读报纸，这也算是工作不到位吧。"所长冷冷笑道，"我要求你们二位，工作到位，各司其职。"

宣传科长还要辩解。周长道："那个记者大概从我们的协作单位知道了一点消息，捕风捉影来了。我只和他谈了一点常识。我告诉他，这种常识任何一个医生都可以告诉他，我也只知道这么多，他找我是找错人了。"

"捕风捉影，"所长沉吟着，"可世上没有不透风的墙啊。我们都还是大意了。都没有在思想上真正重视起来！"他的眼里既有责备，更多的是自责。"现在第一，你要积极治疗，尽快着手自己的工作；第二，要做到万无一失。至于你，老祈，"他扭头注视祈天道，"我跟你交代过的，我们的安保措施还是要进一步加强。职责要落实，人员要到位。你订个计划。需要什么，你提出来。"

祈天道："是。"

事实上，那个写报道的记者正是祈天放进去的。那是上周五，周长还没出事，研究所的保安工作还没有被如此重视。祈天刚下班，就在大门口遇到了《石城晚报》的记者。这小李专跑教育卫生，以前就见过。他和祈天并不熟，但记者个个厚脸皮，他打了招呼，马上就提出要请祈天陪他去采访。祈天问他采访什么，他喜滋滋地说，他是来采访艾滋病的。

祈天皱着眉头道："什么艾滋病？什么意思？"

小李道："我要采访你们这里的周长。他有点夹生，你带我去要好一点。"小李是个小个子，看上去就是个小报记者，连个器材都没带。他连忙比画着说，"不不，是我说错了。我不是采访艾滋病人。我要采访周研究员，他没得艾滋病。他主持研究艾滋病的疗法，听说有成果了。"

祈天冷冷地道："这我清楚。"天知道那时他并不很清楚。研究所里的研究项目，他不关心，也关心不上。他只是风闻而已。"你采访科学家，却说采访艾滋病。亏你还是个摇笔杆子的！"祈天摆摆手，让他自己去。转身走了。

所长刚才一问到那篇报道，祈天就想起了这一幕，但他没有搭腔。现在看来，这近乎一次失职，一次事故，他当然不会傻到自我坦白，但现在，"艾滋病"这三个字，却仿佛一串重锤，敲在他脑门上！天啦！他的下面无可遏止地痒了起来。周长今天是带伤与会——其实他祈天也带着伤啊，只不过他是隐疾，在下面，说不出口。他看不惯周长那副神神秘秘的样子，一个搞科研的，平日里还老成持重，怎么挨了那么一下，倒轻浮起来了？打得飘起来了吗？虽然这是为了放烟幕弹，但也做得过了，有点欲盖弥彰。会开到这里，祈天已意识到，周长的电脑，其价值远在它的价格之上；他正着手的，是艾滋病研究……艾滋病！祈天不安地在椅子上调整着他的屁股。他走神了。

"你……"所长诧异地看着他，以为是担子太重，压得保卫科长吃不消，道，"我们内部的事不归你管的。你只要给我防住外面。"

"噢。"祈天醒过神来，正正身子道，"我需要一笔经费。围墙，还有其他要害的地方，监控设备要全面升级了。"

"你打个报告。没问题。"所长一口答应。又叮嘱道，"记住，你的重点在外面。"

"你放心。"

祈天从没有这样被重视过。那些高不可攀的、神神秘秘的东西，现在不得不向他公开了——至少是部分的公开，他原先连他们在干什么都不知道。抢劫案的发生，没有人能因此而怪罪祈天，他反而提高了地位。他打心底高兴。以前他到实验楼里转转，常常被科研人员打趣，言下之意是嫌他碍事。现在他也算个人物了。

但所长最后那一句话又让祈天沮丧了："记住，你的重点在外面。"原来他还只是个围墙，说难听点，就是一条看门狗。只不过这条狗没有狗那么灵敏的嗅觉，却装备了一套视频监控系统……外面，外面！防住外面！但是谁能理解他？他自己的内部就出了问题，他的家已肯定出了问题！此番痛痒，来势阴狠。艾滋病！一想到这三个字，他脑子全糊了，他简直拿不出适当的表情挨到散会。谢天谢地，会总有散的时候。

下午，祈天不是在上班，简直是在遭罪。他时刻在与痛痒抗衡。上厕所他要端着疼，坐着他要压住痒。也许因为意识过度集中，他尿多。每一次小便都是受罪。完了，他真是一肚子坏水了。

他只能忍耐。眼看着太阳慢慢偏了西，薄薄的雾霭又升上来了。再等一会，他就可以下班。可恨天鸡山那边，依稀传来的唱经声依然那么悠扬平和，不紧不慢。因为来自高处，也因为那声音的悠远纯净，飘浮于红尘之上，更像是天外之音了。这大概是在行晚课。那些和尚都是方外之人，吃素念佛，尘世的毛病自然是传不到他们的。所以他们的声音冲淡祥和，绝不夹杂一点焦躁之气。如果他们那东西也长了毒，你再让他们诵经试试，一出口大概就成了咏叹调！

下班的电铃声响了。祈天霍地站起，跑出了门。他急匆匆地像是要找什么人算账。今天很不寻常，事多，但他感觉的全部重心，都着落在他的裆下，那根生了病的东西完全不堪忍受。他必须知道，这到底是怎么回事？！他一路上不断提醒自己：回了家语气不能太冲；一肚子邪火也得先压压，话出来前，先要在嘴里含软了再送过去。

第二章

事实上，他回家后说话真不算冲，但他使劲憋着自己的结果是，他话不成段语不成调，一截一截简直像冲锋枪的点射，虽不劈头盖脸，却也射得王芳东躲西闪。

女儿一回来就和西施犬玩。她假装不理狗，那狗死乞白赖地来惹她。她在学校被管了一天，终于轮到她管别人了。她丝毫没有注意到她爸爸面色不善，命令那狗立正，蹲下，又突然叫起来，说，好臭好臭！你又在厨房拉尿了。勒令它立即上一次厕所。那语气完全像个小母亲。祈天忍住，不干预，但他的脸色已经阴沉得像是大雾天的树枝，快滴下水了。

王芳不注意他的脸色，或者是她假装没有注意到他的脸色。她做饭，招呼丈夫女儿吃饭，饭后洗碗抹桌子，看起来一切正常。其实正常的情况下祈天是要帮着做家务的，洗碗就是他的日常事务。但他今天像个大爷，就是不动，而王芳今天做得很顺溜，好像祈天从来就是个大爷。

好不容易挨到饭后，王芳招呼女儿去做作业。女儿才三年级，数学已经有些绕人了，辅导女儿是王芳的工作。但今天，祈天不让她继续辅导了。他还有更重要的事情。

为了败火，他自己泡了一壶清茶。茶壶是紫砂的，上面还镌了两行字。这是他用惯了的茶具，但他现在一看就不由得怒从中来。还"壶中天地，叶里乾坤"呢，现在是裤里天地，裆下乾坤了！他的裆下成了生物乐园，已经要翻天了！

他重重地放下杯子，喊道："喂，你过来！"

"我要带她做功课，我正忙着呢。"

"我有事找你。"

王芳过来了。女儿也过来了。祈天道："你去，你自己做作业去。"女儿咬着铅笔不情愿地走了。

王芳问："你什么事？没事就自己看看电视啊。"电视打开了。

"我看不进去。"

"那就看看报纸。"报纸扔过来了。

"我没兴趣。"

"你怎么了，"王芳一直笑吟吟的，看得出她是试图用微笑阻隔一下祈天的情绪，"你总不会——"她看看女儿房间亮着的灯，暧昧地说，"你总不会现在就叫我陪你上床吧？"

"我说的正是上床的事。"祈天动了一下，身子在椅子上坐直了。他压低声音道，"我今天早上给你打过电话，我要告诉你，我下面有问题了。"

"什么?"

"我上午打电话是要问你,你有没有不舒服。"

"我没有!"

她的干脆和无辜把祈天激怒了。他道:"可是我有!我不舒服了。"他霍地站起,往厕所走去。"你来,你来看。"

王芳还没过去,小狗倒不知从哪里跑出来,嗖地钻进了厕所。"去,走开!"祈天往外赶着小狗,王芳倒好像被赶的是她,站在客厅不进来。小狗刚赶走,女儿又从房间出来了,好奇地看着他们。祈天两只眼睛冷冷的,他站在厕所,两只眼睛似乎分了工,一只眼睛逼住女儿,另一只眼睛把王芳朝里拉。女儿害怕了,乖乖地抱起小狗,退回自己房间。王芳服从了。她跟进厕所,回头对女儿说:"爸爸肚子上长了个小疖子,妈妈是医生啊。我帮爸爸看病。"

祈天道:"你看吧。"

十多分钟后,厕所门开了。祈天的脸上还残留着痛苦的表情。王芳去把女儿的门关上,两人走进了卧室。

沉默。

据说声音是有能量有压力的,但沉默的压力比声音还要大。王芳问道:"你最近出差住宾馆了吗?"

"我出不出差你清楚。"

"那有没有到过公共浴室?"

"我从来不去公共浴室。"

"那只有一个可能了"王芳转守为攻了,"你有了其他女人了?"

祈天讥诮地盯住王芳,轻轻吐出三个字:"你放屁!"

王芳的脸腾地红了。她暴怒地站起来道:"你自己不检点,染了什么怪病回来,还要诬赖!"

祈天冷笑着,"宾馆,浴室,女人,你问了我三个问题。我只有一个问题,"他向她压压手,示意她坐下。"是谁?你告诉我他是谁?"

王芳坐在床沿,背朝他,扬着脖子以示对这问题的鄙夷。祈天道:"你必须告诉我,是谁传给你的?"

"我没有。我没有病。"

这话完全出乎祈天的意外。他愣住了。他的反应鼓励了王芳,"我本来就没有。"她眼睛不看他,心在看他,"这只能说明我很幸运,至今还没有被你传上。"

"是吗?"祈天微笑着,"那我要请你给我看看。我有权力检查。"

"不可能。"

"那你就有鬼!"

"我告诉你祈天,我是搞医学的,你必须知道,眼睛是靠不住的。你如果真要知道,我会去化验,拿化验单给你。"王芳见祈天又一次沉默,接着道,"就是你,我的眼睛看了也不算数。"

她的声音柔和下来,"也许,我们是一场虚惊呢?"

是啊,也许是一场虚惊呢?然而王芳今天的表现却依然让他怀疑。刚才在厕所里,她实在太像个职业医生了。这生了病的东西其实也属于她,是她专用的,甚至就是她生活的一部分,但她却很冷静。连她的手都是冰冷的。但转过来想想,如果她是另一种表现,她如果表现出关切,像丈夫生了普通的病那样心疼,他不更认为她是心虚内疚,心中有鬼吗?——既然这个问题如此敏感,既然戴什么面具都不合适,那么她只把他当个普通的病人,也就不为过——她本来就是个医生。

为她想想,她也为难。

但愿真是一场虚惊。

王芳到抽屉里找了个瓶子,对祈天道:"你明天早上接点尿,我带到医院去查。"祈天迟疑着刚要答话,女儿进来了。王芳立即把瓶子掩住。

"我作业做完了,"女儿期期艾艾地道,"妈妈你要检查吗?"

"当然要检查。"王芳出去了。祈天叹口气,躺到床上,朝女儿招招手。女儿问:"爸爸,你哪里生了疖子啦?"她来检查父亲了。

祈天一愣,苦笑着说:"这里,你看在这里。"他掀起衣服,露出了肚脐。"那我也有疖子!"女儿衣服一掀也露出了肚皮。"你骗我的,这是肚脐。妈妈生的人都有肚脐。爸爸,你疖子肯定长在屁股上,不好意思给我看。"她突然坏坏地笑起来。突然又说,"你说,小狗有没有肚脐啊?"

仿佛听懂了她的话,西施犬跑了进来。它汪汪地轻叫两声,还在地上打个滚,好像邀请他们来找肚脐。女儿一把抱起小狗,就往床上放。祈天道:"不行,小狗脏。"女儿不理他,手在小狗身上轻轻一推,狗就四脚朝天躺在了床上。祈天突然想起了什么,一把抓起小狗扔到了地上。女儿奇怪地道:"怎么啦?怎么啦?它不脏的!我昨天才给它洗过澡……"她突然住了嘴,因为她看到爸爸的脸色阴沉了下来。

"去,去吧。看你妈妈作业改好没有。"他拉拉被子,把自己裹了起来,像一只茧。他裹好被子,是为了不沾染女儿。狗再脏,也不见得有他自己脏;那只公狗再脏,也不见得比人脏啊。

如果真是一场虚惊,他一定会向她道歉!他现在还捂着这个希望,他还得忍着痛痒,再熬过一夜。这一线希望延宕了他们可能更为激烈的冲突。但完全平复如初是不可能的,也许从他们结婚,一路走到现在,就是一种必然。轨迹早已画好了。他们都只是扮演着自己被分配的角色。当晚夫妻间再无多话。女儿上床前祈天说:"我们都不要和女儿多接触。要给她用 PP 粉洗一下。我们都要自觉!"等王芳忙好过来,祈天又道:"明天你忙你的。我自己去医院。"

王芳自己就是医生,如果需要,她可以拿出任何结果的化验单来——他决不能轻信。他当然要亲自去。尽快去。

他是个生了隐疾的男人,不明不白地"中了标",但他首先还是一个保卫科长。

他很尽职。他很快处理好监控设备的安装和调试，特地把一个监视终端接到了自己办公室里。现在，只要他盯着荧光屏，直径超过10厘米的任何物体要进入研究所，都逃不出他的视线。他在研究所里指挥工人忙前忙后，四处巡视，并没有多少人注视他。他有些沮丧，但转念一想，祈天还是感到欣慰了。不管怎么说，情况比以前已经大为改观，他为什么还不满意？难道，让你参加周长的研究小组吗？你真去了，除了端把椅子坐在他们的门口，帮他们看门，你还能做什么？

他尽责，但决不多管闲事。他不再介入周长被劫的案子了。他只是曾经当过警察，现在早已不是了。公安局的李天羽有时还会打个电话来问问，祈天没有多话。他必须遵守那次会议的决定。除了工作，他家里还有一摊子。他自己身上的烦恼还没有解决哩。

只有一点让他稍觉心安：他大概不会是那最可怕的病，艾滋病。王芳是个医生，丈夫的症状肯定会引起她的足够警觉，她如此坦然自若，足以证明她对丈夫，还有她自己，都有一个基本的把握。但身上的痛痒是难以忽略的，他还是得早点去医院。

周长被抢的案子果然被捂得严严实实。除了极少的几个人，同事们都以为他是去出差了。他躺在医院里，祈天还打来过一个电话，问了问他的伤情。他回答说，快好了，小事一桩，很快就可以回去上班,"和你并肩作战。"这个时候的关心其实是珍贵的,除了所长关心着他,祈天几乎是唯一的知情人。周长感谢他,但心里并不看重他这个人。在他眼里,祈天只是一个赳赳武夫,一个科盲。在医院里,因为惦记着手头的工作,他寂寞而焦急。祈天还问他:有没有什么要帮忙的。帮忙?笑话!他能帮什么忙?与祈天谈科学,无异于对牛弹琴啊。

周长从来也没有希望过他的研究能够成为显学,任何人都能够指东说西。艾滋病研究是很耗人的。研究环节中的任何一个关节,都足可以耗尽心力,弄得你面如土色。只有醉心于此的人,才能够甘之如饴。

启动这个项目后,周长首先从艾滋病的发病机理入手。那些普通传染病医生都熟知的知识,只是一个庞大迷宫的入口。众所周知,艾滋病是由艾滋病毒感染所致,是一种免疫缺损疾病。看起来,这和其他病毒感染人类并无二致,但问题的关键是,艾滋病毒具有异乎寻常的攻击力。它能绕过免疫细胞(T 淋巴细胞)中的某种天然防御系统,侵入细胞,以自己的 RNA 为蓝本,以数种蛋白质为工具,轻而易举地劫持细胞的生物化学系统。它把细胞变成一个复制新病毒的工厂,如此层层波及。在此过程中,宿主细胞死亡,机体免疫系统被破坏。最后病人全面崩溃。

现有的研究成果林林总总,蔚为大观。其主要思路,都在于干扰和阻断艾滋病毒的生命周期。这一张图清晰地说明了问题。

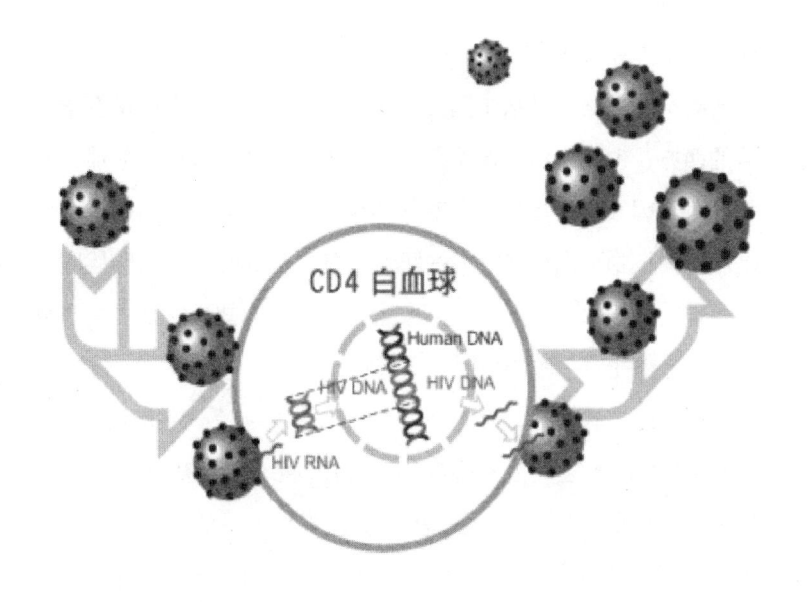

也就是说，当艾滋病毒进入 CD4 白细胞后，它便利用一种酶素——逆转录酶，将其遗传物质 RNA 转为 DNA，这样，病毒的遗传物质就可成为人体细胞基因的一部分，并与细胞一起繁殖。而未成熟的新病毒细胞则要利用另一种酶素——蛋白酶，使其成熟，才可感染其他健康的 CD4 白细胞，因而令免疫系统功能逐渐受到破坏——如果能用逆转录酶抑制剂和蛋白酶抑制剂，介入病毒的繁殖，就能有效地阻断病毒的繁殖了。

事实上，已经面世的几乎所有药物，都是基于这样的原理——著名的鸡尾酒疗法就是其中的代表，但实际上这些药物不仅价格昂贵（美国一名艾滋病人年均治疗费用约为 1.5 万美元），而且基本上只能使艾滋病的进程变缓而非治愈。

周长的思路，是从中国传统医学中寻求突破。即使是医学发达的西方，也从未将中医中药拒之门外。阿托品来自于颠茄，麻醉药可卡因来自于古柯树，对解热镇痛功效显著的阿司匹林，也是从柳树枝中分离而得的——更著名的也许还是奎宁，它战胜了疟疾，救民于水火，简直是万家生佛！如果你知道它来自于金鸡纳树，你还能对中医中药视而不见吗？

周长的实验室里，搜集了大量的医书药典《汤头歌诀》《千金方》《本草》之类自不待言，《黄帝内经·素问》《难经》《瘟疫论》《金匮要略》《丹溪心法》更是难得一见的善本珍籍——还有一部《金瓶梅》，看似是一部闲书，但西门庆不是开生药铺子的吗？周长希望，广泛的搜寻，能带来意外之喜——可是那些书现在不在他手边。

既然现在的癌症在古典医书里已经以"瘰疬""积"的面目出现，又焉知艾滋病就无迹可循呢？

在人类的药物研究已进入分子学水平的时代，沉香的古籍也许能别开生面吧。

长久以来，周长时刻都在为他的研究进展缓慢而焦虑，但现在，他倒有些庆幸了，如果他目前真的已经突破关隘，进入坦途，那这一次事故，很可能就真被别人劫了道，包了圆了……但他的思路，那些灵光一闪的火花，电脑里难免留下一鳞半爪。那个打闷棍的家伙，他究竟是什么目的呢？周长对自己笔记本电脑的保密措施虽然很有把握,但他现在却特别盼望李天羽能突然出现,给他带来好消息。

一个护士走了进来。她把药放在床头柜上,看了看闭目养神的周长,轻轻退出了。在她们眼里,这是个神秘的病人。他是警车送来的,一个人住着一间病房,偶尔还有两个便衣来询问他。但是他话很少,她们也不多嘴。她刚走出门,周长突然睁开了眼睛,他想问警察是否在他睡觉时来过,但护士留给他的只是一个背影。

他毕竟还牵挂着那台电脑。

第三章

另一家医院。化验处那里，聚集着很多人。他们从各自的医生那里拿了医嘱，到这里来提供出他们的体液，或者是血，或者是精液，更常见的，是他们的小便。他们一个个都很乖巧，哪怕平日里最一毛不拔的人都显得很配合，因为他们都生了病，而且都还不知道是生了什么病。只有不懂事的小孩子，才会在抽血时哇哇大哭。小孩子怕生病，其实只是怕疼。

又一个孩子正在抽血处那里死命地哭，祈天厌烦地皱起了眉头。抽血处的隔壁就是"取报告处"，他已经站在那里翻了很久。一叠厚厚的单子被他翻看了几遍，但他还是没有找到结果。见有人过来，他自觉地放下单子，退到墙边的长椅上，坐了下来。

他戴着帽子和口罩，捂得像一个重感冒病人。其实他这一身装束，是为了遮脸。他怕碰见熟人。这里是第三医院，第二医院周长占着，他不想去；也不是王芳工作的第一医院，虽然第一医院离他家和单位都要近得多，但他决定还是舍近求远。离得远点，碰见熟人的机会自然要少得多，更重要的，是他从心里信不过王芳，他怕她神通广大，悄悄地捣鬼。

但是现在真是出鬼了。他已经来了近一小时，不断地过去找单子，但就是找不到。每当护士拿来一叠新单子，许多病人都会挤过去，他也会挤过去，急切地翻看。但就是没有。

他是昨天上午来验的尿。一天半的时间，那单子怎么也该出来了。他知道，问题还是出在他自己身上。他见摆单子的地方没了人，心念一动，飞快地过去，又翻了一遍。他把"疑似"的三张单子拢在袖口里，神色正常地离开了。

他走得很急。他自己就是个等结果的人，他知道单子被他拿走的人该有多急。所以他要尽快甄别出自己的单子。最好在他把拿错的单子送回来之前，单子的主人还没有来。

泌尿科有四个诊室。诊室里人不算多，不巧的是，那个昨天给他看病的男医生那里却有两个人在等着。可是他现在不能换医生。他已经找不着北了，再换个医生，连个指南针都没了。

他只能老老实实地等。他目前特别重视隐私权，所以他只在门口等。为了表明还有人在后面等着，以示催促，他不时地朝里面探探头。这样一来，就完全不是一个保卫科长应有的形象了，考虑到他还带着一个大口罩，简直已有点猥琐可疑了。

这种病是能够改变一个人的。前面的那个病人，穿戴得老实本分，不像个见过世面的，但他面对医生却很大气坦然，坦然得让人觉得他是吃了兴奋剂。他指着单子，宣称自己经常出差住宾馆，天天泡桑拿，甚至还有个干女儿。医生直愣愣地看着他，他嘿嘿一笑解释道："什么干女儿，其实就是小蜜！"他对医生说他只是普通的泌尿系统感染很不理解，简直是拒绝接受："这怎么可能？老五他们几个都得过的！我们差不多。"他的本意大概是说他和什么老五他们的生活方式类似，症状也差不多，他很可能也得了那个病，要的是医生再仔细看看。但他表现得太甩，倒好像是他认为得这种病也是一种资格和身价了。那医生微笑起来，不再解释了，拉过一张单子，飞快地在上面写了几个字，往他面前一推道："你再去查查这个。""查什么？""HIV，就是艾滋病！"

"什么？！"他霍地站起，双腿开始哆嗦了。他拿了单子，却不走，似乎他站起来只是为了证明他也是会哆嗦的。

"你好了吗？"祈天走了进来。

"我完了。"那人边挪着步子边念叨，"我完了。"他的声音也哆嗦了，"我完蛋了！妈的个鸟女人！"

"你先查查再说嘛，"祈天心有戚戚，对着他的背影安慰道，"你想得还不见得就能得上哩！"

祈天坐了下来。他把口罩解掉了。一脸的苦笑。"大夫，你认识我吗？"

"对不起，我不记得。"医生面带微笑，其实心情恶劣。微笑是领导要求的，他只是按要求笑。

"你不记得了?"祈天抬抬下巴道,"昨天您给我看过病的。"

"是吗?"医生的手轻轻在桌上一摊道,"五官科的医生才看脸,我们只看下面。"

祈天被戗了一下。他迟疑地摸出了单子。三张单子。

医生狐疑地拿过去,目光透过镜片看看祈天,突然哈哈笑了起来。很遗憾,对面的桌子是空的,没有同事来分享他的乐趣。他只能等这病人走后再去和他们共享了。他忍住笑问:"你不知道哪一张单子是你的,对吗?"

"是的。"

"你忘了你昨天叫什么,是吧?"

"不。"祈天镇定地道,"我说过我叫杨泳,可这些单子我分不出。"他觉得那医生简直是在阴笑,恨不得一拳打过去,但是他不能。他除了要忍受痛痒,还必须允许别人阴笑。他直视着医生的眼睛道:"这几张单子,有一个是'永',另一个是游泳的'泳',还有一个咏叹的'咏'。"他语调平静,像是在探讨什么学术问题。他的目光冰冷锐利,逼得医生不敢再调侃。但医生看了一天的病,好不容易遇到件趣事,舍不得不笑。他接口道:"还有一个姓也不对,是飞扬的'扬'。"医生说着,他的眉毛也翩翩飞扬了。

"是的。问题是三张单子两个是有病的,还有一个是阴性。"

"那是你运气不好,你自己对不上号。"医生突然说,"你的病历呢?病历上有名字的!"

"上面没有名字。你没有写。"祈天抬眼瞪着医生说，"这是你的失误，你应该填名字。"

"你怎么能怪我？"医生腾地跳了起来，"奇怪！你自己都不知道你的名字，我填了又怎么样？！"

"那你说怎么办？"

"重查。你想好了名字再查一遍。小便天天有，时时有，到厕所一站就流出来。"

"那，就不麻烦你了，"祈天伸手把单子抓了过来。他戴好口罩，正正帽子，走到门口又站住了。"其实，我知道，到你这里看病的用假名字的不少。我绝不是第一个。而且，我也绝不是第一个想揍你的人。"

医生顿时紧张起来，坐在那里不敢乱动，右手不断地在桌子上顿着圆珠笔。

"不过，我决定不揍你了，因为你实在是不经打。我一动手，你就要被送到外科去，或者是直接送到太平间。"

医生已经很慌张。"你不应该到泌尿科，你应该到精神科才对！"他在心里顶了一句，但哪儿敢说出口啊。他多希望有个病人或者同事进来，但走廊上竟然很安静，人全像死光了。

祈天的话隔着口罩传出来，闷闷的，像包了棉花的闷棍。"我不揍你不是舍不得你上太平间，是不想惹来警察——咱不是没名字嘛。我饶了你了！"

祈天转身出去了。临走还没忘记把门关上。那医生从未受过如此羞辱,呼一声跳起来,骂道:"我怎么了我?烂你的鸟!"他气哼哼地站在诊室当中,完全失去了去向他的同事宣讲趣闻的兴致。每天这个时候,病人少了,都是医生们交流心得的美好时光。今天的这个故事不能算没趣,但如实说出去,他就丢了脸。要编得自己光彩照人,一时间他还没有这个急智。

祈天一出去就要上厕所。那医生说得好:小便天天有时时有,到厕所一站就流出来。可厕所又在哪里呢?虽然检查还没结果,但他下面的水龙头肯定是坏了。不是生了锈,是关不紧。再找不到厕所就要失控了!他夹着两条腿,火急火燎地四处乱转。转到拐弯处那儿,他远远地看见一个人影,身子一闪,躲到了墙角。

那女人似乎已看到了他,也许还认出来了,路过时朝这边瞥了一眼,过去了。

祈天脸对着墙,斜眼盯她的背影,长松了一口气。这一下厕所倒立即找到了,原来拐角的前面是一条通道,厕所就在里面。他飞奔而入,才站好,一道锐利的疼痛就毒蛇一般蹿出了他的身体。他皱着眉,才松下的气又提起来了。

刚才那女人是王芳的朋友,曾到他家去过。说也是当医生的,没想到她是在这家医院。好危险啊!真遇到她绝对没法解释:好好的你到泌尿科来干什么?如果不是生了什么脏病你为什么又不到王芳的医院去?现成的后门不开,绝对是心中有鬼!——她这些话不见得非要出口，但不出口更厉害。因为你连解释的机会都没有——虽然他当然解释不了。

警报暂时解除了，但谁知道又会出现什么新的危险？

祈天永远是个谨慎的人。即使是刚才，他已经尿憋得厉害，依然选择了去蹲坑方便。他本能地害怕被什么同病相怜的人一眼看出他那地方的异常。蹲坑的弹簧门自动关上了，这一来他不但隐蔽了自己，倒无意间看见了一件别人的阴私。一个男人捏着个瓶子走了进来，他迟疑了一下，不去接自己的小便，却拧开水池上的水龙头，接了一点自来水。祈天一愣，突然明白了，忍不住嗤地笑了出来。

那男人吓了一跳，手里的瓶子差点掉到地上。祈天推开弹簧门出来，拉好拉链就往外走。那人看起来忠厚老实，尴尬得不行。"你这样可不行，"祈天好心地提醒他道，"自来水他们一眼就能看出来的。可能要用茶。"

"哪有茶？"那男人赔着笑问，"你检查过了吗？你一切正常吧？"

"怎么？"

"帮个忙行不行？"

"什么？"

"借你点尿。"他手从裆下往外一扯道，"就一点点。"

祈天瞪大眼睛看着他，呆住了。

"算了，算了，不行就算了。"那男人摆着手道，"我再等等。

总能等到个没病的。"

祈天一阵光火。他狠狠地剜了对方一眼,出去了。立即又回过味来,心里反问:"你他妈的,怎么知道我就有病?不借给你尿就有病?"难道,他来了这医院两趟,最后倒要由一个造假尿的人做出诊断吗?

看来到这地方来,有病没病都要发晕的。其实厕所有什么难找呢?这栋大楼所有楼层的格局是一样的,厕所必然设在同一个方位,他曾经在底下厕所接过尿,但刚才就是找不到。看来他必须稳稳神了。

离开医院前,他没有忘记把手里的三张单子还到检验处去。他是个有道德的人。

对忙碌的人们来说,每一天的时间都过得那么快。太阳刚刚还在楼群中露了一下脸,转眼间天就黑了。所有的灯光都打开了。居民区里,家家的窗户都亮着。你先是看见每家的厨房里都有人影在晃动,然后,厨房的灯就熄了。窗里透出的光线暗淡下来,活动的人影转移到了里面,有一些色彩在里面闪烁明灭:那是疲惫的人们在电视前消磨他们一天最后的时光。

深秋的夜晚已经很有些凉意了。小区的路上几乎没有行人,只有几个老人还在路灯下散步。楼下的垃圾集中点那里,传出一丝细碎的声音。远处,两个保安晃着手电过来了。他们并没有注意到这里,那声音却突然慌乱了。一只野猫"喵"地叫一声,嗖地蹿远了。

保安的手电渐渐远去，拐个弯，不见了。一只小狗欢快地从楼上跑了下来。它跑到路上，停下来，等着他的主人。主人不理会它，黑色的身影在楼下站了一会儿，弯腰在垃圾点找起了东西。路灯本不算亮，但树叶已几乎落尽了，恰好也能照见地下。那小狗好像很不解，怎么人也有了狗的喜好？它跑过去，想帮忙，被那身影一挥手吓开了。那人似乎没找到他要的东西，站起来拍拍手，走开了。

已经十点了，习惯于夜晚散步的老人也都回家了。路上没有其他人。小狗见主人跟着它，觉得受到重视，先撒一泡尿，又跑到一个路灯的光圈下撒起欢来。只可惜没有同类，它立即感到没劲，蹲在地上，发起呆来。

那身影跟过来了。小路交叉口的灯光照在他脸上，那是祈天。他的眼睛沿着路边的墙一路扫过去，在一个地方定住了。他穿过冬青树的夹缝，慢慢踱过去，四下打量一下，飞快地把墙上的纸揭了下来。那西施犬见主人在做事又想来凑趣，祈天毫不理会，转身往回走了。

睡觉前他并不天天遛狗，但今天狗成了他的幌子。他要找的那张纸，那张性病广告，已经被叠好，收在了他口袋里。

女儿已经睡了。王芳正在上网，见他进来，马上把电脑关了。她手脚很快，似乎那里面有什么秘密。但祈天现在对这个没兴趣，他在等待另一个更重要的事情。

王芳在转椅上转过身子，看着他。他摇了摇头。

"怎么？你没去看？"

"我去过了。第三医院。"他抬眼看着她，"他们把单子搞混了。我没拿到结果。"

"什么？是样本搞混了吗？"

"也许。"祈天的语气立即坚硬起来，"这些衙门医院的情况你比我清楚。全是混蛋！——你的呢？"

王芳从桌上的包里拿出一张纸，递了过来。

"全是阴性？"

"你自己看嘛。"

"那么说你没事？"

"我当然没事。本来就不是我！"

"那我下面是怎么回事？"

"你自己比我清楚。"

"奇怪啊，"一注意到下面，一只小猫就钻到他裆里捣乱了。"那是怎么回事呢？"他的语气失去了硬度，像是在向医生请教了。

王芳也不再进逼，和缓了声音道："也许，只是一般的炎症。你不要紧张，你越紧张，这种神经性的东西就越厉害。"

祈天哼一声道："我成神经了。"

"你都快把我弄成神经病了。要真是我惹回来的，我还有得活吗？"王芳低下头，似乎要哭了。祈天突然觉得自己过分了。

一阵内疚。可是黑暗中,似乎总有个影子在飘忽。那暧昧的影子衬映在他单纯干净的生活底色上,他无法视而不见。他的下面也还在痒着。好像窥破了祈天的心思,王芳道:"你不要再疑神疑鬼,最近天气潮湿,我看就是一种湿疹。"

怎么又成湿疹了?祈天疑惑地看着她。王芳的目光闪开去,立即又坚定地移过来,"不管怎么样,我都能把你治好。很简单。你不要再去医院了。"她娇声道,"医生都是混蛋,除了你老婆。"

祈天的理解力出了问题,他似乎听不懂。

"我明天就开好药带回来。"她好像很怕祈天不听她的话,靠上来说,"你呀,只要按时服药,按妻嘱服药就行了。"

祈天现在不光是下面出了问题,上面的脑子也发糊了。仿佛有一串九连环,在里面翻转,他解不开。"好吧。我们洗洗睡吧。"他轻轻推开王芳搭在他肩上的手,到厕所去了。

情况似乎要好一点了。他已基本相信了王芳的推断。但愿她是对的。夜里,多时没有亲热的祈天竟然有些躁动起来。他又好气又好笑。恨不得对准下面抽一巴掌,这当着不着的东西!现在怎么还能亲热呢?这总是个病,如果不注意,你传我我传你的,就像两面对着的镜子在反射,永远也没个头了。

事实上,第二天,他的诊断结果就出来了。是他自己的诊断,绝对错不了!王芳以自己诡秘的行为帮他做出了诊断。

他心事重重地下班回了家,把门开着,让西施犬自己出去,好不来烦他。妻子和女儿还没有回来。家里静得怕人,只有他裆下还格外热闹。他突然想起了什么,走到了卧室里。

那张单子不在。昨天王芳给他看过后,似乎就收起来了。他找她的包。包也不在。包不在是对的。那是她上班的包,没有理由在家里。但他想要找到什么,自己却也说不清。也许只有找到那东西,他才会明白,他要找的到底是什么。

楼下就是围墙,围墙外就是马路,马路上渐渐喧闹起来。祈天斜倚在卧室的沙发上,渐渐焦灼起来。第三医院他是不想再去了,他的病暂时还没有结果,这不由他不往最坏处想。难道,他身上的痛痒还只是偷袭和骚扰的尖兵,艾滋病才是真正的绝命杀手?!他浑身颤抖起来。

转念一想,却又平静了。除死无大事,大不了也就是个死。如果真是艾滋病,又何必着急上火?那有什么用?

可是,这太窝囊了!死也要死个明白啊!他就像是一只流浪的癞皮狗,突然被车轮撞翻了,然后被那开车的拎起来,扔到了路边的垃圾箱里……这实在是太窝囊了!如果他真得了艾滋病,他决不会去熬着受罪丢丑,他一定会痛下杀手,自我了断。只是,他一定要弄明白,这究竟是为什么?

他的心里竟前所未有地清澈起来。楼道上响起了熟悉的脚步声,他的心刺痛了一下。女儿!他动了动身子,手在裆上轻轻按了按,拿起一张报纸,坐好了。

王芳提着书包跟在后面。她们站在门口换鞋。狗不需要换鞋，从她们腿间钻进来了。

王芳对他的病表现得很尽心。没等到晚上女儿安顿好，她就瞅个空子把两盒药塞了过来。

美满霉素。祈天看着药盒上的名字，嘿嘿笑了起来。这绝对应该是一个春药的名字。但王芳嗔他一眼，决不像是在开玩笑。祈天把自己关在卧室里，仔细研究起说明书来。

这药的取名看来很有道理。它什么都能治啊。从淋病、疱疹、梅毒，到尖锐湿疣，它一网打尽，还你一个健康的下面。下面重又健康了，可不就美满了吗？

可是艾滋病它不能治。谁都不能治。这世界上还没有能治艾滋病的药！祈天突然焦躁起来。他扔下手里的药，在卧室里来回踱步。突然，他的目光落在了床头的一只小包上。那是王芳上班最常用的包，红色，有一圈黑色镶边，最好配衣服，还是祈天给她买的。他瞥一下门，轻轻过去，把门反锁了——如果她要进来，就说是在里面看自己的下面——他想好了应对，飞快地拉开了小包。

乍一看没有什么特别的东西。小化妆盒、钥匙、钱包、手机。就该是这些，一件不多，一件也不少。他要找的东西应该有一种异类的气息，触目惊心，但是，没有。

王芳在厨房里忙着。女儿和小狗在客厅里忙着。祈天几乎就要放弃了。这时，他的手慢慢伸到了小包的夹层里。手抽出来时，多了一个信封。

信封上没有字。不是情书。里面也不是信笺。他把信封口拨拨，抖一抖，几粒胶囊落在他左掌上。胶囊是蓝色的，小巧精致，每一个上面都有字。他拿起一粒，刚对着灯光看过去，"砰砰！"王芳在外面敲门了。"你捣鼓什么呢？吃饭！"

祈天迅速地把胶囊归置好，小包也放回原位。他应一声，解开皮带，抖一抖，皮带头发出叮叮当当的声音。他系好裤子，开门走出了卧室。

胶囊一共四粒。上面的字他看见了，但似乎是还没来得及认得，那敲门的声音就冲垮了他的思维。他吃着饭，突然间明白了，那几个字是：美满霉素。真像一个面熟的人迎面走来，过去了，他才想起他是谁。祈天"啊"了一声。王芳诧异地看着他，女儿问："爸爸，你啊什么？"祈天跑到垃圾桶那里，把满嘴的饭都吐了。他含混地说："鱼刺戳了。"

谜面已经摊出来了。美满霉素。四粒。藏在她包里。

一定是从原包装的药板上取下来的。

每盒一板药。一个疗程，七天的药量。

这就是说，王芳只差四粒，就已经治完了一个疗程——也许，还不止一个疗程。

也就是说，她早已生了病。她早已知道她生了病！

第三章

一切都通了。简直是拨云见日。她心中透亮,所以她要劝阻他到医院去,由她包治。如果他没有发现这四粒药,也许,一切痛痒和疑虑,都将消于无形。他会永远被蒙在鼓里。

吃过饭,祈天一直沉默不语。女儿去做作业,他和王芳看电视。他胡乱换着频道,大部分都在竭力逗乐。王芳看他表情不善,也不惹他,起身拿过药盒,端来了开水。祈天看她一眼,挤出两粒,吃下去了。

电视里是一台戏,电视外也是一台戏,可里面哪有外面滑稽啊。回想整个过程,他先是怀疑自己得了病,到医院却没有查成。最后的结果却藏在另一个医生的包里,这个人是他的妻子。

他对着电视,失声冷笑起来。王芳疑惑地看着他。他还在笑。笑着笑着,他突然轻松了:他不需要再犯疑了。他和她是一样的病,但肯定不是艾滋病!

他这不是死里逃生了吗?

他陡然收了笑,没有理会王芳惶惑的目光,走到了女儿那边。台灯映照着她明净的小脸。女儿很专注,看了他一眼,又趴到了作业上。

"嘿,怎么不理爸爸?"

"我忙得很。"

"忙也要理爸爸。"

"你烦死了,爸爸!"女儿已经被他扰乱了,抬起头问,"爸爸,你刚才笑什么?"

"我笑了吗?"祈天注视着女儿的面庞,突然问,"你说,你长得像不像我?"

"去。就不像,怎么啦?"

祈天的心中一声炸雷。包围着他的墙壁似乎在风雨飘摇中摇晃起来。

第四章

我们应该得出一个结论：只有隐秘的线索，才能指向真相。忽略了暗处的东西，真相就不可能明朗，你将永远被蒙蔽。

一张照片。三口之家。祈天搂着王芳坐在草地上，女儿调皮地撑着他们的肩，站在身后，假装板着脸。

祈天拿着照片端详着。女儿和母亲的血缘十分明确。那长挑的眼梢和唇线分明的嘴唇就是确凿的证明。鼻子呢，不算很挺，长在女儿脸上不算完美。似乎有点像他。但女儿才开始发育，一切还没有定型。女大十八变，刚出生时她还是个单眼皮哩，后来就长出了她妈妈的眼睛。另一些容易被忽略的地方，譬如耳朵、额头，如果说像他，也只是他和王芳的平均数。但任何时候平均数都是靠不住的，平均了，就说不上特征，没有特征的耳朵和额头，可以和任何人类似。

总之，祈天不能在女儿身上发现他自己。至少是不明确。

他呆坐着，突然心念一动：如果能找到自己儿时的照片就好了。同一个年龄段的比较才更可信。但是，他现在在办公室，唯一的照片夹在镜架里，一直摆在办公桌上的。

照片上的女儿不笑。她永远不会想到，她会被父亲这么仔细地研究。但祈天的怀疑是有道理的。他"按妻嘱"服着药，身上的痛痒似乎正在减轻，但这个隐秘的事实提示着一个最明确的结论：王芳有了外遇。她既然可以悄悄治疗一个疗程，更多的疗程，那又焉知她的外遇不会更长，甚至，超过十年。

女儿已经十岁了。

女儿严肃的脸渐渐模糊了。活动起来。她回过头来，俏皮地冲他笑笑，习惯性地挤挤鼻子。祈天也笑了。女儿这一笑就露了底。他眼睛亮了。她笑起来的神情太像他了。那是一种说不出来的相似。女儿好像在说："你瞎想什么啊？你烦死了！"

祈天把照片放到桌上。刚松弛下来，视线却又瞥过了王芳的脸。王芳也在笑。她的笑脸竟然和他也有几分相似。这是事实。他糊涂了。突然又明白：长期的共同生活，显然塑造了她。女儿不更是这样吗？据说有个弃婴被狼叼去，吃狼奶长大，到后来不会说话，只会狼嗥了！

他的颈项松下来，无力地垂首。像一只瘟鸡。

半响，他抬起头。脸色铁青。他心里腾起一团怒火。那个人是谁？

如果有刀，他会立即杀了他。决不手软。但即使他有刀，他又劈向谁呢？——无形的刀搅在他心里，一下一下割着他自己。

他喘着粗气呻吟似的问："是谁？那个人到底是谁？"但这

是在办公室，王芳不在面前。

有人敲门。

"请进。"

周长进来了。他穿着白色工作服，一看就是从后面的实验楼过来的。他已经完全复原，倒是他的白大褂提醒祈天，他曾住过院。祈天关切地问："你没事了吧？"

"没事了。"周长摸摸脑袋说，"全好了。脑子还管用。这是我的关键部件。"他指着祈天桌子上的监视器笑道，"这是你的关键部件。我们所的安全，全靠你了。"

"你太抬举了。所长不是说过吗，我的任务就是看好这个院子。我就是给你们看家护院的。倒是你，是我们的顶梁柱。"祈天笑笑说，"你这个大忙人，到我这里来，肯定有什么事吧？"

"我就是想问问，那个抢我的家伙，有线索没有？"

"没有。"祈天请他坐下，道，"李队长又和我联系过几次。完全是个无头案。他们那一套我都清楚的，现场勘查，寻找作案动机，排查，布控，但问题是，他们现在连作案动机都不知道，有时候动机很关键。也许，你心里有数？"

"我什么都不知道！"周长气恼地道，"这是你们的工作，警察是干什么吃的？！"立即意识到祈天并不是警察，和缓了语气道，"他们也问过我，动机。我又不是打人的，我是被打的，出门挨了一闷棍，立即晕倒。我一无所知！"他气恨恨地捋捋头发，手触到了伤疤，疼得一皱眉，"看来，破案也像搞科研，不那么容易啊。"

"呵呵。"祈天笑笑，不想就这个话题再深谈，问，"你手上的研究，也很难吧？"

"难。"周长叹道，"目前还只是有了点初步的进展。艾滋病哪能那么好治？我们已经搞了好几年，真要用到临床，还不知道要多久。也许最后还是个失败。"

"但真要成功了，也就了不得了，对吧？"

"谈何容易啊！"周长诚恳地道，"我现在是两手，一手是研究，一手是保密。两手都要硬！"他自嘲地笑笑道，"因为最终成败还不能确定，我一贯不愿意大张旗鼓，兴师动众，免得最后贻笑大方。就是你们的保卫工作，最好也不要弄得如临大敌，草木皆兵。内紧外松最好。"

祈天理解地一笑："你放心，我们虽说不是保密单位，但有些东西还真是要暗中保密的，你就是重点。我是干这个的，我懂。"他认真地提醒道，"倒是你自己，更要小心些。"

"嗯。"

他们谈的是两件事：未破的案子，尚未成功的科研。这似乎太沉重了。周长站起身，指着桌上的照片架说："这是你的全家福吧，我看看？"他征询地看着祈天。

祈天一笑，把照片推了过去。

"好漂亮的女儿！像她妈妈。"周长赞道。

"你这是夸她妈妈啊,"祈天笑道,"她就不像我?人家说生女像父哩。"

周长认真地端详祈天,又看看照片,像是在比对两个实验样本。祈天被他看得局促不安。"确实不怎么像你。从遗传学来说,女儿的基因全部来自父本和母本。她外表像母亲,内里的部分就像你。"周长的语气就像是在宣布科学结论。

"哈哈,那我女儿外貌像母亲,漂亮,里面像我,身体好。"

周长认真地说:"应该就是这样。"

这就是科研结果了。可这又算什么结果?想当然,含糊其词。祈天讪笑着道:"总之你还是在夸她们母女漂亮啊。"

周长搭讪两句走了。总之,又有一个人指出了,女儿长得不像他。以前,记得也有人闲谈过像还是不像的话题,还有人说过粗话,说"千年的画师,比不上一根男人的活儿",他从来也没有计较过。但是,他现在不能不计较了。艾滋病他是躲过了,那是杀身之祸,但女儿的血缘要是出了问题,这就是灭顶之灾了!

他立即就想起了科学。幸亏还有科学啊。他翻着自己的通讯录,又查黄页电话本。他虽不是科研人员,但毕竟在研究所工作,真要找到他急需的东西,其实也并不困难。

他需要一点"检材"。和那个姓王的电话联系过两次,祈天就学会了"检材"这个术语。但是检材并不容易得到。抽血是最通常的做法,但是,做不得。只要那采血针一戳过来,他的家庭就会像一只气球，立即撒气坍塌下来，变成一堆破皮。到目前为止，他还恋着这个家。

那姓王的也不是个好角色，否则也不会从大学跳槽出来，自办一个公司，专搞揭发别人阴私的勾当。他是个聪明人，也许聪明得过头了，但他的聪明确实给他带来了机遇和钱。多年以前，他用脑过度，头发突然开始斑秃，无法遏止，等他吃掉很多药后，头发也基本掉光了。别人遇到这样的事只能自认倒霉，姓王的却想起拿个照相机来，让老婆对着他的秃头前后左右拍了一堆照片。他找到那个造治秃药的公司老板，不争不吵，拿出自己的照片，按次序摆好——先是浓发的，后是秃头的，把那老板看得发愣，再看看来人的秃头，以为大事不好了，人家要他赔头发。正慌着，姓王的却把照片的次序对调了：前面是秃头，后面是浓发的。他指着秃和不秃两种照片的空当，微笑着道："这中间就是你的药，你的药就有这个效果！"老板大感，继而大喜。那时候电脑技术远没有如今先进，也没有被用于在照片上捣鬼。他的照片被老板笑纳，用在广告上。他也笑纳了一笔不少的钱。后来这治头秃公司越做越大，他的名气也大了，终于被人揭破造假，不能再为人师表，他只好从学校净身出户。到了这份上他也不急，因为他早已发现了亲子鉴定这个市场。这才真是财源滚滚啊。

所以他在和祈天通话时也一直微笑。对方已经焦躁起来，他依然微笑。对方不满地说："为什么一定要抽血？你们广告上不是说，也能用其他的东西检测吗？"姓王的说："是的，血样最好，其他面议。"

"什么叫面议？"

"就是价格面议。头发，指甲，精液之类，难度较大。"

"好，那就头发。"

到了这地步，祈天只有挨宰的份了。不想让女儿伸膀子，他只能伸脖子。6000块，几乎是在公立机构做两次的价钱，但祈天只能接受。

他悄悄地在家里找头发。女儿床上有一些落发，但是并不能肯定就是她的。也许是妻子的，自己的，甚至，是那只西施犬的。把狗毛拿去检测，那真是个笑话了。他不动声色地费着心思。到了晚上，他假装和女儿玩闹，两指用力，轻轻一带，终于拿到了头发。女儿气呼呼地找来剪刀，往他面前一拍道："你，剪指甲！"祈天笑嘻嘻地说："好，我剪，我剪。"到了深夜，他趁着上厕所，悄悄跑进女儿房间，又在她头上拔了两根，带发根的。

他怕"检材"不够用。

等待的时间需要七天。查性病第二天就出结果。可见，这是一个更为慎重的结论，谁都不敢瞎说的。

这七天对祈天而言是一种煎熬。他裆下的症状似乎正在减轻，那痛楚已从连绵不绝的折磨变成了一种骚扰。以前是蚂蚁做窝，现在呢，像偷袭的马蜂，一不留意，它就飞来蜇一下，然后不知所终。所以，他忘不掉。更忘不掉的是他等待着的结果。待罪的囚徒等待的还只是对自己一个人的判决，而他等待的判决却是针对他整个家庭的。况且，他有什么罪？！

可他在受窝囊罪！有罪的流氓在窃笑，清白的男人在呻吟。

即使最后的结果证明女儿是他亲生的，这种煎熬也够窝囊的了！

然而他忍着。清白的男人就得忍。在家里，在单位，他都是个正常的人。只有对王芳他还持续着冷战。窝囊和痛苦纠缠着他，一刻也没有松懈，他的怨恨也没有松懈。但他不争吵。争吵是窝囊男人的习惯，也是标记。他只是和她不亲密，从不和她有身体的接触，甚至连目光，都避免和她的视线交汇。

王芳很平静。她做饭，洗衣，带女儿，提醒他吃药，用温顺妻子的表现润滑着家庭的运转。按照她的解释，祈天根本就不是性病，她更是清白如处女。照理说，她完全可以得理不让人，甚至可以抱怨祈天。但她不。她的火候把握得很好，既不是理直气壮，也不事事逆来顺受。在夫妻生活上，她原本是个情欲旺盛的女人，但现在祈天不碰她，她也不主动撩拨祈天——这太像个通情达理的贤妻了。如果祈天没有发现她包里藏的药，他简直要感激涕零了！

祈天现在已不在性病的事上纠缠了。这怎么说也只是个疥癣之疾。他时常注视着女儿，等待她的一笑，甚至逗她一笑。她笑起来的样子多么像他啊。回头一笑百媚生，她是回头一笑疑念减。女儿的一笑，至少能暂时压抑他心中的疑虑。

一个疗程的"美满霉素"吃完了,没有要祈天提醒,王芳就又拿来了一盒。她说:"再接再厉,一网打尽。"想必她已看出,祈天已不像刚开始时那么坐卧不宁了,她甚至还俏皮地说,"我们不能总是分被子睡吧?"

祈天"嗯"一声,咧了咧嘴。因为心里还是有气,他一咧嘴就歪了。很怪异的表情。他怎么可能跟她同被而眠?即使只是躺在一张床上,他也能嗅到陌生异性的气息。他恨不得去跟狗睡!那天夜里,祈天躺在床上,脑子里翻江倒海,睡不着。他好像是漂在波涛汹涌的海上,沉不下去。一沉入睡眠他就要窒息。猛然间他彻底清醒了,床前,一对绿莹莹的眼睛注视着他。他呼地坐了起来。

是那只狗。他们卧室门没关好,它悄悄挤进来了。它盯着床,不知想些什么。静谧的深夜,两道炯炯的视线。祈天彻底清醒了。

王芳没有醒。即使藏着天大的秘密,她也能够睡着。祈天又气又恨。他"去"了一声,狗动了一下,两只眼睛换了个方位,又直直地盯着他。这是一种悯悯的威胁,藏在他的生活里,他躲不开。

也许是睡得太差。他早晨起来就感到不适。嘴里发苦,舌头也疼。他偶然伸出舌头,吓了一大跳:舌头竟然发黑了!一条长了霉斑的酱舌头!

天啦,这是怎么回事?!

他依稀记得"美满霉素"的说明书上说过的：长期服用会导致维生素缺乏，可能引发舌炎。但愿只是舌炎啊！

难道他身上到处都是毒？头顶生疮，脚底淌脓了？！

他慌神了，但他没有声张。暂时，这个病还只是他一个人得的，她不是斩钉截铁地说了吗："我本来就没有。"对一个"纯洁"的妻子说自己的病情又发展了，只能是节外生枝。

他决定自己解决。

幸亏他上班总是不太忙。他心里慌乱，但总还能抽出空子。他找出那天从墙上揭下来的性病广告，先电话联系了一下，就去了。

还是帽子口罩，和那天到第三医院一样的装束。这个诊所在石城名气不大，只是无数类似诊所中的一个。但名字取得好，叫"清爽皮肤病诊所"。想来这"清爽"二字既说他们收费合理，清清爽爽，更给患者一个手到病除，全身清爽的希望。清爽诊所人也很多，但没有人互相打招呼，也没有人大声喧闹，比第二医院还有秩序。都是些夹着"尾巴"过日子的人啊。祈天苦笑笑，挂了号进去了。

广告上说"老军医"，但没见到一个像军医的人。"老军医"大概是个幌子，但老一点的医生，即使不带个"军"字，水平总要高一点，医德也比较可信。祈天几个诊室梭巡了一遍，最后认准了一个"林主任"。林主任悬壶济世，一脸诚信，祈天觉得他没准还真是个转业的军人——和自己一样。排了一会队,轮到他了。他平静地向"林主任"陈述了自己的症状。

这林主任显然是此中老手。他不问,只由病人自己说。他边听,边把病历推过来,让病人自己填名字。祈天脸略一热,写上了"杨永"两个字。他也不要求看祈天的下面,祈天说完了,他的检验单也开好了。祈天拿过来一看,上面检查的项目还真全,什么淋球菌,支原体衣原体,梅毒,全有了。医生见祈天有话要说的样子,手里的笔下意识地在单子上点着。"这个,"祈天红着脸指着"HIV"说,"这个不查吗?"

"这不要查。"医生呵呵笑着说,"这是洋病,一般的人想得都得不上。你不需要,别花冤枉钱。"他似乎还怕祈天不信,在单子上点着道,"据最近资料,我们石城才发现了108个。从概率上看,可以忽略不计。"他慈祥地笑着说,"你不会和外国人'那个'过吧?"

"不。不。"

医生道:"要不还是查一查?"

"不,不了吧。"祈天迟疑一下,拿上单子走了。

这地方的检查费足足是医院的三倍,拿着单子去交钱时他心里还只是咯噔了一下,一小时后再拿到单子时他简直就傻了。这地方效率真高,一个小时就查出了他有两种病:淋病,早期梅毒!

他顿时像被抽了筋，颓然跌坐在走廊的长椅上。

这长椅安排得很好。很人道，可以及时托住被吓得腿软的人的屁股。化验处取报告的窗口两边，一边一张，可以坐八个人。祈天的身边，左一个，右一个，又有人坐过来了。他往那边看看，另一张长椅上也坐了人。坐在长椅上的人个个腿软，长椅倒很结实，坐满了人也只是微微发颤。祈天把化验单叠起，抓在掌心。他身边的人有的在喘粗气，有的狠狠抽烟，有个女的拿到单子已经没了座位，跑到大楼外面，冲着手机大骂起什么人来。

祈天不愿意再和他们为伍，站起来，走向他刚才看病的诊室。

"你的病很复杂，但还是能治的。"医生拿起处方给他开药，"幸亏你来得及时。否则拖延下去，后果很严重，可能会造成不育，尿道粘连，尿闭，最后可能导致尿毒症。那是有生命危险的！"

祈天的舌头在嘴里搅动着。他的舌头发紫了，但他不想让这个医生看见。据说得了梅毒身上的软组织会烂掉，有人连鼻子都会烂成个洞，像个骷髅。舌头是最软的东西。他不得不信这个医生了。

医生问："挂水方便吗？"

"不挂水能不能治？"

"能，但要多吃几种药。"医生为难地道，"但针是要打的。进口的特效药，至少要打三针。"

"好吧。"祈天无奈地接过了处方。他还要再问什么,一个女人进来了。"林院长,我来了。"她满面春风,不像个病人,长得也极周正,过目难忘。祈天现在对好看的女人本能地反感,立即站起身出去了。

他去划价取药。刚到走廊,远处传来了悠远的汽笛声。转眼间,全城的汽笛都响了。他陡然想起,今天是石城一个特别的日子。六十年前,这个城市遭遇了一次屠城。每年的今天,上午十点,全城都要鸣笛,以表纪念。这是石城的受难日,很偶然的,竟成了祈天的受惊日。他今天注定要不断地吃惊。划价后的处方上赫然写着:3005元!

他简直不相信自己的眼睛。这几乎正是做亲子鉴定的一半:如果他不用女儿的头发检测,正是3000元。这不对了,太诡异了!况且,他根本没带这么多钱。

他呆立良久,突然心念一动。他走出大楼,把刚买的病历拿出来,撕掉刚才的医嘱,然后,他找出笔,在病历的名字上加了个"三点水"。杨泳,他现在叫杨泳。他洗心革面,重新做人了。

这次他找了个女医生,重新开了个化验单。他到化验处找了个瓶子,钻进了厕所。很快,又端着个小瓶子出来了。他换了个诊室,换了个医生,自己的名字也换掉了。半小时后他就拿到了化验报告。他的病发生了巨大的变化,这一次淋病已经没有了,治好了,却多了个沙眼衣原体。这是什么玩意儿,下面也能长沙眼吗?眼睛长到裤裆里了?他头皮都发麻了。

但是他不慌了。自来水也能查出这么多病来，蒸馏水大概就能查出艾滋病了！

他拿着两张化验单，一手一张，仔细比较着。他立即就发现了奥秘：那些被查出阳性的项目，都有一些难以察觉的记号，都被点上了一个小小的笔迹。怪不得两个医生边开处方边问话时，手里的笔都在顿着，看上去是下意识的，其实都是在指点化验啊。他不需要再到化验室考证了，他肯定尿样一拿过去，直接就被扔到了垃圾桶里！

怒火腾一下蹿上来了。这真是不把人当人了！这不是医院，也不是兽医站，这里的"医生"本人就是畜生。一群畜生。他气冲冲地直奔诊室。刚走两步，又站住了——他这是去干什么？去吵架？甚至去打一架？把他们打得鼻塌嘴歪的，引得全城的人都来围观吗？

在这个茅坑一样肮脏的地方干仗，那真是"粪"不顾身，不要脸面了。

他恨恨地朝那边瞪了一眼，回身走了。他把单子撕掉，病历也撕掉，手一扬，碎纸片随风飘扬。他走到马路上，又朝前走了好一段，才把口罩拽下来，塞到了口袋里。这口罩只要一戴到他脸上，他就成了个逆来顺受的人。他没资格动火。

他现在终于说服了自己：他是得了病，但他的病并不可怕，和王芳的一样。她是医生，更是个热爱生命的人——只有热爱生命的人才会去偷情。她能泰然处之,若无其事,正说明实际的病情并不那么严重。

美满霉素是对症的,他的症状正在减轻。但美满霉素能使下面完满,却不能使生活真正美满起来。月亮缺了还会圆,但如果亲子鉴定的结果证明女儿不是亲生的,那他的世界绝对会坍塌,月亮将会化成陨石,呼啸着砸在他的头上。

天很冷了。他站在家里的阳台上,望着月亮发呆。明天,就是约定的出报告的时间了。他没有把电话留给那个姓王的,连名字也没有留。他一直按捺住打电话去催问的冲动。他还得再等等,等到明天太阳出来。

但他没想到是她。是她送来了鉴定报告。那个女人。还没有看见结果,他的怀疑就写在脸上了。

祈天和姓王的约的是一个市民广场。因为是上班时间,人不多。那女人把鉴定报告递了过来。祈天慢慢地打开。他想从女人脸上先捕捉一点信息,但女人一直很平静,笑吟吟的。

这是个性命攸关的报告。祈天的手颤抖起来。99.9999,一串数字急不可耐地跳了出来。女儿的笑脸也浮现出来,调皮地冲他挤挤眼,皱了皱鼻子。报告很明确,但他一时间却像看不懂。他拿着那张纸,那几个"9"像一个急于表白的人犯了结巴,一叠声地强调着他的可信。女人指点着报告说:"'A'就是你女儿,'B'是你,两者的亲子概率是这个数字。"

祈天"唔"了一声。

那女人随口问道："是你在外面惹的麻烦吗？"

"你瞎说什么！"他狐疑地看着那个女人，他在那个"清爽"性病诊所里见过她。当时他正等着受骗，她去找"林院长"。他说："我们见过的。昨天。"

"是吗？哦。我想起来了。"这是个乖巧的女人，答应一句，就避开了这个话题。"你可能不知道，一般来说，亲子概率大于99.99%，就可以确认。"

"哦。你好像和那个院长很熟啊？"

"怎么了？"

"我被他们骗了。他们是骗子。"

"那我得告诉你了。我不是骗子。"女人正色地道，"他帮我们联系客户。得了性病的人常常要做亲子鉴定。"

"哈哈！"祈天大笑起来，他收起报告说，"谢谢你。我相信你了。我不会暴露你的商业秘密的。"

"你想暴露也没辙，我们彼此连名字都不知道。"女人笑着朝他摆摆手，走了。她的背影很窈窕，比她的容貌更能吸引目光。

祈天没有走。他继续在广场上坐了一会儿。天很蓝，很高。一群鸽子飞旋着，掠出悦耳的嗯哨，朝他家的方向飞去了。

现在还不到回家的时间。他的女儿也还没有回去。但他暂时还不想到单位。只有广场这样阔大的空间才能容纳他欢喜的心情。

他的女儿,他的亲亲好女儿!她是他生命的脉络。如果她现在站在面前,祈天立即就会扑过去,紧紧地抱住她,亲她。此前的那一段日子里,他的生命是飘浮的,看不出走向,没有了去处。现在他真切感觉到,他是生命链条中的一环。他的父母生了他,他生了女儿,自己的女儿。女儿渐渐长大,他也会老去,死掉,但不管他曾经多么窝囊,他也没有被捣毁,没有被抹掉。这根链条没有断。

多想跟女儿说话啊。他亲她,在她耳边喃喃地轻诉。但是女儿听不清,听不懂。她会晃着头挣开说:爸爸,你头发弄得我痒死啦!她当然听不懂。因为他决不会说出此前的经历。她永远也不会知道她曾被自己的生身父亲如此刻骨地怀疑过。她不应该知道。

祈天站在广场,他的头脑前所未有的清澈。这真像是失而复得啊,他好像是突然找到了失散多年的女儿。他又拿出了那张鉴定报告。那六个"9",仿佛是一串笑脸,在向他道贺。他想起了刚才送报告来的那个女人,送子观音,呵呵,祈天脑子立即跳出了这个词。她和那个"林院长",倒也是一条生物链哩。但是——

但是他的下面又在微微地刺痒了。他想起自己早上匆忙,药还忘了吃。他到广场边的小店买了瓶矿泉水,把药吞了下去。

没有药去压着,那些隐藏的生物就要出来作祟。女儿的确认,并没有把它们彻底驱除。这是两回事。那些微生物必有来处。世界上没有无缘无故的爱,也没有无缘无故的恨,更没有无缘无故

天知道

的性病！他的裆下，拉链里面，无疑是某一个肮脏的生物链的终点。

他又有些恍惚了。他的眼前闪现出他的妻子，他似乎看见了王芳秀丽的面容。他厌恶地闪开了。他慢慢沿着广场中的小道往外走。周围游人稀少。他皱着眉头，下意识地朝身后看了看。没有人。但他总觉得有人在注视着他。那是一张模糊的脸。他看不清他的长相，却能看见他脸上爬满了蠕动的微生物。他的下面剧烈地痒了起来。

他必须找到他。他是白蚁，他会蛀垮他的家庭。只要用心，他藏不了。

"汪！汪！"一阵狗叫。一只小狗前腿打着后腿，飞奔而来。祈天站住了，那是他家的狗，西施犬。那狗喜出望外，喘着鼻息，直往他身上蹿。他蹲下来，抚住它。头一抬，王芳款款地从树后出来了。

怎么会是她。这个时间，这个地方？祈天站了起来。他脸上淡淡的。他们看不出是一对夫妻。只有小狗能从他们身上嗅出那一丝同样的气息。它在两个主人间奔跑，看看你，又望望她，穿针引线，像是生怕两个主人不亲热。

两个主人不亲热，但是说话了。"我今天倒班，上午休息。"王芳迟疑着问，"你——"

"我去公安局开会，路过这里。"

"哦。"看得出王芳有些疑惑，但她没有追问。祈天抓住扑上来的狗,在它的前腿上握握,"我走了。"他轻轻说一声,就走了。他的脸是阴沉的。幸亏她没有追问。有资格追问的是他。如果再说下去,他可能就要吼起来:"是谁?你告诉我,到底是谁?!"

所有的人都是值得怀疑的,除非你已经锁定目标。他走在马路上,和一个个男人相遇,各走各的。大路朝天,各走一边。他脸上表情平静,但其实已经生了心病了。他的目光不由自主地在人家的两腿间梭巡。他简直控制不住自己。其实他知道他什么也看不出,除非他的眼睛既是X光机,又是望远镜,还是显微镜。

但总有一个人是他的敌人。他在暗处,祈天在明处。这个人是个窃贼,他偷别人的老婆,却能把罪证留在她丈夫的身上,还让他有苦说不出……祈天慢慢地站住,全身的肌肉都紧绷起来。

他不但有苦说不出,还有劲使不上啊。他扶着路边的树,站了好半天。树上有两只鸟儿在唱和,呼一声飞了,一团什么东西落在他头上。他抬手摸摸,黏糊糊的,是鸟粪。这时候他才觉得脸上冰凉。是他的泪水流下来了。

没有人注意到这个男人的泪水。他摸出几张面纸,把自己料理干净了。他下意识地走着。一阵密集的鸟鸣惊醒了他。他抬起头,天鸡寺竟就在眼前了。

临近中午,是天鸡寺最寂寥的时间。连台阶上算命打卦的人都暂时离开了。祈天进得山门,看一眼那写着"度一切苦厄"的照壁，对着硕大的香炉，呆呆地站着。寺里很静，像一座荒寺。鸟儿们在枝桠间鸣叫着，叫得人心都空了。

看到香炉里缭绕的青烟，祈天突然想起，他也该敬一炷香的。正迟疑着要不要再出寺去买，一阵"刷刷"的声音传了过来。大雄宝殿那边，一个老和尚轻挥扫帚，扫着地上的落叶。他看见祈天，微微颔首。祈天趋前几步，"师父。"他想说什么，欲言又止。他曾在电视里的新年撞钟仪式上见过一智方丈，是个有道高僧，但祈天心中如一团乱麻，实在难以启齿。一智挂着扫帚，手捻佛珠，看着祈天。

"师父，我路过这里，随便来看看。"祈天道，"可是，我遇到了一件倒霉事。"

"哦？"

"刚才我走过树下，一泡鸟粪正好落到我头上。这是怎么回事？"

"施主，"一智微闭双目，"你心魔很重。"

"什么？我有心魔？"祈天呵呵笑道，"我只是问鸟粪落在头上，是不是特别倒霉。师父，你答非所问啊。"

一智矍然开目："答非所问，是因为问非所思。"一智侃侃道，"你这个时候到鄙寺来，这说明你心有所思。与鸟粪无关。"

祈天愣住了。地上的落叶被风卷着，团团乱舞，一智伫立不动。这老和尚看来还真有点门道。祈天直愣愣地看着他，一时语塞。半晌，他摸摸头，喃喃道："鸟粪落在头上，总归不是好事。

你说呢，总有个说法的吧？"

"施主，我们佛家的'说法'和你们所说的'说法'不同，"一智道，"佛祖有言：'我当有所说法，莫作是念。'说法就是不说。"

"你怕是说不出吧。"祈天听不懂什么佛祖的话，心里一阵焦躁。一智沉吟道："《金刚经》说：木筏载你过了河，你又何必总惦记着它？鸟粪已经落下了，你也不必总想着它。"

"木筏？还木筏哩！"祈天苦笑，"我，我家里……"话到嘴边他又不说了。

"一切有为法，如梦如泡影，如露亦如电。一切都会过去的。"

可我现在就过不去啊。祈天又想顶撞，但没有开口。

"但无妄想，性自清净。让则尊卑和睦，忍则众恶无喧。"一智指着脚下翻飞的落叶道，"不是叶动，也不是风动，是人的心在动。"

祈天知道老和尚是一片善心，但他絮絮叨叨的，祈天早已不耐。这时见有了话缝，接口道："呵呵，是啊。可你也没有对地上的落叶视而不见啊，你在扫。"一智一愣，皱眉看着他。祈天朝他挥挥手道："麻烦你了，师父。"他转身离开，边走边道，"你这寺叫天鸡寺，有金鸡报晓，现在金鸡是没有了，全是鸟。"他下意识地摸摸头上。

"施主，你稍等。有一句话送你。"一智在身后道，"你来时说鸟粪,去时还记着鸟粪,你太用心了。"一智语气平缓,"你没听说,天降大雨,落到城中则草叶漂浮,若落到大海,则不增不减吗?"

"我,我做不到。"祈天听懂了,他站住脚问,"你说送我一句话,什么话?"

"不要太执着。"

"谢谢了。"

不要太执着。执着。佛经里也有这样的词吗?他想起田震唱的一首歌来了。她唱得挥拳跺脚,披头散发,看来要执着了,还真是痛苦。可是他能不执着吗?至少,他必须找到那个人。他不是非得报复,但至少也得让他走开。即使他不执着了,但她要执着怎么办?女人变了心就像水牛下了河,拉你是拉不回来的。唯一的办法就是:找到那个男人,让他走!

这只能从王芳身上着手。他身上的痛楚就是草蛇灰线,沿着这条线,他察觉了她的不轨。可那个男人呢?怎么才能找到他?祈天的身上生了微生物,可这微生物不像蜜蜂,你不可能循迹追踪,轻易找到那个放蜂人……医院!他怎么就没想到医院呢?那个人很可能也要去医院看性病的。也许,曾经在那里碰到过他?

祈天坐在办公室,微微摇了摇头。这种想法是可笑的。他昏了头了。就算他在某一家医院遇到他,他也认不出。况且,王芳难道就不会悄悄把那个人也治好吗?

王芳站在幽暗的深处。她左手给祈天递一盒药,右手给那人递一盒药。她微笑着。真像是普度众生啊。

祈天焦躁起来。王芳的生活是极其规律的。上班,回家,然后又上班。上班她是很忙的,坐门诊不说,上手术就更离不开。她披挂好了,戴好手术手套,突然想起她的情人,她难道能说:对不起,我得出去一下。就跑出去做爱?!这是不可能的!唯一的间隙就是她倒班的白天。大白天啊,大白天他们就在偷欢!自己竟一直被蒙在鼓里,简直——他还是保卫科长哩!

他心里的火苗突突地蹿了上来。他连杀人的心都有了。突然,桌上的手机"得得"震动起来。是短信。他拿起来看看,天气预报。今天晚上有大雾,气象台提醒市民注意出行安全。这不关他什么事。他操起电话,嘱咐门卫晚上多加警惕,拿着手机发起呆来。

他心念一动。手机!王芳绝对一直用手机和这个人联系着。家里的手机和电话费一直是她去交的。他从来也没有操过心。他应该立即去电信局打出她的单子。最直接的办法怎么就被忽略了呢?

他忽地站起,办公室里陡然响起了"当当"的声音。他颓然坐下了。墙上的时钟指着五点,那钟声一直要不紧不慢地敲到五下。它好像在嘲笑,他又错过了时机。至少,今天他已经错过了电信局的上班时间。

正想到电信局,他的手机响了。是公安局李天羽的电话,问他最近有没有什么新情况。祈天一听就没好气。他嘿嘿冷笑道："什么新情况？没有啊！没有第二个人被打闷棍啊！"他问，"你们有线索了？"

"还没有。"李天羽道，"你懂行的啊，他要是不再出手，我们就没辙。"

"那我们就等着他出手吧。"祈天知道，周长被抢的案子，基本算是"结案"了。他怎么也不会想到，在不知不觉中，他离那个案犯，已越来越近了。

夜晚的家庭都是相似的。祈天家里也很正常。连女儿都看不出家里的异常。母女俩在吃吃地笑着说话，小狗在积极参与，她们故意不理它，逗得它哈哧哈哧发急。如此的情景几乎要持续一晚上。把女儿弄上床后，祈天在卧室看电视，王芳因为电视里断了韩剧，就在书房玩电脑。祈天知道她有时也上网，但他不干预。到现在为止，他对电脑都没多大兴趣。他没有料到，那一根小小的电缆，早已成为红杏出墙、外邪入侵的通道，他更想不到，到后来，他自己也会有泡在网上的日子。

电视很无聊。所有的节目都无关痛痒。只有一场篮球赛还能够看看。球赛终场哨一响，他不想再听解说员啰唆，把电视关了。他刚躺下来，王芳也过来了。"怎么搞的，又中毒了！"她嘴里叽咕着，催祈天起来洗了脚再睡。祈天鼻子里出着冷气，道："你要不是乱联网，怎么会中毒？"一句话撂下，他反身掀了被子裹在身上。王芳一怔,像挨了一刀。她嘀咕道:"你别那么幸灾乐祸嘛,我明天自己杀毒。你女儿也要用电脑的。"祈天"唔"了一声,心里道:明天,明天我还有更重要的事哩。他必须注意她的行踪。

第五章

明天的后面又是明天。接下来的那段日子里，祈天开始了对王芳的监控。他是个缜密细致的人，不拿到确凿的证据他决不会摊牌。他打出了王芳最近几个月的手机记录，有几个号码显然值得怀疑，但是他还要继续观察，否则他一开口，王芳很可能就会说：这是我的病人，病人家属和我联系，难道不可以吗？——他怎么回答？所以只有等拿到当月的通话单，和她的行为对照着观察，才能得出无可辩驳的结果。

是生活，逼他成了一个窥视者。幸运的是，他下面的病看来是好了。这么多天的痛痒，已使他几乎忘记了不痛不痒的感觉，似乎那东西生来就是个会作痒的东西。有一天，他觉得身上累，关节还疼，他恐慌起来。他差点就要质问王芳，那药是不是有特别严重的副作用，话到了嘴边他还是忍住，因为他记得那个说明书上似乎说过，可以连续服用几个月的。他请假休息了一天，突然想起，他竟然已经忽略了自己的下面。那是真正的病根啊——他忽略了它，连上厕所都没有在意它，这说明它是好了！忽略了就是痊愈！他几乎高兴得跳了起来。老天有眼，他终于也就好了。

"你不要再拿药了，"晚上他对王芳说，"我好了。"

王芳又惊又喜，说："我说的嘛，就是一般的炎症。吃吃药就行的。"

"是的，你洞若观火。"

祈天一句话就把她下面的话给噎回去了。按理说，这种毛病被证明是虚惊一场，正好是夫妻间调侃甚至调情的引子，说不定还要好好亲热一场，试试是不是真好了。但祈天的话如一盆冷水，火星都被浇灭了，温度自然升不上去了。

祈天说出那句话其实心里也后悔。他下面的病好了，心病还没好。但他不该表现出来。他如果不依不饶的，万一她有所警惕，她的行为就会更隐蔽，那他岂不是无从下手了吗？

不管怎样，他都要再忍忍。为了缓和气氛，他主动了。仿佛是因为压抑了太久，他情热了。他悄悄钻进王芳的被子，摸她，搂她。多年的夫妻，他们是有一套程序的，但这套程序今天失灵了。不是她不配合，是他自己失灵了。那东西失灵了！他老是走神，那东西压根就没一点精神。他颓然翻身躺下，直喘粗气。

因为他看见一个人，黑暗中有一个男人，正在床边阴笑。

王芳的身上，显然有外人的气息。

这一夜他们都睡得不好。早晨起来，两人都灰头土脸的。

家里一切如常。如果他没有得过性病，他决不可能察觉任何可疑的迹象。但这更令他感到不安。在这种看上去正常的情况下，王芳一定持续着她原先的生活。隐秘的，见不得人的生活。那个人一定"正常的"存在着！

他和王芳的夫妻生活也"正常"了。所谓正常，就是他在生理欲望的驱使下，无可奈何地和她亲热了一次，然后，等欲望再次追得他无处躲藏，他往她被子里再钻上一回。他们原先是同被而眠的，但现在已经是同床异梦。自从他下面不舒服，他就和她分被子睡了。

他的理由是：共一床被子，他睡不好。其实，分了被子他就睡得好了吗？他经常整夜地睡不着。早上起来还犯迷糊。他迷迷糊糊地盯着桌上的监视屏，恨不得能随意转动那些安装在各处的视频头。如果可能，他真想把它们全部对准王芳。像聚光灯那样。

但这很可笑。他只能上班时抽空出去，追寻王芳的行踪。等他拿到她当月的通话记录，他的眼睛立即亮了。

那两个号码他已经记熟了，一个是固定电话，一个是手机。两个号码的尾数都是588，一眼看出属于同一个人，是有意挑选的。588，"我发发"，是个好口彩。

可你就要东窗事发啦！

祈天冷笑着。他似乎已看见那个号码的主人黑色的影子。那人拿着手机，飘忽不定。在城市的另一边，王芳也拿着手机，听着他说话。

祈天迈着大步，抓奸一样急迫地走向电信局。他在熙熙攘攘的大门外定了定神,走到柜台那里道:"*****588,交费。"

"孟达,对吗? 205元。"小姐递过了单子。

"对的,孟达。"祈天摸着口袋道,"我的钱包呢?糟了!我的钱包哪去了?"祈天在身上四处找了起来。"对不起,我交不成了。"他把单子还给小姐,抱怨道:"你们这里小偷可真不少!"匆匆走了。

这个过程他已在脑子里预演了很多次。连小姐的表情都在他的预料之中。如果不是借口要交费,他不可能知道机主的名字。查手机要复杂得多,如果孟达采用电话充值的方式付了费,再有人去交费就露馅了。

孟达,孟达,他一边走一边念叨着。按理说,他应该怒火中烧,咬牙切齿才对,奇怪的是,他念着这个名字,竟平静淡漠,像是一个不相干的人。他走神了。就在将要水落石出的节骨眼上,他竟然走神,难道面对短兵相接,他竟然有些畏闪吗?

可他凭什么畏闪?该躲避的是孟达!那才是一个真正见不得阳光的人。但祈天的畏闪是真实的,他必须承认事实。他心里的畏闪说明,他遇到难题了。他首先必须找到他——这不难,电话单上的地址他已经记住;更重要的是:找到了他,你应该采取什么行动?——祈天时刻牢记,他的目的是让孟达离开,离开王芳,离开自己的家。

这就是一个分寸的问题了。谁是我们的敌人,谁是我们的朋友,这是革命的首要问题,但现在敌友问题已不是问题,祈天也不是要革命，他只是要将人驱逐出境。他的心里现在充满敌意和怨毒，一出手就是霹雳闪电，所以他才要讲分寸。有各种级别的武器等待他挑选，一刀毙命的首先排除，他只是要他滚，不要他的命；摧毁性的炸药包也不能用，如果抓奸在床，沸反盈天，那家也就坍塌了；最恰当的是棍，当头棒喝，让他晃晃脑袋后，还能回过神清醒过来，乖巧地消失——只有清醒的人才能知道害怕，知道害怕的人才会乖巧。

虽然还没有见到孟达，还不知道他是个聪明人还是一个无赖，但祈天必须制服他。

他会是个无赖吗？

王芳会跟一个无赖苟且吗？会吗？——不知道，还真的不知道。也许共同生活了这么多年，他还是不了解她。

所有人的脚丫子都是臭的，只是有的人鞋带子系得紧罢了。

李天羽和祈天都是在追查。李天羽追查的是抢劫犯，祈天追查的是自己的敌人。

对全市各电脑市场的布控不能算全无收获。他们先后起获了好几台笔记本电脑，终于有一台和周长的型号一致，外观也相符。朱绛大喜过望，马上把周长喊来。不想周长一看，立即就摇头否认了。"你打开看看嘛，没准儿在外面倒了几次手，有点不一样了。"朱绛连声催促。周长苦笑着打开电脑，启动，又在键盘上敲了几下，随手就合上了。"我的电脑比它要旧，总不会倒了几次手,倒成了新的吧?"周长现在实在后悔,当时压根就不该告诉他们丢了电脑。如果没有电脑的事,伤好了,一切也就消于无形,不再被打搅了。

李天羽现在只能认定这是一桩偶发事件。如果那个案犯永远不再出手作案,破案的机会就很渺茫了。让李天羽略感轻松的是,周长很大度,他不但不像有些失主那样不依不饶——毕竟是个知识分子——他们去找他,他还反过来宽慰他们,叫他们算了。朱绛等人其实已经泄了气,布控也就不了了之了。

在这个城市的另一边,有一个人比李天羽还要沮丧。发力公司所在的写字楼里,302号是会议室。里面青烟缭绕。偌大的会议室里只有一个人。陈易站在窗前,狠狠地抽着烟。迟了,还是迟了!终于还是慢了一步。他把烟蒂死死地按在窗台上的烟缸里。一得到那项研究取得初步进展的情报,他们立即行动,几乎一秒钟也没有耽误,但终于还是晚了一步。看来在中国这个地方,不管是"窃国"还是"窃钩",都是做一个流氓更划算,因为流氓无顾忌,更简捷:抬手一闷棍,伸手拿过来!

看来,公司虽名为"发力",这一次却是发力不当了。

原先的计划其实相当周密:调用公司最精锐的电脑病毒,沿着互联网入侵,暗中取得周长的核心资料。这个计划非常合理,一是扬己之长,攻无不克,二是神不知鬼不觉,入侵后可以继续监控,长期掌握研究进展。发力公司是一家外资跨国企业,主要从事电子技术、石油化工及生物医药事业。陈易主持的是发力公司石城分部，主营电脑杀毒软件开发——这是营业执照上的表述。实际上，公司是杀毒、造毒两手都很硬——光去杀毒，哪来那么多毒可杀呢？杀毒和造毒是一对矛盾，但矛盾从来是既对立又统一，至少在陈易麾下，造毒和杀毒两个小组既有分工，又有合作：一个绞尽脑汁，造出精制病毒，朝网络施放；另一个殚精竭虑，铸出恢恢盾牌，将病毒灭杀。陈易盘踞其上，适时互通两边的信息，驱使他们奋发努力，再接再厉；他同时调整着表情，充满善意地向社会预测新病毒的发作时间及杀灭方法，如此一来，发力公司就订单如潮了。

这就是秘诀，发力公司财源滚滚的康庄大道。踏上这条大道前，发力公司也曾走过弯路。当年，公司的主要精力还真是在软件开发上，也算得上精英云集。但是他们还是栽了跟头。公司总部经过艰难的努力，接到了某国政府的一桩可观的订单，要他们在新闻舆论中激发国民士气。具体说，就是要利用世界杯足球赛的时机，推出新品，张扬民族自尊心，"用积极的舆论鼓舞人"，宣传部长正是这样表述的。要达到要求难度很大啊，但金钱在商场是万能的，技术已几乎是无所不能。好在那个国家信息封闭，连短波收音机都是禁品。除了国家媒体，一切断绝。公司上层心领神会，指挥精英迎难而上，将软件技术发挥得淋漓尽致。他们的产品是一场比赛，世界杯足球赛决赛，该国球队对阵巴西队。结果当然是该国大胜，3比1。那时真是个神采飞扬的日子啊,该国的球星斗志昂扬,技术出神入化,连入两球,巴西人妄自尊大,最终一刻才射进一球,挽回了一点颜面。验收时,"实况转播"完毕,部长大为满意,只提出两点修改意见:一是本国头号球星在困难时要朗诵领袖语录,二是所有球员登台领奖时要热泪盈眶。他解释说,本国队员流泪是因为"国旗迎风扬,领袖在心中",巴西球员流泪是因为"对手众志成城,自己羞愧难言"——"他们恨不得成为我国人民的光荣一员!"部长现在是上帝,公司高层忍住笑,依计行事。

那真是一个电子技术大放异彩的年月啊。"比赛"无可挑剔。在国家电视台播放后,某国人民个个像喝了公鸡血,万众欢腾。但万万没有想到,一年后东窗事发了,一个叛国者悄悄带回了真正的比赛录像,国内悄然耸动,世界哗然——这就是被《年代周刊》评为"世纪丑闻"的虚拟足球赛事件了。同时,这也是发力公司转型的拐点。

路线问题是严肃的问题,单纯技术路线是注定要翻车的,现在,他们显然又重蹈覆辙了。

怎么可以单纯依靠技术呢?在隐秘战线上,决定胜负的是人,而不是技术!——他怎么又忘记了这一点?大概是书读多了,脑子里长书虫了!

陈易恨不得从楼下跳下去。

周长的研究,其价值毋庸置疑,情报的来源也相当可靠,但就在他们潜心于攻击周长的实验室电脑的关口,有人抢先对笔记本电脑下了手，而且还得手了。教训是深刻的啊。刚才的会议已经做出了决定：继续动用技术力量，加大对目标电脑的作业力度。这不是因为他们死脑筋，不知道改弦更张，而是因为在对手已经加大保卫措施的情况下，继续走网上攻击这条路，倒反而可能是一条捷径了。

目标：周长的实验室电脑。具体的安排是这样的：由公司擅长"造毒"的吴帮担任主攻手，负责在周长可能经常要浏览的网页上施放病毒；擅长"杀毒"的冯芳群作为侧翼，协助吴帮寻找目标电脑的漏洞和可能存在的"后门"，并及时跟进。和前一阶段不同的是，陈易特别强调了他们两人之间的协作。"你们的工作是分不开的。你是倚天剑，他就是屠龙刀，刀剑合璧，方能够克敌制胜！"

三天以后，他们的努力终于得到了回报。他们成功进入了周长的实验室电脑。

搜索引擎上关于艾滋病的网页竟然有4860000个！这简直是一个海量的数字，他们通过点击率筛选出其中500个；考虑到周长的专业需要，他们最后选定了50个专业水平较高的网页作为载体。施放病毒的结果是：周长终于中招了！一个超级木马病毒成功感染了他的系统。他们通过国外总部提供的"后门"，悄然进入了周长的电脑。

神不知鬼不觉。只有他们自己才明白这次成功的非凡意义。

周长显然不是个完全的"菜鸟",他即使不是电脑专家,也具有极强的防卫意识——他们试验了三种病毒,最终成功突入防火墙的只是他们最新研制且尚未向市场推出的超级病毒,就说明了问题。陈易一面对吴帮表示嘉许,另一方面,也开始担心后面的工作将要遇到的难度。

他们压下心头的狂喜,立即投入到对文件的寻找和识别当中去。

电脑屏幕上静悄悄的,一连串字符排列整齐,伴随着他们在周长电脑中逡巡的步伐,次第出现。周长的硬盘中,一共有8635个文件,其中绝大部分是所有电脑共有的文件,没有价值,而另一些,也许只是几个,甚至一个文件夹,才是他们的目标。

8635个文件,他们不需要一个个甄别。他们只要使用专用软件,对文件名、文件后缀、文件大小及使用频度进行分析,就可以锁定目标群。这是他们通常使用的方法,既可以避免无用功,更可以减少被对手察觉的概率。但问题是,既然周长已具备很强的防卫意识,那这种筛选法是否会放掉漏网之鱼呢?陈易看着电脑前的吴帮和冯芳群道:"你们认为,他会采用一些基本的加密法吗?"

"谁?"吴帮推了推鼻梁上的眼镜,一时还回不过神来,"你说周长?"

"当然是他。"冯芳群道,"你是说他可能采取了'文件名后缀修改法',使得我们忽略了真正重要的东西?"

陈易皱着眉头道:"是的。"

"那就对他的电脑尽可能地复制,一网打尽!"冯芳群干脆地道,"复制下来后,我们可以慢慢地分析。"

"不能慢啊。"吴帮插言道,"时间也很重要。"

冯芳群刚要争辩,陈易一伸手,果断地对冯芳群道:"就按你说的,尽可能复制,但要加快进度。更重要的,是不要留下痕迹。有什么情况,你们立即向我报告。"

因为女性的细心,这一阶段的工作主要由冯芳群实施操作。

第二天,她报告说,发现了一个很奇怪的东西。"是在一个叫'AIDS'的文件夹里。"说时,她递来一张纸。纸上抄着一首诗:

中夏莲花开半边,
父殁母亲又续弦;
孝子难离慈母膝,
故乡天涯须当回。

她补充说:"这个文件其实是 word 文件,他把后缀改成了 jpg。"陈易锁紧了眉头。"文件名后缀修改法"是连菜鸟都会用的初级加密法,而且,AIDS 就是艾滋病的英文名字,周长会做得如此低级吗?他问:"你们还找到什么?"

"在另一个文件夹里还有几个文件,活动频度很高,但打开后,全是乱码,无法解读。"

"我去看看。"

冯芳群和吴帮工作的密室,位于走廊的最顶端。作为公司领袖的陈易的办公室反而在外面,楼梯的对面。这样他可以随时指挥,自己也成为保密措施的一部分。吴帮面前的电脑上,果真是一片稀奇古怪的字符,天书一样不可辨识。陈易问:"网线断开了吗?"

"断开了。"吴帮道,"这是我们复制的文件。"

"我已经试过所有可用于文字和数据处理的软件,都读不出。"冯芳群沮丧地道,"每一次都是乱码。要不,我再继续试试?"

"不用试了。"吴帮肯定地道,"不可能读出来的。"

"为什么?"

"因为你已经试过了。再试下去还是这样!"

"为什么?"陈易也问道。

"既然他故意隐藏,那么用现成的软件就不可能读出来。"吴帮侃侃道,"这说明了两点,第一,这个文件是有价值的东西;第二,他一定是使用了带有加密功能的特殊文本处理系统。"

沉默。吴帮确实言之成理。他的话环环相扣,但却指向一个结论:没有那个"特殊文本处理系统",他们将"目不识丁"。

陈易突然想到了刚才的那首诗，正要说话，冯芳群开口了。她语带不服地道："那首诗我们不是读出来了吗？他修改了后缀，本来也是不想让别人看到的。这难道不说明了，有价值的东西，我们也能读出？"

"不。那东西没有价值。"吴帮一句话就把她否定了。陈易从上衣口袋里拿出那张纸，看着那首诗，不说话。在公司里，吴帮和冯芳群一直是一对"对手"。长期以来，一个互相竞争的关系维持着某种生态平衡。陈易希望他们互相协作，也希望他们彼此磨砺，互相激发。他对他们之间的争执一般并不介入，有时还适时"挑拨"一下。他看着冯芳群道："那你说说这首诗有什么价值？"

冯芳群迟疑着。吴帮道："那就是一首诗。无聊的自艾自怜。"

冯芳群道："也许，这里面隐藏了他说的'特殊文本处理系统'的密码。"

"呵呵。"吴帮笑起来了，"没有门，没有锁，钥匙有什么用？如果得不到那个'特殊文本处理系统'，密码又有什么用？——你还是承认了'特殊文本处理系统'的存在。"

"你——"冯芳群气得粉脸通红，"你放心，只要它真的存在，我一定会找到它！"

陈易点点头，这就算是落实了任务了。他扭头对吴帮说："有一项工作你要独立完成——你去详细调查周长的背景。"

"什么方面？"

"一切方面。你什么都不要放过。"

第六章

有一句话叫"要想人不知,除非己莫为",祈天现在认为它是彻头彻尾的鬼话,是圣人们用来吓唬老百姓的。圣人们要求你听话,不要"胡作非为",就说万事蒙蔽不了,只要你做了,咱没有不知道的。还有句话是:"暗室亏心,神目如电。"说你躲在家里只要亏了心,哪怕什么也没做,咱的"神目"也看得见。这就更厉害了,瞎想想也不能了。

其实不是这样的。具体的例子就在身上。祈天裆下的毛病,先是犯了,后来又好了,他要不说,谁能知晓?同理,他的毛病传自王芳,王芳的毛病又传自别人,那个"别人"是谁,王芳不说,他去调查,难度就不小——有人打昏了人,抢了东西,李天羽这个"神探"不也两眼一抹黑吗?所以,真正的"神目"是没有的。什么事情不幸泄露,被人窥破真相,不是你运气欠佳,就是你水平不高。你如果发现了什么,那一定是你搜索到了一个特殊的关系人。

是的,"关系"很重要。最近,他的生活里出了两件事,有两个疑团摆在他面前：谁是抢劫周长的凶犯？谁是他家庭的入侵者？这两个疑团轻重不一，并无关联，一个在单位，一个在家里。但因为某种特殊的"关系"，它们竟然"并线"了！

但是他开始并不知道。周长被抢，他不很挂怀，追查劫犯并不是他的任务。他更关心那张电话单，孟达，他已经记在脑子里，和王芳的手机合了榫。孟达的"坐标"都已经明确了，他的地址祈天也已记住。他的目标是，尽快抓住他们下一次"合榫"的证据，以无可辩解的事实，和孟达短兵相接，逼他就范。真正的难度，是在这里。

他已暗中跟踪了王芳好一阵子，发现除了她出去遛过狗，没有其他异常。他抓不住明确的证据，这时候，他的头脑里却不由得又飘来了那句话：要想人不知，除非己莫为。他愣愣神，苦笑起来，他怎么用这句话来给自己打气了？

下班了。他闷闷不乐地上楼。他掏钥匙的时候，那狗已等得焦躁，趴在门上在里面抓门。他没好气地开了门，抬腿把狗拨到一边去了。他暂时什么也不想做，坐到卧室的沙发上，突然觉得有必要再琢磨琢磨王芳的手机单。王芳马上也要回家，他不想让她看见，刚想起身关上卧室的门，那小狗已经挤进来了。它不识字，祈天就不理它。长长的通话单上，那几个熟悉的号码像诡秘的符号，不时蹦跳起来，做着鬼脸。祈天端坐不动。那小狗见了那话单竟异常兴奋，身子立起来直往茶几上蹦。难不成那几个号码竟沾染了特殊的味道？岂有此理！祈天一把抓起单子，塞到口袋里了。

他懒懒地半躺在沙发上,看着小狗急得直叫唤,四处乱嗅。心里好笑着,突然,他的笑容凝固了——时间!他想起了话单上的时间!那两个号码的出现时间并没有什么规律,这他早就研究过,但是——祈天浑身寒毛乍起——有一个时间,他怎么就忽略了?他怎么这么粗心?!

他刷一声扯开单子,看着看着,冷笑起来。

离祈天家约莫两公里的秣陵路上,开着一家"狗姻缘"公司。这是一个小门面,"狗姻缘"三个字做成了霓虹灯,晚上比白天更要醒目。好多人不懂这三个字的意思,往里面一看,橱窗里有两只狗的标本,一大一小,相对着瞩目凝视,一副郎情妾意的模样;还有台电脑,摆在墙角,此外别无他物。"狗姻缘",他们看不懂。其实不怪你看不懂,这个公司的生意绝对是别出心裁。橱窗上有几行小字已经写明了:为你的爱犬牵线搭桥——明白了吧?就是给狗配种的。行人笑着摇摇头,赞一声"厉害",也就走了。他不养狗,也不是狗。祈天走了过来,他在霓虹灯下稍一停顿,看看玻璃橱窗上的电话号码,想一想,掏出手机拨通了一个号码。橱窗里立即传出了狗叫,一只手机伴着"汪汪"声在桌上闪烁。店里的那个男人拿起手机,刚要接,铃声断了。他疑惑地看着手机上的号码。

这也就算是敲过门了。好别致的门铃。祈天果断地进去了。

那男人转过身来,点了点头。霓虹灯和电脑屏幕的光线混杂着映在他脸上,花花绿绿的,像个小丑。其实他长得是不难看的,岂止不难看,简直可算俊朗。他坐着,但一看就知身量不低,大概和祈天不分伯仲。就这样一个人,王芳怎么会和他有事?!他的生意说明了他的身份,他的身份也标示了他的教育程度和社会地位,总之档次并不高——简直是很低!他怎么就和王芳滚到一起了?!祈天的脑子里急剧旋转。他实在是想不通。这种看上去"不般配"的苟且关系摆在他面前他都想不通,藏在暗处他当然更想不到——事实上,世上所有成功隐藏的男女私情,要么是看上去很般配,但双方却不动声色,甚至"敬而远之",要么是看上去不般配,绝无可能,让外人想都不往那上面想。当然,祈天现在还没心思琢磨这个,一闪之念而已。他按下心头的怒火,朝孟达微微一笑,并不说话,四处打量着。"你好,"半晌,祈天开口了,一副闲人随嘴搭讪的口气,"生意不怎么样嘛。"

"马马虎虎。"那人疑惑地看着祈天。

"孟老板,你这生意路子不对啊,比较下作。"祈天评价道,"我知道你姓孟,名达。孟达,名字倒不错。"

孟达慢慢站起来了。他警惕地问:"你是谁,做什么的?"

祈天不理他。看都不看他。"还狗姻缘哩,不就是给狗拉皮条的吗?"祈天眼光朝霓虹灯一挑,笑了起来。

"嗨,你这话难听。"孟达心里急剧地思索,赔着笑道,"你有所不知,家养的宠物狗也很孤独的,主人又都讲究个血统,没有人来牵线还真困难。这是商业，也算是善事。"

"是吗？狗交配原来还要讲究门当户对啊，我可第一次听说。现在人可是开放啰，黄的，白的，黑的，全乱了。"正说着，门外走过一对男女，白人搂着中国女人。祈天嘿嘿笑了起来。

"你到底是干什么的？"

祈天不回答。他抬手在手机上按了一下重拨键，孟达手里的手机突然又"汪汪"叫了起来。孟达手一哆嗦，像被狗咬了一口。他啪一声扔下手机，盯着祈天。

"你的手机号码我早就存进去了，"这手机刚才是门铃，现在是遥控炸弹。祈天冷笑着欣赏孟达的慌乱，"告诉你，我是王芳的丈夫！祈天！"

"你什么意思？"

"上个月你一共给她打了15次电话，这个月是12次。这是电话单。你太不小心了。"

"这又能说明什么问题？"

"你过来看！"祈天刷一下拉出通话单道，"这些只说明一些小问题，只说明你和她有苟且。真正说明问题的是这个。"

孟达疑惑地凑过去，皱起眉头。祈天道："12月5日，晚上11点零5分，到11点20分，她和这个号码通话了15分钟。后来她又主叫了这个号码，又通话了5分钟。"

"这不是我的号码。关我什么事？"

"这是一个小超市附近的IC电话号码！就在这次通话后不

久,那里发生了抢劫案。"

"这与我有什么关系?"

"有关系。这个电话就是你打的。你蓄谋已久,一直跟踪周长。在跟踪的时候,你担心一直盯着超市引起别人的注意,只好找点事来做做。打公用电话就是最自然的掩护。"

"你凭什么说就是我在公用电话打的电话?"孟达走到门口,把卷帘门拉了下去。他冷笑道,"你有什么证据?"

"在我提醒下,警方在案发后立即提取了电话上的所有指纹,你能说那上面没有你的指纹吗?"

"有我的又怎样?这顶多说明我曾经在那里打过电话,不能说明我作案。"孟达冷笑道,"甚至连我究竟是什么时间在那里打的电话都不能说明。"

"王芳能作证。她能证明,是你在那个关键的时间和她通话了。"祈天在店里转着圈子,突然回头道,"你也许要说她不会出来作证,但我比你了解她。"他苦笑一下,立即狰狞起来,"我更了解警察。他们困难的是在茫茫人海里找到一个人,但最简单的是锁定了一个人,要他招供。"他紧紧盯着孟达道,"真要查起来,证据太多了。你这台电脑里,很可能就下载了不少关于艾滋病研究的资料。你那个贼窝里,周长的电脑一定还在。——我问你,你拿到你所要的东西没有?"

"什么东西?"

"你不要装傻!那台电脑,你打开了没有?"

"没有。"孟达嗫嚅着道,"我不太懂这个。"他这么说,其实什么都认了。他疑惑地问:"你,想要怎么样?不会是你自己要那个电脑吧?IBM的,市价一万八。"

"放屁!不要忘了,我是保卫科长。"

"那你想怎么样?"

"我要你离开。"

"离开王芳?"

"不。离开这个城市。彻底滚开。"

"凭什么?"

"根据刑法,你至少要坐三年。考虑到你窃取了科研机密,你绝不可能缓刑。你要么去坐牢,要么滚蛋。你自己选。"

"我……"

"你可以再想想。我给你三天时间考虑。"祈天下巴朝他抬抬,示意他拉开门。临出门前,祈天摸了摸那只狗标本道:"这东西做得很逼真啊。其实,我家的狗都认识你这里了。你不知道吧?要想人不知,除非己莫为。人不知,狗知。狗不知,天知道!"他人出去了,又撂下一句话来:"这三天不会有人来找你,但我会盯着你。"

一出门,祈天才知道自己身上出了一身汗。这家伙是个滚刀肉,不好对付。祈天锁定他,也费了心思。王芳晚上临睡前有时会出去遛狗,那天的电话正好出现在那个时间。在那个时间给她打电话的，除了孟达，绝无别人。但那个号码并不是他早已记熟的什么５８８的号码，他很疑惑。突然他心中灵光一闪，立即跑到发案的超市那里，他几乎立即就看透了事情的端底：那个号码就喷绘在那部ＩＣ电话上。没有其他可能了，孟达有手机，却在那个敏感的时间躲在这里打电话，只有一个可能：他就是案犯。

他必须和孟达短兵相接，但是祈天还有些犹豫。他手上掌握了证据，但还只是孤证，只是推断，还不足以将他勒死。他心事重重，仿佛一堆烂稻草，捂在胸膛，火苗突突地，但烧不旺，倒是更加烟雾交加了。这时候，是他家的小狗把一切都挑明了。那一天，晚饭后他不愿意待在家里，出来遛狗，那小西施犬却老马识途一样跑在前面，它左拐右绕，竟到了"狗姻缘"的门前。这地方他经过了很多次，从来也没有深想，他苦笑想：小狗又发情了吗？要找人介绍对象了？突然他心中一动，视线停留在橱窗上贴着的电话号码上——这号码竟如此眼熟！突然想起，是在王芳的通话单上见过。那小狗摇着尾巴一头就钻进去了，还直冲着那两只狗标本叫唤，好像在和老朋友打招呼。店面里不见人，祈天喝它出来，一把拽住了绳子。它不会说话其实也已经是说了：这是个它熟悉的老地方。

他早该注意到这里的。至少应该注意到狗。狗是宠物，是女儿的玩具，更是个好道具。王芳白天晚上都有出来遛狗的机会，把狗留在这里，他们尽可以另找地方寻欢。祈天万万想不到，他的狗竟然也有了"外宅"，王芳更想不到，小狗连两个男人单挑的场子都选好了，这里，比任何地方都合适啊。

祈天对小狗没有感谢，只有憎恶。很可能正是这家伙拉的皮条！孟达决不像一个混得出色的男人，王芳本不该认识他。或许正是因为这小狗，它每年发情在家作怪，都是王芳联系合适的公狗。她上网了，遇到了孟达，一来二去，她自己成了发情的母狗了！

祈天恨不得把狗杀掉。这个家只有女儿和自己是干净的，其他的，全脏。他简直不愿意再踩下脚。但是，他还得忍住。女儿需要她的母亲。那天女儿夜里突然生病，发高烧，祈天慌忙背着她去路上拦车，王芳跟在后面。夫妻俩这时候真像是同舟共济的一家人了。他们打车去了医院，王芳这时候立即表现出她当医生的优势。她忙而不乱，她熟悉医院所有的环节，到处都有她认识的人。她不要挂号，就可以先看医生；开了化验单不用交费，先取样送检，只要在上面先填上名字。她活络得很，自在得很，如果来看病的不是她女儿，而是一个不怎么相干的人，她几乎是在进行社交表演了。祈天一直照看着女儿，他看着王芳忙前忙后，非常吃惊。他从不了解她的工作状态，原来竟如此如鱼得水啊。不知怎的，他竟有些愤恨起来。王芳过来安慰他，说女儿没什么，只是急性上呼吸道感染，受凉了，她摸着女儿的头说："你爸爸啊，大惊小怪，要不是为了让他放心，我自己在家里给你治治就好了。"她这是多话了，一句话就撩起了祈天心里的火。他讥诮

天知道

地说:"是啊是啊,我大惊小怪,你见多识广。连我的病都是你治好的嘛!你是家庭医生!"他额头贴在女儿脸上,不讲话了。

此后的时间祈天都不理她。两人配合着给女儿吊完水,就已经１２点多了。女儿本已睡着,这时却醒了,嚷着要回家,说她明天还要上学。但是有一些药还没有领,甚至连挂号交费都还没有做。祈天气呼呼地道:"那我们先走。"他不等王芳了,抱着女儿出门拦了车先走了。外面很黑,祈天的心思也全在女儿身上,他没有注意司机怎么走。到了小区门口,他一看车价,比他去医院时多了整整五块。这家伙显然是绕路了。夜里路上根本不堵,白天的单行线也全解了禁,这家伙是故意的。祈天虽窝火,却也准备付钱了,只随口说了一句,绕路了吧。不想那司机却火气更大,立马嚷嚷起来,说不信他可以再回头走一趟。正争执间,王芳乘另一辆车来了。她开口就骂,说那司机太不识相。她一把拽过他,"你看看,同样的路线,你看这辆车多少钱?!"那司机真是个不识相的,竟开始骂骂咧咧的,说什么这辆车那辆车,他只认自己的车价表。祈天火了,他朝司机逼近,如果不是女儿在边上拉住他,他就要动手了。王芳指着后面一辆车的司机道:"请你出来一下。你说,我是不是从医院来的。"转身道,"你不识相,弄得人家这位师傅也走不成。"后来的司机原本坐在车里不动,这时探出头来,朝他的同行道:"他们是一家的。你就算了吧。"

两个司机接了钱,一个左拐,一个右拐,各自走了。这一场争吵事实上全仗了王芳,那司机提出沿原路复核,显然是故意刁难,王芳不到,还真难收场。女儿清醒了,一路上唧唧呱呱地夸妈妈厉害,爸爸也厉害。祈天催她快回家睡觉,一边悄然长叹:这个家其实一个也离不开的。即使他可以离开王芳,女儿也不可能离开妈妈。一个体面的家庭,哪怕只是在女儿身上同舟共济,也是珍贵的。这不是人生的需要,它本来就是人生啊。

家就在楼上。三层台阶的上面。里面是温暖的。他不能捣毁它。

一天,两天,三天。或者倒计时:三天,两天,一天。孟达竟很沉得住气。在祈天给的三天期限的最后一个晚上,他的电话打过来了。

晚上。老地方。

老地方就是"狗姻缘"。祈天一进门,顺手就把卷帘门往下拉。孟达伸手拦住他道:"别拉啊,我还要做生意哩。"卷帘门呼地一声缩上去了。孟达道:"我们打开天窗说亮话,不好吗?"

祈天心中一惊,凛然道:"那好。你想好了?"

"我想好了。我愿意去坐牢。"

"什么?!——真的吗?"

"当然是真的。不就两到三年吗?又不是无期。"

"那你为什么不去投案?"

"我为什么要去投案?"

"投案了还不要两到三年,也许一年就够了。你反正也没得到资料,交上电脑,说不定还缓刑哩。"

"我不要缓刑。我就想坐牢。"孟达阴笑着道,"我想给你留个立功的机会哩。你去举报吧。保卫科长查出案子,天经地义。你了不起!"

"要是我不想立这个功呢?"

"不会吧?升官,晋级,无限风光唾手可得啊。"

祈天沉默。对手是个恶棍,比他想象得还难对付。必须承认,他被勒住要害了。他的沉默助长了孟达的得意。孟达侃侃道:"你最怕的大概就是'无限风光'吧!我一暴露,警方一定会传唤王芳。我和她的事就再也包不住了。呵呵,保卫科长的妻子与人通奸,因捉奸而侦破大案。哈哈,有意思!"他跷着二郎腿抖了起来,"这下报纸忙起来了,电视也高兴了。大家全露脸了,成明星了!"

祈天攥紧拳头,恨不得朝他那张鸟脸上砸过去。但是他不能。他所担心的,其实正是这个局面。如果不是担心拔出萝卜带出泥,把王芳牵出来,他早就一个电话把孟达送到号子里去了。这绝对是个欠揍的家伙,但拳头一挥出去,孟达立即就会躺到地上,大呼小叫起来。但是,他真的就不怕坐牢?——祈天稍一冷静,立即注意到一个细节,他发现孟达时刻注意着门外,一有人经过他的声音就小了,甚至暂时不吱声,走过去,抬手摸摸狗标本——他看似气势汹汹,其实很有控制。祈天明白了,他这是在勒索。

祈天站起来，走近橱窗边，低声道："你大概知道我以前是干什么的吧？"

"你做过警察。"

"再前面，我还是特种兵！"桌子上有一个茶杯，放在报纸上。祈天把报纸往上一翻，包好杯子，右手一捏，杯子"喀嚓"碎了。报纸托着一堆碎玻璃，他随手扔到垃圾篓里。他脖子哼一声道："如果我愿意，我可以轻易地除掉你。"

"你威胁我？"

"是你先威胁我的。"祈天指着篓子里的报纸团道，"可我不愿意见血。我连自己的手都不想划破。事情也不是非得闹那么大。老实说，如果你得到了资料，我大概就不会让你走了。我这个保卫科长，还有最起码的责任心嘛。你运气不错。"

"你还是要我离开？"

"对。全身而退。"

"可我什么也没捞着！"孟达焦躁起来，猛地一伸手，把卷帘门拉下来了。"那些资料你说能卖多少钱？10万？20万？我把那电脑给你，你来想办法？"

"你有这个态度我们就可以谈。"祈天坐了下去，微笑道，"我不要那台电脑。不过，只要你肯离开，我可以出价。"

第七章

陈易半躺在他的转椅上,像睡着了一样。两个下属坐在对面的沙发上,沉默不语。吴帮在抽烟,从办公室里烟雾的浓度看,这个小会已经开了很久了。

气氛很压抑。那个可能存在的"特殊文本处理系统"毫无踪迹。因为它的"特殊",公司所有的现成软件都没有功效,纯粹的手工寻找耗时耗力,近乎大海捞针——事实上这比大海捞针更为困难,因为针的形状、色泽和重量都是已知的,而这个系统无影无形。它是"软"件。陈易不得不承认,周长是个高超的对手。他的电脑系统防护措施本已十分严密,自己手下的精英花了二十八天才成功潜入;这还不够,那道"特殊文本处理系统"更是一只拦路虎,它可能让你所有的努力全都前功尽弃,付之东流!

时间!时间在滑过,你拖都拖不住!

周长的研究肯定正在推进。一旦他成功研制出成药,并和超级制药企业联合,像CocaCola公司保护原浆配方那样把药物配方保护起来,那全世界都只能乖乖地掏钱了。

　　陈易坐起身,拿一根烟在桌上磕着,不时看看他们两个。他身上西装领带,还像个经理,但头发乱着,是苦力的头发。两个下属都像哑巴。半晌,吴帮迟疑地道:"为什么我们就不能换个思路?那个'特殊文本处理系统'既然找不到,我们不妨暂时放一放。我倒是觉得,那首诗我们不能放过。"

　　冯芳群尖锐地瞪了他一眼,她觉得受到了讽刺。"找不到,也许就是不存在。诗有什么用?诗就是吃饱了哼哼,像猪八戒!"

　　吴帮一笑,继续道:"这首诗保存在他的硬盘里,文件夹的名字为'AIDS',显然值得注意。"

　　陈易看看他,等他继续说。

　　吴帮道:"一种可能是,这仅仅是一首悼亡诗。他怀念他的父亲。我调查过,周长出身中医世家,他父亲是一方名医,周长和他感情很深。父亲去世后,他母亲又改嫁了。周长很痛苦。这是一首自艾自怜的东西。"

　　陈易微笑道:"现在是你认为这首诗一无所有了。"

　　吴帮正要说话,冯芳群打断他道:"正如你所说,这首诗没有价值。莫斯科不相信眼泪。再说,他刻意隐藏的东西会叫'AIDS'?这不是此地无银三百两吗?况且,那个'AIDS'文件夹里还有另一个文件,它需要验证,我们打不开。要说有秘密,倒可能在这里。"

　　"可还有另一种可能,"吴帮瞟瞟冯芳群,以攻为守道,"药物配方就藏在这首诗里！"

他语出惊人，陈易和冯芳群都怔住了。

良久，陈易摆了摆手，沉吟着道："不可能是配方的。根据已经掌握的信息，现在，他还只是取得初步进展，还谈不上配方。况且，配方必须包含各种成分的剂量，这诗里看不出数字。"

"有数字的。中夏莲花开半边，'半'不是数字吗？"

冯芳群道："'半'是比例，不是数字。没有'一'，就无所谓'半'。"

吴帮还要争辩，陈易摇摇手，敲敲自己的头，示意他们先出去。

也许，真正的秘密还真是在这首诗里？

陈易绝不是个首施两端的人。这首诗一直让他疑窦丛生。如果仅仅是一首悼亡诗，他又何必放在"AIDS"文件夹里？而如果里面隐含着秘密，他又为什么要把这个文件夹命名为"AIDS"？无论如何，这是一种矛盾的逻辑。

吴帮为什么要坚持说里面有配方呢？难道是因为周长突出的中医背景？

那首诗在陈易脑子里盘旋。这是在中国。对手是一个中医世家子弟——为什么此前忽略了这个？

陈易的办公桌上，堆了一大摞中医药书籍。吴帮和冯芳群围坐在桌子边，翻看着手里的书。那首诗他们不需要再看，已经印

在了心里。诗曰:

  中夏莲花开半边,
  父殁母亲又续弦;
  孝子难离慈母膝,
  故乡天涯须当回。

  陈易在踱步。突然想起什么,也去翻书。压抑不住的兴奋全写在他们脸上。书籍窸窸窣窣地翻动。轻声地议论。终于,吴帮啪地扔下笔,抬起了头。
  那张纸的下半边写着一连串的中药名称:

  半夏　半边莲
  续断
  附子
  熟地　生地　当归

  冯芳群疑惑地道:"这倒真像是什么配方啊。吴帮,你说呢?"
  "这不是配方。"吴帮断然道,"中药讲究君臣配伍,这药理不通,也没有剂量。"
  陈易拿起那张纸,沉吟片刻,坚决地道:"这是密码,不会错了！这是我们集体智慧的结晶啊。"他把纸递给冯芳群道，"不要任何标点，用智能汉字和五笔汉字系统，你分别去试。"

"你是说，他用汉字做了密码？"

"对。"

冯芳群疑惑地问："我往哪个系统输入密码？'特殊文本处理系统'不是还没找到吗？"

陈易果断地道："那个'AIDS'文件夹不是还有一个文件吗，它提出了验证，你就去通一通它。"他微笑着道，"我倒要看看他葫芦里到底卖的什么药。"

　

元旦过去了。天气已滴水成冰。石城的大街上，已不复假期的喧闹。要等到两个月后，农历大年来临，才会重现人头攒动的热闹景象。这是两次长假间的平静期。

李天羽虽然没有放弃对超市抢劫案的调查，但实际上，这案子已经做死了，成了死案。所有的线索在案发的那一天就已经断掉，无法继续。一台电脑，或许还是流窜作案，谁知道现在流窜到哪里了？悬案也就让它悬着吧。

但这是李天羽的一个心病。所有未破的案子都是他的心病。这心病也许明天就发作，也许永远也不再发作了，自愈了——但愿如此。

又一个案子落到他手上了。这个城市每天都会有新的案件发生，但只有称得上"恶性案件"的案子，才会报到刑警队来，大部分，派出所就直接解决了。就在元旦长假的第二天，西郊发生了一起银行抢劫案。

又是抢劫案！现在的人都疯了吗？

说是银行抢劫案，其实被抢的只是个储蓄所。储蓄所地处偏僻，行人稀少。案件发生在下午4点半，离下班还有一小时。

西郊原先是一片广阔的河漫滩。大水来时，化为泽国；大水退后，一片泥泞。在长江大堤建成以前，这绵延十几平方公里的地方，除了芦苇和菜地，就是星罗棋布的水塘，连养鱼都要担心发大水漫塘。一句话，这是个荒芜无用的地方，是这个城市抵御洪水的缓冲带。但仿佛一夜之间，这城市开始膨胀了。无数的楼盘布好了局，各种商业网点也逐渐延伸过来。各大银行的总部还在城中，但它们的吸盘伸过来了。连通江大道的终点，也有储蓄所了。

但毕竟是个新区。没有多少大机关，也没有多少学校商场，这里的道路只是城市的毛细血管，除了上下班的那一小段时间，这里行人寥寥。那个被抢储蓄所有一个很吉祥的名字，叫"××银行达江储蓄所"，大概取的是"财源茂盛达三江"的好口彩。但实际是，沿江地区几十个储蓄所都平安无事，只有他们这个有个好名字的储蓄所被人盯上，被抢劫了。按那个当班经理的话说：一天的储蓄额，"全送了长江了。"

每一年的元旦过后都是淡季，等到春节前各个单位发了钱，他们这里才会稍稍忙碌一些。临近下班的时候，所有人都很懈怠。

虽说没多少顾客，但一天坐下来他们也很累。再熬大概一小时，金盾护卫车就会来取走当天的营业款，到那时，他们就可以下班走人了。一个姓王的营业员说肚子饿了，要到对面买点东西吃。她一出门大家就笑她，说那么胖了，还吃不够，等会儿我们帮她多吃点，也是为她好。正笑闹着，一个人低头快步走了进来。里面的人开始并没有在意，等他举起了手里的枪，大家都愣了。

"一个都别动！打劫！"

当班经理说："小王，你开什么玩笑！"但他话一出口，自己就知道不对了。这是个男人，蒙着头套，小王也决不敢开这种玩笑。"你——，你——"他边说，边往边上移动。桌子底下就是报警铃，只要再一伸手，顿时就会警铃大作。那男人立即用枪指着经理，喝道："不许动！"

正在这时，买包子的小王一头撞进来。她"呀"一声，手一抖，肉包子落了一地，还直蹦。她反身就往外跑，那男人一把箍过来，只一枪把，小王就软到了地上。那男人"扑通"把她丢下，一闪身，拉开了营业间的铁门——经理早已想到了那铁门没关上，这都是给包子留路惹的祸！——但是他不敢动，所有人都不敢动。那男人用枪逼着他们，喝令他们蹲在了墙角。

那男人动作飞快。眨眼工夫所有的钱都塞进了他的包里。他们只能听见他粗重的呼吸。他端着枪，后退着出了营业间。他回头看看门外，用枪朝里面的人点点，似乎还笑了笑，简直像是在朝他们道别。然后他一转身，出了门。转眼就没影了。

案件的全过程就是这样。案犯一走,里面忙乱开了。他们立即打电话报警,一窝蜂地围着小王,帮她擦血,喊她的名字。包子都被踩成煎饼了。这还是受过上岗训练的人,简直是出丑丢脸!更可笑的是,报警后警察还没来,金盾护卫车倒先来了,可是他们今天连一分钱也取不走了。有人捷足先登了。

"他们到底是护卫谁?啊?武装到牙齿,现在才到,难道是护卫那个案犯吗?"值班经理心里一肚子气,倒不想想自己的责任。他暗暗骂着,后来竟还骂出了声。警察来了后,救护车也来了。他抱着小王想跟着上车,李天羽听到了他在骂骂咧咧的,朝他招招手,不容置疑地道:"你不能走。我有话要问你。"

其实不用再说了,这是一群胆小鬼。而案犯绝对是胆大心细。地点选得好,时间也掐得准。整个过程干净利落,没有丝毫拖泥带水。那个头套更证明,他是蓄谋已久;那支手枪虽还不知道是真是假,但已使这个案子升级了。

这个案子把李天羽彻底从那个超市抢劫案里拉出来了。这是一种置换,新案换旧案,悬案换活案。他立即兴奋起来,笼罩在心头的阴霾一扫而空。他只能把那个案子暂时搁置了。不知出于一种什么心理,他在奔赴储蓄所的车上,给祈天的办公室打了个电话。他交代祈天,监控系统虽然已经升级了,但更不能放松,"你要管紧点哦,我这儿又出事了。"

无论如何,他是暂时解脱了。他们有规定,"有警必出",但谁也没有规定,有案必破,因为这事实上做不到。如果能把这个银行

天知道

抢劫案漂亮地破掉，他就不会灰头土脸，甚至大可以扬眉吐气了。

然而，这一次，经验失效了！监控录像系统倒是工作正常，但那家伙戴了头套，完全看不见他的真面目——这一点还在预想之中，出乎预料的是，安装在储蓄所门口的那个摄像头，本可以看见案犯进来前的情况，但案犯显然早有计划。他先是戴着大口罩和眼镜，远远地过来了，然后他转过身，一个背影，再回过身来时，他已经戴上了头套，脸上只剩两个黑洞了。抢劫完成时也一样，他镇定地出来，就像任何一个刚存完钱的人那样正常，他麻利地摘了头套，但也是一个背影。他快步走出了摄像头的视野，没有看见有接应的人，连他究竟怎么离开的都不知道。

因为行人稀少，案犯又行动迅捷，除了摄像头记录下了这一切，竟没有一个目击证人。当然了，地上有很多凌乱的脚印，但除了把它们全部提取起来，再和这些工作人员的脚印比对排除，你没有什么更好的办法。关键是，除了储蓄所的那帮糊涂虫，竟没有其他人和案犯有过直接接触——即使有，你暂时也找不到。那个卖包子的小贩曾远远地看见有人走进储蓄所，但他是个老年白内障患者，他的视力刚刚能够把包子数清楚，点钱的时候还要再往自己眼前靠一靠。

被抢的钱款是 21 万多。基本上都是百元面额。重量应有两公斤左右。对一个身强力壮、血脉偾张的案犯来说，也就是一个金元宝的重量。他可以轻松地离开现场。但最安全的方式是有同伙接应，也不能排除他独自乘出租车离开的可能。

李天羽留在储蓄所,继续盘问工作人员。他让朱绛立即赶往局里,尽快向全市出租车司机发出协查通知。深灰色羽绒服,绛黄裤子,身高约178厘米,体貌瘦长。拎一只蓝色牛仔包——他们所知道的,目前也就是这些了。

　　对储蓄所工作人员的盘问毫无进展。女人们只知道摇头,抽泣。那唯一的男人也像个女人,一直嘟嘟囔囔地抱怨,说他们的地点太偏了,"狗都不拉屎的地方"。又抱怨那个离警铃按钮最近的营业员,自己不晓得按铃不说,还挡了别人的路。李天羽气愤地喝道:"你闭嘴好不好?!"气哼哼地往门外走。地上的肉包子东一个西一个,引得人肚子饿。他让那经理出去买点东西来,大家先填填肚子。自己出了门,在储蓄所周围转了起来。

　　这地方实在是荒凉。苍茫的夜色里,一带路灯从城里迤逦而来,到了储蓄所前的警车那里,就完全断了,似乎那闪烁的警灯正是这一串路灯的总结。朝西面看去,隐约可见蜿蜒的江堤和零落的芦苇。储蓄所背靠着几个大楼盘,但看不到几家灯光,那些买了房子等着增值的人,不知道什么时候才能等到机会出手。南面原先有一家大型建材市场,也曾经声势浩大地宣传过一阵,这也许正是银行在这里布点的理由,但既然买房子的大都不是为了自己住,那建材市场的衰落就不可避免了。听说,已经准备搬迁了——你必须承认,那个案犯,是很会选地方的。

　　也许,他们刚赶到时,应该立即调集警力,展开大范围搜捕——既然没发现那家伙使用交通工具,没准他还躲在附近呢?——但是,这可能吗?他会缩在芦苇里,等着你把他拎出来吗……李天羽心中灵光一闪,突然想到,既然这家伙早有预谋,他一定不是第一次到这里来!李天羽精神大振,转身朝储蓄所跑去。

监控屏幕上,图像正飞快地回放。李天羽叫一声"停!"画面定住了。"就是他吗?"经理疑惑地道,"衣服颜色不对啊,这人穿着白上衣。"

李天羽不说话。他仔细观察着那人的行动。那人戴着一顶灰色绒帽,捂着口罩,从外面进来,稍一停顿,走到放储蓄单的架子那里,抽出一张单子,拿起拴着线的签字笔,好像要填单子。他似乎在思考怎么填,同时,明显地在四下打量。这时,又有顾客进来了。那人拍拍脑袋,似乎想起了什么,起身往外面走。他边走边把单子团掉,随手扔到了垃圾篓里……

"他没有戴手套!"李天羽叫了起来。他起身直奔外面的纸篓。经理也来帮忙,李天羽喝道:"你住手!不要动!"他笑道,"你太积极,我就要怀疑你们这里有内应了。"

"啊!"经理怔住了,乖乖地不动。李天羽小心翼翼地拽断拴笔的线,把笔放在塑料袋里,端起纸篓,朝门外走去。经理远远地朝他道:"我觉得不是这个人!他不是这件衣服!"

李天羽回头道:"他就不能把羽绒服反过来穿吗?这是最简单的改装!"他把纸篓放在后备厢道,"我现在确定你不是内应了。因为你太笨!"

说着他又回来了。看得出他心情很好,简直是云开日出了。"我还告诉你,他抢了钱出去,如果乘了出租车的话,肯定先把衣服又反了一次。"他指着东边一箭之遥的一个小厕所道,"那就是个好地方。"

经理呆了。他回不过神来。李天羽坐到荧光屏前,警告道:"你不要乱说。什么都别说!"他操作着设备继续往前看,然而,到了上午11点,图像就断了。再往前看,还是没有。"这是怎么回事?"李天羽问。

"哦,我们的电脑中了病毒,已经两天录不进东西。昨天上午才来人修好。"经理振振有辞道,"要不是我报修及时,我们就什么也看不到了。"他絮絮叨叨地反复表功,言下之意是要李天羽向上级银行反映这个"壮举"。李天羽长叹一口气,正色道:"这里的录像资料我全要带走。你们先回家,不要外出,我随时可能要找你们。"

警车开着大灯,在昏暗的道路上颠簸着。渐渐地,道路平坦了,灯火也灿烂起来。夜色下的城市霓虹闪烁,红尘万丈。无数的人在逍遥,无数的人在休憩,也有很多人又将度过一个不眠之夜。

城中心的一座写字楼里,发力公司所在的三楼,隐约可见里面的灯光。厚实的窗帘掩盖了里面的忙碌。陈易办公室的电脑发着幽暗的荧光，把他的脸色映得发灰。

冯芳群原本是来报喜的。她通过那些中药名，谨慎地对"AIDS"文件夹里的几个文件进行了试探。虽然文件已经被复制到他们自己的电脑上，她手脚再重也不可能被周长察觉，但她依然如临深渊，如履薄冰。她的谨慎和细心很快得到了回报，文件真的被打开了！按照公司规定，任何人都不可以越雷池一步。她没有细读，压抑着狂喜，把文件拷入U盘，送到了陈易面前。

陈易很沉稳。在遇到困难时，他会焦躁，会发火，一旦成果摆在他面前，他倒反而冷静了——他所从事的工作，注定他永远是一个怀疑主义者，对到手的成果，尤其应该质疑。他皱着眉头，打开了文件。

陈易盯着屏幕，逐字逐句地看着，生怕遗落了哪怕是一个字，一个标点。

冯芳群已经知趣地离开了陈易的办公室。为了防止泄密，他把电脑的网线也拔掉了。只有他一个人，仔细研读着他们费尽心机的成果。

但是这成果太短了。短得让人无法确认它的价值。他本来以为是实验报告，或者是实验计划，然而，它只有三段话，141个汉字。

他沉思着。又过去看。突然他焦躁起来，操起电话让冯芳群过来；想一想，让吴帮也过来了。

他铁青的脸色让人摸不着头脑。陈易把电脑屏幕猛地一推道："你们自己看看。"

两个人认真地看着屏幕。陈易站在窗前道："奇文共欣赏，疑义相与析。这是奇文，但疑义我看是一点也没有！"

屏幕上的文字是：

人类频繁的性活动，以及血液制品使用的无序，导致了艾滋病的蔓延。对人类性活动的管理是预防艾滋病的主要手段，但安全套并不完全安全。如果在安全套外层涂上艾滋病检测试剂，在性交前就可以知道对方是否染病，这将有效阻断艾滋病的性传播渠道。

下面还有诗一首。诗云：

人类性交要管理，
安全套子不安全。
若在套上涂试剂，
有无艾滋一插知。
最后是：不够押韵，烦请斧正。谢谢！

"谢谢，妈的，他还谢谢！"陈易呼地拉开窗帘道，"我们被耍了！"

冯芳群和吴帮面面相觑。"我听说，真有这种试剂。"冯芳群泼辣地说，"这简直是嫖客指南！还科学家哩！"

吴帮愤愤地说:"他还不如把男人们全骗掉算了。"

面对失败,他们真正地同仇敌忾了。陈易咬牙道:"我就不信,他们研究了几年,就研究的这个。这是他的第一道防卫,也是对我们的戏弄!呵呵,他欲盖弥彰,我们决不能歇手!"陈易最先冷静了下来。这说明他身为领导,毕竟要高出一筹。

第八章

早就有外国专家说过,中国的城市缺乏个性,大同小异。其实他们的论断失之武断。真正缺乏个性的是新兴的小城市,它们乐于搭建钢筋混凝土的方盒子,确实千篇一律。但像石城这样源远流长的古城,说它们流韵千古,各呈神姿,决不能算是夜郎自大。如果顶真说起来,外观毕竟只是外观,不管是多么牛气哄哄的城市,它的主体也就是人。人的企求、欲望、野心,人的悲欢离合,人的生老病死,才是这个城市的核心。你穿什么衣服,或者你什么都不穿,你都是个人。前者可能是个哲学家,后者可能是个傻瓜,但不是也有外国专家说过吗?哲学家和傻瓜之间的差别,绝不比人和猿猴之间的差别更大。也就是说,人就是人。也就是说,城也就是人的城。外国城和中国城,骨子里差不了多少。

但有个差别也还是明显的:中国人并不拿阳历元旦太当回事。中国人的年关是过年。元旦对中国人来说,也就是休息两天,喘口气,养足了劲,好到了过年再算总账。

已经是一月中旬了。春节遥遥在望。一年的盈亏出来了,一年的恩怨也该了断了。这个时候，石城的空间被拓展了，深了，高了。很多人干了一年拿不到薪水，气得一肚子血水，有的爬到高塔上，说拿到钱他才下来；有的去了长江大桥，说拿不到钱就要跳下去。总之是上天入地，呼天抢地了。欠钱的老板变成了老鼠，躲到了宾馆里，或者更进一步，钻进了秘密二奶的怀里。地面上的人当然还是多数，但也分出了三六九，有的大喜过望，有的聊胜于无，还有的就只能黯然落泪了。

这个时候也是各类商店大易手的高峰。就像每天都有人出生、有人去世一样，每年年关前，很多商店倒闭了，关门了，又有很多人接手，雄心万丈地试图老树新花，开出一家新店。孟达的"狗姻缘"就关了门，人去房空。几天后，卷帘门又拉开了，录音机里炸出爆竹阵阵，一家婚姻介绍所开张了。那一对深情对望的狗标本也没有被拿走，既然付了转让费，新老板索性废物利用，正好拿来做婚姻介绍所的广告。怕人家不懂，老板把两只狗各自转了身，背对背，成了个苦苦寻找的格局。狗头上方的橱窗上还贴一行花体字：他（她）在哪里呢？——我来告诉你！

总之，"狗姻缘"变成"好姻缘"了。

在"好姻缘"开张的同时，某一架国际航班正在遥远的机场等候起飞。祈天把手机放在口袋里，他所有神经全延伸到那里，搭在手机上。他时刻注意着它的动静。他担心它突然响起来，恨不得把它关掉。他担心节外生枝……终于到了起飞的时间，手机突然在里面叫了起来！祈天大吃一惊，哆嗦着拿出来，看着那上面的号码。还好,是家里的号码。是女儿。她放学回家,发现家里没电,她没法做作业,问爸爸怎么办。祈天耐心地叫女儿不要急,先在楼下玩玩,或者去遛狗。还说这也是一种休息,"磨刀不误砍柴工,心急吃不得热粥"。他不急不慢的,女儿都奇怪了,爸爸这样说下去,自己还玩得成吗……祈天挂了电话,下意识地看看表。终于,起飞的时间已经过去了!孟达肯定飞上天了,滚蛋了!他长长地松了一口气。

纸船明烛照天烧!他脑子里跳出了一句非常过瘾的诗,记得是毛泽东写的,叫什么《送瘟神》,他使劲往前面想,想来想去只记得这一句。不管它了,总之是送了瘟神了!如果那飞机突然在天上着火,照天烧起来,那才真正称心如意哩!那可真是涅槃了!不是孟达涅槃,是祈天的家庭涅槃了。浴火重生了。

不管怎么说,那家伙"旅游"去了。滚到"东洋"去了。祈天呵呵微笑着,突然哈哈大笑起来。这时正好有个保安进来请示工作,见科长笑成这样,不知有什么趣事,转过来看。祈天指着面前的荧光屏道:"刚才……刚才围墙外面有一只狗,还没个兔子大,竟然想往我们护卫队的黑背身上爬。我们的黑背腰一抖,就把它撂到水沟里去了。呵呵,你没看见。"那保安疑惑地想,小狗作骚有什么好笑?但他没敢说。

祈天这当然是信嘴扯个淡。但有的时候,信嘴胡扯却偏能一言中的。他拿狗随嘴打岔,不想他家的狗却真的开始作怪了。

天知道

按理说，孟达的离开，出现反应的应该是王芳。就像一个病入膏肓的瘾君子，陡然断了毒品，她该是什么反应？或者一个馋嘴的家伙，却被逼着去削发为僧，那又是什么心情？干脆说吧，一只偷惯了嘴的猫，突然发现主人把那鱼腌成了咸鱼，它心里将是什么滋味？总而言之，应该是寂寞难耐，痛苦不堪才对。奇怪的是，孟达走了，王芳竟无动于衷——至少你看不出，你看不出她有任何的变化。她正常地上班下班，正常地生活，正常得让祈天竟有些发虚了。他本已以为她会垂头丧气，或者冷嘲热讽，借题发挥，他甚至已想好策略，准备迎接她的兴师问罪，但事实上，什么也没有。哪怕他旁敲侧击，引蛇出洞，她也似乎浑然不觉。这真是怪了！祈天简直怀疑，他的怀疑是不是彻底错了，也许，她本来就不认识孟达？甚至，她压根就没有什么外遇？难道真是他祈天冤枉了好人了？！

　　祈天差点就好了伤疤忘了疼了。他的裆下，连伤疤都没有的，也难怪他要忘记。他几乎要谴责自己的多疑了。一个男人，怎么可以疑神疑鬼呢？怎么可以轻易怀疑妻子的贞洁呢？……他的自责，其实更是一种自我安慰。这种睁只眼闭只眼的自我安慰，简直可算是一种幸福。但是，他家的狗可比他记性强多了。它不但记性强，鼻子更厉害啊。它那个比人类灵敏几千倍的鼻子吸吸气，再朝前拱拱，把祈天从短暂的自责里拱出来了。

　　但自从孟达一走，这狗却出了怪了。在家里时还看不出什么，像个恋家的淑女，只是这淑女有点苦闷，总想出去放放风——它一贯是这样的，并不出奇。但只要一带它出去，你就发现它开始作怪了。它变得像一个执拗的孩子，有主见，不随和。它脖子上的绳子本来是人牵狗的，现在成了狗牵人了。世上的路千万条，它只肯走一条；你逼着它走了另外一条，稍一松懈，它竟又狡猾地绕回去了。总而言之，它还是要到那个"狗姻缘"去。

"狗姻缘"当然是没有了。进化成人的婚姻介绍所了。人家搞的是人的姻缘勾当，与你一只西施犬有什么关系？两个人搭上了，结婚了，作为一只狗，就算你能够闻风而至，顶多也只能得到点婚宴的肉骨头。只有那两只狗标本还在，但它们虽说依然目光炯炯，毕竟只是个标本，公的不会来和你调情，母的也不会和你游戏。你锲而不舍死乞白赖总要到这里来，唯一的理由就是你不能忘记往日的美好时光，你是个骚母狗！

但那狗并不理会他的咒骂，用项中的绳子牵着主人，在人流里左右穿梭。祈天跌跌撞撞，不时要朝人家赔笑脸。他手一丢，随那狗自己去了。

祈天好不容易把孟达从自己的生活里抠出去，更希望把他从自己的记忆里抠出去，但他的狗让他做不到。

显而易见，这狗此前被长期贿赂过。他们以此为据点偷情，狗也被好肉好饭地招待，说不定还找来公狗陪陪它——这不是"性贿赂"又是什么？这狗旧情难忘，所以总要旧地重游。它总要来，一带它出门它就要来；它又不识字，不晓得这里已经改换门庭，来了就往店面里钻，四处找，到处嗅，扬着脖子等人伺候它。刚开始那女店主还觉得好玩,后来就嫌它碍事了,呵斥它,扬着膀子赶它走,要不是看在后面的祈天面子上,大概要拿棒子撵了。这狗不识时务,还理直气壮地冲人家龇牙齿,回头看看祈天,见没有帮它的样子,竟朝祈天吼了起来。祈天狠狠给了它一脚!

狗不懂事,人不能不懂事啊。祈天只能朝人家赔笑。这实在是丢人丢到家了。他决定再也不带这狗出来,就把它关在家里,闷死它!就像戒毒那样把它关起来!可狗有狗的办法,它用尿屎来表达自己的抗议了。家里原本有个簸箕,专门给它方便的,它现在到处拉,屎一堆,尿一摊,冲鼻子不说,还像走进地雷阵。王芳见祈天似乎是没兴趣遛狗了,她只能自己来了。每天吃过晚饭,她安排女儿先做作业,自己牵着狗出去。一连几天平安无事,祈天看着她和狗的背影,刚松了口气,突然脑子里轰了一下——不用问,也不用跟踪,她们一定是去旧梦重温了!狗旧梦重温还不打紧,王芳这岂不是在鸳梦重温了吗?!

祈天霍地站起来。他不能再忍受下去了。如此状态,等于每天都把他伤口上刚结的痂撕掉,再撒上一把盐。等于在他脸上抹狗屎。他想把狗处理掉。要么扔掉,要么杀掉。就像让孟达消失一样,他必须想办法,让这狗也消失掉。

但是他投鼠忌器。有责任心的男人都有这个毛病。真要处理,还真是有难度。女儿这一关就难过。小狗差不多是她妹妹。王芳和他刚刚达成平衡,说不定又要翻起轩然大波了。

孟达本身倒消失得很彻底。他所乘的航班一起飞,祈天就长松了一口气,似乎那飞机原本是压在他身上的;那航班一落地,祈天心中悬着的一大块石头也就落了地——只有亲人或者是情人才会如此挂怀的,他简直比情人还要牵挂了。此人一出国,最危险的联系渠道就是手机,凑巧的是,年底小偷泛滥,他们竟及时把王芳的手机偷去了。祈天简直要感谢他们,发一个"神偷奖"。他主动给王芳买了个新手机,说是给她的新年礼物,又轻描淡写地建议她,索性把号码也换了。以前的号码信号不好,如果换成和自己一个公司的,两人间就可以享受每月三百分钟的免费通话了。这个理由一说出来,王芳真是有点感动了。五六三十,三百分钟就是五个小时,丈夫愿意跟你说五个小时的悄悄话,还不花家里的钱,你能拒绝吗?你是个贤妻你就不能拒绝,哪怕你是个恶妻你也知道要省钱啊。总之,王芳的号码换掉了。

祈天进一步放心了。在他可以想象的范围内,他已经斩断了孟达的魔爪。但他就没想到,"全球通,通全球。"人家的广告早就明说了,他们的号码是全球都可以通的。孟达可不就在外国吗?这"全球通"三个字,就是一个预警,真要联系,换个号码又何足道哉!即使没有电话,又何足难哉?只不过,祈天暂时没有想到。

家里终于是走上正轨了。天气寒冷,生病的人多,病死的人也多,王芳忙着救死扶伤。年底了,惯偷全部出动了,有些良民也客串小偷了，保卫工作也紧张起来。学期快结束了，女儿要期终考试了，模拟卷一张张发下来，又一张张交上去，每一张不光女儿要做，家长还要签字。每一张卷子上只写两个字，祈天就觉得麻烦了，可女儿不更辛苦吗？他去开了一次迎考家长会，老师的训话记了两页纸。几门功课的老师你方唱罢我登场，都说自己的课是多么重要，不贬低别人课的老师就算是厚道的了。

累，但是累得还算有滋味。所有的事都是为自己做的。"一切为了孩子，为了一切孩子，为了孩子的一切。"学校的墙上写得多好，这是世界上最好的绕口令。祈天现在没有人打搅。他的家也没有人打搅了。稳定就是一切，一切为了稳定，为了一切的稳定，呵呵，他做到了。一只小狗何足道哉，睁只眼闭只眼就是了。真正该滚蛋的已经滚远了，滚到球场外了，滚到国界外了。他的家保全了，在不知不觉中破镜重圆了，花好月圆了——马上就要过年了。

李天羽很郁闷。他今年四十岁，当了十八年的刑警，一连串案件的告破成就了他的美名。但是现在，这两个案子把他给涮了。他早已习惯于在繁杂的现象中寻找蛛丝马迹，现在繁杂倒是繁杂，却几乎一点苗头都没有。他看不出这两个案子间有什么联系，连想都没朝这方面想过。一个案子破不了，还可以说是偶然，是线索太少，对手太狡猾，然而一连两个案子都没法破，那只能说明你太笨——相对于对手而言，你不够聪明——

不只是相对于一个对手，而是你比两个对手、比所有的对手都笨。这实在是太打击人了。

民众责怪警察时最常说的话是：你们难道是吃干饭的？！也许正因为被这样责怪，他们抓住了嫌疑犯，在预审时最常说的一句话是：你不要以为我们是吃干饭的！这话看起来是在震慑嫌犯，其实倒有点像是在赌气，向民众抱屈。但你案子破不了，你就没有抱屈的机会，不管吃干饭吃稀饭，你的嘴都是瘪的。

希望往往在再坚持一下的努力之中。这话是毛泽东说的。李天羽在上初中的时候，一写到毛主席的话，后面一定要接一句：我的心中充满了无穷的力量。毛主席话很多，语录也一大本呢，他其实背诵得不熟，想起来也是为了写作文，常常也没感到增加什么力量，但这句话写在他警校时的教材上，此情此景下，他真的想起了这句话，还真的充满了力量。是不是无穷说不准，但这力量显然真有点斤两，至少可以让他不放弃。他相信只要那家伙再出手，他一定能抓住他。

所谓"那家伙"，指的是抢劫银行的案犯。李天羽早已在心中分出了三六九。抢劫银行的案子性质更恶劣，影响更坏，更大。这也意味着一旦破了案，影响更大，反响也更响亮。他已经打定主意，力争在这个案子上取得突破。

周长的案子他也没有完全放弃。治安大队那里传来了一个消息，对他有所触动。他们在突击"扫黄"行动中，抓住了一个特别的妓女。说她特别，是因为警察抓住她，她不哭不闹，却咬破舌头，呸呸地朝他们身上吐吐沫。开始时警察还以为这是什么仪式，类似于某些民族往自己脸上涂血，是辟邪的，可一听她说话，顿时吓得头皮发麦，原来她有艾滋病，吐血就是在放毒！那嫖客是个老枪，大概本以为罚了5000块就能放出来，一听她的话立即吓破了胆，呼天抢地地扑过去要和她拼命。那妓女呸几口血就把他逼退了，冷笑着说，她加班加点，开足马力，就是要叫你们这些色鬼"中标"！……

治安警察总有很多好故事的，但这个故事别开生面。其结果是，他们小心翼翼地把她送到拘留室，第一件事不是审查，而是检查，是体检，三个当事警察立即就去医院检查身体。结果当然是虚惊，喷血其实放不了毒。但正因为是虚惊，他们的讲述就格外生动。全局上下都在传这件事情。李天羽不禁又想起了周长的超市抢劫案。他看到过一张报纸，那个受害人周长，据说就是研究艾滋病的。虽说周长看上去不急不慌，但电脑里保存着一些资料，这一点无可怀疑。这样的案子可大可小，如果它最终没破，就这么自生自灭了，那就是个小案子；但如果成功告破，找回了资料，那这就是个非常响亮的案子了。

这种案子非常容易忽略，但太有吸引力了，但难就难在线索太少，周长那种几乎无关痛痒的态度也让人提不起劲。对这个还没有破，也许永远也破不了的案子而言，李天羽希望它的分量趋向于无穷小，没人想起才好。这就像小孩子考试，希望他答不出的题目分值最好是零一样，都可以理解。

李天羽打起精神，继续在储蓄所的案子上下功夫。那个当事的值班经理下岗了，大概是为了锻炼他直面危险的能力，他竟然成了一个保安。呵呵。他戴上了大盖帽，乍一看，像是李天羽的同行，倒更威武了。他一看到李天羽就来气，说他得了失忆症，什么都忘记了。后来，又对那个逍遥法外的案犯咬牙切齿，说他其实还是记得的，他什么都记得！梦里都忘不掉！"我多少次做梦面对那个家伙，我一伸手，就把他的头套扯下来了——可惜，我什么也没见着。因为我醒了。"他悻悻地说，"他倒是好运气，抢到那么多钱。"他居然表现出羡慕了。李天羽狠狠地瞪了他一眼。他这一瞪不要紧，把那原经理一句极其重要的话瞪回去了——那句话实在是太重要了。要等到以后的某个时候，李天羽再一次来找他时，他才有机会说出来了。

李天羽已经在当时带回的废储蓄单上提取到了可疑的指纹，但这只是定罪的证据，你无法靠它找到案犯。

我们的生活其实时刻处于别人的保卫之中。因为安全，所以我们不觉得。周长就从不认为他被什么力量有效地保护着。或者说，他并不认为那些所谓保护他的人具有什么力量——如果有力量，他何至于被打昏，电脑又怎么会被抢？抢了还抓不住？——所以，他只能靠自己。他是个表面随和普通，但劲气内敛的人。他自认为他是大明皇帝朱洪武的嫡派子孙，因为某种隐秘而又神奇的原因——大概与永乐靖难有关——他的先辈隐姓埋名，延续至今。博士毕业时，他有很多可选择的去向，上海北京这些地方，都比石城要响亮得多，但最终他来到了他祖先的龙兴之地。他对他的那些祖先十分熟悉，那些皇帝祖宗，或英明，或昏聩，或风流，或偏执，一个个都极其精彩。这是他的遗产，他的财富。所有的遗传都是要经过衰减和选择的，周长的身上肯定延续了大明熹宗帝和神宗帝的突出基因。那两个先祖一个精擅木工，木匠手艺之精湛几可甲于全国，而置国事于不理；另一个长于敛财积库，钱库中的钱都烂掉，却让将士罗雀掘鼠，饿着肚皮卖命。周长继承了他们卓越的专业精神和积聚意识——至少周长自己是这么认为的。他在众多的课题中选择了艾滋病治疗研究作为主攻方向，集深远的历史意义和巨大的现实价值于一体，这证明了他具有类似于开国皇帝的眼光。他以一流木匠的专业精神攻克难关，以杰出银行家的保密意识保护成果，防备同行，虽殚精竭虑，却也其乐融融。

但浸淫于古籍并未给他带来直接的帮助。那个被现代中医疑为癌症的"瘰癞"和"積"终又引起了他的注意。和艾滋病的晚期症状类似的是，"瘰癞"和"積"的患者也会出现肝脾肿大和多发性的包块，那么，这类病人会不会就是中国古代已有记载的艾滋病呢？

"头重不欲举，百节解离，经脉缓弱，血气虚，骨髓竭，便嘘嘘吸吸，气力转少，著床不能动摇。起止仰人，或引数月方死……"这和艾滋病人的临终状况何其相似！周长兴奋起来，如果艾滋病真的"古已有之",则医学典籍中,很可能也有对应的治疗方法,至少,也有相应的思路!

然而,他的兴奋几天后就灰飞烟灭了。他沮丧地发现,艾滋病在20世纪中叶以后才从动物传入人类,这个结论无法推翻。它终究是一种"现代病"。理由很简单:他在典籍中找不到"瘰疬"和"积"的流行记载。天花、伤寒、鼓胀病等都曾引起流行病学意义上的灾难,但"瘰疬"和"积"却未见流行记述。艾滋病的最大危害就在于它的传染性,在简单的避孕技术都未成型的古代,人类的性生活绝不可能只生孩子而不生艾滋病——唯一的结论是:古代没有艾滋病。随之的推论是:中医典籍不能点石成金。

几年前,他的研究启动不久,就遭遇了这第一次的失败。此后,他还将遇到无数艰难险阻。他孜孜不倦地坚持下来了。事实上,云开日出往往就在垂头丧气之后。就在他改弦更张,操生化分析武器,无奈地沿着西方科学家的思路推进时,一则最新资料引起了他的反思。那则资料说,美国科学家以穿心莲为主,配伍以柴胡、人参、丹皮、半夏等中药材,研制出了最新的"抗HIV胶囊",且已投入临床实验!这则语焉不详的资料流露出对中国传统医学的钦慕,同时对中国地产的穿心莲推崇备至。

这真是峰回路转了。美国人也复古了,而且还崇"中"了。

周长的目光重又落到那堆中医典籍上,但这一次他的眼光变了。他不再拘泥于寻找,食古不化是研究的大忌。他开始从阴阳五行着眼,龙虎交济,阴阳相生,"凡有一物,必有一物克之"。他对实验病人"望、闻、问、切",完全以传统中医手法进行诊断。他企图在得出具有共性的症候后,君臣配伍,辨证施治。

又经过了几个月的时间,最终还是落实到具体配方上了。培元固本,扶正祛邪,应该是配方的主旨。问题是,除了习用的祛邪药材,还有没有更具神奇药效的药物呢?难道,要把《本草纲目》中的1832味药材一个个试下去吗?

西方科学家利用他们强大的"文库"支持系统,通过排列组合合成药物。他们有这个实力。但考虑到每个蛋白质都由一定数量的氨基酸组成,而仅仅是5个氨基酸的组合方式即有 $20^5 = 3\,200\,000$ 种,还不包括环形结构,你就知道这何其笨也!关键是,周长不可能拥有如此庞大的支持,也不可能无休止地用这种"穷举法"做到白头。

没等你研制出药物,地球人大概已被艾滋病杀死一半了。说不定都绝了种了。

这是一项孤独的事业,没有人能分担你的焦虑。周长放下手头的工作,怡情于山水之间了——这倒沿袭了神农氏和李时珍的传统。他实在是需要松弛一下了。

就在这时,机缘出现了。

那一天,他偶然从报纸上看到一篇文章,说在明故宫的一个工地上,发现了一个地洞入口,深不可测,伸向城西。这条通道究竟是皇宫的排水道,还是一条其他用途的秘道,文章存疑。周长头脑里电光石火地一闪,立即想起了建文帝的传说。出乎意料的是,他的研究竟然就此打开了缺口。公元1402年,燕王朱棣以"清君侧"为名发兵南下,永乐靖难由是开始。大兵到处,玉石俱焚,皇宫也被烧毁。建文帝失踪。后来几经搜查,在瓦砾中找到一具遗骸,据《明太宗实录》记载,燕王朱棣不胜悲戚,抚尸痛哭。但世人都不信建文帝已被烧死,连朱棣本人也不敢相信。此后他派三宝太监七下西洋,据说就是要寻找建文帝的踪迹,得而杀之而后快,否则他的皇位坐不稳。最后当然是不了了之。

石城的博物院里,珍藏着汗牛充栋的明史典籍,石城的大街小巷,更有无数难辨真伪的民间传说。大多数人对永乐靖难,都城北迁都愤愤不平。

关于建文帝的去向,传说很多。最神奇的说法是,他通过皇宫密道逃到了宫外。城破时,兵荒马乱,杀声四起,建文帝慌忙中打开了太祖皇帝留给他的一个朱红锦盒,里面装有袈裟、剃刀和僧人的度牒,锦盒底部是一张秘道图纸。建文帝立即明白祖父的用心,打扮成和尚模样,沿秘道逃到了宫外。此后的下落传说更多,有一种说法是,建文帝逃出南京,改姓"让",名"銮",在湖南、湖北一带定居,直至归天。前些年发现的"让氏家谱",就是一个佐证。

但是六百多年来,一直没有发现所谓秘道。"宫中阴沟,直通土城之外,高丈二,阔八尺,足行一人一马,备临祸潜出,可谓深思熟虑矣。"《明史考证》言辞凿凿，但并无实证。难道，报纸上说的"地洞"，正是那条秘道的入口吗？周长立即赶往工地。他自我介绍说他是市政排水研究专家，又给了工头一点钱，就顺利地获准下了地洞。

　　大约一个小时后，他灰头土脸地出来了。那是个冬天，他冻得哆哆嗦嗦的。抬眼一看，那工头竟还在洞口等他。工头朝他一笑，手一伸道："拿来，你找到了什么？见面分一半！"周长一愣，这才知道这工头是个厉害角色。周长道："什么都没有。我又不是弄文物的。不信你看。"他打开随身带的挎包，除了电筒和一个用来防身的铁棒，真的没别的。正说着，工头叫起来："那是什么？！"周长笑道："几只青蛙。里面多得很。它们在里面冬眠，我抓回去玩。"工头疑惑地问："你不会是要吃了它们吧？"他教训周长道，"这不是青蛙，是癞蛤蟆。癞蛤蟆可是有毒的！"周长把包往身上一背，道："哦，这样啊！你要不要搜身啊？我可要走了。"

　　工头摆摆手，自己先走了。和这个古城无数的文物私下交易一样，这一段经历别人永远无法知晓。但周长却是大有所获！那个地道大约高2.5米，宽2米，延伸向西。湿漉漉的拱顶上还在往下滴水。周长大约走了不到一百米，就被坍塌的砖石挡住了去路。就目前看，很难断定这到底是下水道还是秘道。正踌躇间，他的脚上突然有什么东西在蠕动！周长大叫着跳起，用电筒一照，是一只蛤蟆。冬眠的蛤蟆被他惊动了。

周长对动物可算很有研究，他家传的不少药方，就以毒物入药，在当地颇具"毒名"。他对工头说这是青蛙，是故意的。这蛤蟆决不是普通的癞蛤蟆，它的眼睛是鲜红的。可以肯定是一种罕见的东西。就在手电筒照定癞蛤蟆的同时，他的脑子里跳出了一个奇异的想法——这癞蛤蟆难道竟然是祖宗神灵的恩赐？要知道，覆亡于南京的明朝小朝廷的弘光帝朱由崧，在国势危如累卵之时，曾派大批内官"奉旨捕蟾"，捕捉蟾蜍，配制春药，博得过"蛤蟆天子"的名声哩。

他把蛤蟆带到了研究所。在明亮的光线下仔细端详。他对这癞蛤蟆产生了奇怪的期待。很显然，这不是常见的物种。按理说，长期处于黑暗的地底，它的眼睛应该退化，就像深海的鱼类。但这些蛤蟆两眼发红，简直可算双目炯炯。周长透过眼镜看着它们，它们也瞪着蛤蟆眼看着周长，那样子颇为无礼。周长恍如拨云见日。

祖先隐秘的血脉帮助了他。这是他的突破，也是全人类的突破，更是他祖先的灵光乍现。

蟾酥自古即为驱邪良药，周长迅速将这种奇异蛤蟆的皮肤浸出液送到实验室，萃取后进行生化分析，同时，药效试验也开始了。

这才是真正的发端。周长的研究取得了突破！生化分析尚在进行，实验室的药效试验即已传来佳音。这一切都是在严格的保密中进行的。那些蛤蟆不但已适应他的饲养，而且成功繁衍了。

他把蛤蟆养在自己家里。并不占很大地方。先哲云：君不密丧其国，臣不密失其身。他相信只有他自己才能保护自己。随着研究的推进，第一批提纯药剂已经做出来了，传染病医院秘密的试药结果表明，药剂对艾滋病毒具有显著的灭杀作用。

除了周长本人，没有人知道药物的配伍。他永远也不会说出他的研究的渊源。事实上，因为生物物质的奇妙和复杂，再加上其他药材的干扰，你即使拿到药物样本也无法分析——这种蛤蟆是上天的创造啊。

这就是组合的奇妙力量。宫、商、角、徵、羽，既能奏出丹陛大乐，也可唱出村俚小调；多来米发索拉西，既可雄浑激越如《英雄》，也能柔曼清幽如《天鹅》——这还只是人的创造，比起上天这个造物主，人类更远远瞠乎其后。在上天之手的拨弄下，狮子老虎凶悍威猛，鸡鸭猪兔却只能被端上餐桌。还有蛤蟆，还有细菌病毒，所有的生物都是由 C、H、O、N、Ca、P 之类元素构成，可你却难以读懂它们的神妙。

你不可能轻易窥破上天的布局。

根据新药研制的国际惯例和国家标准，任何一种新药在进入临床应用前，都必须经过至少三个阶段的"试药"。周长密切关注着试药的进程。第一批次的试药结果更加令人振奋：试验组的病人血液中的病毒数量已下降至不可侦察的水平，其体内 CD4 白细胞数量都有可观的上升，而对照组的病人，因为使用的只是安慰剂，已经死亡了4个人。曙光出现了！

周长是个稳重的人。他深知"行百里者半九十"，他必须扎实地沉下去——沉到工作中去，沉到人群里去。然而，令人恼火的是，树欲静而风不止，那个小报记者不知道从哪里听到风声，闻风而动，竟声张起来。很难说自己的电脑被抢，和这就没有关系！这是警钟。他必须进一步加强防范。与研究有关的关键数据被他秘存在他的办公室电脑里，更完整的资料在另一个地方，那就是他的大脑。

这是一个集传统中医理论和现代生物医学于一体的大脑。

春节在最寒冷的日子里来到了。因为大批流动人口离开石城返乡过年，街面上反倒显得空旷了。到大年三十的下午四点左右，所有的店家都关了门，所有的人都回到自己的家，等待着那顿团圆饭。几乎所有的电视机都开在同一个频道，五个小时的春节联欢晚会将陪伴绝大多数人度过一年最后的时光。

也有一些时尚的人选择外出。年夜饭过后，他们成群结队地走上大街，朝各处寺庙进发。他们这是去祈福，到庙里敲钟以祈求来年的平安喜乐。敲钟祈福也讲究个灵验的，据说，在天鸡寺的钟声中默念心愿，其应如响，那钟声能福佑你一年。这是天鸡寺一年中的迎客高峰。一智禅师身穿大红袈裟，双手合十，指导着香客们敲击大钟。香客们在远处嬉闹着，到了近前，不由得都肃穆了。当！当！当……洪亮的钟声响起来了，震撼着耳鼓，远播四方。

祈天一家也来了。这是他们第一次到庙里来过年。祈天相信，这样一个仪式能扫除他一年的晦气。也许只有仪式，才是重新开始的起点。女儿很高兴，一路上蹦蹦跳跳，每一个动作都洋溢着兴奋和好奇。但是钟声实在是太响了，它声音很低沉，却蕴藏着力量，身上的衣服似乎都在震颤。女儿渐渐有些拘谨。轮到他们了。祈天冲一智点点头，扶住了钟槌。"你们也来啊。我们一起来敲！"他招呼王芳和女儿也过来，三人合力，又一轮钟声响起了。

祈天闭着眼睛，心中默念着。一下，一下，又一下，钟槌上的力量突然有些乱了，钟声立即就飘了，七零八落。有好事的立即喝起倒彩来。祈天恼怒地睁眼看看王芳。王芳也在看他。他倏地移开了眼睛……钟槌又稳了，准了。他们按照计划，共敲了十八下。

祈天刚才是在祈祷家庭安康，女儿平安进步。不知道王芳心里在想什么？言为心声，动作更是心声，她的心刚才肯定乱过。难道她还不安分……回去的路上，女儿唧唧呱呱说个不停，祈天有一句没一句地答应着，闷闷不乐。钟声还在远处震响。每一个段落都是十八下。据说，十八就是"要发"，讨个好口彩。然而，要发，要发，发什么呢？发财吗？发达吗？说不定是发病，发案，是发疯哩！

祈天简直后悔去凑这个热闹了。

第九章

日子像白粥,慢慢地炖,慢慢地熬。并不缺乏热度,却少了盐,没了滋味。转眼间春天来了,万物复苏。草坪由黄转绿,疏朗的枝条蹦出了嫩芽,候鸟们也成群结队地回来了。祈天桌上的监控屏幕里,也染上了绿意。研究所围墙上,爬山虎展出了嫩黄的叶子,迎春花成串地挂了下来,路过的人也换上春装了。

但是祈天的心中没有春意。生活是正常的,正常得你挑不出毛病。他和王芳连争执都很少。这并不说明他们在所有事情上都意见一致,只是因为每当问题出现,王芳都不较真,都顺着他。她原本不是这样的人,这只能说她变了。她变得顺从了,无所谓了,心不在焉了。

是的,就是心不在焉。你提出要换个冰箱,她说好,换什么款式都随你。你给她买件衣服,叫她一起去,她说忙;你买回来了,她试穿一下,说很好,但你也不见她真的喜欢穿。家里的菜一直由祈天买,原本她很挑嘴的,会提要求,现在好了,你买什么她做什么,吃什么,似乎只要热量够了,不饿死就行……这不是心不在焉是什么？她原本是个心气很高的人，现在心气被放掉了，泄了，软了，柔顺了，却没有一点精神。老婆当然不是用来吵架的，但决不吵架的老婆，也差不多等于没老婆了。

一个人只要没死，总是有心的。不在这里，就在那里。他处心积虑，甘冒大险地赶走了孟达，不曾想却把王芳的心也赶走了。以前他们夫妻间的性生活是正常的，你想了，或是我想了，不管是你呼还是我应，都能够"来一下"——除了他生病不方便的那段时间。现在呢，来一下还是会来一下的，但可以明显感觉到，两人都是在应付：祈天应付自己的身体，王芳却是在应付他——他已经不计较以前的事了，她竟然还计较？！睁只眼闭只眼还不够吗？一定要丈夫是个瞎子？！……祈天压抑住满心的怨怼，努力动作着。他希望自己的激情，能够影响她，感化她，让她忘记过去——哪怕仅仅忘记半小时也好啊。然而她似乎是一块千年寒冰，点滴的春雨她完全无动于衷。她也不是完全没有反应，但反应的仅仅是她的身体，甚至只是她身体的某一部分。祈天不行了。他失去了耐心。他的血脉本该冲击他身体的某一部分，让它坚挺，但是，他不行了，装都装不出来的，血脉向头上冲去，激得他脑子疼，然后化作一股白气，从顶门上泄了。他翻身躺了下来。

他这不是在奸尸吗？！

他没有发作。裹紧被子躺着不动。王芳道："你累了。睡吧。"她的语气像夜色一样平静。没有温度。他真想借机跟她大吵一架，

第九章

但又怕夜深人静的丢丑。就这么过吧,不丢丑的生活虽算不上和美,毕竟看起来还是体面完整的。

但很快连"完整"也保不住了。

三月的某一天,王芳回来对他说,日本的临床医学会有个国际论文交流活动,她的论文入选了,她可能要去开会。

来了。终于来了。日本,一听到这两个字他就明白了。他知道会有变化,但没料到是这样一个理由。国际交流,论文宣读,你无法拒绝。她什么时候写的论文?她能用外语写论文吗?他怎么不知道?士别三日,刮目相看,他们一天也没分开过,她就出息成这样了?她可真是厉害啊!祈天并没有表现出惊讶,他"嗯"了一声问:"什么时候?"

"下个月。四月十号的会。"

"会期几天?"

"五天。会后还要安排一点游览项目。一共十天吧。"

"能不去吗?"

"为什么?你知道,论文入选有多难!"王芳道,"我好不容易才争取到这样的机会。"

"是吗?"祈天锐利地看了她一眼。好不容易。机会。她这句话把他激怒了,"我不同意。"

"为什么?"

"女儿怎么办?"

"你就不能带她？我以前又不是没出过差。她很乖的。"

"我是说她的学习。她功课每天要检查的。"

"我已经安排好了。我请了个勤工俭学的大学生，每天来一小时。"王芳胸有成竹，"你其实自己也可以看看的，小学的功课并不复杂。你以前是太依赖我了。我把你们惯坏了——喂，女儿，你过来！"

女儿早就竖着耳朵听大人说话，这时抓着铅笔过来了。王芳道："妈妈要出差，我找个小哥哥来辅导你功课，好吗？"

祈天道："不是出差，是出国。"

"妈妈你到哪里啊？"

"日本。到哪里不是出差啊，就十天，好吗？"

"那谁烧饭啊？"

祈天道："对，谁做饭？"

"你爸爸烧菜比我好吃，他以前偷懒。"对祈天道，"就是天天到饭馆吃，不也就十天吗？实在不行，以后可以找个钟点工。"

她连"以后"都想好了。这是什么意思？祈天道："你这是在跟我们商量，还是通知我们？"

"这不是在商量吗？"王芳摸摸女儿的头，让她去做作业，她关上门道："你不要这个样子。你要认为是通知你也可以。我必须去。"她的脸原本阴沉了，这时却微笑起来道，"我就这么重要？都老夫老妻了，你就这么离不开我？"

祈天沉默。有无数的话涌到他嘴边，一开口就是暴风骤雨。

但是他忍住。他的家现在是一艘漏水的小船，以前那么难堪的事他都忍住了，现在戳破，这艘船大概立即就要倾覆！也许，她真的只是出差？对一次正常的出差，你如果铁壁合围，那她可能真的就要冲出重围了。

晚上，他们早早地睡了。他们没有再触及这个话题。夜里，王芳柔情顿起，竟伸来了胳膊，身子也过来了。这实在是太突兀了。意料之外，也在情理之中。祈天完全没有兴致。她难道没想到，在他们长久的性冷淡之后，如果他们竟有了一次波澜壮阔的性爱，岂不是让祈天更难割舍？她这是在做工作了，用她的身体公关。性贿赂。想不到一个无权无势的保卫科长，竟也能被贿赂了。祈天怒火中烧，竟昂扬起来。他恶狠狠地动作，气势汹汹地蹂躏她，享受她。既然已经同意受礼，不妨狮子大开口，弄个够本。王芳配合他，迎合他，百依百顺。祈天化怒火为力量，化成了满身的汗水。

完事了。祈天躺在床上，微微喘息。他的脑子里暂时一片空白。但这空白立即被填空。王芳柔声问道："你要什么？"

"什么要什么？"他回不过神来，立即又明白了，"我什么都不要。"

"你想想啊，需要什么东西，我给你带。"

"我要你早点回来。"祈天说着，心中一阵哀痛，"最好就不要走。"他觉得自己真是有点可怜了。然而他知道，他终究挡不住她。

天知道

如果说，那一夜的性爱是王芳的贿赂，那她的"贿赂"是成系列的，有一连串的公关行为。她给女儿买了玩具，文具，给家里备了很多菜，还送给祈天一个价值不菲的电动剃须刀。他早已看中了，一直没舍得买。这剃须刀让祈天更增疑心了：如果她会回来，国外不是更便宜吗？她怎么会连这个账都不会算？祈天对她更加留意了。她的新手机号码是祈天代她挑的。他到电信局，想打出话单，却发现她加了密码，话单打不出来。祈天有数了。他趁她洗澡时，偷偷调看了她的通话记录。有两个电话引起了他的注意。这两个电话都没有号码，显示的是"未知号码"。打电话到电信局一问，有两种可能：一种是对方故意隐藏号码，另一种是国外来电。

对王芳来说，只有一种可能，那就是国外来电。而且肯定是孟达打来的！他明白了，他们还在联系！他们一直藕断丝连，马上就要暗度陈仓了！

祈天呆呆地站在那里，悲愤交集。

所有的贿赂都是有效的。绝大多数贿赂都是"买路钱"，升官，投标，认证，诸如此类，都是为了放行。王芳的努力显出了成效。祈天不再反对她出国了，也放行了，甚至，他还主动关心起她出国前的准备。她有空就念英文，把她的文章念得烂熟。女儿常常在边上学舌。人还没有出国门，外文就已进家门了。她很

第九章

忙，祈天其实插不上手。他主动提出，要帮她办出国手续，他在公安局工作过，有熟人，好办事。王芳告诉他，已经托旅行社办了。他们熟门熟路，很简便，只是要收一点钱。

祈天无事可做了。他已经预见到这个家庭崩塌的前景。他上班，下班，唯一可做的，就是夜里，他几乎每天都要和王芳做爱。这近乎勒索了。连他自己都觉得有点无赖。无聊。下了班他不想立即回家，随步弯到了白马公园。这公园临近紫金山，风景秀丽。不知道是不是因为叫"白马"，与白马王子有什么联系，这里一直在举办男女交友会。无数的男女，无数的父母，熙熙攘攘地聚集在这里。很多人举着个牌子，上面写着自己的条件，或者要求，还有贴照片的。呵呵，几乎像个牛马市场了。有一对父母，拉了一个小伙子，站在草坪上面试。那小伙子面红耳赤，却口若悬河地自我展示。祈天冷笑着想：成个家不易，你还不知道保一个家更难哩！正要走出公园，一个人在后面拉住了他。这是个油头粉面的小伙子，看上去像个经理，夹个名牌公文包，还是个总经理。"要办证吗？"

"干什么？"

"我这里能办证件。入学证、毕业证、结婚证、离婚证、警察证、释放证、学士硕士博士，我什么都能办。"

"是吗？"祈天讥诮地道，"能像真的一样？"

"绝对！"

"那我劝你改行吧。"

"你……你什么意思？"

"你直接去造假币得了！"祈天一挥手，走了。这个婚姻市场确实十分讲究学历，这家伙很会选地方。那造假证的愣了一下，实在气不过，悄悄地跟上去，往祈天背上伸了一下手，捂嘴偷笑着跑了。祈天毫无察觉。

"爸爸，这是什么啊？"祈天一回家，女儿小尾巴一样跟在他后面绕着，指着他后背直嚷嚷。祈天看看她，又扭头看自己后面，什么也看不到。女儿叫他别动，伸手从他后面撕下了一个东西。

是一张纸。一个小纸片。上面写着：代办证件。女儿奇怪地问："爸爸，你身上怎么有这个啊？人家都贴到树上的啊。"

祈天一想，哈哈大笑起来。他告诉女儿，他今天走过一棵树边，不小心脚下一滑，身子一歪，就把这东西蹭到身上了。女儿叫道："不可能！这东西正面没胶水的。你骗我！"祈天呵呵笑着说："好吧。告诉你。我今天站在单位门口检查工作，因为穿了一身深绿色的衣服，被一个眼神不好的人当成树了，他啪一声，就贴上去了。"女儿知道他还是在骗人，咯咯笑个不停。

正笑闹着，王芳回来了。她两手都拎着菜，问："笑什么呢，这么开心？"女儿唧唧呱呱地说了一通，"老爸成了活动广告了！"

王芳也笑，看看祈天的衣服，叫他脱下来等她洗。自己走到厨房开始做饭。祈天换了件衣服，问她，手续全办好没有。王芳告诉他，差不多都齐了，机票他们会送上门。

祈天问："护照办好了吗？"

"好了。我今天刚拿到。"

"在哪儿？给我看看。"

"你当保卫科长的，又不是没见过护照。"

"我欣赏欣赏。"似乎刚才这么一笑闹，祈天心情也好了，会开玩笑了，"这是我老婆的护照，与众不同嘛。"

"我也要看！"女儿也凑过来了。王芳把护照从包里拿出来，女儿一把抢过去了。两人头凑在一起，端详着上面的照片。女儿指着签证栏上的签名评价道："写得还没我好！"祈天把护照拿过来道："别弄坏了。没这个鬼画符就走不成了。"对厨房里的王芳道，"我给你放在写字台的抽屉里，别弄丢了。"

他皱着眉头，若有所思。分别的日子逐渐临近，他似乎已经怅然若失了。

祈天常常是个优柔寡断的人，但一旦决定，他也十分果敢。所有迹象都证明，王芳将一去不返。她独自注视女儿时，那眼神是忧伤难舍的；甚至，她把摆在医院的一些生活用品也悄悄带回来了：这不正说明了她将要长别吗？祈天甚至好奇：她究竟怎么安排女儿，难道就由他一个带她？女儿逐渐长大，她真的就这么割舍了亲骨肉？他简直愤怒起来。这个蛇蝎心肠的奸妇！她居然就这么走了？！

不！

他一定要阻止她。不能说服她，就叫她走不成！但怎么才能让她走不成呢？他又不是签证官，他只是个丈夫，有的丈夫确实无法阻止老婆的行程。

突然，那个油头粉面的家伙浮现了。造假证件的家伙竟派上用场了——可见，这世界上没有无用的东西，只是你还没有用上。好不容易忍到深夜，他悄悄跑到家里的垃圾桶那里，却翻来翻去找不到。怎么也找不到。当时穿的衣服已经扔到了洗衣机里，后背上什么也没有。正在这时，卧室的灯亮了，王芳在起身。他飞快地离开厨房，走向厕所门口。那小狗也从它的小窝里出来凑热闹了。

"你做什么？"

祈天提提睡裤道："肚子有点闹。你睡吧。"

王芳疑惑地回到卧室。祈天慢慢往卧室走。他延宕着。那小狗却帮了大忙了。厅里灯光很暗，人根本看不见什么，那小狗在地上嗅着，倒像它晓得祈天正要找什么。祈天下意识地朝地上一看，大喜过望——那小纸片居然在地板上。想来是女儿随手一扔，它贴到地上了。

祈天四处扫了一眼，假装去浴室洗洗，把盆子弄出一点响。又猫步回到客厅，蹲下，试图把纸片撕下来。但那纸片实在是贴得紧，撕不下来。最后他灵机一动，走到女儿房间，拿来纸笔，把号码记下了。

这些都是垃圾。以前他去看性病时借助过广告,那也是垃圾。只有垃圾才能帮他。他将要被垃圾一样扔掉了!想得美……王芳背着身子朝里躺着,又快睡着了。她一点也没有察觉祈天的行动。他拉肚子,洗了洗,后来又到女儿那里看看:这再正常不过了。

为了更逼真,祈天天亮前又去了一趟厕所。

四月八号。终于到了分别的日子了。准确地说,是到了见底的日子,揭晓的日子了。就要水落石出了!

女儿没有去送她。机场很远,一去就要一天,女儿的学业不能耽误。况且,名义上这也只是一次出差。平常都是王芳送女儿上学的,今天——不,今后送不成了。王芳哭得很厉害,花容失色。女儿不知端底,和妈妈亲了亲就跟祈天上学去了。祈天心中冷笑。他难以理解,这个女人怎么会如此决绝。那个孟达,就那么好?这个和她同床共枕那么多年的丈夫,就那么不好?还有女儿呢,这是她的肉,她宁愿割下她的肉,只要满足自己吗?!

祈天叫了辆出租车,自己送她去机场。他等着看一出笑话。

他已经把她的护照换了,换成了四百块钱买来的假护照。那油头粉面的家伙果然好手艺,王芳完全看不出,但边检人员是火眼金睛啊,他们一定能把她拦下来。这样的女人让她出丑丢脸没什么不对。她只要能够幡然悔悟,他们也许还能够一起过下去——至少,不能让她和孟达称心如愿。

一路无话。她能够说什么？他又有什么可说？反正，他是不想再演戏了。他把她送到候机大厅，还有半小时就要登机了。她好像要说什么，欲言又止。祈天摆摆手，回去了。

机场外的广场上，机场的大巴在等客，很多出租车也在招徕生意。祈天没有上车。他站在广场的边缘，点着了烟。他不时地看表，看上去他不像是送人的，倒像是个接人的了。

他真可以说是在接人。他等待着王芳被安检发现，被退回。然后，一个电话打过来，他去领人。

等待是难耐的。数着时间过。他看看表，还有半小时就起飞了。她应该被拦下了。祈天拿起手机，几乎想打过去。就在这时，铃声响了！

他接通手机，不说话。王芳说："我已经登机了。马上就要关机。请你照顾好女儿。"

？！

"你换了我的护照，我早就发现了。你用心良苦啊。"

"我……"祈天说不出话。

"你终于有点主动进取、奋力拼搏的精神了，"王芳冷笑道，"给你一个忠告：你应该把你的心思用到正道上。"

"这难道不是正道吗？我维护家庭，这有什么错？！"祈天爆发了，"我倒要问你，你做了些什么？你是个下流的女人！贱货！你和那个孟达，你以为我不知道吗？我上次生的那个病，是从哪里来的，你心里清楚！这是脏病，你们脏，脏到一起了！两个狗男女！——什么，我们早应该谈谈？"他飞快地瞥瞥大巴，声音压低下去，"我怎么跟你谈？你有脸谈吗？我是给你留面子，你还不知趣。你知道这几个月我是怎么过来的？我在熬！我原本指望你能够悔悟，可是我错了。天生的下贱坯子，你改不了。"他的声音充满了悲痛，眼泪已经盈出来，"我错了。我太天真。我真的错了。是你在作孽，是你们！"

沉默。听筒里有空姐柔和的声音，在提醒乘客关机。王芳哽咽着道："对不起。我们都错了。但是，请你不要再错下去了。"她停顿一下道，"求求你，照顾好女儿。唯一没有错的就是她。我对不起你。有些手续我会和你办的。"

"你滚！"祈天把手机合上了。

这居然是他们第一次直接触及核心。他第一次说到孟达，竟然是在她即将离去的时刻。看起来是多么不可思议，但他就这么一步一步熬过来了。终究还是个鸡飞蛋打。婚姻竟这么脆弱。那个鸟人，到底有什么好？！

飞机起飞了。巨大的机身斜插进云层，慢慢不见了。他似乎看见了舷窗里，王芳得逞的笑脸。

第二天，他收到了王芳从机场寄来的信。里面是他做的假护照。现在去追究她是什么时候发现护照被换，又怎么找到了真护照，已经没有任何意义了。女人要变了心，牛都拉不回的。她成功地逃脱了。

他不知道国外是个什么样子。他从来没有出过国。他只是个保卫科长,不是外交部长,今后大概也没有机会出去。他想象不出,她在国外将怎样生活。可是,他又何必牵挂她,牵挂他们?他自己的日子还得过下去。还有女儿。

祈天有无数的话要说。满腔悲痛,却与谁人诉说?女儿懵懂不知,糊涂得让祈天嫉妒。开始几天她还好,不怎么提妈妈。十天将到了,女儿小考得了个满分,她要报喜,少个人就减少了一大半的效果。她问祈天,妈妈究竟哪天回来。祈天怎么说呢?说她私奔了,不回来了?——他简直无法启齿。正尴尬着,王芳的电话来了。似乎有什么感应,祈天刚去接电话,女儿就知道是妈妈的电话,连那只狗也知道了,跳跃着跑过来,蹲在边上,仿佛它也能听懂。

王芳问:"你们,好吗?"

"为什么不好?我们好得很。"那小狗在边上汪汪叫了两声,祈天道,"连狗都很好——你好吗?很新鲜吧,大开眼界了吧?"他看看女儿,生怕女儿会听出异常。女儿直愣愣地看着他,似乎想听清电话里每一句话。祈天突然不忍,他被点中穴道了,软了。"女儿在边上,她想问你什么时候回来哩。"

"你叫她听电话。"

女儿迫不及待地拿起电话,侧耳听着。突然她大声说:"不!"片刻又说,"你不许延期。我要你回来!"她抽噎起来。

不知道王芳在那边说着什么，女儿点头，又不断地摇头。"我不和你说了。我把电话给爸爸。"那边显然说不要了。女儿看看祈天，把电话挂了。

"妈妈跟你说什么？"

"你还要问我？你早就知道了！"女儿抬腿把小狗踢开，气呼呼地道，"你们都是骗子！"

"我不知道。她说什么？"

"她说她要延期。她要进修。"

"她就不回来了吗？"

"她说要半年。"女儿又哭起来，"她说话不算数。她就是个骗子！"

祈天心疼得厉害。他过去，紧紧抱着女儿道："爸爸不骗人。爸爸不出国，不离开你。我们一起，不很好吗？"

"不好！不好！就是不好！"

小狗看得热闹，大叫着蹿跳起来。祈天啪地给了它一掌。

第十章

想不到婚姻只相当于一个蛋。一个好蛋会孵出小鸡来,生机勃勃,但一个坏蛋呢,你同样精心孵化它,温度、湿度、时间,一个也不少,但是它里面变质了,臭了,从量变到了质变了,虽然看上去它依然圆润光滑,但稍一碰它就破了,散了,臭水淌出来了。

原来婚姻竟如此脆弱啊。远没有容纳它的房子那么结实。那些房子里的婚姻,看上去都像是堡垒,你装了防盗门、防盗窗,你以为牢不可破,但实际上,倘若别人要偷的不是财物而是心,那你就防不胜防。偷心虽难,却最隐蔽。他们里应外合,那婚姻慢慢就空了,朽了。突然有一天,你就独守空床了。那房子自然还在,再容纳几拨婚姻都没有问题,但你的婚姻,已经化为乌有了——哪怕你老婆只是暂时私奔,你的离婚手续还没有办,但你的婚姻实际上是完了。

也许,他应该早加防范的——可是,他怎么防得住?知人知面不知心,防人防身难防心!也许,在仅仅发现端倪时,他应该揭破,挑明了说,那样,她也许会收心?——但这世界上,哪里有后悔药卖呢?

祈天的心思很乱。他时而焦躁,时而又很麻木。他正常地活动,别人看不出异常,但其实他像在梦游。他以前隐约听说过,因为市场前景可观,研究所曾打算研究"解酒药",后来弄是弄出来了,效果却很不好,听说还有醉得不太深的人,吃了药,反倒大发酒疯的。周长还安慰他失败了的同行,说"解酒药"本质上就是后悔药,喝多了又后悔;世界上既然没有后悔药,当然造不出解酒汤……周长这话现在可以来安慰祈天了。既然后悔于事无补,你又何必要后悔?

最好他能忘掉从前的窝囊事。彻底忘记,就像得了失忆症。忘掉王芳,忘掉她带来的痛苦,和女儿开始全新的生活。然而,这种选择性的遗忘是不可能的。你看到女儿就要想起她的母亲,她们是那么地相像。家里的一切,都带着她的影子,她的气息。甚至那狗,都记着她的味道。

狗嗅觉灵敏,没想到狗鼻子还能够回忆。祈天已忘记了王芳临走前寄回的假护照摆在什么地方,他再也不愿去动它。不想那狗却把它翻出来了。祈天下班回家,那狗正在客厅的地上玩弄着一个大信封,护照已经被它掏出来了,看起来它还在翻阅哩。祈天突然回来,吓了它一跳。它双爪趴在护照上,噗地打了个响鼻,抬眼看看祈天,又低下头去。它两爪之间,是王芳的照片。如果那照片突然立体起来,王芳慢慢地站起,小狗就正好抱着她了。

祈天呆了。立即暴怒起来。他冲过去,狠狠一脚,那狗嗷地叫一声飞到墙上，顿一下，沿墙壁滑下来。它蹲在墙角，只叫，不敢动。

那狗盯着盛怒的祈天，渐渐地连叫也不敢叫了，只呜呜地哼。如果翻译成人话，它说的是：我怎么啦？你又怎么啦？它到底只是只狗，它不懂，揭人伤疤就要小心你的狗头。那护照正是它主人的伤疤啊。

狗不见了。失踪了。

女儿回到家，第一件事就是去找狗，和它玩一会。其实那狗不要她找，她一开门，那狗永远等在门口，门一开，它就扑上来了——但是，今天它不在。不在厕所，不在厨房，也不在她房间的床上睡觉。它不见了。

天气已有些热。女儿走路回来，脸上红扑扑的。家里更显得冷清，冷冰冰的，只有狗永远保持着热情。难道，是爸爸带它出去遛遛了吗？祈天回来，门一开，女儿就迎上去了。"爸爸，狗呢？"她眼睛直朝他身后看。见没有狗，她探头朝台阶上望。也没有。"爸爸，你把狗弄哪里去了？"

"它不在家吗？你先回来的啊。"

"爸爸，狗肯定是丢啦！"女儿急了。再也没心思做作业，马上就要出门去找。祈天喝住她。她很不情愿地往自己的书桌那边走，泪珠已经挂下来了。她气哼哼地说："那你去，你自己去找！你又不要做作业。"

"那我要给你做饭啊。"

"我不要吃饭。"女儿把书本一摔道,"找不到狗我就不吃饭!"

祈天苦笑着摇摇头,只得出门了。出了门他并没有去找,只在小区里晃悠。他哪能找到那只狗呢。

早知今日,何必当初?

你看你看,又后悔了。他没想到,女儿对狗的失踪,反应会如此激烈。但他难以忍受狗对他的刺激和撩拨。那天中午他没有午睡。回到家,把狗带走了。那狗简直是喜出望外,乐颠颠地跟在后面。祈天把狗抱上,上了一辆出租车。司机问:"去宠物医院吗?"祈天一愣,道:"不。往南。你朝前开。"

车子开到了南郊。离市区至少15公里了。这里完全没有开发,一片荒野。司机收了钱,疑惑地看着这个奇怪的乘客,一轰油门,走了。祈天拿出一只袜子,王芳的丝袜,系在狗眼上。他把狗往深沟里一丢,咬咬牙,上了大路。

他可真是吃了点苦了。狗在后面叫着,引得他很不忍。这还不说,他的脚也受罪了。这地方太偏,看不到出租车,连公共汽车也没有。他走了很远,才找到公共汽车站。

这地方与他从前的生活毫无关联。但因为那只被抛弃的狗,他觉得颠簸的汽车,仿佛一条通往彼岸的船。

他希望那狗从此再不要出现。一了百了——但是,了不了!他在小区周围的道路上散步,混了半个多小时就回去向女儿交差了。不想门一开,小狗就扑了上来。祈天大吃一惊,以为小狗要来复仇。那小狗欢叫着蹦跳着,哈哧哈哧直喷热气。这哪里是复仇,这是游子归家哩!

狗不是不记仇,它是压根没懂得主人的用心。它记性其实好得很哩。它乖乖地在家里生活了几天,一出了门,它又要走老路了。

糟糕的是女儿那天也在。父女俩一起带狗出去。祈天稍一松懈,小狗就直奔那个"好姻缘"去了。

"又来了,又来了。"那女老板这天生意不好,有一个回头客,却不是来感谢红娘的,他一进门就抱怨他老婆不好,"偷人!"他要离婚,所以应该退钱。女老板和他大吵了一架,正没好气,一见这"老熟狗"就拉下了脸。

"去!去!去!"打狗是要看主人的,女老板今天顾不上了。况且这主人带了女儿来,一看就家庭美满,没有商机。她拿个扫把,赶鸡一样赶着狗。"去,去,这里没狗,只有人。"

小狗身后就是主人,两个主人!它不甘示弱,对那女人吼了起来。那女人道:"滚!你这小母狗,吓我有什么用?回家自己解决吧!"说时还朝祈天瞅了一眼。

这女人满嘴喷粪啊!女儿的脸涨得通红,想骂,却出不了口。祈天忍住怒火,让女儿把狗抱起来,叫她先走。他微笑着对女老板说:"你别动气。我知道你不喜欢母狗,我家里还有一只公的。下次我带它来。呵呵。"

第十章

女老板愣了神，马上又跳脚大骂。祈天已经走远了。

小狗活不成了。还是中午。他只有中午有空。他把小狗带到北郊，长江边的荒地里。他抚摸着狗头，掏出了一只袜子——一双女袜中的另一只，蒙住了狗眼。那狗安静得出奇。难道，它竟以为前次的经历只是一次郊游？或者，是袜子上那熟悉的气息安抚了它？反正它一动不动。祈天摸出一把尖刀，瞅准它的脖子，嗖地就是一刀！一串鲜血激射而出！祈天脸上一热。

又是一刀！

前一刀是脖子，后一刀是心口。狗号叫着，身子慢慢软了。他本已想好，手伸得长一点，侧过脸，一刀毙命。没想到狗身子狂扭，还是把血喷到了他脸上。

他抬起头，摇一摇。狗血流进了他眼里。野风中狰狞的面孔。

狗躺在地上，脖子一跳一跳地涌血。小小的狗，竟有那么多的血。祈天把狗眼上的丝袜扯下，仔细擦拭着手上和刀上的血。狗眼睁着，正午的阳光下，像两个玻璃球。祈天闪开了眼睛。他扔下袜子，走到了江边。他需要用水清理自己。

江边的荒地，风好大。

黄昏时分，一个捡破烂的来到这里，立即大呼小叫起来。他看到了带血的袜子，又看到一摊血，以为杀了人。叫了几声，他又不叫了。他虽是个捡垃圾的，也十分精明，他可不想惹这个麻烦。他扔下袜子，落荒而逃。从捡垃圾的专业角度来说，他来得不够及时。他的几个同行已在他之前来过这里。他们水平更高，看到血连一声也没有叫。他们找到那只狗，拎回去。这时候，狗皮已经钉在墙上，肉也已经烂在锅里了。

开个玩笑说吧，狗也是一条命哩，所以这也是一桩血案。还是一件分尸案。当然，这样的"案件"无人理会。至少公安局决不会管。作为"凶手"，祈天唯一感到愧对的，是自己的女儿。他设想着，女儿知道狗再次"失踪"会有什么反应，他又该怎么应对——这狗现在是她在家里唯一的伴儿……正头疼着，不想竟在路上遇到了一个熟人。李天羽一身便装，也在等公共汽车。祈天见到他，心中一惊，很不自在，正要回避，李天羽已经看见他了。

"嘿，老祈！你怎么在这儿？"

"呵呵，好久不见。那你怎么会在这儿，你应该……"祈天做个把方向盘的手势，意思是他应该开警车的。李天羽笑笑道："这不更方便吗？"正是下午上班时间，车上人不少，两人站着，李天羽问："你们那里，最近还好吧？"

"正常。"祈天笑笑道，"平安无事。"他压低声音问，"那个抢电脑的案子，就破不了啦？"

李天羽摇摇头。"恐怕我知道的，也不比你多。"

祈天体谅地道："只要那家伙吓得缩了头，不再出来，也就算是改邪归正了。"

"你倒很宽容啊。"

"我们目标一致,立场不同。"祈天道,"我是干保卫的,希望他从此缩头。你就不一样了,你盼着他再伸手,你好捉他。"

李天羽无奈地笑笑,说:"我该下车了。"说着往车门边移动,又似乎是随口问了一句,"你好像上班不需要乘车的啊?"

祈天心中一咯噔,像干什么坏事被抓了个现行,他苦笑着抱怨道:"我家的狗丢了,女儿在家闹。我准备到朋友那里要一只小狗的。没想到太小了,还要吃奶。我家可没狗奶。"

"牛奶其实也行的。"李天羽说着,下车了。

祈天说得对,李天羽盼望着所有逍遥法外的罪犯都再度出手,这是警察的机会——但是,不对啊!李天羽停住了脚步。他掏出一根烟,凝住了神。

确实有问题!虽然还不明晰,但一些淡淡的影子似乎正逐渐显形。这倒不是因为他今天从祈天身上看出了什么。祈天很正常,他身上干干净净,李天羽浑然不知他刚刚杀死了一只狗——不是这个原因。他只是觉得,祈天似乎不该在这个地方出现。

祈天的理由很充分,但过于充分的理由却往往是编造的。关键是,他为什么曾经在那桩储蓄所抢劫案的现场出现过?

李天羽依然揪着储蓄所的案子。他很忙,但依然分出精力来,留意着它。鱼可能一直潜在水下,但倘若你连渔具都收起来了,即使鱼跃出水面,你也只能干瞪眼。他已经把从储蓄所带回的录像反复看了好几遍——他把它拷成了光碟,没事就拿出来看看,似乎这样看下去,那平淡无奇的画面有一天会突然发生变化,那个人会突然扯下头套,说:看,就是我!……可惜的是,整个资料里,恰恰缺少案发那天上午的录像。

他几乎熟悉了在录像中出现过的每一个人。祈天曾经在案发前第十四天的上午,在镜头中出现过。他似乎是路过,朝储蓄所看了看,就消失在视野里。李天羽本来并没有特别注意,按经验,离案发那么多天的录像,并不那么重要。他是看第三遍时才看出那是祈天。当时他"哦"了一声,侧头想想,笑了。他都没有停一下录像,就这么过去了。他实在是太理性了。他在录像里看到过不止一个熟人,这是其一;第二,如果是别人在看录像,那人肯定也会发现他自己的熟人,而那些人他李天羽一个也不认识。所以,这没有什么意义。

然而,今天遇到祈天,他突然就觉得哪里不对了。也是在郊区,也是在白天,他真的是去朋友家要狗?那一次,储蓄所门口,他真的是路过吗?

这种怀疑一点道理都没有,但这种想法一旦出现就再也难以消除。李天羽拿出手机,给那个储蓄所"前经理"打了个电话,说他马上到。

李天羽一直和他保持着联系。最近已有一段时间没有找他。话都说尽了,再说就是在干咳了,就是有病了。

他今天似乎是有了新发现。但是,他问不出问题。所有的话题都已是一股口水臭了。如果他预先把几个重点人物从录像上"抠"下来,带来给他看,话就很好说。可惜没有提前准备。看来,他今天不是太理性,反而是操之过急了。他不好开口,总不能说:喂,有一个叫祈天的,某单位保卫科长,长得什么什么样,你见过吗?——这太不合规矩了!

　　作为一个极富预审经验的刑事警察,他当然不会如此冒失。事实上,他如果真冒出了这句话,那个"前经理"一定是气不打一处来。因为失职,他不但被下放了去当保安,还被送去集训了。别的保安大多是退伍军人,个个训练有素,只有他这个胆小鬼需要特别加码。是骡子是马,往操场上一站确实就亮出来了。人家英姿飒爽,就他一个松腰塌背,活脱脱一个账房先生。他练队列,练擒拿,一身臭汗,四肢酸痛,满心委屈。更可恨的是,那几个"前军人",完全不把他这个"前经理"当回事,练起擒敌拳对练时,个个把他当沙袋摔,摔得他一佛出世,二佛升天。李天羽这时来问他,肯定除了听他大喘气,什么也听不到——李天羽电话打过去时,他果然正在喘气,还呸呸地吐唾沫,他自己解释说,这是在吐嘴角的血。李天羽哈哈大笑道:"你们领导有水平!你是得好好地练!"安慰他几句,就把电话挂了。他没有去找他。

　　但他心里的怀疑并没有就此打消。他只是暂时还没有意识到这个怀疑的价值。他回到局里,把发案那天带回的废纸篓调出来,对着发呆,一张一张开始研究。那个从案犯扔掉的储蓄单上提取的指纹，摆在他面前。

谁是这个指纹的主人呢？

这个问题已经在他头脑里盘旋了几个月了。没有答案。

李天羽拿起电话，把朱绛喊来了。"上次那个超市电脑抢劫案，你还记得吗？"

"记得。怎么啦，有线索了？"

"不是。那个医药研究所的保卫科长，叫祈天的，你想办法去提取他的指纹。我要用。"

"他抢了电脑？！"

"哎呀，别乱扯！我想的是另外一桩案子。"见朱绛摸不着头脑，又道，"他可能跟储蓄所的案子有点关系。"

朱绛更糊涂了。李天羽指着桌上压在相册里的指纹道："我也说不清。你现在就去，就说你要了解一下研究所的保卫情况，绝对不要惊动他。"

一个小时后，朱绛回来了。指纹比对的结果是：不是祈天。那张储蓄单与祈天没有关系。李天羽苦笑道："我又错了。"

朱绛奇怪地看着李天羽。他不明白，他这个上级一会儿超市，一会儿又是储蓄所，根本不搭界的两件事嘛！莫不是急糊涂了吧？

李天羽脑子里确实还是一片混沌。超市和储蓄所的两桩案子，他连想也没有往一块想。就像在水边钓鱼，一条鱼拽走了你的鱼钩，又一条鱼拽走了他的鱼钩，但你没有理由说那就是同一条鱼，除非你抓住了它，你看见了有两个鱼钩挂在同一张嘴上。

因为丢了狗，祈天的女儿不吃不喝，又哭又闹。祈天没想到，丢了狗，她竟像丢了命。她丢了她妈妈也没这样啊。她丢了爸爸会这样吗？大概也不会。祈天有点寒心了。但女儿毕竟是女儿，是他自己生的——他已经做过鉴定了。正想着要给女儿到哪里弄一条狗回来，女儿的老师打电话来了。女儿月考成绩全面下滑！那个大学生家教也说，女儿整天走神。他还拿来一张草稿纸，证明成绩下滑不能怪他。草稿纸正面是鬼画符，有数字有英文，完全看不懂，反面画的是姿态各异的狗，无数的狗！祈天慌神了。他跑到夫子庙的宠物市场，把一条新狗带回来了。

这是一条公狗。博美犬。就是曾经对原来的西施犬图谋不轨的那个品种。那个大雾天是他倒霉的起点。他挑了这样一条狗，似乎暗示自己也将从此翻身了。

但女儿不满意。女儿不在乎公母，但这小狗和以前的西施犬差别太大。它还不怎么会吃，远不如以前的狗那么通人性。看到人它不亲热，还躲。祈天只得告诉她，这个品种好，比西施犬聪明，这次西施犬不就自己走丢了吗？——这就是他多次强调的对狗失踪的解释了——这狗为什么叫"博美犬"啊，就因为它漂亮，还特别聪明，所以才叫博美犬啊，它是狗里的博士啊！

好不容易才哄好了女儿。那"狗博士"身体却不好。带回来才几天，那狗就开始流鼻涕，拉稀，还打喷嚏，哈咻哈咻地像墙角多了个人。女儿说,狗感冒了,你要带它去看病。祈天没心思去管它。有一天回家,那狗已经死了。它直挺挺地躺在门口,门一开。正撞到它身上。祈天傻了眼,想去扔掉,又怕女儿多心,只得再等等,等女儿回来"验尸"。女儿原本也不喜欢这狗,回来一见这狗的死相,却又哭闹起来,抱怨祈天不带狗去看病,是见死不救,"冷血动物!"祈天说:"我六百块钱买来的啊,我不比你心疼啊!"这么一说,女儿不闹了。她到底是女孩子,知道心疼钱,妈妈不在了,只有爸爸一个人养她。她突然问:"爸爸,妈妈怎么还不回来?她就不回来了吗?"祈天被她问得一怔,叹口气,阴沉了脸不说话了。

是啊,六百块钱哩!岂能就这么算了?祈天找个塑料袋,把死狗装上,要到卖狗的那里讨个说法。宠物市场里猫叫狗吠,乱哄哄的,那摊主却思路清晰。他反问道:"你为什么不带它去看?这狗金贵得很,生了病就要看。一看就好。"他晃着手上的几个大金戒指,又说,"你从我这里拿走的时候还好好的,对不?那就不关我的事了。告诉你,你这是饲养不当。"祈天道:"我又不是第一次养狗。我以前养过的。我养的就是这种狗。"摊主道:"你也是从这么小开始养的吗?你养的也是公的吗?你不会也是从这个季节开始养的吧?"祈天问:"怎么?""季节不对,也有讲究。"摊主继续晃着他的金戒指,体谅地道:"我也有责任,我没有交代清楚,这样吧,我退你一百块,算我买个教训。"他指着身后的狗笼子说,"你再挑个别的品种吧,我推荐一个好养的。"祈天坚决地摇了摇头。

祈天拿了一百块钱,竟再也说不出什么。他把死狗扔进了垃圾桶。一条狗养了一星期,就损失五百块,他觉得那摊主手上的戒指就是这么挣来的。他等于送了那家伙半个戒指。离开宠物市场前,他假装要买只猫,向另一个摊主打听买狗的诀窍。这摊主是个女的,因为想推销出她的猫,十分诚信。她撇撇嘴道:"傻瓜才去买狗!"她一开口就骂人是傻瓜,祈天并不生气,因为她下面的话让他大开眼界:"他们故意把狗弄病再卖给人家,狗死了你再来买——要不,你买回去,狗再生狗,他们吃什么?"

祈天气傻了。看他要去吵架的样子,女摊主道:"你别去惹他们。他们是疯狗!一上来就是一群,你惹不起的——你还是买个猫吧。"

她前面的小笼子里有只猫,很肥大。祈天随口道:"你这猫好像太大了啊。"

他说的是猫的年纪大,不是小猫,养不家。那女摊主却道:"大了好啊。我告诉你,它怀孕了。"她诚恳地说,"你买了一只就等于买了两只。这是买一赠一!"

祈天正要说话,手机响了。一看,是"未知电话"。他"喂"了一声,朝女摊主摆摆手,快步走出了市场。女摊主直在后面朝他"喂喂"地喊。

是王芳的电话。"你去查一下你中国银行的账号,我汇了五百美元。"

"是吗？"祈天冷笑道，"我刚损失了五百块，马上有五百美元进账，我还赚了哩。"

"什么你损失五百块？"

"狗让我损失了五百块！人又给我五百美元！你不懂吗？"

"我们不要斗气，好吗？"

"谁跟你斗气？好笑！"祈天喊道，"狗死了，我买了只狗，又死了！你现在还有资格叫我报账吗？"

王芳愣了。半晌道："你一个人带女儿，难为你了。"

"哼哼，我身上肉都麻了。这关你什么事？"祈天突然笑起来，"告诉你啊，你女儿长大了，她知道她母亲私奔了。她恨你。我告诉她，就当她妈妈死了！"祈天恶狠狠地把手机挂了。

手机立即又响了。祈天看看，索性把手机关了。

这世道真是怪了。女人要私奔，卖狗的专卖病狗，那个人卖的猫也来路也不正。怀孕的猫难道不是偷来的？真是乱了！

女儿眼巴巴地等着爸爸。他却空手回来了。祈天对她说，他本来想再换只狗的，但人家告诉他，现在流行狂犬病，不能再养狗了。女儿很失望。祈天继续吓唬她，说死掉的那只狗没准得的就是狂犬病！她脸都吓白了，立即问要不要打扫卫生，消消毒。祈天借机和她一起，清扫了一下已经凌乱不堪的家。

王芳走了，狗也没有了。他们只能这么相依为命了。回想起来，他已经费尽了心思，但依然无济于事。孟达是他逼走的，王芳更是他亲自送到了机场，这一对狗男女，现在肯定是双宿双飞了！记得有一次，女儿指着街上的旅游广告问：什么叫"海南双飞游"，"双飞"是不是两人一起飞的意思。那时他还纠正女儿。想想，多可笑！他亲手成全了一对野鸳鸯，他们"双飞"了！

天下还有比他更窝囊的男人吗？！没有的，不可能有的！

很多惊世骇俗的事都是窝囊人干出来的。祈天仪表堂堂，凛凛一躯，看上去并不窝囊。他的窝囊目前还只有他自己心知肚明。

第十一章

有一种说法，说这社会之所以男女关系混乱，是因为单身男女太多了。他们浑身散发着荷尔蒙，在社会上流窜。他们没有发泄渠道，所以就看黄色影碟，看艳舞，如果是女的，她们就四处抛媚眼，或者躲在家里闷骚。这也只能过过干瘾，因此他们胆大的就强奸，有钱的就诱奸，不怕脏的就嫖娼；女的则大搞婚外恋。其实，这纯粹是偏激之词，单身男女的生活方式，完全由他们的品行、修养以及道德观决定。乱搞的都是单身男女吗？有家室的就不乱搞了吗？或者说，单身的男女就一定性乱吗？——那可不见得！周长就至今没有结婚，他单身，但他从不乱来。

周长并不缺乏魅力。他是个白净书生，仪表儒雅。如果说有缺点，就是有点自负，或者说是孤傲。当然，你说他孤僻也差不多。不孤僻他能养蛤蟆吗？一个装修精致，温馨世俗的现代家庭，岂能容得下蛤蟆？你即使解释成蛤蟆也是一种另类宠物，那来访的女人大概也受不了。她胆子再大，肯定也害怕半夜里她正柔情万丈，即将入港时，那冷冰冰的东西钻到她被子里！如果考虑到周长的单身之家里此前还曾养过果蝇、果子狸和白鼠，你对他年过四十岁还继续单身，就不奇怪了。

但这是他的主动选择。他有过同居女友，但在领结婚证前，女友出了个选择题：你愿意和谁结婚？选择一，我；选择二，老鼠。周长答题，颇费思量。他的答案是：你。限制条件是：老鼠不能走。理由是：他手上的项目还离不开小白鼠。女友大怒，花容失色。但要拂袖而去，她也颇费踌躇，她颤声道："你确定吗？"周长稍一迟疑，答道："我确定。"女友伸手一个耳光，顿足而去。临别赠言是冷笑着说的："老鼠爱大米，只有老鼠才爱你！"

现在，周长不养老鼠了，改养蛤蟆了。老婆虽还没有，但他很安稳。他没有性生活，他的研究视点却落在艾滋病上。一个清心寡欲的人，针对人类性行为的后果之一，殚精竭虑，这是一种纯粹的科学精神。他是一个高尚的人，一个纯粹的人，一个脱离了低级趣味的人，一个有益于人民的人。周长脱离了低级趣味，却从科学中得到了常人难以想象的乐趣和安慰。科学啊科学！他鄙视反科学的人。有人把社会上单身汉过多归咎于胎儿性别鉴别技术，归咎于科学，他极为反感。如果不是世人本身重男轻女，B超又有何罪？更令人难以忍受的是，竟有人对医药研究也提出质疑。他们说，避孕药的研制完全是助纣为虐的勾当。那些欲望男女，因此从怀孕的负担中解脱了出来，他们大搞特搞，到处乱搞，再也不用担心他们的性征程成为宣传队、播种机，引来孽债缠身了。他们进而还说,号称"人工避孕药之父"的翟若适博士,被《泰晤士报》评为"千年最有影响力的三十大人物"之一,避孕药的发明被评为千年100项发明的第二项,这更确凿地说明了人类的恬不知耻!——看看,他们已把对科学的指责演变为对科学家的指责了。他们就没想到,科学家如果都被他们骂死,他们中间患不孕症的早就绝了种,会生育的生的孩子很可能也得了鹅口疮百日咳,不谈骂人,咳都咳死了!

周长对他们的信口雌黄不加理睬。他也不是不想男女之情,只不过从科研中得到的乐趣和成就感是无与伦比的。对科研的热情,统领了他所有的欲望,牵引着他向着目标进发。

对艾滋病治疗研究的热情并非他头脑发热。几年前,他曾参与过禽流感疫苗的研制。那时,他还不是主角,但那项研究触发了他研究艾滋病疫苗的念头。禽流感是地区性、阵发性的,而艾滋病的流行却不分寒暑,遍及全球。人类要战胜艾滋病,只有两条路,一条是研制疫苗,积极防御;另一条是掌握治疗手段,就地消灭。看上去研制疫苗要主动得多,更具有釜底抽薪的意义。事实上,人类消灭天花,就是疫苗研究史上的辉煌战例,而英国的爱德华·琴纳,一个乡村医生,就是那个救世主般的英雄。

18世纪的欧洲,瘟疫般的天花造成了数百万人的死亡,有的家庭甚至死绝,那真是"万户萧疏鬼唱歌"了。当时,科学似乎已束手无策。但是,爱德华·琴纳出现了,他的出现拯救了人类,改变了历史。他注意到,乡下的一些挤奶工手上常常有牛痘,而这些得过牛痘的人，没有一个患上天花，这是为什么？他大胆地推测，是牛痘给这些人带来了对天花的免疫力！现在想来，这样的推测并不出奇，因为事实本来如此，但在免疫学几乎还是一张白纸的时代，这实在是一个天才的洞见。琴纳大胆地给一个八岁男孩接种了牛痘，他诚惶诚恐，如履薄冰，但是奇迹出现了，这个男孩对周围肆虐的天花安之若素，毫不在乎了！天花从此被攻克了！

天花，多么美妙的名字。它在英语里叫Smallpox，在法语里叫Variola，但它在汉语里就叫天花。天雨花，天上落花，多么浪漫，多么奇妙，多么准确，落得人脸上开花。那个中文的命名者，似乎预见到了它的命运。它飘摇而下，漫天飞舞，天花乱坠，最后还是被征服了。1978年的伯明翰大学实验室里，地球上最后一个天花病人被发现；1980年，世界卫生组织宣布天花已被彻底消灭。如今，天花病毒样本封存在美国和俄罗斯保留的几个试管里。它从潘多拉盒子里飞出，最终回到了瓶子里。

一想到这里，周长都心情激荡。他首先盯上了艾滋病疫苗研究。因为地位和身份所限，他不可能轻易得到立项，他只能悄悄开始理论探寻。

他知道，天花和艾滋病的病毒，其来源，有一种神秘的类似。天花来自于远古人类对牛的驯化活动，过于密切的接触，使得原本寄生于牛身上的痘病毒"突变而衍生"，终于成为人类专有的痘病毒科属天花病毒。人类大规模聚居给它提供了传染和爆发的条件。而艾滋病病毒的来历,非洲黑猩猩具有最大的嫌疑。解铃还需系铃人,既然牛痘消灭了天花,那黑猩猩难道就不能将功赎罪,帮助人类剿灭艾滋病吗?如果用黑猩猩做试验成本过高,也可以用猴子代替。他相信这种疫苗能构建人体对艾滋病的免疫力。

他的思路是,用猴子作为实验对象。把猴免疫缺陷病毒(SIV)的基因引入某种不能复制的病毒中,然后制作出减毒活疫苗,给猴子接种。随后,再给猴子注射经过改造的猴免疫缺陷病毒(SHIV)——这种病毒的外壳已被替换成人类免疫缺陷病毒(HIV)的蛋白质外壳,具有了人类艾滋病毒(HIV)的表征——如果这种疫苗所形成的免疫系统,能杀死感染SHIV的细胞,则说明疫苗可以担当防御人类艾滋病毒(HIV)的重任。

就在他跃跃欲试,准备向上级提出自己的计划时,一盆冷水浇灭他的热情。首先是,他的思路并非开天辟地,在国外已得到了实践;更重要的是,试验的结果令人沮丧,英国《自然》杂志上报告说,部分受试者的抗体效价数据得到了提升,但另一些人却死了,他们不幸被"接种"了艾滋病!

周长目瞪口呆。他仿佛生了一场病,人都萎靡了。

他并不认为别人失败的试验他就不能重新来做,但问题是,在这样的背景之下,没有人会支持他的构想。更要命的是,决没有人愿意伸出膀子,吃上一针。

周长多么羡慕那个琴纳啊。他是幸运的,更是大胆的,但比他更大胆的是那个接受接种的小男孩！他有一个伟大的母亲。但是且慢，如果你是个健康者，与艾滋病毫无关系，你愿意以身试毒吗？

回答是否定的。周长苦笑了。

到目前为止，大量的疫苗研究全都以失败告终了。最大的问题除了难以控制安全性，病毒的变异也是一个巨大的难点。艾滋病毒在侵入人体后，常常会不断变异，疫苗所建立的免疫体系无法阻止它们的突破。它们幻化其身，机变百出，如神奇精灵。周长在显微镜里，清晰地看到了它们的形象。他简直迷上它们，爱上它们了——又爱又恨。

既然挡不住，那就灭杀它！

转换思路是重整旗鼓的开始。此后不久，艾滋病治疗研究也在所里悄悄立项了。之所以如此顺利，除了试药者都是已感染者而比较易找外，更重要的是领导认为，周长的资历和能力已堪担大任。借助于国外同行公布的资料，周长开始深入探究艾滋病毒在细胞间感染传递的机理。药物试验也同步开始了。

上穷碧落下黄泉，两处茫茫皆不见。现在回想起来，真不容易啊。

谁能想到，这个水泥构筑的城市底下还有一条地道呢？谁又能想到，这条地道里竟生存着一种特异的蛤蟆呢？道高一尺魔高一丈，诚哉斯言！

这是祖宗的遗泽。明故宫毁了，蛤蟆却一代代活到现在。几百年来，无数的人考古觅宝，却没有一个人能慧眼识珠。这是命，也是使命。果然是天将降大任于斯人。斯人是谁，就是他周长。

他的研究需要很多学科的配合协作。他并不是万金油。蛤蟆他自己饲养，这是研究的命根子，容不得外人染指。另有一些研究所和大学，承担着萃取、分离和分析工作，但他们都只知其一，不知其二。试药的医院只负责临床试验，他们根本不知道那小小的安瓿瓶里装的究竟是什么。研究所的领导曾提出要给他配备助手，他客气而又坚决地拒绝了。万物皆备于我，全面的数据只能由他一个人掌握。这世界上永远不可能有人想到，蛤蟆、花椒、八角、穿心莲之类，能一起入药——这不像是一剂药，倒像是一道菜了！五香蛤蟆，荤素搭配。呵呵。

试药工作还在秘密状态中进行，疗效已基本可以肯定。周长开始了药理分析。这是更为细致的工作。现代医学并不接受"阴阳五行"和"性味归经"之类的玄妙语言，他不能像传统中医那样，开出一服药，谈起药理却云山雾罩，语焉不详。要得出高质量的成果，他还需要继续下潜，探幽烛微。

另一根弦他时刻也没有放松。保密。他必须严守秘密。任何的疏忽都可能让别人捷足先登，从而前功尽弃。但他很自信。孤傲的人往往过于自信。他认为，这世上没有一个人能破开他的系统密码。除了他自己。如果有人真的试图进入系统，那他百般努力后，也只能看到一首诗。就是那首《一插知》。那诗还不够押韵，有空闲你就改改吧。别把精力耗费到下一层加密系统上。下一层防护规则绝不相同。

有一些东西是唯一的。就像长相，那是父母给的。你是你，我是我。既然你不是我，你就不可能潜入我的系统，盗取我的秘密。

因为王芳走了，祈天反倒死了心了。他在工作上投入的精力倒更多了。他像钉子一样牢牢地守护着研究所。他常常下楼去巡视，坐在办公室时也牢牢地盯住显示屏，不断切换着研究所关键部位的视频信号。那东西还真有点用，有一次，一个收破烂兼顺手牵羊的家伙试图从北边翻墙而入，被祈天发现，立即通知保安抓了个正着。那小偷被带到祈天办公室，一把眼泪一把鼻涕地等着祈天发落。祈天不由得觉得自己十分重要了。他的屏幕是研究所的防控中心，神经末梢都到他这里来汇总，想不自我重视都难——以前他怎么就没注意到他的工作竟有如此乐趣呢？他在屏幕里，可以看到围墙上的铁蒺藜，看到鸟儿站在围墙上叫；可以看到北墙的破砖堆里，有很多老鼠在出入；还可以看到周长在西边的动物圈栏边，一把抓住兔子的耳朵，吓得猴子和白鼠乱蹿乱叫；甚至，他还看到北楼后的角落里，两个年轻同事连白色工作服都没换，就搂在一起亲嘴，拧螺丝一样，分都分不开……祈天呵呵笑了。屏幕里又切换成研究所的全景，大楼灰色的砖墙上，布满了爬山虎黑色的筋络，渐渐地，墙显出了绿色，绿色在生长，覆盖了所有的墙面，大楼的棱角也柔和了。蝴蝶在天空翻飞,天渐渐地有些热了。两个月过去了……祈天对着屏幕,手指在键盘上打着字,微笑着。这是在夜晚,他家里。他正通过电脑聊天。他面前的屏幕看上去和办公室的差不多,但里面的内容完全不同。一些头像在闪烁,那是有人在和他打招呼。他这个点一下,那个点一下,乱说一气。他的手指还跟不上他的思维。打字的指法也完全不对。每只手各有三个指头在忙,其他的在看热闹。他出手就不好,以后也只能这样了。

他才聊了几个月,已经有了几十个"好友"了。曾有个好友告诉他,无聊的人才会上网聊天,要么就是别有用心的人。这话太刺激人了,他不服气。但是想想,说得不错啊。他说不上别有用心,但无聊却是无法否认的。因为无聊,他才想到要打开电脑,那电脑自从王芳走后就没开过;打开了,却发现电脑坏了,如果他不无聊,就不会想到要请人来修。来修电脑的是采购研究所视频设备时认识的,因为感谢祈天的关照,他热心地帮祈天装上了QQ、E话通,还亲身示范。他挤挤眼道:好玩得很,你想怎么玩都行!祈天被他撩拨了,竟莫名其妙地兴奋起来。他若无其事地把人送走,马上坐到了电脑前面。开始时他很不熟悉,连键都找不到。但试着玩了几天,渐渐地,竟有些离不开了。

这是一张无形的网,比这世界上任何网络都要广大无边。这网原先还不算大,不经意间,竟飞快地扩张了,它占据了电话线,然后,继续生长,逐渐侵入了有线电视网和电网——祈天家的网络就是所谓电力宽带。那些图像、音乐、文字,还有他的聊天信息,要说能沿着电话线传输,他还能够理解,但它们竟能在强大的电力线中穿行,祈天简直不敢想象。那电力线实在是太重要了,它不但给祈天家带来了动力和光明,还是祈天心灵的耳目。下了班,安顿了女儿,祈天坐到了电脑前面,他的世界就被压缩在一个十七英寸的方框里了。

据说中国有一亿多网民了,祈天只是这浩瀚人海中的一个。多他一个不多,少他一个也不少。但对祈天来说,那根"电力宽带"就像植入了他体内,他多了一根宛如章鱼一样运转如意的触角,他的神经已经和那根电力线长在一起了。断不了,分不开了。一断就要流血。他不上网,觉得有无数的"好友"在等他。他上了网,果然有不少人来和他打招呼。他不理他们,反倒朝那些没有闪动的头像打招呼。人家也不理他,他偏要缠着他们说话。巨大的网络像一个广阔无比的假面舞会,祈天在里面周旋。他也戴着假面具,他的网名叫"旗在天"。一窜到网上他就成了"旗在天"了,他也成了"网民"了。

刚熟悉网络聊天时,他常常会停住打字的手,哑然失笑:我也成了"网民"了吗?还有更难听的名字,叫"网虫"哩。他走在街上,看到迎面走来的陌路人,突然就会想:他是网民吗?在研究所和同事在一起,他会陡然跳出个念头:他上网吗?他的网名叫什么?他这念头常常吓自己一跳,这简直是走火入魔了!怎么能问?人家又怎么会说?这是个隐秘的世界,是光天化日之外的另一个空间。他在那里排解着寂寞,寻找着安慰和交流。

他在上面什么都说。什么都敢说。开始时，他只是为了解闷，慢慢地，似乎有了真正的交流。他在网上的身份也基本真实，他是男的，成年，有一女。从事安保工作，但不是保安，是保安的领导。云天雾地地在网上乱窜了一段日子后，他渐渐发现了门道。那些网名就很有讲究。网络上的名字都是性别特征极强的字眼，所有风、花、雪、月之类，都是女人，而男人一般都直接点明自己的性别，他们要么标榜自己的身份地位，譬如"钻石男人""成功男士"，要么就叫"好男找女""性情男子"之类，直奔性主题。还有些名字很暧昧，像是女人，一聊才知道不是。有个叫"暗香"，还有个叫"绿袖"的，祈天一打招呼才知道，人家是男人，是"同志"，对他这样的男人没兴趣。这真是乱了套了。男的女的，不男不女的，各自在这里寻找着自己的知音。渐渐地，祈天基本上只和女人聊了。他没有什么特别的目的，他只是寂寞，需要人说话。需要交流和安慰。他需要女人的轻声细语。

他并不是只愿意和女人说话。但他要把男人加为好友，人家拒绝他。有几个男人，聊过几次的，后来就没话说。再后来，就从好友栏消失了。他那时对聊天还不精通，不知道人家是把他拖入了"黑名单"。后来他懂了，话不投机的，要么删除，要么索性把他打入"黑名单"，从此他就没法再和你说一句话。这真是简单爽快啊，快刀斩乱麻，一了百了，你说了算。比生活里要简单得多。举手之劳，没有成本——不像他和孟达，也不像他和王芳,处心积虑,伤筋动骨。

他的"好友"栏里,现在除了有数的几个男人,一片风、花、雪、月,简直是满园春色了。他经常同时开着好几个聊天窗口。他和"柔风"说几句话,又向"蝴蝶兰"问个好,"冷雪凝香"和"晓月"又在朝他打招呼了。他简直忙死了,像个大热门了。他的名字清朗,有力度,他的言谈彬彬有礼,有很多女人喜欢和他说话,比在生活里体面派头得多了。但是他真忙不过来。随着聊天的逐渐深入,他担心话会说乱掉,张冠李戴,闹出笑话。他决定有所选择了。他对"柔风""蝴蝶兰"和"晓月"分别说他有点事,要下去,立即变成隐身状态,只和"冷雪凝香"继续谈话了。女儿已经睡了。寂静的卧室里,台灯压在键盘上方。

"你一般几点睡?"冷雪凝香问。

"不一定。睡不着就不睡。"

"老婆不要你陪吗?嘻嘻。"

"老婆出国了。你呢?你不陪老公吗?"

"我没老公。我陪你。"

"呵呵。不敢当。你是在伤害吗?"

"什么?"

"对不起,是上海。"

"是的。你用拼音打的字吧?"

"是的。所以我刚才说错话了,"祈天道,"伤害你了。"

"你真笨。用拼音的都是笨男人。"冷雪凝香说,"不过我喜欢笨男人。"

"笨男人有什么好？笨男人连老婆都留不住。"

"你不是说她去留学了吗？"

"那是借口！"

"她私奔了？"

"对。"

沉默。

"不说她了。说说你。"祈天道，"你没有老公，他不会也私奔了吧？"

"他没有私奔。他不在上海。"

"出差？"

"不。他在外地工作。"

"哦。同是天涯沦落人。你也孤独。"

"我才不孤独。我有你啊。"

"哈哈！"祈天发个笑脸过去，道，"那我只能说，我也有你啊。"

"是的。"

"可惜，我鞭长莫及。"

"上海离石城并不远。"冷雪凝香道，"250公里。"

"那还是鞭长莫及。"

"？"

"你不懂？"祈天打着字，脸上真的笑出来了，"我是说人的鞭长莫及。"

"啊？！"

"你想啊，人的那东西，人鞭，能有多长啊？顶多25厘米吧？我们相距250公里哩！"

屏幕上突然跳出一个脸谱，圆圆的脸，一阵一阵地红上去。祈天笑出了声。他似乎看见对方也笑得羞红了脸。他觉得自己唐突了。真是流氓了。对方沉默。他担心得罪了她，她会走开。正有些后悔，她又说话了。

"问你一个问题。"

"请说。"

"你老婆要出国，你没有阻止她吗？"

"当然。但阻止无效。"

"我觉得你是个有力量的男人。为什么无效？"

"男人的力量是相对的。对有的人有效，对她无效。"

"她更有力量？"

"也许。"祈天沉吟片刻，道，"我努力了。可以说还付出了代价，但是没有办法。"

"你付出了什么代价？"

"一定要说吗？"

"我想知道。"

"为什么？"

屏幕上出来两个字，"也许，"她在沉吟，半晌她说："也许，我和你有相似的境遇。我要学习。"

"这也可以学习？"

"当然。触类旁通。你说嘛。"她在撒娇了。

"好吧。"祈天谨慎地选择着字眼道，"我给了那男人一笔钱，让他走开。"

"他拿到钱又不走了？"

"不，他走了，但我老婆很快也走了。"

"哦。"

"我是赔了夫人又折兵！明白了吗？"

"明白了。你也许把问题弄复杂了。"

"是的。可我简单不了。但愿不要越弄越复杂才好。"

"对。你简单，事情也就简单了。"

祈天问："你是个简洁的人吗？"

"不见得。事情落到自己身上，可能也就复杂了。关心则乱嘛。"

"那是。我还是关心关心你吧。你长什么样？"

"你相亲啊？嘻嘻。我告诉过你了，我，32岁，1.68米，不难看。在研究所工作。说说你。"

"我？39岁，1.80米，也不难看。"祈天差点就要说出自己也在研究所工作了，想一想又道，"我资料上都是真的。我做安保工作。对我满意吗？"

"去你的！"

第十一章

祈天似乎看见对方笑了。这时候,屏幕上有个叫"大老粗"的网友上线了。他随手点了他一下。这老兄很有趣,名字也奇怪。大老粗立即回话:"你在啊?躲着泡妹妹吗?"

祈天道:"没有。在发呆。大老粗才擅长泡妹妹哩。呵呵。"

"我老啦。又大又粗管什么用?我在瞎聊。"

祈天还没答话,冷雪凝香又说话了:"女儿单独睡吗?"

"是的。我孤枕难眠啊。"正要往下说,女儿在隔壁叫起来:"爸爸!爸爸!"祈天连忙跑了过去。

女儿做梦,吓醒了,说她看见她的狗回来了,就躲在床下。祈天叹口气,陪着她,一直等她再睡着。再回到屏幕前,冷雪凝香的头像已经黑了。她留了话,说:"你去陪美女了吧?明天见哦。"祈天给她留话:"美女就是女儿。"正准备要下线,屏幕上那大老粗又在说话了:"快来!你也来瞎聊吧。"

"我本来就在瞎聊。"

"不是。我说的网页,叫'瞎聊'。"说着发来一个网址,"你一点就进去。不要注册,游客就可以。"

"那儿有意思吗?"祈天道,"明天再去吧。我要睡了。"

"现在正是高潮!不去终生后悔!"

"是吗?"祈天疑惑着,点开了网页。稍等片刻,一排房间列表出来了。那些名字一看就心惊肉跳,"恋上你的床""欢乐高潮""午夜销魂""止痒水",还有一个竟然叫"先进性教育"!祈天还没进去,心脏就开始狂跳了。"我进哪个房间?"他问。

大老粗道："我在'欢乐高潮'。快来！"

祈天一点就进去了。震耳的音乐立即响起来了。祈天吓得立即把音量关小。房间里有好几十个人，他一进去，滚动屏幕上立即打出一行字：欢迎新朋友！大老粗闪过来道："我和他们打了招呼了。他们不会踢你出去了。"

"谢谢。"

"你慢慢看。别说话。保证你大开眼界！"

屏幕左上方的视窗打开了，一个身着三点式的美女，戴着墨镜，扭动起来。一个叫"老大"的在屏幕上打字道："美女开始表演了！大家献花啊！"音乐更响了，滚动屏幕上，无数的鲜花闪动出来，美酒、苹果如潮水般涌动。美女的身体如蛇一样扭动，她的双手在自己身体上滑动，一次次挑开身上那几块小得可怜的布。然后，又伸向裆下，抚摸起来。

祈天目瞪口呆。他手在抖，血往上涌。天啦！这是个什么地方？怎么还会有这种地方？人全疯了。滚动屏幕上，无数的人在狂叫："脱啊！""脱光！""一丝不挂！"

那美女继续在扭。音乐在呻吟。她真的脱了！脱掉了胸罩，两手捂着，扭，慢慢躺到了床上。在床上她还继续在扭。音乐在喘息。那"老大"打出了一行鲜红的大字："要看肉搏战，请加入VIP会员。有意者请与我联系。"他打出了一串QQ号码。那美女的床边，果然出现了一个男人的腿。他站着，似乎立即就会扑过去……这时候，视窗关闭了。

祈天的心脏在狂跳。滚动屏幕上的广告不断出现，不厌其烦。音乐换成了正常的迪斯科。狂野的迪斯科在这里竟然算是正常了。简直是疯了。祈天呆在屏幕前面。大老粗对他说："过瘾吧？"

"呵呵。"祈天不知道说什么才好。

"你要加入 VIP 会员吗？"

"你加入了吗？"祈天反问。

"我以前加入过的，到期了。"

"加入了有什么好处？"

"到小房间，看真干！叫他们怎么干就怎么干。一、二、一！起立，卧倒！你发口令！"

"呵呵。"祈天笑道，"我不要看。我可不想夜里睡不着。"

"那倒是。还不就那么回事！对了，你知道换妻吗？"

"？"祈天疑惑，"不就是离婚，换个老婆吗？"

"哈哈！"

祈天简直听见他的笑声了。

大老粗道："你那是'休妻'，我说的是'换妻'，两对夫妻交换。"

祈天似乎明白了，"不要结婚吗？"

"不。就玩一次！"停顿一下，大老粗又说，"有没有兴趣？"

"我没有老婆！"祈天气恼地把他关掉了。

祈天关了电脑。他这一夜都没怎么睡。睡不着。那美女在脑子里扭，音乐在响。音频视频他都关不掉。他万万没有想到，网上还有这样的天地。不知道那小房间里是什么景象。他浑身发热，焦躁不安。他到阳台站了好一会儿，才把浑身的温度降低一点。居民区里静悄悄的，路灯把楼群分成整齐的方块。无数的人躺在他们的床上。一定有很多人在床上忙着，大喘粗气，不亦乐乎，只有他形单影只。他悲愤交集，流下了眼泪。

真有人"换妻"吗？天啦，都疯了吗？！

第二天，他脸色发灰。对着办公桌上的屏幕，他总是走神。扭动的美女被他带到这个屏幕上来了。赶都赶不走。他气恼地把监视器关了。

但这世界似乎是变了。他的眼睛成了摄像头，视野永远都是屏幕。只要看到女人，无论是同事还是路人，她们都在视窗里，她们动作着，似乎下一个动作就要脱衣。天啦，他成了个流氓了！记得网上有个人的名字叫"善解人衣"，现在他的视线像刀，他成了一个"善解人衣"的人了！

人堕落起来是很快的。他不能这么下去。他是一个有操守的男人。他需要性，需要女人，但他不能就此堕落！

他心乱如麻。好不容易挨到下班，他骑着车子出了研究所大门，身后有个人喊他："哎！你好！"回头一看，一个女人正朝他摆手。她很面熟，稍一凝神，立即想起了，是她。他放慢了车速，并没有下车。他可不想再搅动那一段记忆了。但那女人很热情，她快步穿过马路，走到了祈天身边。

第十二章

这是他们第三次见面。前两次,一次在"清爽"性病诊所,一次在市民广场,她送亲子鉴定报告:都是很窝囊的事情。祈天的脸上闪过一丝尴尬。但是他不得不下车了。她像是老友重逢,满面笑容,他要是蹬着车子就走,那简直像是落荒而逃了。

"你好。"

"你好啊。"她微笑着道,"你怎么会在这里啊?"

"我回家啊。我路过这里。"研究所就在身后,但祈天不想让她知道自己的单位。"你也下班?"

"我?我也回家。"她把手上的包背到肩上道,"我是自由职业,没什么上班下班。你知道的。"

祈天差点就问,你又是给别人送报告的?但是他说:"你也住附近?那我怎么以前没碰见过你?"

"我才搬过来。我以前不住这里。"她的脸上闪过一丝奇怪的表情,欲言又止的样子。祈天笑道:"哦,买大房子了?发财了!"

"发个鬼财。我倒霉了。"

她不往下说，祈天也不再问。他不愿意别人深究他的生活，当然也不该打听别人的私事。祈天推着车子，他们并排走着。她窈窕的身材在祈天身边晃动。一阵阵香气也在往他鼻子里钻。这是个春暖花开的季节，天地间处处幽香，但花香是素的，她身上的香气有肉体的气息，是荤的。香气牵着他的眼睛，忍不住往她身上瞟。不对了，又不对了。昨天深夜，屏幕上的画面扭动着出现了。她的衣服包不住她的腰身了。祈天身体竟然有了反应了。真没出息！他心中一凛，晃晃头，笑道："你怎么不发财？你们收费可不低啊！"

"嗯？"她似乎一时间不明白。祈天道："人家是发国难财，你们是发家难财。"

"我不做那个了。"她腾地红了脸，"现在轮到我自己了。"

"什么？你也……"

"哦。不，不。我连孩子都还没有哩。"她又不往下说了。前面，祈天应该拐弯了。"我要往那边走了。"他停住脚步，朝她伸出了手。她侧着头笑道："我叫张颖，真没想到又碰见你。你呢，能不能告诉我大名？"

"我？"祈天立即想起，那个亲子鉴定报告上没有名字。他说："我叫祈天。祈祷的祈。"想起那张报告上，他是"A"，女儿是"B"，不禁笑了起来。也许是因为他们说了这么久才互通姓名，张颖也笑起来。

她笑起来很迷人。比那屏幕上戴着墨镜的女子更实在,触手可及。祈天刚骑上车子,张颖又在后面喊道:"有事打电话。"祈天一愣,这才想起她是有自己电话的。

这似乎真是一次邂逅。如果她真要找自己,打个电话就可以。但其实,她却是在这里等他。

张颖看着祈天远去的背影,拿出了手机。

祈天的手机响了。他停下车子,接通了电话。是女儿。她放学回家了,问爸爸什么时候回来。

在石城的另一个地方,电话也响了。陈易抓起桌上的电话,他频频点头,最后说:"好,你要抓紧。但不要急。你慢慢来。"

他只能叫她不要急。她并不是一个"专业人士"。虽说具备"专业人士"必需的基本素质,但她毕竟没有受过专业训练,急躁往往导致慌张,而慌张常常意味着欲速不达。"像正常生活那样去工作。"这是陈易给张颖布置任务时的嘱咐,他相信她能够做到。

他们的目标是周长,对手却是一个系统。这个系统看不见,摸不着,远比医药研究所围墙上的铁蒺藜、摄像头和德国黑背更难突破。他们只能采取迂回深入,暗中攫取的手段。现实教育他,仅仅依靠网络技术这类技术手段,他们达不到目的,一旦对手有所察觉,那他们的企图无疑将彻底失败——他只要将成果从原地移除,那他们一定是竹篮打水一场空了。更可虑的是,万一引起国家安全部门的注意,他们很可能偷鸡不成蚀把米,连自己都搭进去。如果那样,又是一桩丑闻!他们公司已经经不起丑闻了。一旦丑闻败露,那意味着发力公司在中国的业务将被连根拔起,彻底破产。

公司史上的那桩"虚拟足球赛事件"是一个深刻教训,对周长电脑入侵的失败,更是个现实的警示——他们应该改弦易辙了。说到底,纯粹的技术路线要不得!既然是对人的工作,人往往是更直接的工具。中国20世纪的伟人毛泽东说过:人是战争决定性的力量,决定战争胜负的是人,而不是武器。他们现在从事的,也是一场战争。

陈易决定,在继续网上作业的同时,开辟另一条道路。他通过触角,很快物色到了张颖。她是个合适的人选。聪慧,机敏,世故,有面对挫折的意志力。她的长相也正好。所谓正好,就是一种含蓄的美丽。既具备对男人持续有效的吸引,又不至于让人惊艳难忘。如果需要,她随时可以消失在茫茫人海里。

陈易接到张颖的电话,心急如焚。时间紧迫,兵贵神速,但计划的实施却必须忍耐。他们只能迂回前进。让他稍感欣慰的是,周长的电脑似乎并没有增加防线。这是个缜密的人,看来也极其自负。他用那首狗屁诗捉弄对手,并以此为乐,就是一个明证。

但愿他自负到死。

现在最可靠的希望,都着落在张颖身上了。其他部门只能配合。他们的工作,一刻也没有停止,却决不能轻举妄动。他们随时整装待发。但他们的动作,都依附于张颖的进展。

转眼间半个月过去了。石城是著名的江边火炉,夏天尚未真正到来,天气已渐渐热了。

这是个色彩斑斓的季节。天热了,人也活络了。男人们穿得清爽精神,女人们则尽力展示她们被埋没了一冬的身材。其实早晚还有点凉,但爱美的女人不怕冷。很多男人的眼睛不由得瞪大了。

祈天已度过了王芳走后最苦闷的时期。女儿也适应了没有母亲的生活。据说石城的离婚率已达25%,也就是说,每四个家庭里就有一对夫妻离了婚。他们都活下来了,祈天当然也能活下来。最初的撕裂已经过去,伤口也痊愈了。他当然不至于无视事实,说那从他肌体上撕断的仅是一段盲肠,但是,那显然也不是四肢,大概,也就相当于某一根脚趾吧。鞋子不脱,也看不出。

外人并不知道祈天家的真实情况。邻居们原本很散淡,偶尔问起,祈天和女儿的口径很一致,都说王芳是出国进修了。并不需要祈天的嘱咐,女儿自己选择了最合理的回答。她和那个家教处得也好,成绩也很平稳。只是偶尔和祈天一起上街,她看见别人家一家三口,其乐陶陶的,她有些悻悻然。她实在是个懂事的孩子,也不说什么,只是有一次,他们在白马公园,看到一对父母,带着一双儿女在放风筝,她忍不住问:他们怎么能生两个孩子?不是计划生育吗?祈天被问住了。他说:那两个孩子不一定是亲兄妹。说不定他们的父母是再婚的哩!这么一说,女儿顿时住口,一直沉默了。祈天看到女儿面带戚容,知道自己是口不择言了。

除了类似小插曲,祈天总算是省心的。他又当爹又当妈,其实倒有些像哥哥。女儿跟他常常没大没小的,把双倍的亲情都给了他。但他是个壮年男人,白天还好说,夜晚就真是孤寂难言了。

幸亏还有网络。幸亏还有那些网友。他白天上班,陪女儿,夜里陪他们过夜。正因为没有实际接触,他可以无边地想象。也有网友建议他去买个视频头,插上就可以互相看见,但他没有去买。他察觉自己已经变了,不完全是原来的那个人了。但他还不想把那些女网友落到实处。就像一次坠落,上面是星空,下面是黑暗,飘忽中无比神秘,但女网友一出来,"咚"一声,那就落实了,见底了。他预见到,一旦他看见了网友,那肯定意味着巨大的变化,他可能无法控制。

屏幕上,"冷雪凝香"又在和他说话了。

"还没睡吗?"她问。

"和你一样。"祈天道,"天不冷了,你该改名字了。没有冷雪了。"

冷雪凝香的名字立即改了,叫"冷血凝香",祈天道:"不好。像侠客的名字。也像什么武功。"

"对啊。"她名字又改回去了,还叫"冷雪凝香"。"天热了,冷雪才是可贵的。我是你可贵的吗?"

"是的。看到你,我的心就凉了。"

第十二章

"？！"

"天热，我觉得凉爽不好吗？身上凉爽了，有个地方却热。"

"下流。"

"呵呵。"祈天笑，"最近有新的网友吗？"

"没有。就你。"

"那有男朋友吗，新的？"

"有。"

"恭喜！"

"你没有吗？我说的就是你。"

"谢谢。你害得我要失眠了。"

"你本来就睡不着。不怪我。"

"两个孤独的人。"祈天道，"也许，并在一起就不孤独了。我真该去装个视频头的。"

"你自己不装。老顽固！"

祈天道："你有的。你先让我看看好吗？"

"不好。"

"别小气嘛。"

"不是小气。是规矩。要看的话都是互相看的。对视。"

"好吧。那下次我们对视。真情面对。"

"我等着。"

冷雪凝香对祈天来说，还是一个谜。她是做什么工作的，在哪里，她长什么样子，她是夫妻分居还是离了婚，这一切，祈天都不能确知。他现在已算是网络聊天的行家，不会轻易相信对方的每一句话。身份、地址、年龄甚至性别都可以乔装打扮，但是心情和性格却很难长期伪装。他可以断定，冷雪凝香是个女人，平常斯文，必要时却也跳脱，即使尚未离婚，但一定孤独，否则，她决不会每个良宵都在网络上度过。祈天对她充满好奇，中午下班后，他准备到珠江路买个视频头装上，看一看对方的真面目。他骑着车刚拐过一个路口，天色阴沉了下来，头顶响起了隆隆的雷声。要下雨了！街上似乎平地起风，树枝呼呼乱摇，人乱了。祈天突然想起阳台的衣服还没有收，立即调头往家里去了。

零落的雨点很大，很稀，正是大雨的前奏。祈天刚把衣服收好，雨哗哗地浇落下来。阳台上挂上了水帘子。现在离上班还早，祈天打开了电脑。

冷雪凝香在线。她怎么会在线？祈天问她："嘿！你怎么会在？不上班吗？"

她反问："你怎么会在？你不上班吗？"

"下雨了，我回来收衣服。你？"

"也下雨了。我回家加衣服。"

"呵呵。都是为衣服。人不穿衣服多好。"

"想得美！"

"其实，不穿衣服也不好。一件件往下脱才好。"

第十二章

"想得更美！"

雨很大。祈天愣了一会又道："你那边雨大吗？"

"不大。"

"我这边很大。"祈天道，"天气预报很操蛋。"

"怎么？"

"昨天还说'明天阴道多云'，今天大雨。"

"你看看你说的什么？"

"对不起，阴到多云。"祈天脸上漾出微笑，"我是拼音。不怪我。"

"嘻嘻。阴道多云。"

祈天咬咬牙，道："应该是阴道大雨。"

"呸。"她发来一张羞红的脸。

祈天身上渐渐发热了。他飞快地打字。她飞快地回应。满屏云烟，满屏情欲。他简直无法控制自己。半小时后，他关了电脑，满面通红地走出了家门。

屏幕又一次在他头脑里驻存了。关不掉。上一次是图像，这一次是文字，还有想象中的她。这是一种另类的生活，准夫妻生活。他们什么都说了，可是，他们什么也做不了。这太折磨人了。他决定不去买视频头了。他暂时不想看见她。如果她是个丑人，哪怕只是和他想象的差别过大，他都觉得无法忍受。既然要"真情面对"，那就真实地面对吧。他预见到，他一定会见到她的。见到她将会发生什么，他也能预料。

但是他不想那么快。一旦将网络上虚幻的聊天转化为真实接触，他就必须慎重。他看了很多报道，网上的陷阱太多了。他已经成功地拒绝了那个"大老粗"的诱惑，控制住自己在激情视频上进一步的沉迷，当然也有能力控制住向"冷雪凝香"飞奔的步伐。天下所有的试探都是迂回跑动，一触即退的。他还要进一步了解她。

还没到研究所，他就遇到了张颖。

雨还没有停，只是小了点。他没有骑车，打着伞，步行上班。无数的伞在大街小巷里移动，仿佛这城市发了大水，冲下了大批的彩色蘑菇。祈天的伞很旧了，灰色的伞面挡住了他的视线，他只能看清面前的路。一把橘红色的伞从马路对面飘移过来，向他靠近。一片红光飘进了他的眼角，他一扭头，张颖的面庞衬着艳丽的伞面，朝他笑哩。

两把伞靠近了。两人并行。不用再问了，她果然住在附近，而且祈天相信，她确实是最近才搬到这里。张颖这天显得非常漂亮，伞面滤下的光仿佛给她又化了一层妆。她看见祈天手上还有一把伞，问道："给谁送伞啊？好丈夫！""不，是好父亲。你没见是个小伞啊，"祈天笑道，"但愿女儿放学时雨就停了，省得我去一趟。"

"你老婆不管女儿啊？"

"她——，她不方便。"

"所以你不但是个好父亲，还是个知道疼人的好丈夫。"

"是吗？我才知道有这样的评价。"

他们边走边说话。和上一次邂逅一样，他们也没有聊多久。祈天的路程实在是太近了。十几分钟的距离，容纳不了多少内容。到了研究所门前，祈天停住脚，告诉她，他就在这里上班。张颖羡慕地道："好单位啊。还是有个稳定的工作好。"祈天笑笑，两人就分手了。

一回生，两回熟，他们现在可以算是熟人了。以后的接触变得自然而频繁，他们偶尔见面，常常打个电话，渐渐地，像是老朋友了。其实从一开始，祈天就是张颖的"老朋友"。她几乎了解祈天的所有情况，她只是假装不知道。他们的接触，在她的控制中慢慢地深入了。

祈天现在有了两个女朋友。一个是网上的，一个在现实生活当中。对冷雪凝香，他提醒自己要忍，"好男人就要忍"；而张颖对他的接近，也掌握着节奏。她是个成熟的性情女人，深知朝男人走，也要走出弧线，走出舞步，这就像是性爱，毛手毛脚的莽撞只能导致失败——哪怕你再急，你也得控制。所谓控制，有时就是要慢。她慢慢地靠近他，渐渐地成了朋友，成了密友了。

祈天知道了，张颖离婚了。那个姓王的前夫，太活络。他的故事让祈天忍不住要笑。头上斑秃本该自认倒霉，他竟想到用秃头照片做广告赚钱；被人揭发了从高校轰出来纯属活该，他竟又想到私下里做亲子鉴定捞钱；做亲子鉴定捞钱也就罢了，他不该财迷心窍，给同一个主顾做两单亲子鉴定。那位仁兄年过四十，忽一日起了疑心，拿婚生的儿子和情妇生的女儿各做了一个鉴定，结果两个都不是他生的。再一做检查，他天生不能生孩子，以后也绝无可能。这下他急了，生怕与妻子离婚，否则亿万家产都没了去处。他不怪自己没本事，却怪起做鉴定的。那富翁是个白道黑道都狠的，他恨张颖的丈夫接单子时花言巧语说两个一起做可以打折，后来叫他帮助圆个谎却另要收费，一气之下打折了他的腿。惹了富翁可了不得，这生意又是个黑市，叫不得苦的。张颖家就乱了套了，简直过不下去。张颖只好抬腿走人，自己出来租房子住。

乱了套了。这社会真是乱套了。竟还有做了鉴定却又要隐瞒真相的男人。祈天叹息。突然想起自己的鉴定报告会不会也出了错？既然结果还可以修改，那自己的结果难保就是确凿无疑的！他抬眼看着张颖，脸色都变了。

他们这是在茶馆里。周六的下午，女儿在家，有家教陪着。他和她到附近的茶馆闲聊。张颖看着他的脸色，突然笑了。告诉他，他不要乱怀疑。"他是个要钱如命的人，要改掉结果，除非你另给钱。"张颖笑道，"你另外给他钱了？"

"没有。"

"那就对了。我告诉你改结果的收费，也是3000。"张颖嘻嘻笑道，"他还有理由呢，说要改结果，等于再做一次，所以也是3000。"

祈天放了心。笑道:"看起来他还是个讲道理的人啊。"

"他讲鬼的道理!"张颖愤愤地道,"他雁过拔毛,一毛不拔!我们离婚,我差不多算是净身出户!"

阔大的落地窗外,是熟悉的街景。两人正说着话,街上突然有了动静。这地方是闹市的边缘地带,周六的街上人并不多,大多是一些居家男女在购买一点生活用品。茶馆门口,两个迎宾的小姐突然被什么吸引了,伸着脖子朝远处张望,她们唧唧喳喳地议论,手指着,看得呆了。东边的十字路口,有个女人在喊:"抢劫了!抢劫了!"祈天腾一声站起,贴着玻璃往外看。看不到,角度不对。张颖在后面问:"怎么了?"祈天说:"不知道。"那边显然有情况,而且更紧急了。迎宾小姐大叫起来:"快看!真的打劫!"茶馆里的人呼一声全跑出去了。吧台里,一个女人急忙跑了出来,"快关门!你们不能走!"她急赤白脸的,前一句话是叫小姐关门,后一句话是怕客人跑了结不到账。但没人理她。祈天第一个跑出了门,他还从来没有亲眼见过抢劫哩!

前方,也就一百米的样子,一个戴着头套的家伙正猛烈地扯着一个中年女人肩上的包,那女人披头散发,跌在地上,死命拉着自己的包带子。那家伙挥着手枪喝道:"不想死你就丢手!"那女人叫道:"抢劫啦!抢劫啦!"

这家伙是个呆鸟!出手不利落,下手也不狠。祈天看着那家伙像拔河似的和那女人较劲,突然觉得有点可笑。但可笑的还远不止这个,抢劫的地点在一家银行门口,银行里的保安站在门

天知道

看,却不上去帮忙;茶馆这边,那女老板老鹰赶小鸡一样,拼命把客人往里面圈,嘴里说着:"你们不能走,不能走!"街上其他的人也倒没人圈着,却只看,没有上去的。祈天觉得自己简直是在观看一个滑稽剧。他正要冲出女老板的包围圈,街角有个人在喊了:"你,加快节奏!"原来还有个指挥的。正是这个指挥的弄得没有人见义勇为。他站在破椅子上,扛着个摄像机,正在实拍哩!祈天离得远,看不见他的马甲上印的字,后来他知道了,那几个字是"银海疑案摄制组",他只听见扛摄像机的在喊:"大家不要乱,我们在拍电视剧!——你出手啊!"他话音刚落,那戴头套的人对着那女的就是一枪把,女的软了下去,头上出了血。包到手了。那扛摄像机的喊一声:"停!"从椅子上跳下来,对四下里的人点头哈腰道:"谢谢!谢谢配合!"他和戴头套的汇了合,眼看着就要走了。

"那血好吓人。"张颖在身后道,"是西红柿酱吧?"祈天看着那个穿马甲的人带着那个"演员"去了,突然心中一闪。那迎宾小姐道:"他们怎么不管那女的啦?"此言一出,祈天立即大喝一声:"站住!"飞快地冲了过去。

乱了,实在是乱了。在这个自扫门前雪的时代,一个人冲上去不济什么事的,好的是张颖也跟过去了,更好的是女老板也跟过去了。她也许是为了抓客人结账,但总而言之她也上去了。有三个人上去了。三人行必有我师,三人上就可以跟。人群开始从众了,人潮涌了过去。那两人一看形势不妙,撒腿就跑。可哪儿跑得掉呢？前后都有人围上来了。那戴头套的人举着枪，拎摄像机的也拔出了刀，背对背地防卫着，慢慢地朝包围圈外逼去。祈天拎起刚才那家伙垫脚的椅子，紧紧地跟着。顿时就成了个僵持的局面。张颖摸出手机，准备打110，她哆嗦着问祈天："要不要拨区号？"那戴头套的也怕了，哆嗦着喊道："不许报警！我要开枪啦！"女老板立即闪了。他举枪对准张颖，手一紧张，扣动了扳机！

完了！这下完了！事后他交代，他手指一动，就知道今天这事彻底穿帮了。倒不是怕抢钱闹出了人命，而是他的手指一紧，他的枪里射出了一条水柱。"那个男人真狠，他还敢来挡子弹。"事后他又说，"那个女人真胆小，水枪她也怕，还往男人身后躲。"总之随着他枪里的水柱射到那男人身上，那男人的椅子也抡过来了，他裆下顿时也泄出液体来，因为裤子挡着，还成不了水柱，只在地上印了两个脚印子。

人群哈哈大笑起来。李天羽赶到时，笑声尚未停止。这还是有史以来他第一次伴着笑声给嫌犯上铐。他忍住笑板着脸，安排人把受害人送去医院。两个嫌犯才铐上，就开始互相揭发了："就怪你！你说这是个好办法的！"另一个道："不是你要钱去嫖，我也不要帮你来弄！就你骚！"吵着骂着，竟相对而泣了。

李天羽终于忍不住了。他笑骂道："别现世啦！"他笑着对祈天道："还是你厉害。"祈天道："我还要跟你一起去局里了？"李天羽道："你是行家。帮忙帮到底吧。"祈天拎起摄像机打量着。

很轻。"这是假的。"那个嫌犯现在什么都愿意交代,他主动讲解道,"枪是假的,这也是假的,都是他准备的。"他手一指,李天羽啪地把他手敲回去了,"上车,走。"

英雄和狗熊上了一辆车。女老板朝祈天挥手道:"原来你是个卧底。那茶算我请客!"张颖轻声对她道:"我跟你去,我来买单。"女老板道:"你们是同事?你也是个卧底吧?"张颖红了脸道:"你瞎说什么。你才是卧底!"

第十三章

　　祈天成了英雄了。这决不是他的本意。世界上并不只有英雄和狗熊，绝大多数是介于"雄"和"熊"之间的"人"。他只想安安静静地过日子。但既然一不小心成了英雄，他暂时就安静不下来了。他上了报纸，进了电视，要别人把他忘掉，还不知道要过多久。要是他那天不出头就好了，要是他那天不和张颖一起在那里喝茶就好了，要是那两个糊涂蛋不挑那家银行门口下手也就好了——总之，他不愿意和什么"银行劫案"搭上什么干系。不过说到底，要怪还得怪自己，如果自己不硌生，就听张颖的，就到她家去，也不至于惹上这个麻烦。

　　但女人真是会惹祸的。那两个家伙不是说了吗，因为没钱嫖女人，他们才去抢钱。但他去张颖家，也就是去坐坐，张颖决不至于叫他去抢银行，顶多，也就是些男女之事，还能把他吃了？他现在有一个远在外地的"冷雪凝香"，还有个伸手可及的张颖，倒像个热门男人了。他现在还没有"下手"，正因为如此，他倒觉得自己随时可以"下手"，和她们"来一下"——这是王芳以前要和他亲热的说法。"来一下"是容易的，但他更需要的，是情感。性就那么几下，几分钟，他自己也能解决的。长夜漫漫，日子漫长，他和女儿的家，需要女人的生气。

所以他头脑不发热。头脑发热的结果，就是一不留神成为英雄。头脑要是再发热，那可能就是湿手抓面，出得了手，却脱不了手。对女人，他可不能再犯糊涂了。

这世界上原本就是清醒的人少，糊涂的人多。去年年末，那桩储蓄所抢劫案的当事人，那个"前经理"，就真是个糊涂人。电视报纸上大张旗鼓地宣传祈天的英雄人物事迹时，他既不瞎，也不聋，也知道的，总行的保卫处长甚至还打电话给他，叫他"好好学习"，但他心里不服，更生气。你说，这个英雄多好当啊？那两个鸟人幼稚得像小丑，枪也只会滋水，可自己当时面对的呢，那可真正是悍匪啊，来去如风，踏雪无痕，连公安不也只能抓瞎？有本事，你把他逮出来啊！

他看着报纸上那个英雄的照片，直在心里羡慕他运气好。而自己因为所谓"失职"，至今被打在冷宫，虽说保安的服装比经理威风神气，但毕竟只是个看大门的了。总之自己是运气不好，交了好运的除了这个"英雄"祈天，还有年前那个抢劫的鸟人。他毫毛不伤，走了一趟储蓄所，二十几万就手到拈来了。

这"前经理"郁闷了好些日子，有苦无处说。所以当公安局的李天羽在下班路上遇到他时，他忍不住就开始抱怨。他问那个案子破了没有，又说自己何必操那个闲心，即使案子破了他也没福气再上岗，他顺嘴一溜道："妈的，那鸟人运气真好！"

李天羽心中一咯噔，追问道："什么意思？你说的什么？"

"我说那个抢劫的鸟人运气真好。"

"怎么？"

"我们并不经常单笔接过那么多钱。一笔就十万，全给他了！"

"等等！你说得具体一点。"

"我是说那天上午我们接到一张存单，一笔就是十万。要不是这十万，他哪能抢那么多啊。"

李天羽厉声道："你为什么不早说？"

"我怎么早说？"前经理"喊"了一声道，"你们也没问过我啊！再说，我哪儿记得这种事。"

他似乎是个专记大事的，那副破罐破摔的模样惹得李天羽真的生气了。他的脸色铁青下来。那"前经理"有点紧张了。他期期艾艾地道："我不是故意不讲。我是看到拿水枪抢劫的案子才想起来的。"

"但愿你能将功补过。"李天羽缓和口气道，"不过，要麻烦你跟我走一趟了。"

"下班了啊。我晚上还要见女朋友哩。"

"那对不起你了。"李天羽笑道，"你就是马上要入洞房也得跟我走。"

天知道

没想到两只呆鸟倒牵出一条线索。这完全出乎预料。在此之前,李天羽把对两个抢包嫌犯的预审完全交给了朱绛。他只是走到预审室,突然问一句:"说,达江储蓄所的案子,也是你们干的吧?就是去年滨江新区那个。"两个呆鸟一个茫然,那个持过枪的立即跳起来:"我们没有!"那个扛摄像机的马上眼泪鼻涕都下来了:"警察同志,我们这是大姑娘上轿头一回啊!"李天羽把他往椅子上一按,就出去了。他确信不是他们干的。两只呆鸟,没有那样的手段。在小事情上装傻是可能的,但没有人在抢劫时装傻,而且傻到被人生擒活捉,但偏偏是这样的傻瓜,引出了一句关键的话。

看到那张单子了。是祈天的。十万。定期一年。钱还没有取走。

怎么会是他?他为什么要到这里来存钱?达江储蓄所离他家很远,他为什么舍近求远?

可是,他又为什么不能把钱存在这里?如果愿意,他可以把钱存到新疆西藏去。

离发案十多天前,他曾经在那里出现过;发案的当天上午,他显然到那里存过钱,只是监控系统没有记录。这十万元存入不久,劫案就发生了。

难道真是这么巧?

李天羽问自己，但是没有答案。换个思路再想一想：

达江储蓄所地处偏僻，适合作案。

但是，正因为地处偏僻，每日所存金额很小，不值得干一次。这是一个矛盾。

因此，提前存入十万元，这样，达江储蓄所就成了一个抢劫成功率高，可抢金额又多的好目标。

因为储蓄所必须对储户负责，祈天的钱仍然是他自己的——他至今没有取走，倒是很沉得住气啊！

如果真是祈天策划，那实施抢劫的又是谁？那张曾被劫犯扔掉的储蓄单上的指纹，确实不是祈天的。那么，他的帮手是谁？

李天羽又被卡住了。仅靠推理得不到真相。他明白这一点，但他停不下自己的大脑。作为一个保卫科长，还曾经当过警察，祈天为什么要去抢劫？为了钱？

可他自己能调动十万资金。即使这十万不属于他，是借的，但他毕竟能够调用，而且，这笔存款至今都没有取出。这说明，他并不是急需用钱。

不急需用钱的人会去抢劫吗？难道，他去存钱仅仅是个巧合？他并没有参与抢劫？

不！

也许，是那个"帮手"急需要钱？但是，一个什么样的"帮手"，以什么样的理由，才能促使一个保卫科长参与抢劫呢？

除非祈天他疯了。

李天羽又一次卡壳了。他的脑子里，不断出现祈天在不同场合的身影。无疑，他是干练的，也是正常的。然而一个正常的人，却和抢劫案有着如此不寻常的联系，这是为什么？

一定存在着什么不为人知的背景。所有密谋的房间都是封闭的，没有旁听者。抢劫犯的心灵更是封闭的，除非你抓住他，否则，他永远密闭。

但是，李天羽无法讯问祈天。他没有任何理由，他甚至不能吐露他对祈天的怀疑。他决定，自己抽空，开始私下的调查。就从那笔存款着手。然而，这谈何容易呢。

就在这时，讯问室的门开了，朱绛拿着讯问笔录走了过来。"妈的，竹筒倒豆子，连心理活动都不漏！"

"是吗？真是为了嫖妓？"

"我看是真的。他们连小姐的名字都交代了。"

"小姐的名字能是真的吗？"李天羽看着笔录道，"别管那些烂事了。你再准备一下，转检察院吧。"

朱绛转身进了讯问室，把那两个嫌疑人带出来了。"同志，我们要判几年？""我们什么也没抢到啊！"朱绛在边上推一把道："和你们做事的小姐没告诉你们啊？"朝李天羽一笑，把人带走了。

如果所有的案子都像这么简单多好！可是，哪来这么多傻家伙呢？

他突然想到，似乎还应该注意祈天的男女关系。可是，这难度肯定更大了。一想到这两个家伙正是祈天生擒的,李天羽简直都有点糊涂了。

通常来说,记性好是一件好事。但对成年人来说,忘却却更是一种本领。女儿的记忆力好得出奇,你从来没见她背英语单词,她考试成绩却一直很好,据老师说,几乎一直名列前茅。但祈天却嫌自己的记忆力太好了,很多事他宁愿忘掉,可他白天还能控制,夜里却常常会在梦中浮沉。他躺在床上辗转反侧,很难入睡,再加上上网,本又睡得晚,他的睡眠严重不足,渐渐地,人就有些消瘦了。

人到中年,消瘦不见得是一件坏事,至少看起来他更挺拔了。他对自己的外形一直自信,现在,张颖也常常暧昧地夸他,说他"身坯子"好。一想到她的前夫是个半秃子,他简直要笑出来。在他们的交往中,张颖一直主动,她甚至已经到他家里去过一次,还帮他做了一顿饭。女儿放学回来时,张颖已经走了,女儿不晓得饭是别人做的,还直夸爸爸今天的饭做得特别好。张颖时常会送一些男人用得上的小礼物,她身上的香水味道也弄得祈天心慌意乱。但他没有再进一步。她几次请他到她家里坐坐,祈天都找理由闪过去了。去了就可能有事,这一点,他心中透亮。其实,他不是不需要啊,他很需要。但是,他把自己收住了。

有两个问题。其一,香水。他并不反对女人用香水,特定情形下的香水是迷人的。那是一种无形的力量,软的,看不见,但无比强大。它直透你头上的囟门，触动某个开关，腾地将你放大，那是多么的美妙。但是，张颖的香水和王芳以前用的类而不同。王芳的香水有点冷，而张颖的香水是暖的，有温度，是一种暖香。他对香水所知有限，只能用温度来区别：王芳30摄氏度，张颖37摄氏度，正是人体的温度。这种温度的对比，使得祈天忍不住琢磨起张颖来。她到底是个什么样的女人呢？她离婚的真相，真的如她所说吗？她似乎是有意于自己，两人每次见面，她都洒着诱人的香水，这也许就是一个证明。然而，香味是一种特别擅长勾起回忆的东西，他只要一闻到张颖的味道，不由得就想起王芳。他的心中一阵刺痛，顿时就受了伤了。

其二，婚姻状态。她已经离婚了，但是，从法律上说，祈天依然"已婚"。王芳曾经说过，有些手续，她会办的。但究竟办不办，什么时候、以什么方式办，祈天却完全不能决定。"已婚"，但尚未离婚，这是个事实。它从理论上阻止了祈天向新的婚姻迈进，实际上，也阻止了他和别的女人更深入的交往。这很要命。它虽然实际上无法限制祈天的行为，却有效地束缚了他的心理。

他知道一切都在变。世界在变，他也在变。有些事，时间一到自会迎刃而解。但目前，他只能就这么过下去。似乎，也没什么不好。

他和那个"冷雪凝香"的聊天，越来越深入了。他们透过屏幕交流，屏幕也隔离了他们。没有香水的干扰，倒更像是一种纯

第十三章

粹的交心。他们什么都说，工作，家庭，爱情，鸡毛蒜皮，家长里短，无不进入他们的话题。有一天，冷雪凝香突然问他："聊了这么久，你又不肯视频。我想问你，你是一个怎样的男人？"

他沉思良久。他们聊天时常是在兜圈子，类似的问题她曾经问过，他也曾问过她。现在，又来了。他斟酌一下道："负责，正派，沉着，热爱生活，珍惜家庭，俊朗。"

"谁说你俊朗？"

"同事。"他接着道，"你喜欢什么样的男人？"

屏幕上立即回话了，像回声一样快："负责，正派，沉着，热爱生活，珍惜家庭。同事说他俊朗。"祈天看着，愣了，立即笑了起来。她复制了他的话，只改了几个字。祈天实在忍不住，哈哈大笑。这时的时间还早，女儿还没睡着，她从床上爬起来，喊道："爸爸，你疯了吗？笑什么啊？"她好奇，下了床趿着鞋子跑了过来。

祈天慌了。他立即关掉QQ，点开了一个新闻页面。女儿推门进来了。他还在笑。女儿问："你笑什么？我也要分享。"

祈天道："我看了个笑话。好笑。"

"说。"

"一个小孩，看到她妈妈给妹妹喂奶，站在边上研究半天，指着妈妈胸口问，'妈妈，你是怎么把牛奶装进去的？'"

女儿扑哧笑出来，道："好笨！"

"是啊。她好笨。"

"不是她笨，是你笨！"女儿不屑地道，"这有什么好玩？你还笑哩！"她"喊"了一声就走了。祈天跟过去，帮她把被子掖好。女儿躺着，黑亮的大眼睛注视着他，突然又紧紧闭上了。祈天关掉灯，轻轻关上门，回到了电脑前面。

他心中隐约有些不安。他是笨，提什么"妈妈""喂奶"呢？怕她忘记她那个私奔的妈妈吗？他随手点开 QQ，却发现冷雪凝香已经不在了。她留了言，说："怎么跑了？是那个夸你俊朗的同事来了吗？呵呵。"

又说："开个玩笑。我知道你是个负责，正派，沉着的男人，不会有女人晚上来找。但是，我可能会去看你的。我最近要到石城出差，也许会去看你。我就是要在晚上去找你。不怕吧？

"既然我们已经相遇，那就是缘分。既然两根线已经交叉，那不妨看看，是否能并线。既然你连视频都不肯装，不肯见我，那我就去见你。88。石城见！"

祈天看得痴了。他端坐不动，其实心惊肉跳。她的话实在是大胆。"既然交叉，不妨并线！"他们曾经调笑过多次，比这露骨的话也说过，但这句话真正使他心潮起伏了。难道，网上的聊天使人坦白，而对方不在线的留言更使人袒露心声吗？他拿不准，但总而言之，他心潮起伏了。

都怪自己太固执，至今不知道她长什么样。她说过她不难看，怎么个不难看？好看吗？漂亮吗？她似乎是喜欢笑的，她笑起来是什么样子？他们，真的能"并线"吗？

这个时候，他彻底把张颖给忘了。第二天，张颖打电话约他喝茶，他找理由推掉了。他觉得自己正等待着一次约会，这个时候，再和另一个女人勾勾搭搭那就很过分了。但张颖很热切。她并不介意祈天的冷淡，晚饭后不久，她打电话来，说她家里突然跳了闸，停电了，无论如何请祈天去帮着弄一下。这一来祈天无法推脱，只得和她约好，让她在她的小区门口接他。

又是浓烈的香水味。祈天不需要看她，闭着眼都可以跟着香味到她家。门虚掩着，家里果然黑着。只有厨房的一盏灯还亮着。祈天知道，是另一路的保险丝断了。他问明配电盒的位置，马上就要动手，张颖说要找个手电，却半天也找不到。张颖说："别急，你先坐坐。"说着她自己先坐下了。

他们坐在客厅的沙发上。她离得很近，晦暗中，她的香气弄得祈天心猿意马。厨房的灯光照在地上，方形的光斑中，是他们距离不远的两双脚。"床前明月光，地上鞋两双。举头望明月，低头看乳房。"网上看来的话，突然跳出来了。祈天有些局促。他暗笑自己，实在是有点上不了台盘。张颖显然并不急于修好电，黑暗也不影响她的行动，她看出祈天的拘谨，灵巧地泡好茶，给祈天找来了烟。她今天话很多，拉拉杂杂，就从断电起头。她说没个男人可真不行，平时还好，遇到麻烦就离不开男人了。她还说她现在才明白，男人是个宝，哪怕是个很一般的男人，总比没有男人好。她又说其实也不见得非要结婚的，婚姻是什么？无非是张纸，只要合得来，没有那张纸又算什么……说着说着，她很自然地，慢慢靠近了。她的香味像盘丝洞一样把祈天罩住了。祈天早已戒了烟，乍一抽脑子就发昏，觉得肚子饿。他抱元守一，把注意力集中到自己的肚子上，却看到自己的血从腹部分成两路，一路往头上涌，另一路向胯部流。他知道将要发生什么了，也许在下一秒，张颖就会倒过来。天啦，真要那样，他岂能无动于衷？！

他手伸向烟灰缸，掐灭了烟头。这似乎是一个暗示，张颖闭着眼，软软地倒下了。她本该倒在他的身上，但却是空的。抬眼一看，祈天已经站起来，手举打火机，走向了墙角的配电盒。他仔细查看一下，拔出盒子里的一路保险丝，捣鼓了一下，灯顿时就亮了。灯光下，一个脸显得特别苍白，另一个脸格外艳丽。两人都有些尴尬。祈天突然道："我知道你用的香水的牌子，是CD，对不对？"

张颖略一错愕，没好气地道："我用的是ABCD！你只知道个CD！"

祈天呵呵笑着道："我才从电视上看到这个CD。我不就是个电工吗？电工知道CD就不错啦。"他突然"哎呀"一声道，"那家教该走了，我得回去了。女儿胆子小。"

"我胆子就不小？"张颖已经回过神来，又开始调笑了，"我也一个人，我胆子更小。"

祈天呵呵笑着道："灯好啦。你难道是灯熄了胆大，灯亮了反而胆小？"

"你就是个电工！"张颖道，"你就会接电，不会来电！"

祈天一愣道："我保险丝也断了，修不好了。"他不敢再和她说下去，摆摆手出门了。

张颖不知道从哪里摸出个手电，刷地照在祈天后脑勺上，还直晃，反倒让他看不清台阶。祈天一笑道："谢谢！"拐下了楼梯。张颖啪地把手电关了。门也关了。

看得出，她有些恼了。祈天也怀疑，自己是不是在犯傻。何必跟自己的身体作对呢？她今天的用心，再明白不过。他怕的是，自己一旦贸然深入，说不定今后难以自拔。她今天说了，她需要个男人，哪怕是个"很一般"的男人，甚至不结婚也可以的。就是说，并不是"怎么样"一下，她就会一把薅住你，一定要结婚。她的意思是，她现在需要，但又不会认定哪一个。这话其实把祈天给吓住了。联想到她身上时刻散发着的香水味，祈天简直有点怕她。"很一般的"男人满世界都是啊，但祈天却是不一般的，他曾经生过很窝囊的病，他可不想再死灰复燃了。他被蛇咬过的。

他突然又觉得自己有点下作，把人家看得太低了。也许，她只是看上了自己，为了给自己减压，才这么说的？但她对婚姻，到底是个什么态度呢？如果她不在乎婚姻，"很一般的"男人都肯要，又何必要和前夫离婚呢？她设想过，他们能"并线"吗……

这一想，又想起"冷雪凝香"来了。突然发现，这个女人也带着香味的。连名字里都有香！不知道，那是一种什么香味？

他的脑子稀里糊涂的。身上竟又燥热起来。这真可笑，眼前的机会被他自己错过了，回到家却又燥热。他觉得自己是有了病了。他的身体和他的大脑经常不能合拍，上次冲上去抓抢劫犯，那么冒失，是脑子没跟上腿，今天，却又是身体被大脑束缚了。这真是出了毛病了！

第二天，张颖似乎生气了，没有再联系。祈天想打个电话，也忍住了。他觉得，应该在大脑和身体之间做好控制。但其实，他的脑子又一次冒进了。还没有见过"冷雪凝香"，更没有感受到她的一丝香味，他却预感到，他们很快就能见面。因为昨天他上网没有找到冷雪凝香，更让他的思维提前出发，不断预演着他们的相见。他在QQ里给她留了手机号码，自从关掉电脑，他就一直留意自己的手机，连夜里都没有关掉。半夜里，他刚刚迷糊过去，手机响了！

一定是她！他抓起手机，接通了电话。"喂——"

"是我。女儿早就睡了吧？"是王芳的声音。"我怕把她弄醒，试着打你手机的。"她的声音很清晰，就像耳边的私语。祈天"唔"了一声。

"你还没睡？"

"你有什么事？"祈天这才想起，他刚才是在做梦的。梦的内容让他恼火起来，"有事你快说。我明天还要上班。"

"你——你怎么这么冲?"

"我冲吗?"祈天坐起来道,"你以后不要这个时间打电话。你那边是白天,我要睡觉的。"

"好——你不会是身边有人吧?"

祈天还没答话,那边房间里,女儿似乎听到了动静,她咳嗽了两声。王芳肯定听到了。她追问:"是有人吧?"

"这关你什么事?"女儿看来是有点受凉了。祈天并不说破是女儿在咳嗽,他道:"你有什么事?"

"我,我没什么事。"

"那我倒有件事,"祈天冷笑着道,"你说过的,有些手续你会办的,什么时候办?"

"什么手续?"

"难道我们就这么不死不活地拖着?"

"明白了。好吧,我会安排的。你,能不能让你身边的女人接电话?"

"什么?她——她不想跟你说话!"祈天立即把电话挂了。想一想,索性关掉了手机。

这一夜他没有睡好。手机关掉他就后悔了。他为什么不告诉她身边没女人呢?为什么要赌气充硬汉?她半夜没什么事还要打电话来,也许说明了她还旧情难舍?她醒悟了,他们也许还能复合?但是他当时的反应也不为错,如果他说明是女儿在咳嗽,肯定会引来她的一大堆话，关键是，那简直是在向她摇尾乞怜了，那几乎就是暗示她回来，帮着一起带女儿。事情已经到了现在的地步，可怜就是可耻！

女儿又睡着了。呼吸平静，看来没什么事。他帮女儿掖好被子，找了一包小柴胡冲剂，等着早晨给她吃。他想把手机打开，想一下，还是算了。

早晨起来，总是他最忙的时候。幸亏女儿没有感冒，小柴胡她也没肯吃。她身体一贯皮实，这真是他的福气。王芳走了，她反而结实了，否则他这个爸爸要难当得多了。他手忙脚乱地和女儿一起吃了早饭，她去上学，他上班。他们一起出了小区。

上班的路上永远是忙碌的景象。单位也一如平常。他和同事打着招呼，推着车走向车棚。这时他听到了手机的铃声，前面的周长接起了电话。祈天突然一摸口袋，苦笑一下，调转车头，朝大门走去。

那边周长已经接完电话。他笑着道："你怎么走啦？忘了东西对不对？"

"是的。手机忘了带。"

"呵呵。你可不能迟到。"周长看来心情不错，笑着道，"你是门神哦。"

"对啊。所以我的手机很重要，要不，你出了事怎么找我报案啊？"

"你才不是等我的电话，天晓得你等谁。"

祈天笑笑，出了大门。

手机果然是在床上。他立即就把它打开了。他预感到今天的手机离不得。他不是等王芳，也不是等张颖。他等的是另一个女人。

第十四章

没有电话。整个上午，他的手机甚至没有接过一个电话。简直像是没了电，已经自动关机了。下午，手机依然很安静，只接到一个短信，是女儿学校的成绩报告。这个短信除了告诉他女儿成绩不错，还提示他，他的手机没有问题，是他期待的人没有拨他的号码。等待的滋味是难熬的。他渐渐地开始恼火，先是对他等待的人恼火，后来又觉得没有道理，人家既没有说一定要给他打电话，更没有说好哪一天过来——要恼火他只能针对他自己。老大不小的一个男人了，经过风浪，见过世面，为了一句人家网上聊天说的话，弄得像个愣头鸡了！

她是说过"石城见"，但可能只是随嘴一说，一个玩笑。也许，她连他留在QQ上的号码都没有看见哩，可怜他认了真了。他竟认真地期待她的到来，至少，也该来个电话的。可惜他没有她的手机号码，否则，他一定会打个电话过去，和她约好时间，他会到车站接她。如果她最近不能来，他甚至可能做个不速之客，自己去上海一趟。

下班了。祈天拎上皮包，抓起桌上的手机，塞进了口袋里。刚走出办公室，手机响了。他愣了一下，看看号码，不认识——不认识才对啊！他本能地退回办公室。

"你好，是我。"手机里声音刚一传出，祈天就知道，果然是她！她就该是这样的声音。祈天道："是我。我是祈……天。"他担心有人听到，声音含混了一下。

"呵呵。旗在天！你知道我在哪里？"

"在哪？"

"我在石城。"

"我猜也是。"

"是吗？你不是猜，你是在等吧？"她咯咯笑着道，"单位正好有个事，我就过来了。我说话算数吧？"

和她在网上的说话方式一样，她十分佻脱，但屏幕上的文字突然被配了音，祈天一下子不适应。他结结巴巴地问："事情办好了吗？"

"算是好了。还有件事可办可不办。"

"什么？"

"你说呢？"

"接见我？"

"你说呢？"她又笑起来。她的声音很清晰，背景却很嘈杂，间或有汽车驶过，大概是在马路上。祈天问："你住下了吗？"

"是啊。大石城酒店。离你不远吧？"

"不算远。"祈天迟疑道,"这样好不好,你先休息一会,我回家安排一下,我女儿,我要给她弄饭。然后,我请你吃饭。好吗?"

她沉默。

祈天急切地道:"要不了多长时间的,我离家很近。顶多一个小时就好。"

"好吧。"她的声音冷淡了下来。"你知道我的号码了,到时你打电话再联系吧。"

"我知道了你的号码,可是,"为了冲淡她显然的不快,祈天呵呵笑着道,"我还不知道你的芳名呢。"他打趣道,"我叫旗在天,真名祈天,祈祷的祈,老天的天。你呢?"

"我?"她迟疑一下道,"我叫冷香。拜拜。"

电话挂了。她是真不高兴了。祈天再拨过去,她已经不再接了。再拨,坚持不懈地拨,她终于接了。她吃吃笑着道:"你已经伺候女儿吃过饭啦?这么快啊?"

"没有没有,我怕你生气。"祈天松了一口气。

"我可不会乱生气。那拜拜?"

"拜拜。"

她挂了电话。

祈天悻悻地关上办公室的门,快步下了楼。此后,他所有的动作都比平时快了一倍。回到家,手忙脚乱地做饭。饭菜的味道升起来了,他似乎已经闻到一种幽远的"冷香"了。那香味很特别,闻所未闻,动人心魄,只是还有点冷。那是距离的原因。他相信只要靠近了,被那香味包围,那一定是暖香,令人心神欲醉,血脉偾张。

他的血脉已经开始奔腾了。血液在奔涌,人却要安静,实在有难度。连女儿都看出了他的焦躁,问他:"爸爸,你怎么了?"祈天看看表道:"那家教怎么还不来?老师今天发信息来,要家长加强家庭辅导。""时间还没到哩。"女儿奇怪地看看他。

"可我今天晚上单位有个会,我的时间要到了啊。"

女儿懂事地说:"那你去,我自己在家。"

"那不行。"祈天找出电话本,给家教打了个电话。那大学生已经在路上了。祈天等他进门,交代他道:"我今天可能要晚点回来。等我回来你再走,好不好?"小伙子答应了。

他急匆匆地出了门,在小区门口拦出租车。他给她打电话,可铃声响了很久,一直等到语音提示"您所拨打的电话暂时无人接听",也没人接。他再打,这一次却是忙音。这说明手机她正用着,并没有人机分离,有一句话说:人机分离,必有问题。她的手机就在她手边。她只是不接。她生气了,不愿意接?还是另有原因?他想不透。他只能再打。上了出租车,他不断拨打着她的电话。一次,又一次。终于通了!祈天"喂"了一声,却感觉不对。手机里传出的声音是:"您所拨打的电话暂时无人接听,她在吃饭。请稍后再拨。"祈天愣住了。这是语音提示吗?怎么还会说"她在吃饭"?这是怎么回事?

初夏的夜晚,石城华灯灿烂。满大街都是红男绿女,车流如梭。祈天看着车窗外面,心中恍惚。他现在是在路上,可他要见的人却联系不上。这是一次他早已期待的约会,也许从他拒绝和她视频见面,他就等待着真实的相见,可是,他们唯一的联系渠道却断掉了。汽车在飞驰,目的地是石城大酒店,然而,如果她不接电话,那地方对他而言,就没有任何意义。

到了。出租车划一道弧线,停在酒店门口。祈天下了车。他经过旋转门,进了酒店。

大堂宽阔气派,金碧辉煌。因为怕被别人看低了,祈天没有东张西望。但其实,他细心地留意着大堂里的人。也许,她就在这里,在等着他?她是要给他一个惊喜?

但是没有。她显然不在这里。祈天坐到了大堂边的沙发上。他又一次按下了重拨键。

"喂?"

"您所拨打的手机暂时无人接听。她在休息。谢谢。"

这是很标准的普通话,不带丝毫上海口音。但这一次祈天听出来了,是她在说话。她模仿手机语音的声音在说话!这一次她是"在休息",也不说"请稍后再拨"了。她这是在开玩笑吗?如果这样,她就没有生气。她是在和他逗乐,就像他们以前的网上聊天时一样。但是,她为什么不说正经话?她不知道他是如此急切地等待着和她的相见吗?

唯一的办法是去查她的住房登记。冷香。她就在这酒店的某个房间里。前台小姐很配合，她翻了翻住宿登记，告诉祈天，没有。没有这个人。

"那冷——冷凝呢？"

"什么？——没有姓冷的。"小姐冷冷地把登记簿合上了。

祈天尴尬地一笑，坐到沙发上。他不死心，再拨一次电话。这一次她的手机已经关机了。他站起身，走出了酒店。一辆出租车在他身边停下。他摆摆手，走上了大街。

是的，她刚才就没说"请稍后再拨"，自然可以关机。她真的住在这里吗？她真的叫冷香吗？甚至，她真的来石城了吗？说不准。一切都说不准。如花美眷，真情"并线"，一切全成了泡影。

果然是没有未来的。哪怕她真的来了，哪怕她只是因为祈天不能及时见面而生了气，他也不可能见到她了。至少今天见不到。她在做什么？真的"在休息"？也许，她在和别的人缠绵？她是个老"网虫"，谁规定她在石城只能有他一个网友呢？

祈天苦笑着，把手机关了。

时间还不晚，他在大街上闲逛。这么多年来，他还是第一次漫无目地地闲逛。街上有无数闲逛的人，但更多的，是成双成对的男女。明灭的霓虹灯闪烁在他们脸上，像开足的花朵。一想到这个自称"冷香"的女人正在酒店里，和别的男人约会，祈天的脑子突突地跳了起来。他简直怒不可遏。她骗了他。他像个傻瓜一样，被她的"语音提示"一步步引到酒店，然后，又让他走开。她肯定正快活着哩！关掉手机，门上再挂上"请勿打扰"的牌子，何其快活啊？！自己怎么就这么傻呢？

一想到她正在浓香依偎，翻云覆雨，他的血又开始下行了。这个时候他竟然"性致勃勃"，自己都觉得丢脸。他迟疑一下，拐上了一条小巷。小巷正在翻修，路面上洒了一层碎石。一辆压路机停在路边。路不好走，祈天又不愿意回头，他只能做个压路的志愿者了。说也奇怪，他走着走着，气倒渐渐消了。看来，她本来就是个佻脱的女人，网上的聊天其实已经透露了她的性格，有些话她只是随口乱说，自己不该当了真。她说也许他们能"并线"，这给了他无限的希望，他以为"并线"就是结婚，"并线"就是成家，为什么就想不到，关键时刻，却先断了线呢？

不怪她。应该怪自己。他不由又想起了天鸡寺的一智和尚说过的话：不要太执着。自己这模样，岂不是过于执着惹的烦恼……胡思乱想着，他走出小巷，进了一条小街。他跺跺脚，四下张望起来。

这地方他从来没来过，但是听说过。所谓美容一条街，说白了就是红灯区。红灯暧昧的小店面，一家挨一家，一直延伸到小街的尽头。他的心里咯噔了一下，顿时有些不自在。又有些好奇，以中等速度慢慢朝前走去。已经是初夏，小姐们简直穿不住衣服，全部是袒胸露背超短裙。红的灯，白晃晃的肉。他走到哪里，小姐们都会站起来，隔着玻璃朝他飞眼做态。祈天从来没见过这阵

第十四章　　　　　　　　　　　　　　　　　　231

势,网上的红灯区他见过的,但真的置身于这里,他居然心惊肉跳了。正慌乱间,左边的店面里,一个小姐拉开一道门缝,直朝他勾手;右边的不甘示弱,人竟然出来了。人未到,香味先扑过来。她一把拉着祈天的手道:"老板,来嘛!敲背,便宜得很。"左边那个嫌她说得含糊,一把拉开门道:"来嘛,玩玩!"祈天心中狂跳,手一挣道:"我不是老板!"快步走了。

小姐妖娆性感,实在是很撩人的。祈天摆脱纠缠,脑子却摆脱不了这肉屏风。要摆脱也真难啊,这小街太长,所有的小姐都朝他勾手。这注定是个慌乱之夜,一个见女网友不成的健康男子,成了这小街的香饽饽。但是祈天守得住——再来一个小姐拉他可就说不准了,但谢天谢地,后面再没有人来拉他了。他走得很稳,正常步速,连脚步都没有乱了方寸,否则太像个没见过世面的小公鸡了。这时候对面来了两个醉汉,嘟嘟哝哝,跟跟跄跄着东张西望,两边突然各闪出一个小姐,一人拽一个往店里拉。两个醉汉一把推开,各自后退一步,歪头打量着小姐。然后呵呵一笑,闪身一个交叉,两人换个位子,各随自己中意的小姐分头行动了。

祈天看傻了。见又有小姐冲他招手,连忙摆摆手,快步逃了。

好不容易——也有点恋恋不舍——他走到了小街的尽头。祈天长舒一口气。虽是街尾,这里还有小街的余香哩!所谓余香,是两家店面,一家是卖性保健品的:虎哥,双响炮!另一家在对面,私人诊所:老军医,专治各类性病——这算是配套成龙了!

就像一个运动队,除了教练和啦啦队,还有队医哩!

祈天呵呵笑着,突然心情黯淡下来。这性病诊所的灯光招牌太刺目了,穿透了他的衣服,点着了他的记忆。"清爽"。他和这类诊所打过交道的。那是婚姻带给他的结果啊。不堪回首!他曾用过假名去看过病,却引来了一场羞辱。女儿不知道这些,有一次做作业时还问他,"亡命之徒"怎么解释?他说就是不要命的家伙。女儿咯咯大笑起来,说他没文化,"亡命之徒"其实说的是改名换姓的人。他当时就傻了,脸色都变了。是他的婚姻,让他成了个"亡命之徒"了!

他待在路口,突然觉得心里发空。一片寥落。

他拐上大街。这里离他家已经近了些。按理说他应该回去了。但是他心里很乱。突然想起手机还关着,家里要是有事都找不到他。他打开手机,想给女儿打个电话,想想,又算了。一个个人,一幕幕场景,从他脑海中闪过。鬼使神差地,他掏出手机,拨通了张颖的电话。

"你好。是我啊。"

"知道是你。"张颖在笑。

"睡了吗?"

"还没有。"

"怎么还没睡?是又断电了吧?"

"哦——是的。又断电了。要你来接电。你在哪?"

"我就在你家楼下。我马上到!"

这是一个迷乱的夜晚。狂乱,也带着迷惑。但他很快就不迷惑了。他的目标坚定了,他的动作也格外坚定。张颖是个娇媚的女人,娇媚的身体,娇媚的香味,还有喘息。他们的呼吸就像是越野长跑时两个争先缠斗的对手彼此的喘息,互相激发,欲罢不能。这是他们纵情的天地。情乱意迷中,他忘了关掉手机,好在并没有人打搅。要等到他们从巅峰滑落,驶入港湾,要等到他走上了回家的路,他的手机才响了起来。

是她。冷雪凝香。或者叫冷香。"你好。是我啊。"

"知道是你。"

"睡了吗?"

"还没有。"

"那你女儿睡了吗?"

祈天略一迟疑,道:"她睡了。"

"那你来吧。我在 3211 房。"

祈天沉默。他心中冷笑。她以为他是在犹豫,道:"我前面是有事,对不起。你来了我向你解释。"祈天依然沉默。她又道:"你来,我犒劳你。"

"不必了。"祈天微笑着道,"我已经上床了。女儿不能一个人在家。你一路平安。"没等她回话,他把手机挂了。然后关了。

他知道如果他去了,将要发生什么。现在才十点,完全来得及投入另一场狂欢。但他已经意兴萧索。他决不是身体不够,他够得很！他甚至也相信，这个自称冷香的，并不是会过一个男人再来见他，他只是明白了他自己。他要的，也许就只是和一个女人搭搭线，而不该奢望什么"并线"。那两个醉汉是打一枪换一个地方，他比他们要长久一点。如此而已。网络延宕了他和冷香的交往速度，也美化了交往的前景，他被自己骗了。要知道，此前他期待着和她见面，但并不专注于她的肉体——第一次见面就干那事，他还没有那么生猛。他期待的是进一步的了解。现在他明白了——"犒劳"，这是她的话。她说破了。原来他也就是为了搞一下才和她交往的。原来如此啊！她比自己明确得多，也清醒得多。他懂了她，也懂了自己。

也就是一层纸，破了就补不上了。他和张颖成了亲密情人。他们从不谈婚论嫁。他需要她，看来，她也就是需要他这个人。这个男人。这很简单，没什么不好。和他们的语言交流一样，他们的肉体交流也保持着分寸：他们用避孕套。即使是第一次，情急之下祈天也突然开始迟疑，张颖一笑，从床头柜里找出了套子——她事后的解释是，断电那天她就准备好了。说着，她羞涩一笑——以后的每一次，他们都用一层橡皮把彼此隔开。这种分寸，让祈天觉得安心。

用套子并不舒服，但他们每次都用。也许对张颖来说，就像当卧底需要伪装一样，戴套子只是一种保护措施。但对祈天而言，这是一种分寸。他们还远不到身心交融的程度。但事实上张颖非常投入，她像飞蛾扑火一样，火热地投入了他们的关系。她关心他的生活，他的身体，他的家。她买来一些行头，把他打扮得精神体面。中午他有时会到她家吃饭，桌上的菜明白地展示着她的柔情和用心，她甚至也关心他的女儿，主动提出要去他家看看她。说来也怪，女儿竟像和她有缘，一见面就不夹生，几次以后竟处得很好。女儿玩弄着张颖带去的新颖文具，和她有说有笑，简直比亲阿姨还亲。祈天坦然了。女儿对张颖的友好，等于是发放了关键的通行证，他可以大踏步地朝张颖的怀抱飞奔而去。他不再进退两难了。

祈天把"冷雪凝香"拉入了"黑名单"。打开QQ时，他看到了她的留言："你真的39岁吗？我看是9岁，19岁，要么就是59岁！"她这是在骂他。他呵呵一笑，写道："你顶多说我不是个男人，好了吧？"这是他们的临别赠言。他永远不再和她打交道了。有一个张颖，他真的已经够了。

第十五章

说来也可笑，他竟陷入了一种近乎狂热的恋爱当中。他不再在网上聊天，心里只有一个张颖。这真像是 19 岁了。张颖是个善于恋爱的成熟女人，她抓住祈天了。她常常到祈天家，给他们做晚饭。吃过饭也是她洗碗收拾，收拾完了她就回去，弄得祈天倒很不过意。她也不是天天来做饭，如果那样，她就是一个保姆，或者索性就是女主人了。她维持着某种界限，并不以女儿的母亲自居，这样一来，倒把祈天完全收服了。

看来，人倒霉总是暂时的。旧的不去，新的又怎能来？——这话一出来，祈天自己都吓一跳。这实在是有点轻佻了。他本不是个轻佻人，从来都不是。是张颖，她带给他的感觉太新奇，老实人也冒出了轻佻话。要掌嘴！但是他留恋她带来的全新感觉。她的语调，她的气息，她的动作，尤其是床上的表现，令他沉迷不已。这既超出了他和王芳长期生活的经验，甚至，也超越了他的想象。如果不认识她，他又怎能想到，自己原来竟是这么雄浑有力，这么激情澎湃呢？

祈天离不开她了。回头想来，他们真正认识，也才不到两个月。这似乎是太快了。两个月就这么好，以后又会怎么样？会走到婚姻里去吗？不走向婚姻难道就一直这样？她能接受吗？祈天觉得，前面快了，后面大概也慢不下来了。但是，他还不算很了解她啊。

祈天觉得快，张颖却感到进展太慢了。她带着目的，放出浑身解数，至今也才只上了床！上一次还不够，还要继续上床！虽说她并不讨厌祈天，甚至还很享受他，但这床只是跳板啊，总在跳板上盘桓，她岂能不急？她又不是个做杂技的！

急归急，但是不能冒失。她在有意无意间，开始关心他的工作情况。开始是浅浅的，淡淡的，带点抱怨，还有点撒娇："你怎么这么忙啊？上班做什么呢？又不能来见我！"或者是："你看你中午难得来吃个饭都这么急！噎死你！我去睡午觉了。"又问，"你上班就不能脱岗吗？我就不信还真有小偷去你们那个地方！"

这是迂回深入，旁敲侧击。祈天并没有在意。他也关心她啊。他知道她离婚后在一家公司做销售管理，因为手下人得力，她可以不一直坐班，遥控指挥就可以。他哪里想到，他自己才是个被遥控的人。

渐渐地，张颖孤军深入了，她的话题经常往研究所上引。她带点情色，散着诱惑，抱怨他们用的套子太不舒服。"我听说你们单位是研究避孕套的。有没有什么新产品？我们来试试？"见祈天摇头，她又说："你们不是研究避孕套就是研究避孕药的。干吗否认啊？"她假装生气，还拿一张报纸过来要他看。那报上说，避孕药是一项伟大的发明。它的发明人卡尔·杰拉西，因为让全世界的男女能够从怀孕的负担中解救出来，尽情享受性的快乐，被评为千年最伟大的发明家之一。祈天看了，又好气又好笑，反问她："你怎么和避孕较上了劲，为什么我们研究所就只能研究这个？"张颖娇羞地道："人家不是怕嘛！"祈天道："你怕什么？那东西只要不破，就不会出娄子。"张颖绯红了脸道："你厉害！你就是可能捅出娄子！"说着不胜娇羞，倚到他身上来了。"说，你们到底搞的什么？"祈天道："我们搞的东西很多啊。"张颖追问："说，和男男女女有关的。我今天只想知道这个。"祈天一时情热，脱口道："我们在研究艾滋病。"张颖道："艾滋病也能治？你吹牛！"祈天呵呵笑着道："那我就不知道了。"

到此就该收住了。不能再乱试探，弄不好探不出什么，倒让人探出了底。他知道的不多，比预想得还要少。张颖有次好奇地问："你整天跟科学家打交道吗？他们都戴个眼镜，白白的，瘦瘦的？"她真像是个幼稚的小女孩了，祈天突然一本正经地道："男的还都谢顶哩，用脑过度！"说着，朝她直笑。她突然明白过来，他是在影射她的前夫，她生气地道："他算什么科学家，他是科学贩子！"祈天道："那我是科学保镖。"张颖自我解嘲道："看来，我是跟科学结了缘了。"

她不敢再说下去了。再说就要露馅了。还好，祈天并没有在意。两人好到这个程度，偶尔关心对方的工作情况还不算出格，但问题是，她却不能就此止步不前。

于是不久后的一天，她哭了。抽抽搭搭好一会，才止住眼泪。看上去，黯然神伤。

祈天是上班时接到电话的。他一听声音就觉得不对，像是出了什么事。张颖问他能不能走得开，不等他回答就说，她想让他到她家里来，她有急事要找他。

"他病了。"祈天一进门，就听到这句没头没脑的话。张颖坐在沙发上，两眼红红的，说着，竟又哭了起来，"是我的前夫，他得了重病。"

祈天立即长舒一口气。怕她看出，没敢说话。他还以为她是怀孕了哩。她前夫生病，又怎么啦？那不是个恶棍吗？也就是个"前"夫啊。祈天递一张纸巾过去，随口问一句："他生的什么病？"

"艾滋病！"

"什么？！"

"是真的。艾滋病。"

祈天的脸呆滞了。他的心哆嗦起来。天啦，怎么会这样！他手脚发凉，脑子里嗡嗡的，他的裆下立即就开始不适了，周身都开始难受。他的身子都微微发颤了。张颖低着头，抽噎着说了很多话。她说他如果不是生的这样病，她根本不会去管他，她说如果不救他，他就要死了。他怎么坏，也罪不至死的。又说如果不离婚，他肯定不会生这种病，有女人管着他就不会乱来。还说一日夫妻百日恩，虽说离了婚，她总不能见死不救，既然他求救了，她总要想点办法……她语无伦次，祈天脑子里又乱了套，他似乎听到了，却什么也没听懂。张颖抬起头，看到了他色如死灰的脸，突然说："你别怕。我没有病！"她从茶几上拿过一张报告说，"你看，我查过了。"

祈天木然接过来。果然是，阴性。又一个女人递来了她自己的化验单，这情景，多像是昨日重现啊！"放心了吧？"张颖冷笑道，"你不是关心我，你关心的是你自己！"

祈天不说话，他差点就说：我是怕了啊。"你没事就好。"他期期艾艾地道，"我们，我们……"

"我们一直用套子的，我有毒也毒不到你！"张颖哭了起来，"你只关心你自己。你是个冷血动物！"

祈天想争辩，却什么也说不出。是的，用了套子，没有一次没用套子。两层防护：她是第一层，套子是第二层。一想到自己居然把张颖也当成了一道防护层，突然觉得自己过分了。他的心松下来，脸却红了。他靠过去，想抱一下张颖。她猛地把他推开了："别碰我，我有毒！"

她的手机突然响了。是个男人的声音。"你不要慌，先治疗。我会想办法。"张颖挂掉电话，带着哭腔道："他自作自受，害人害己啊！"又捂着脸哭。半晌，她抬起头，无助地道："你能帮

第十五章

帮我吗？我不能见死不救啊！"

"我，我怎么帮你？"他心中一咯噔，脱口就推。张颖梨花带雨般的粉脸上，立即透出鄙夷，她喃喃道："你真绝情。"

"不，不。我真不知道怎么帮。"

"你们研究所，不是在研究这个病吗？"

"你又不是不知道，我没有参与。"

"那你总有点办法吧？"张颖满脸期待地道，"你就不能找你的同事帮忙，找个方子？"

"这，这不可能。我根本没法开口。这是规矩。"

张颖又捂住了脸。她的指缝湿漉漉的。祈天道："有一个办法。"

"什么？"

"你让他参加试药。我听说所里一直在进行临床试验的。"

"这，行吗？"张颖问。她其实更不知道，她的"上面"是否会同意这个方案，但她现在无法请示。她必须自己做出决断。她飞快地思考着。在祈天看来，她是在期待。等待着他的实际行动。

祈天道："我试试吧。这要求人帮忙的。"

他找出电话本来，拨通了周长的电话。"你好，是我，祈天。我有点事情要找你。请你帮忙。你在单位吗？"得到肯定的答复后，祈天放下手机道："我现在就回单位。你等我。"说着，匆匆走了。

周长的眼前,是一叠A16的打印纸。

Ⅰ:Ac—D—Nal(2)—D—Phe(4Cl)—xxx—A——B—yyy—zzz—Arg—Pro—D—Ala—NH↓[2]其中:xxx=D—Pal(3),D—Phe(4C1)yyy=D—Cil,D—Lys(R),D—Arg,D—HciR可为(C↓[1]—C↓[4])—酰基或(C↓[1]—C↓[10])—烷基,zzz=L—Leu,Nle,Nva,l—LeuA=Ser,Ser(糖),B=Tyr,Lys(Nic),Mop通式ⅩⅠ:x—A↑[1]—A↑[2]—A↑[3]—A↑[4]—A↑[5]—A↑[6]—A↑[7]—A↑[8]—psi—A↑[9]—Q其中:Q代表—NH↓[2]或—OQ↑[1]其中Q↑[1]:氢,(C↓[1]—C↓[10])—烷基,苯基或由7—10个碳原子的烷基一次或几次取代的苯基,X代表:氢或连接于A↑[2]的单键,含1—6个碳原子的有机酸的酰基或基团……

这似乎是一堆乱码。是毫无意义的符号垃圾。是痴人说梦。

但在周长眼里,它们是严密的。它们是化合物通式,表述了他所制备的药物中有效的蟾肽的九肽和十肽。

这种药物是他自己亲手研制的,但它的成分是多么复杂啊。弄清它的内在结构,是破译它作用机理的必要条件。

周长在研究室里,埋头整理着数据。正苦思冥想着,精骛八极,心游万仞,祈天来了。周长听他说明了来意,沉吟片刻道:"可以倒是可以,但有些手续,可能还省不掉。"

"什么手续?"

"同意参与试药的协议。体检。主要就是这些。"

祈天正要给张颖打电话,他的手机响了。是张颖。"他们同意了吗?"她问。

"嗯。我正要给你打电话。"

"可是他不肯啊。"张颖沮丧地道,"他不肯参加,说丢人现眼。我再打电话,他连手机都关了。我现在正在找他。"

祈天看看周长,苦笑着摇了摇头。张颖似乎正走着路,气喘吁吁地道:"你代我谢谢你的同事,下次我请他吃饭。"她挂了手机。祈天如释重负,对周长道:"这样也好。我也怕这种烂事。"

"是个女人吧?"周长点头笑道,"人情难却啊。"

发力公司陈易的办公室里,阳光灿烂,所有的窗户都被打开了,残存的烟雾朝窗外飞速逃逸。陈易站在窗前,飘拂的窗帘在他身边轻轻摇晃着。天气不冷不热,很舒服,但他很焦躁。刚才,他在电话里果断否决了张颖的计划。理由很简单：那个所谓艾滋病病人，完全是子虚乌有，真要试药，必然露馅。更重要的是：他们需要的是数据或者工艺，拿到成药，毫无用处。实际上，他们已经通过现在的试药者得到了成药，但根本无法分析，更谈不上仿制——这一点，他没有向张颖透露。她现在必须另辟蹊径。通过祈天，尽快接近周长，这才是唯一的办法。

不能再走弯路了。现在必须直接。要么从周长那里直接得到关键数据，要么从相关信息中掌握他的"特殊文本处理系统"。总之，周长是关键。陈易知道，张颖有这个能力。他们此前的合作证明了这一点。通过张颖秘密采集中国人遗传性肝炎和高血压病人血样的工作，都完成得十分顺利。但这一次的计划价值更高，难度也更大。目前，他只能依靠她了。他对张颖最后的交代是：第一，要快。第二，绝对保密。

认识周长的目的很快就达到了。张颖提出要请周长吃饭，祈天不同意。他本能地不希望张颖过多介入研究所。他说，事情又没有办，何必多此一举？他的理由很有力，张颖无法反对。正想着要另出新招，他们竟在路上遇到了周长。

石城虽说很大，研究所的人却都住得不远。张颖那天在祈天家吃的晚饭，他送她回去，路过小超市时，一头碰上了周长。

是周长先看见他们的。他拎着购物袋，侧头看着他们两个，微笑道："你好。祈科长，散步呢？"

"哦。"祈天略有点慌乱，见张颖落落大方，道，"我送她回家。这是我——同学。"又对张颖道，"这是我同事，我们的首席科学家。"

张颖朝周长伸出了手，冲祈天一伸舌头道："科学家！我很荣幸啊！——我该怎么称呼你？"

"呵呵，周长。你就叫名字好了。"

"我叫张颖。"

他们这就算认识了。在这地方遇到周长，祈天有些不快。这正是周长以前被抢了电脑的超市，难免勾起了一些往事。小超市晚上生意不错，人来人往的，完全看不出这里也曾发生过流血事件。周长看来完全无所谓，倒是祈天，他这隐秘的当事人心中有些忐忑。他心里突然涌上一丝不祥的预感，感觉很不好。又随口说了几句话，他们就分手了。

送张颖回到家，他们没有亲热。祈天突然问："你那个前夫，他怎么样了？"

张颖一愣，道："不知道。他不接电话。也不在家。"她叹口气道，"大概是走了。出去散心了。"

"啊？！他不治了？就这么拉倒了？"

"不拉倒还能怎么样？我又找不到他。"张颖奇道，"你这么关心他？他走了，你不是称心如愿吗？"

"你别把我想得那么坏。我觉得他可怜。"

"是吗？他也是自作自受。不要出去再害人就好。"

"他还能再去害人？"祈天想到那个秃头，嘴角泛出微笑道，"他有没有能力去害人，你最了解。"

"我了解他什么？"张颖瞪他一眼道，"我很久没见他了。况且，人是会变的。"

看得出，她不愿意再去说他了，但是她说得对，人是会变的。王芳就变了心，他自己也在变。就是张颖，也经历了一场婚变。变是绝对的，不变只是暂时的。他还明白，有时候变是被迫的。你本不想变，可是有力量逼着你变。不变不行。虽说计划不如变化，但计划总还得有。他的计划就是先这么过下去。

直到这个时候，他依然没有对张颖产生怀疑。从认识到现在，一切都太自然了。自然得让他完全忽视了她的变化。在他的忽视中，张颖已经飞快地接近了周长。

再一次的"偶遇"依然发生在这个小超市。理由是现成的：她就住在附近，晚上出来买点日用品。她手里拎着购物袋，他也拎着东西，两个顾客几乎立即就认出了对方。周长微微一愣，张颖笑吟吟地迎上来了："科学家，你好啊。"

"张颖你好。别这么喊我。你不会是忘记了我的名字吧——周长。"

"嘻嘻，怎么会忘呢？周长。"张颖嗔道，"看来我们是邻居，生活半径差不多，都在你的周长里。"

周长笑了起来："我哪有那么厉害啊。"他们一边说话一边往前走。因为是第二次见面,又有祈天这个共同的关系,他们并不生分,像是一对老熟人。他们走过一段马路,前面一个分岔,周长迟疑一下,又继续往前走。他们一直有一句没一句地闲聊,前面又是一个岔道,周长看看身边的张颖,站住了。"难道我们一直同路?"他微笑着道。

张颖似乎愣一下,笑道:"还真的哩!我在前面拐弯。你呢?"

"我也快了,但我肯定你是朝左拐。"

"为什么?"

"因为我是朝右拐。我们不可能一直同路,否则,我早就该见过你了。"

"到底是科学家,聪明!"张颖娇笑道,"不过,这次你有点不对。我才搬来不久,还不是老邻居。"

"哦。看来我还是不够聪明啊。"

"不,你足够聪明,而且,我还想利用一下你的聪明哩!"张颖指指楼上道,"我就住这儿。我想请你帮个忙。"

"什么?"

"我的电脑有点问题。你能帮我弄一下吗?"

"什么问题?"

"用得好好的,有的时候会突然黑掉。我天天都要用的,急死了。"

"你——"周长沉吟道,"你就找不到别人帮你?"

"我跟我妈住,她一个老太太,懂什么啊?我问过卖电脑的,他们说要杀毒。我又不会杀。"

周长问:"有杀毒盘吗?"

"我买了一张。"

周长不得不答应了。同事的朋友,又这么漂亮讨喜,还又顺路,他不能不帮这个忙了。他从来也不是个夹生的人。他从事科学研究,但他是个有人性的科学家,对女人,他尤其随和。张颖见他答应了,高兴地领他上了楼道。

周长有些局促。她家里黑洞洞的,没有别人。张颖打开灯抱怨道:"我老妈又到我哥哥家去了,也不说一声。"她麻利地给周长泡茶,找烟。周长谢过了,说:"我们还是解决问题吧。"

周长并没有特异功能,他当然嗅不出他的同事留在这里的味道。电脑摆在她的房间里,周围有浓烈的脂粉气。周长觉得拘束,他开始后悔贸然进来了。床是双人床,但只有一套卧具,墙上也没有结婚照之类的东西。她还是独身?结过婚吗?他很疑惑,但立即忍住了——这关他什么事?多事才有事。他可别找事做。这台电脑,已经是找来的事了。

电脑的问题比想象得要棘手一些。杀毒并没有彻底解决问题,系统文件却被损坏了。唯一的办法就是重新安装文件了。对他来说,这并不复杂,但是很耗时间。他想罢手了,但弄成了个半调子很难看,时间也才八点多,张颖又是倒水又是削苹果,他要走也说不出口。只能是既来之则安之了。

张颖是俏丽可人的，她漂亮，却不艳丽逼人，让人感到很舒服。周长并不知道她刻意打扮过，他也没有闻到曾让祈天触鼻惊心的香水味，如果那样，他可能就不敢上来了。那一天，她完全是一个居家少妇的形象，她只是碰巧遇到一个能帮忙的人。闲聊时她也很随意，没有目标，也不放肆，周长边修电脑，边和她说话，完全不需要在说话上分神。要等到她似乎在随意间突然触及到他的研究项目，他才开始有了警觉。

他们开始只是拉拉杂杂地闲扯，好像她只是在给他解闷，也算是给他打个下手。他知道了，她和丈夫分居，分居的原因却说不清楚，家务事，鬼难断嘛。又说虽然分居了，却也不能撒手不管，所以，还要感谢周长。为什么要感谢？就是因为他得了艾滋病，上次就麻烦了周长——这就说到艾滋病了。说到艾滋病却也不深究，说她自己是个"科盲"，听科学家说话就像听外语，反正也不懂的。后来又说自己现在迷上网络聊天了，听别人说很好玩，自己却不会，问周长能不能帮她装个QQ聊天软件。她实在是有点寂寞，只能靠这个解闷了。等周长帮她下载了QQ，又请他教自己怎么用。周长演示着，要她自己选个密码。张颖突然幼稚地问："密码？你说我选个什么？"周长道："随你啊。电话号码，生日，结婚纪念日，什么都可以。"他转过头去道，"我不看，你自己敲进去。"张颖迟疑道："这些他都知道的，我怕他偷看。"周长问："谁？"张颖道："我丈夫啊——你说，有没有更保密的密码？"周长道："QQ一般用数字或者英文，你就用个他不知道的数字嘛。"张颖歪头沉吟着,突然道:"我的数字他全知道。QQ 真不好。"她敲进几个数字,得意地道,"我把次序变一下,他猜不出的。"又问:"我还有几个文件哩,隐私,就怕他看,你说,能加密码吗?叫他看不到!"周长道:"能。"张颖立即问:"怎么加?"

到了这里,周长开始怀疑了。"这要看你选用什么加密程序。如果他不具备专业能力,一般的方法对他就足够了。"他谨慎地问道,"他是专业人员吗?"

张颖笑道:"他算什么专业人员?他就是鬼聪明!"

"哦。民间高手。"

"呵呵,他是民间高手,你是科学大师。"张颖娇笑道,"你帮我防住他。"她点开桌面上的一个文件夹,打开一个文件,立即出现一张照片:她穿得很露,和一个男人。她羞涩地一笑,立即关掉了:"不能给你看!他看到更不得了!"她的头发在周长耳边拂动,娇息微微,吹气如兰。周长脑子有点乱。她轻轻拱着他膀子道:"你就帮我把这个加密嘛!"

周长慌张地摇摇头,道:"这是专业人员才能做的事。隔行如隔山,我也不会。"

"你骗我。"

"不。这需要专业人员,使用专用软件。加密本来就是一门专业。"周长脑子清醒了,他认真地说道,"我真的不会。没骗你。恐怕,是你在骗我吧?"

"什么?"张颖愣住了。

"他就这么厉害?"指着她的文件道,"你的东西就这么重要?"

"真的!"张颖暗松一口气道,"我还有更见不得人的东西哩!"

"那我教你一个办法。"

"什么?"

"你把它删掉。"周长呵呵笑了起来。

张颖也笑了。她知道套不出什么了。周长继续手上的事,再调整一下,他就该走了。这似乎是个温柔陷阱,至少有点不清爽。半响,她叹口气道:"你不晓得他。以前,就是因为偷看了我的东西,我们才闹起来的。他不但鬼聪明,还鬼心眼。"

周长不答话。

张颖又道:"也算是报应,他得了这个病!"

周长没说话,看看她。张颖继续道:"真有治这个病的药吗?"

周长笑笑。他看看墙上的钟,站了起来。张颖哽咽道:"女人就是没用。知道他是个浑蛋,却丢不掉。"

周长走到客厅,边笑着道:"浑蛋就该丢,难道还留着吃啊?"

张颖见他要走了,用纸巾抹着眼泪,红着脸道:"谢谢你。"

周长道:"不用谢。"张颖递过他买的东西,瞥一眼,笑着问:"你们科学家是不是挣很多钱?"

周长一愣道:"我也不知道。什么叫很多?"

"很多就是用不完啊。"

"哈哈。我不是用不完,也不是不够用。我是正好。"

"是吗?"张颖吃吃笑着,话里有话道,"嘿,我是跟他学坏了。"

"哦?"

"你为什么不把你研究的药,拿出去卖掉?——能卖很多钱!"

"是吗?多少钱?"周长饶有兴趣地问。

"很多。我想至少六位数。"

"日元?"

"不,也许是美元,嘿嘿,或者欧元。"

"卖给谁?你?"

"我不做这个生意,但我想肯定有人要。"

"是吗?"周长歪着头打量着她,微笑道,"我看你是真的学坏了。"

"是,是。我成了坏女人了。"张颖娇羞地扭一下身子。又道:"不过人为财死,鸟为食亡,谁不想赚钱啊。"

"那是的。我也想。"周长正色道,"可惜我没有权利做这生意啊。"说着,他轻轻拉开门,出去了。张颖跟出门,轻声道:"谢谢你。再见!"周长摆摆手,一阶阶下去了。

第十五章

张颖关上门，若有所失。她侧耳听听外面，快步走向卧室，从电脑桌下拿出了一个录音笔。她稍一摆弄，周长的声音从里面传了出来。她松口气，微微笑了。她放下录音笔，抬手拨弄一下电脑桌后面花台上的一丛塑料花，一个摄像头露了出来，像一只闪亮的猫眼。

陈易对她的指示是：试探他是否可能合作；尽可能搜集一切信息。

她刚坐下来，手机响了，是祈天。他告诉她，女儿睡了，他想她。"是吗？"张颖笑嘻嘻地道，"你有什么想法了吗？"祈天承认，是的。他想了。

"你来倒是可以。不过，"张颖暧昧地道，"我今天不太方便。你不想刺刀见红吧？"

祈天嘿嘿地笑了。他想不到，他的同事刚刚从电话的那一端离开。

第二天，他在办公楼前遇到了周长。两人打了招呼，周长一副欲言又止的样子，像是有什么话要说。"你那个女同学，很漂亮啊。"

"哦——你说张颖？"

"是啊。她好像还很聪明。"周长皱着眉头，挑选着字眼道，"她挺有想法的。"

祈天吓了一跳："她找过你了？"

"不是找我。是遇到的。"

"她说什么了?"

"她倒也没说什么,就路上闲聊了几句,"周长差点把昨天的事说出来,转念一想道:"她还问了我的研究项目的事。说是为了她丈夫。"

"哦。"祈天笑道,"她还说要请你吃饭哩。是我拦住了。女人就是放不下事情。"

"饭就免了。我可不愿意吃鸿门宴啊。"周长似乎不愿意多说,开个玩笑,走了。

祈天慢慢上了楼,走进办公室。他心里有些疑惑,更有些恼火。他想知道,她到底说了些什么,怎么就让人觉得她"有想法"了?她到底有什么想法?他心中隐约升起一种不祥的感觉。正迟疑着要不要打个电话给她,试探一下,他的手机响了。他一看号码,愣了:未知号码。是王芳的?他"喂"了一声,果然传来了王芳的声音。

"你在上班吗?"

"是的。"

"我现在不敢打搅你睡觉了。你火气好大。"王芳幽幽地道,"我可不敢再惹你。"

"是吗?"祈天微微发愣。这语气让他不习惯,有些意外。更让他意外的是她下面一句话,"我准备最近回去。"

"什么?!"

"吓着你了吗?"王芳在那边笑道,"我要回去。回家。"这个"家"字饱含感情。

"什么时候?"

"最近。具体还说不准。怎么,你不愿意?"

"不,不是。"祈天急切地道,"我是问,你回来了,还走不走?"

"你呀,还是老样子。"王芳扑哧笑道,"走不走,我也说不准。"

祈天的手在哆嗦。他坐到椅子上,不再说话。半晌,王芳才道:"这要看你的想法。你是一家之主啊。"

祈天呆呆地坐着,像傻了一样。手机里传来嘟嘟的声音,已经挂了。王芳最后的话是:"等着我,老公。我很快回来。"这句话一直在他耳边盘旋。什么时候他又变成老公了?她又成了老婆了?难道她竟是浪子回头了吗?!

他脑子里乱哄哄的。他看看手机,"未知电话"这四个字,证明了她确实来过电话,不是幻觉。他长长地吸一口气,似乎要用着鼻腔里的气流驱动大脑。但脑子还是转不动。他抬手打开桌子上的监视器,信手切换着各个视频头的图像。突然,他的眼睛亮了:研究所的北围墙外,是一条小巷,张颖正从那里经过。她抬起头,朝上面看看,又朝前走了。他仔细盯着屏幕,确定没有看错人,是她。那一身衣服也是他熟悉的,他几乎闻到了她的香气。她回头又朝上面看了一下。

他不知道她看的是什么。

第十六章

她真的就要回来了吗？这将是重续前缘，还是噩梦再现？

他们以前的生活，他竟有些淡忘了，像是一个梦。回想起来，很多事像棉花糖般甜蜜飘忽，更有些事如尖刀般锐利，现在那伤口还一动一动地疼。总之，以前能算个苦乐参半吧。不知道她真的回来，将给他带来什么。

但是她肯定是要回来了。这绝不是个玩笑，她从来不是个喜欢开玩笑的人。那她为什么要回来呢？是因为和孟达闹翻了，过不下去了，还是终于又念起了他祈天的好？也许，只是放不下女儿？

祈天猜不透。等她一回来自然会明白。现在的问题是，家里太乱太脏。平时还不觉得，现在看去，实在是一团糟。卧室的双人床也变了，她走后不久，他就收起了一个枕头，当时差一点就被他扔掉。他想找出来，再动员女儿一起把家里收拾一下，刚一开口却又打消了主意。为什么要伪装？何必要讨好她？凭什么？！她又不是远征凯旋啊！

女儿跑过来问:"老爸,喊我做什么?"

"我,我本来喊你帮忙的,现在不需要了。"他摆摆手道,"你还去做作业吧。"

"帮什么忙啊?"女儿不走,奇怪地看着他道。

"不用啦。我本来想打扫卫生的。"祈天问道,"要是你妈妈回来,你高兴吗?"

"什么?!"

"你妈妈说她要回来了。"

"啊!"女儿狐疑地看着他道,"你骗我。"

"如果是真的呢?"

女儿怔住了。她的小脸上出现了一种难以形容的表情。她突然扑向父亲,一头扎在他怀里。他猝不及防,倒在了床上。女儿武松打虎一样抓着他衣服,直瞪瞪地盯着他道:"你别骗我。骗我你就死定了!"

"真的没骗你。"

女儿的眼泪突然涌了出来,滴滴答答洒在他脸上,滴在他眼里。祈天的脸僵住了。他没有料到女儿是这样的反应。他和女儿已经很久都没有这样亲密过。原来不是因为她长大了,而是因为她不快乐。女儿似乎突然觉得不好意思,松了手,滑到地上。她抹抹眼泪道:"妈妈什么时候回来?"

"她没说。"

"你还是骗我!"

"真的。是她没说。她说就在最近。"祈天指指外面的门道,"说不定她现在就来了!"

女儿看看门,没有上当。她喃喃道:"我想妈妈。"又歪着头问,"爸爸,你就不想吗?"

祈天板了脸,没说话。女儿笑嘻嘻地道:"哼!你不承认!你刚才还在笑!"

"我笑了吗?"说着,他真的忍不住笑了。

女儿去做作业了。她一直哼着歌。一会儿又找个事喊他爸爸说几句话。祈天不得不承认,他心里也是高兴的,甚至,他不打扫卫生也是一种姿态,是一种示弱,这说明他和女儿缺少了她,过得有多糟。祈天有点不好意思了。他已经想起了她的枕头收在什么地方,他叹口气,把它找出来,和自己的枕头摆在一起。

又成双了。家似乎是要圆了。

他渐渐激动起来。浑身的血还是那么多,却开始四处奔涌。激荡旖旎的场景在他脑海里出现,他翻身趴到了床上。突然,他坐了起来,难以察觉地叹一口气,垂下了头。

幸福生活尚未重现,却不得不先去面对难堪的场面。

还是那个"清爽"性病诊所,还是那样尴尬的局面。祈天戴着墨镜,站在诊所小楼的后面。这是一件比打扫卫生更为重要的事情,或者说,这本身就是打扫卫生的一部分。王芳就要回来,他不得不先清点一下自己。要是没有张颖就好了。要是没有她这个人，没有那段情事，哪怕只是没有她那个得了艾滋病的前夫，他祈天也不至于再来受罪。他这也算是扫榻留宾吧，王芳就是那个"宾"。

因为张颖，他不得不来检查，但他现在又不得不向她求助，如果她不向那个林老板打个招呼，他还是要被骗。可他拿出手机又有些迟疑：他现在来做这个检查，她会怎么想？突然心念一闪：为什么要这么心软？这不正是个了断旧情的机会吗？

电话通了，张颖果然疑惑地问："你什么意思？是我脏，还是你脏？"

祈天道："我怕我脏。"他期期艾艾地道，"我老婆，王芳，她要回来了。"

张颖愣了。"破镜重圆，"她喃喃道，"这么说你要破镜重圆了？哈哈，所以你要掸尘，怕镜子上落灰？"

"是的。"祈天咬咬牙道，"我得好好过日子了。"

"那我要恭喜你啊。"张颖反问道，"谁不让你好好过日子了？"

祈天语塞。这时候他言语必须清爽，否则后患无穷。张颖幽幽地道："好吧，我过来。我送佛送到西天！送到极乐世界！"

半小时后，张颖来了。祈天迎上去："你，你知道的，我以前被他们耍过。我怕了。"

张颖深深地乜斜他一眼，问："名字？"

"杨泳。游泳的泳。"

张颖掏出手机,拨通了电话。"林老板吗?你好。有个病人,叫杨泳,游泳的泳。"她轻了声音说话,防止车站的人听见,却又让祈天能听清,"他是我的朋友。麻烦你交代化验室,给他个实在的结果。我就在你外面,不进去了。"她看看祈天道,"是的,好朋友。是是,到时候请你喝酒。"

她收了手机,慢慢走向树荫。祈天跟了过去。她突然咯咯笑起来:"你怕是和别的什么毒女人勾三搭四了吧?"

"绝对没有。"

她一把摘下他脸上的墨镜,盯着他:"我看不透你。我看不透男人。"张颖的声音低下去,眼泪流了出来,她把墨镜往祈天手上一递道,"你拿好。不要急着往脸上戴。回去洗洗手,最好用酒精把它好好擦擦——我摸过了啊!"说着她竟又激动起来,劈手夺回去道,"这本来就是我买的,就该扔掉!"她两手一用力,墨镜"咔嚓"断了。一扬手,飞到了树丛里。

张颖深深地看了他一眼,丢下句话道:"但愿你永远别再来找我!"转身走了。祈天顿时觉得自己真是过分了,疑神疑鬼,真不像个男人!但事已至此,他脑子反而清醒了。他隐约觉得,她不可能真的就永远不再来找他。

祈天默然。他很内疚,觉得自己似乎太绝情。他柔声道:"你也好好过吧。"这意思很明白,就是以后他们不能再多联系了。他以为张颖会愤怒,却听见她说:"你放心。你不会有什么病,如果你只和我,你就什么事也没有,这是第一。"祈天抬眼看去,

第十六章

张颖面带讥诮，她笑得有点苦涩，但还没有哭闹，"第二，我不会打搅你。这是你最关心的，你尽管放心。"

她摆摆手，抬眼看了看挂着墨镜的树枝，转身离去。祈天看着她的背影，突然想起接到王芳电话的那天，他曾在监控器里见过张颖。她在研究所的围墙外，也曾抬头朝上面看。她看的是什么？不会也是墨镜吧？

张颖的两条"临别赠言"，第一条很快就证实了：他没有病。第二条她也遵守了。一周过去，她没有再打一个电话。祈天安心了。他现在唯一的任务，就是等待着王芳回来。那张检验报告，他看完就撕了。扔到了街边的垃圾桶里。他觉得脏，那诊所就让他觉得脏。名为"清爽"，其实是最不清爽的地方，是这个城市的下水道。无数肮脏的人，到这里来修理他们的活塞。那天他取了检验报告，飞快地瞥了一眼，正心花怒放，肩膀后面伸出一个头来："没事吧老兄？"祈天吓了一跳，一看，不认识，却又像在哪里见过。那人傻大黑粗的，衣着光鲜，一副成功人士的模样，身边还跟着个弟兄。两人一人手里一张单子，肯定都是好消息。祈天嗫嚅道："你，好啊。呵呵。"因为不知道是什么来头，他只有傻笑。那胖子拍他一下诚恳地道："没事的！心放到肚子里去！哈哈！"祈天赔着笑，快步往外面走去。现在他的墨镜没有了，卸了伪装，他不敢久留。那两人也不计较，出门朝一辆宝马车走去。那胖子身边的小弟兄"嘟"一声按了一下车子的遥控器，笑嘻嘻地道："这下你爽了，照搞！"胖子爽朗地笑道："我说过的，除了艾滋病，老子什么都不怕！"他临上车前还朝祈天摆摆手，车子一挫，飞驰而去。

他们这是投奔欲海去了。祈天一直忘不了这一幕。"除了艾滋病，老子什么都不怕！"他为什么什么都不怕？不怕老婆？不怕警察？不怕其他性病？稍一猜摸他就明白了，他们是不怕：老婆可以摆平，警察也不在话下，只有艾滋病才是真正的狠家伙。想起胖子那副样子，他不由得脑子一闪，突然记起了网上的那个"大老粗"。这胖子要是上网，就该叫"大老粗"。大老板，老脸皮，粗壮男人。呵呵。

两天过后，王芳真的回来了。这是个星期五，黄昏。是倦人的归期。祈天每天都有预感，预感已经疲惫，他下班，回家，上了楼梯，站在门口。突然门就开了，女儿猛地拉开门，一头扑出来，叫道："妈妈回来了！"

果然是她回来了。王芳站在客厅，脚下是一大堆东西。她笑吟吟的，脸上略显疲倦，有一丝羞涩，有一丝尴尬，却也平静。祈天愕然，站在门口都不知道进来。王芳从鞋架上拿一双鞋，摆在他面前。她轻轻地说："你回来啦？"

祈天换鞋进了门。他简直不知道说什么才好。她就这一句话，他倒成了被迎接的人。祈天的脑子简直有点发木。他责怪女儿道："妈妈回来，怎么不打电话给我？"

"是我没让她打电话。"王芳微笑道,"你不是还没下班吗?反正你要回来的。"

"反正你回来了也要打扫,所以我们就偷懒了。"祈天看看家里,她刚才正在收拾,他笑道,"说不定我们弄了还不如你的意。"

"懒人总有懒话。"王芳嗔道,"帮我择择菜吧,我马上弄饭。"

只是一句话,她立即成了主妇。离家半年多的人就这么复职了。这太自然了,太神奇了。祈天要用力想,才能想起以前那些伤心难堪的往事。那些事情倒像是假的。那么现在就是真的吗?他心里预演了无数种见面的场面,但没有一个与现在的场面类似。祈天木然地择着菜,王芳和女儿叽叽呱呱在外面整理着她带来的东西。那是一些玩具,大概还有新颖的学习用品,女儿开心地笑着,不一会儿却又静了,祈天探头看去,她正给女儿梳头,拿一只漂亮的发夹往女儿头上别。女儿跑过来道:"爸爸,好看吗?"

"好看。"

女儿出去了。王芳朝厨房门后看看,不见了她的围裙,自己从行李里找出一条,系了起来。他们开始做饭了。也许是为了提示她已经离开了很久,祈天道:"女儿长大了。知道要漂亮了。"

"呵呵,你吃醋啦?"王芳笑道,"也有你的。怎么能忘掉你呢?"她丢下手里的菜,拉一下祈天道,"你来。你来看看。"

卧室的床上，摊了不少东西。衬衣，皮带，领带之类。"你试试。"

祈天摆摆手道："不试。"

王芳飞快地开着包装。不由分说，把一件衬衣披在他身上，再挂上一条领带，又笑嘻嘻地在他腰间扣上皮带。她把祈天拉到穿衣镜前道："你看看，不错吧？"

女儿从外面跑过来道："漂亮漂亮！英俊英俊！"

"去！"王芳把门关上了。祈天干笑着道："我像个卖杂货的。"

"瞎说！"王芳从床上拿起一瓶香水，朝祈天轻轻一喷，嗅着道："好个俊朗男人。"

她从后面搂着祈天的腰，脸贴在他的肩膀上。祈天懵了。他今天一直云里雾里的，那香水更像是一股妖雾，罩在眼前经久不散。他本来有无数的话要问她的，甚至是质问——她到底为什么要走？在外面过得怎么样？为什么回来？还走不走？可是，他一句话也没有问出。他找不到话缝儿。现在她的头发柔柔地蹭在他耳边，他更问不出了。心底的欲望陡然升腾起来了。他轻轻挣了一下身子，朝床上瞥了一眼。那里，并排摆着两个枕头……"我不走了。不走了。我们好好过，好吗？"王芳的话把他惊醒了。她似乎看得见他的心，对他最关心的问题做出了回答。又好像在暗示他：日子还长，别急，我们先去做饭。

镜子上有水汽。一个全身披挂的男人和一个窈窕的女人，面目模糊……镜子空了,厨房热闹起来了。

这一夜很丰盛,也很疲倦。第二天祈天醒得很晚,他看着身边睡得像懒猫一样的王芳,觉得像一个梦。他想起来了,他昨天夜里曾说过一个笑话。说是一个小伙子,二十八了,要找对象结婚。一个姑娘和他处了一段,却觉得他条件一般。小伙子对她说:我们结婚吧。我条件不差,我有二十八年的积蓄哩。甜言蜜语说得姑娘相信了,同意和他结婚。两人说好,一结婚,小伙子的积蓄全交给她。新婚之夜,宾客散去,好事开场了。不想那姑娘突然裹着衣服跑出新房,叫道:骗子!骗子!我以为他二十八年的积蓄是钱啊,原来是这东西!这么多啊!……他说完后王芳先是一愣,立即就咯咯笑起来,说:一年的积蓄就吓死人,二十八年还不淹死人啊!又问:你从哪里听到这些东西的?祈天说:网上。我一个人,不上网怎么办?王芳叹气道:你变了。不过,也许变得我更喜欢了。

他们起来时,女儿竟早已起床了。她不打搅父母,一个人喝了杯牛奶,静悄悄地在自己房间做作业。祈天心中一热:女儿确实是长大了。可能,也懂一点男女之事了。如果王芳再不回来,他真的不方便带她了。

双休日,一家人到石城的几个景点玩。谁也看不出,这是一个曾经塌方的家庭。在这样其乐融融的气氛里,有些话祈天是再也问不出口了。就这么过吧。该知道的自然会知道的。况且,已经过去的事就那么重要吗？不问，也许就真的过去了。星期天下午，他给王芳办了一个新的手机号码。这似乎预示着，一切都将从头开始了。

  星期一，王芳要去外地看望她的父母。祈天正常上班了。

第十七章

祈天并不相信，张颖真的会从此不再来找他。王芳去外地的两天，他完全有机会主动和张颖联系，彻底了结一下和她的关系。但他又担心多事，反而缠到身上无法解脱——他实在是怕见她。就这么犹豫着，王芳从她老家回来了。

因为和医院的关系没有理清，她暂时没有去上班，在家里买菜做饭洗衣服，完全是一个相夫教子的主妇了。祈天却渐渐地感到不安，简直像心怀鬼胎。如今的生活虽有点来路不明，却更是来之不易，破过的镜子再也经不起一点外力了。他准备了一大套说辞，硬着头皮找到张颖，打算安抚好她，同时把留在她那里的一些零碎拿回来。不想张颖爽快得令他意外，通情达理得让他感动。她笑眯眯地只是和他打趣，问他买没买新床具，说是一床新被子，两个旧家伙，这才好玩；还说新婚不如远别，让他注意身体。"你瘦多了！"说着还伸出粉拳，在他肩上捅了一下——这是他们最后的身体接触。祈天放心了。他把那些零碎东西拿到办公室里收好，长长松了一口气。

他以为这就是了结了。回想张颖那天的言辞举动，也不像还有什么后话。但是，这天晚上，一家人吃过晚饭，电话却突然响了。

如果是祈天接的电话就好了。但他和王芳正在厨房收拾碗筷，女儿跑到客厅拿起了电话。他回头瞥过去，女儿有些慌乱，他听见她说："他不在。"就把电话挂了。他顿时觉得不好，因为王芳也听到了女儿的话。她手里停顿了一下，又继续洗碗了。

整个晚上，祈天都忐忑不安。他知道，那一定是张颖的电话。她有什么事，难道是成心捣乱？他摸不着底。但这电话他不问女儿一下是说不过去的。女儿回答得很聪明，她说："谁知道是谁啊，他打错了。"她毕竟是个孩子，说着还飞快地瞥了王芳一眼。王芳狐疑的目光扫过来，祈天闪过去了。

他原本打算有机会问问王芳在外面的事情的，不问也显得太假，这下他失去了盘问的底气。她不来问他，他就谢天谢地了。他后悔啊，后悔自己的失足——真的，就是失足，不是失足又是什么？如果没有这档子事，他何等堂堂正正？何等理直气壮？如果他压根就没认识过她，他又何必如此窝囊？他怎么就认识她了呢？

想到这里，祈天竟又理直气壮起来了。如果王芳不走，他怎么会和张颖搞在一起？说到底错不在他，或者说是她王芳错在先！孤男寡女，烈火干柴，还能干出什么好事来？祈天突然壮了底气，差点就要向王芳和盘托出了。多大的事啊？！难道就十恶不赦了？我不是金童，你王芳更不是个玉女啊！

他差点就开口了，一开口必定两个人互相揭发，一定是个打擂台的局面。但祈天忍功好，话到嘴边他还是捂住了。王芳浑不知他动了多少心思，她没问，甚至也没问女儿。她浑若无事地说说话，看看女儿作业，又坐下来看看电视。女儿的话也少了。祈天装作无事，走过去摸摸她的头。她回头看看祈天，眼中全是话。整个晚上，家里的气氛都有些闷，像大雨前的阴天，让人感到憋气。

但这凭什么啊？！祈天心里的火阴阴地燃了起来，但他不会发作。他知道，眼前的局面得来不易，所以王芳不追问，他也不会说。最好是，张颖从此不再来骚扰。

王芳确实没有来问他。但是，她找到了周长。

在找周长之前，她三言两语就从女儿那里问出了"那个女人"。女儿还小，她竭力庇护父亲，但她的庇护正好说明了问题。张颖——王芳连"那个女人"的名字都知道了。

周长是祈天的同事，住得也不远，她找他打听祈天的事情，再自然不过了。但周长不知端底，那天中午，他正好有事回家，刚进门不久，就听到有人敲门。门一开，他愣住了。"你，你好。"他认出了王芳，立即把防盗门打开了。

他觉得很突兀，不知道对方的来意。也只是三言两语，王芳就把自己登门的目的说清了。周长能够理解。但他现在还不可能察觉这个女人真正的目的。因为封闭的阳台上养着那些蛤蟆，屋子里味道并不好，周长把客厅的窗户打开了。他给客人泡了一杯茶，自己也端起杯子，做出礼貌而同情，准备深谈的姿态。事实上，中午的时间并不宽裕，他准备听她倾诉，然后恰当地终止她的话题。

看起来王芳是在冲动之下登门拜访的，其实她经过精心的准备。她从祈天的私生活出发，很快谈到他的工作，然后又说起了家庭生活的乏味和矛盾，这种恰当的语无伦次不但符合她此刻的心情，也成功过渡到了周长的研究课题。她说祈天是个无用的男人，却蠢人多作怪，周长才是做大事业的。她的话让周长有些局促，但并没有引起他的警惕。不知道怎么的，不知不觉中他感到头昏，然后就失去了自制力。等他黑甜一梦中被电话惊醒，时间已近四点，他翻一个身，才发现自己和衣躺在床上，王芳也已经走了。只有床上残存的女人香气证明了她曾经来过。

阳台上蛤蟆在叫唤。他慌忙跑过去。一个也没有少。他长松一口气，脑子昏昏沉沉。他给单位打了个电话，说他今天不去了。但他想不起今天发生了什么。王芳来过，她又走了。他自己做了些什么？又为什么会睡着？难道是她动了什么手脚……这是为什么？为了自己的项目？！

也不像啊。他相信自己即使做出了什么不堪之举，也绝不会说出机密。他恨不得立即找到王芳，问她究竟是怎么回事。可是，他没有她的电话，甚至，想到还要再面对她，他还有些畏闪。

第十七章　　　　　　　　　　　　　　　　　　271

他衣着完整，但身上的某些痕迹使他难堪。如果这是真的，那是因为他自己突然迷失本性了吗？但不管怎么说，她总是有所企图——是为了报复祈天的出轨？还是另有深意呢？

但这至少是很不正常的，否则，她为什么先行离去？……还是再等等吧，是疖子自会冒头——最主要的，是他自己觉得理亏气馁。

第二天。第三天。第三天下午，周长来到了祈天的办公室。他是个忙人，轻易不会到保卫科来。他脸色发灰，显得很疲惫。祈天拖把椅子，请他坐下了。

"你夫人，王芳，前天找过我。"

"是吗？"祈天吃了一惊，"什么事？"

"她很关心你。她问了我你个人生活方面的一些事。"

"什么？！"祈天强作镇定道，"我能有什么事？"

"是啊。能有什么事？"周长微笑道，"况且，我又能知道什么事？不过——"他敲着桌子道，"她后来又对我关心起来了。"

"是吗？关心你什么，生活？"

"嗯，算是吧。"周长迟疑一下道，"她说了半天，我也没弄懂她关心什么。你知道她到底关心我什么吗？"

"我，我怎么知道？"

"那她去找我，你不知道？"

"我怎么知道？她去调查我，能提前告诉我吗？"

周长皱着眉头,不说话了。其实,王芳昨天又找过他,在一家茶馆。她绝口不提前一天在他家里的事,这让周长稍微安心了些——否则他简直连一分钟也不愿意坐下去。她只是说,她希望他能帮助她:"我和祈天有一些误会,你知道,我不愿意这个家散掉。"周长差点就说:这关我什么事?嘴里道:"我能帮你什么?"王芳道:"你和他是同事,只要愿意,你总能帮我。"周长不答话。他不答话其实就是拒绝。王芳也沉默片刻,突然话头一转就绕到了周长的研究项目。她说她明白那里的价值,她有办法帮他转让出去。周长乍然变色,断然拒绝。"这不可能。"王芳笑笑,从包里拿出了几张照片,周长一看,大惊失色:那是他们两个赤身裸体的照片,不堪入目。周长惊极失笑道:你这什么意思?王芳道:"这是我们的旧情。我是个念旧情的女人。请你念着我们的旧情再想一想。我不想让祈天知道。"周长镇定下来道:"我可以再考虑考虑。但我希望你不要走火入魔。从长计议,好吗?"他最后又道:"如果我不愿意,这些照片其实一文不值。我是个单身汉,上帝都会原谅单身汉的错误。""是吗?"王芳瞥他一眼道,"你再考虑考虑……"周长打断她说:"但你以后不要再给我打电话了。尽量少打,好不好?"王芳不答话,从包里拿出一张纸,写下一串数字,递过去:"这是我的 QQ 号。我们以后在网上联系,这下你放心了吧?——你的号码是多少?"周长迟疑着,看看她,还是说出了一串数字。他已经一再拒绝她,不敢为了这个数字把她在这茶馆里惹毛。她是个厉害角色……周长

第十七章

今天找到祈天,就是想看看,他究竟又是什么角色,他有没有介入她老婆的企图。现在看来,祈天似乎并不知情。周长叹气道:"她好像是有些偏执。你得管好她。"他站起身来说,"请你转告她,不必过分关心我了。大路朝天,各走一边,我自己的事,我自己把握。"

祈天干涩地笑笑。周长肯定有一些隐情瞒着他,但他不能逼周长说。逼也没有用。周长出门前再次强调:"你叫她不要关心我。好不好?我就怕人关心。"

周长走了。这是一次两个人都不愿意深入的谈话。周长是旁敲侧击,试探虚实;祈天是不知端底,左支右绌。祈天觉得他的脸面被伤害了。他丢脸了。他跌坐在椅子上,粗重地喘着气。王芳她到底想干什么?看起来真是因为张颖的事,但怎么又说到了周长的私事?她为什么要关心他?看周长那藏头露尾的话,难道,她是在打他研究成果的主意?——想到孟达曾经贼胆包天抢过周长的电脑,祈天几乎已经得出答案了。

周长让他管好她,他怎么管?

难道,破镜重圆的镜子里的和美家庭,真的只是一个幻影吗?

只要稍一留心,祈天就发现了可疑的苗头。王芳的手机号码是新的,是个清白的号码,但偶尔晚上来一个电话,她却接得很诡秘。她接通电话却又不说话,只是"嗯,嗯"地,听对方说——除了是在听对方下达指令，除了对方是孟达，还能是什么？！王芳显然开始小心了，她对这样的不合时宜的电话可能也光火。有一次吃晚饭的时候，电话又响了。她迟疑一下，接通电话，却马上说："你打错了！"她放下电话似乎还有气，嘴里还抱怨祈天选的号码不好，容易弄错。祈天没有争辩。他想对方是打错了，但错的不是号码，是时间。他应该等她一个人时再通话。他相信白天他一上班，王芳就会这么要求孟达。

此后，如此可疑的电话果然就绝迹了。但祈天相信他们一直在联系。也许一天都没有断过。王芳的手机管得很紧，不离不弃，人机几乎片刻不离。"人机不离，必有问题！"如果没有鬼，她又何必把得这么紧？——祈天已经不需要再去电信局查她的通话记录了。有一次他去外面开会，提前下了班，走上楼梯，他的脚步突然轻了下来。她正在通话。虽然只听到个尾巴，他也证实了自己的推断。"你放心。我会的。"是的，你会的。你不就是要实施你们未竟的阴谋吗？

他终于明白她为什么回来了！

明修栈道，暗度陈仓，这就是她的计划。他祈天只是一座栈桥。现在这座桥既然有了知觉，就决不能给她放行。他心里很清楚，她如果达到了目的，下一步就是再次逃离，去和她的情人团聚。那时候他们手头阔绰，大可以在国外逍遥快活——如果她拿不到成果呢？她就可能一直羁留在他身边，保持这个家的完整吗？她会吗？或者，因为难度太大，绝无成功可能，她就会死了那条心，索性就此不走了吗？

他不知道。他的心里，阴毒的火苗蛇信子一样蹿了起来。他是保卫科长，即使只是为了忠于职守，他也不能让她得逞。如果需要，他甚至可以让她脚下的桥塌掉！只是——他想起了可爱的女儿，女儿是无辜的，家庭的风雨飘摇分崩离析，对她的伤害太大了。哪怕这家现在只是一个假象，他也不忍亲手将它拆毁。

突然又想起张颖来了。她的靠近难道真的是偶遇？是缘分？如果她是处心积虑，那她的目的也是不言而喻的了！

他感到浑身发冷。抓着鼠标的手竟在微微发抖。他并不感到危险，他知道他的人身安全没有任何问题，他只是感到人心的可怕，她们的行为也可怕。他下意识地点击着鼠标，调看着研究所的各个摄像头。一个个画面在他面前展开，他像一只盘旋在天空的兀鹰，所有的关键部位都尽收眼底。一切正常，看不出任何可疑的苗头，但不知为什么，他总觉得有什么异常的事情正在他身边悄然发生着。

几乎就在同一个时间，王芳找到了张颖。她通过家里的来电显示，轻易地找到了张颖的电话号码。

祈天永远也不会知道，她们正是在他勇擒抢劫犯的那家茶馆见的面。他更不会想到，两个女人，一个妻子，一个情人，最后竟能够握手言欢。张颖本以为，王芳是来兴师问罪的，她是正义之师，威武之师。但既然躲不过，自己也不妨单刀赴会。进茶馆时，她的表情孤傲，甚至还带一点无赖。她推开门，精明的小姐就从她推门的动作上看出她来者不善。那坐着等人的女人斜睨着打量她，冷冰冰地站了起来。两人直直地对视一下，一言不发，走进了包厢。

包厢里没有争吵，十分安静，甚至连小姐进去续水也被谢绝了。半小时后，两个女人走了出来。这是两个漂亮女人，环肥燕瘦，交相辉映。她们面带微笑，结账时还真诚地互相客气。服务小姐知道，这两个客人都消了气了。她不用担心茶馆的杯子被砸碎了。

服务小姐毕竟阅人甚多，饱知人情世故。她猜得不错。王芳和张颖一开始先彼此试探，后来又短兵相接，几个回合过后，她们化敌为友了。孟达抢得的笔记本电脑被王芳卖了个好价钱。十五万元，是电脑本身价格的十倍。更重要的是，她们化干戈为玉帛，携手共进了。

祈天如果知道王芳去找张颖，肯定会吓出一身冷汗。虽然生活已经完全变了味，但他更不希望闹得满城风雨。就像一碗馊饭，别人看来那至少还是一碗饭，但若是打破了，那就臭气四溢，一塌糊涂。他试图把什么都捂着，捂得紧了，那馊饭就会干掉，也就不臭了。

但其实是捂不住的。就在周长找过他以后不久，张颖又来找他了。祈天对电话里的保安说，你叫她在门口等。自己出了大门，

第十七章

跟着她走到了天鸡山下僻静的小路上。

他知道她来者不善,但万没想到,她竟提出,她想要做一笔业务。她说她听说了,他们研究所的监控系统每年需要维修,目前又到了维修的时间,她希望能接下这个项目。"我上次就说过,有事要请你帮我。就是这件事。"她可怜巴巴地说,"我现在没有工作,总得有个生活来源吧?你不帮我谁帮我?"

她今天不那么娇媚了,一身职业装,很干练的样子,但这职业装其实是出击的戎装。她绝对是别有所图。祈天稍一凝神,就窥见了她的意图。他故作疑惑地问:"没听说你还做这种业务啊?"

"为了糊口,我什么都要做。"

"你什么都做,是啊,你什么都做。"祈天沉吟着,突然词锋锐利,"你什么都做,但目标从来也没变过。你不屈不挠。"

"是啊。我不屈不挠,志在必得。如果我能把这个维修单子接下来,我就够吃一阵子的了。"

祈天冷笑道:"大概是能吃一辈子吧?"

"有那么大?"张颖喜出望外道,"你们单位能出多少钱?"

"好啦,别绕啦。"祈天不想再磨牙了,"你要接的不是维修的单子。你的胃口要大得多。还要我明说吗?"

"难道你能做主,让我全部重新安装——有这种好事?"

"我哪有那么大的权利,"祈天简直又好气又好笑了,他微笑道,"我知道,你其实只对那一个摄像头感兴趣。"他的手朝远处的实验楼一指道,"就是周长办公室窗外的那个摄像头,但你做不到。"

张颖的脸刷地变得雪白。她表情奇怪,夹杂着羞恼和绝望。她讪讪地道:"那你为什么就不能问问你的收益呢?"

"我不用问。"祈天正色道,"你要吃饭,要发财,可我也不能砸了饭碗。"他抬眼看着她,看着那张曾经厮磨过的粉脸,"你不可能从我这里得到什么。真是有点对不起你——请你相信,我说这话是真诚的。你听我一句话:离开这里,离开我。你的想法太危险!"

张颖沉默。他们站在浓密的树荫下,山风吹来,竟有些冷。"就没有商量的余地吗?"张颖问道。

"没有了。"祈天没有放弃说服她的努力,"你还不了解我。要说胆子,我比你还大。但你麻着胆子做出的一些事,很可能会让你终生后悔。更可怕的是,说不定连后悔的机会都没有了。真的,你不要再折腾了。"

张颖的手一直拉着一根树枝,这时她手一松,树枝呼地弹了起来,刷地从祈天脸上扫过。她愤愤地道:"我知道,你说的胆大就是和我上床,你说的后悔就是和我做爱!嘿嘿!告诉你,我也后悔了!但你放心,你没有任何麻烦。你就去当你的好丈夫,好科长去吧!"她花容失色,双泪长流。那一丛树叶在祈天面前晃来晃去,晃得他眼花。心里也疑惑:这话怎么说的,怎么一转又转到床上去了?这不像是拉人下水失败,倒真像是纯粹的情人分手了。

张颖喃喃道:"我也不再费心了。我原来也就是想挣点钱,现在我不挣了,也穷不死我——这下好了吧?"

"真的?"

"当然真的。"张颖接过祈天递来的纸巾,不好意思地擦擦眼道,"今天是我犯糊涂。这事到此为止,好吗?"

"好的。"

张颖从小包里拿出化妆盒,麻利地修复着自己的脸。转眼间,她就风采依旧了。祈天惊艳。他想夸她,又觉得轻佻。更重要的是,好不容易斩断情丝,决不能变成抽刀断水。如果让她觉得还有余地,那就后患无穷了。"到此为止,说话算数,"他说,"那我走了。"

张颖"嗯"了一声。祈天走出老远,回头看去,她还站在树下发怔。想起她刚才描眉匀粉,焕然一新的样子,祈天叹道:但愿她真的洗心革面,不再弄险了。

张颖没料到,她得到的是一个斩钉截铁的拒绝。只有在他的同意和帮助下,她才能合理合法地换掉周长窗外的摄像头——即使不能直接获得配方,也能窥见相关的秘密。可她失败了。她现在倒真的应了他的话,后悔了。犯险的后面果然是后悔。短兵相接时,她原本还打算拿他们的关系来镇住他,但立即又打消了这个念头——他如此坚决,又怎能被一段小小的男女之事挟持?在这年月，这算多大的事？她和王芳的接触已经证明，在巨大的利益面前，她和祈天的小小性事根本算不得什么，轻于鸿毛。幸亏她转得快，立即就"醒悟"了。她咽住了已到了嘴边的话。她希望她"到此为止"的表态能减轻他的戒备。

但他一定还警惕着。让他完全放弃戒备是不可能的。她现在已经失去正面出击的机会了——她后悔的正是这一点。这是一个失误。现在她只能改弦易辙，另辟蹊径了。

第十八章

同床异梦，这是一种很可悲的状况。也正是祈天和王芳的状况。至于他和张颖，也是同过床的，她的企图现在也已昭然若揭了。这两个女人，共同的兴趣是周长，另一个男人。这让祈天感到危险，更觉得难堪耻辱。

当然，他明白她们的真正目标，并不是周长这个人，而是他的大脑，他的成果。这就是他的价值。而他祈天呢，他的价值就在于他是保卫科长，他可以是一座桥梁，也可以是一道关卡。桥梁是可怜的——过河拆桥，这句老话说得还不明白吗？只有作为关卡，他才正气凛然，他才有一点分量。

但愿她们知难而退，就此罢手吧，但事实是沉重的。张颖自从那天以后，倒真的没有再来找他，也不见其他什么动作。可王芳似乎并未收手。至少，她和孟达的联系一直就没有中断。祈天并没有去刻意监控她的电话，但是，他有一次上班时给她打电话，却意外地发现，她的话费已经用完了。欠费停机了。话费是祈天去存的，300元，这么快就用完，只有一个可能：她不但经常接听孟达的电话,一定还给他打过国际长途。这真是热线啊!

一个小时后,祈天再拨她的电话,已经开通了。当然是她自己去开的。她大概不知道祈天已经知道她的手机曾经停过机,她回家绝口未提。由此可见,那条秘密的热线确实存在的。

他决不相信他们只是在谈情说爱,唯一的可能就是他们在商议,商议他们的计划。那个在大洋彼岸遥控的孟达,又会出什么招数?他会指使她铤而走险吗?

突然间,祈天竟对周长产生了深深的怨恨:没有他,哪有这么多的事?!

周长怎么能知道,他的同事祈天,竟在怨恨他。第二批次的试药结果,已经弄得他心烦意躁了。

还是15个人,试验组10个,对照组5个。试验的结果是:对照组死亡了一个——这很正常,但试验组的10个人中,却有3个人的体内,病毒检出数略有上升了!

这不但悖离了预期的效果,甚至连第一批次的试验效果都未能达到。周长遭受了出乎预料的挫折。

几乎所有用于艾滋病治疗的都是复方药物,周长的药也不例外。此前的试验已确凿地证明了他的药物的功效。那现在问题究竟出在哪里呢?

从国外的医学文献可以得知,艾滋病毒虽然变化多端,但它侵袭人体的手段却十分清晰:一是大量复制;二是"化敌为友":

将自己的 RNA 转为 DNA，进而"修改"正常细胞的遗传特性，挟持它们助纣为虐，同恶共济，如此，艾滋病毒得到几何级数的增长，直至摧毁人体。这是一种孳生，极为阴险。在复制过程中，"蛋白酶"和"逆转录酶"起着无可替代的作用。但另一种物质"整合酶"，则帮助艾滋病病毒把遗传特质整合到人体白细胞的遗传物质中，它是帮凶，却更关键，也更难对付。

在他新药的主要成分中，他发现了一种形状介于"Y"和"T"之间的"手臂型"结构，其一个指状臂似乎能插入病毒的套装结构中，这显然对病毒的生命周期产生了影响，或许还正是阻断病毒 RNA 转化的关键。虽然新药是他亲手配置的，但他对其治疗机理依然不能完全破解。

为什么第二批次的试药效果会出现倒退，他一时间更是难以解释。

怎么办？难道就坐视失败，全面溃退吗？

事实上，"鸡尾酒"疗法是一个动态的治疗方案。医生需要按照病人的具体情况，针对性地调整药物的成分。它灭杀或阻断艾滋病毒的机理又是什么呢？

因为事实上存在的技术壁垒，周长只能找到一些含糊其词的资料，无法获得详细阐释。但凭着他在字缝里获取信息的耐心和能力——这是天性，也是浸淫于漫漶古籍中的长期养成——他推测，"鸡尾酒"疗法，很可能针对的是病毒中的"蛋白酶"和"逆转录酶"，尚未能作用于"整合酶"，它抑制的其实只是病毒的复制。这是一个大胆的推断，但绝非空穴来风。周长的脑子突然亮了起来。

在没有反证资料的情况下，姑且认为推断成立。事实已证明，他所研制的新药在单独使用时疗效确切，但不够稳定，这是否意味着，这种新药正是从另一种物质"整合酶"上取得了突破呢？

如果能将"鸡尾酒"疗法与他的新药进行一次"中西合璧"，这就对"蛋白酶""逆转录酶"以及"整合酶"三种物质均进行了干预，在铁壁合围、层层阻击下，将同时阻断艾滋病毒的复制和孳生！

这一次试药的倒退不能推翻第一次的成果，下一次的试药也不应因袭以前的配方！在将"鸡尾酒"疗法和他的新药进行联合后，他应该对其主要成分进行纯化修改，以进一步提高其活性！

周长兴奋得站了起来。他如醍醐灌顶，顿时心中一片澄明。

他几乎已耗尽了心力，接下来就是具体而扎实的工作了。

祈天一贯并不迷信，但现在，他心里如一团乱麻，他不得不怀疑起自己的运气来了。中午在单位吃过饭，他完全有时间回去午休，但他简直不愿意多见王芳一次。左右无事，他出了研究所，信步朝天鸡山而去。

山上绿荫深深，转眼间身上就收了汗。蝉鸣不绝，鸟啼阵阵，使人暂时忘记了尘世的烦心事。沿山道往上不远，隐约可见寺院的红墙了。祈天略一迟疑，朝台阶走去。

台阶两边坐着不少算命打卦的人。他们有男有女，有的目光恳切，也有的一脸深沉，高深莫测。见有人来了，有几个迎了上来。"先生，算个命啵？""先生，就几句话，我看出来了。"祈天问那个男人："你看出什么？"那人道："我看出你有心思。你请坐。"那人指指身边的凳子。祈天看看他，摆了摆手，继续朝寺庙里去了。

那个男人的衬衣领子乌黑，身上有一股难闻的味道，他可以去卖猪下水，但绝不适合算命。祈天来这里，原本没有具体的目的，但现在，他倒很想问问前程凶吉了。

大雄宝殿前的广场上，热浪蒸人。祈天快步走向大殿。他看见了一智。他正带着一队外地香客，朝着观音像拈香念佛。这不是来布施就是来还愿的。祈天朝一智笑笑，出了大殿，走向东边的念佛堂。

念佛堂里陈列着很多经文。门口的小和尚看到祈天，微微点头，意思请他随意。祈天随手翻看着经书，也看不懂。过不多久，他走到门口，看到一智送走了香客。祈天迎了上去。一智看他似乎有事，过来了。

祈天问了好，说："您这山下算命的很多啊，刚才我就被他们拉住了。"他迟疑着道，"他们算得灵吗？"

"这个……"一智沉吟道，"灵也不灵，不灵也灵。依我看，真心是净土，正意是根本。那些东西，不信也罢。"

"可我有点信。方丈，我们算是老相识了，我就是山下的研究所的。最近我有些烦心事。你能帮帮我吗？"说着，他看了看远处的照壁，上面写的是"度一切苦厄"。一智道："施主要我怎么帮你？帮你什么？"

祈天道："就帮我算个命，或者测个字。"

一智略一错愕，正容道："既然如此，请你写个字来。我试试看。"他指了指小和尚桌上的纸笔。

笔是毛笔，是香客领经书签名用的。祈天手生，想一想，认真地写了一个字，道："您刚才说'正意是根本'，我就写个'正'字。"

一智端详着桌上的字，问："你心里想的是工作还是家事？"

"都有。"

一智道："'正'似'王'而非'王'字，乃'王心已乱'。"

祈天不解，用手指在桌子上画着，明白了。"是的，中间的一横乱了——这是什么意思？"

一智双手合十，道："这要你自己悟了。"

祈天皱着眉头，盯着一智。一智微笑着，再不说话。那小和尚好奇地凑过来看桌上的字，一智朝他摆摆手，让他出去了。

正在这时，广场上出现了周长的身影。他看见祈天，远远地招呼一下，过来了。一智双手合十，微微点头。祈天指指桌上的字，道："我在测字——方丈说这是'王心已乱'。什么意思？"

周长看看缄默的一智，脱口道："谁姓王——你老婆不是姓王吗？"

第十八章 287

祈天心中一咯噔。

一智不说话。周长道:"我乱猜的。算不得数。"

祈天其实已是信了。他问道:"可有什么化解的办法?"

"这还是要靠悟。"一智指一指那个字道,"'正'若是'王心已乱',则解法也在其中。有果必有因。这'正'字,也可看成是'上、下'之合:事情可上可下,可大可小。"一智注视着祈天道,"'上、下'也可拼为'卡'字:'卡'为限,行所当行,止所当止。"

祈天问:"可有具体的解法呢?"

"'正',乃'一止'之意。"一智庄容答道,"一之为甚,其可再乎?"

周长插话道:"就是不要过分?"

"善哉,善哉!这就差近于理了——你慧心难得。"

祈天闷闷地说不出话。想起一年以前储蓄所的事,他心中怦怦直跳。周长看来也来了兴趣,他突然道:"大师傅,我也出个字,'亡'。不是姓王的'王',是这个'亡'。"他的手比画着。一智点头道:"我想请问,你们是否是同事?"

"是的。"

"你是科学家,这位施主是?"

"我是保卫科长。"

"哦。"一智对周长道,"这个'亡'字,栅栏已开,逸于顶端,乃'失'之意。和你同在的是保卫科长,隐隐暗合。"

周长悚然一惊,看看祈天。两人目瞪口呆。一智微笑道:"其实这不玄妙。我们算是老相识,对吗?"

祈天心里很乱,觉得一智实在有些太玄。他看着一智脸上刀刻般的皱纹道:"那我也再出个字,也是他那个'亡'。"

一智微闭的眼睛突然精亮:"你和他不一样。他的'亡'是无心之亡,你的'亡'是有心之亡,乃是一个'忘'字。"他恳切地说,"你不能忘记我以前对你说过的话。"

"什么?"

"但无妄想,性自清净。不要太执着。"

祈天揣摩着,突然冷笑起来了。"你这一套我也知道了,方丈你别生气。"祈天手向上一划道,"我们现在是在一个房子里,门内有人,所以是一个'闪'字,你肯定要说我心神闪烁,内心慌乱,对不?"

一智不语,盯着他看了片刻,道:"我就顺着你的话再说一句吧。"他转向周长道,"两位施主,你二人相从而来,有心问佛,这是一个'悠'字。悠后从愿,要当心有人悠愿你们做事。"他提笔写下"悠"字道,"请听我一偈:心地无非自性戒,心地无痴自性慧;心地无乱自性定,不增不减自金刚。"

祈天木然不语。周长轻声道:"谢谢你,方丈。"

一智看着他们远去的背影,轻声叹了口气。

表面的平静下,孕育着风暴。家庭暂时是平静的。祈天不再关注王芳的行动。她说正在和医院联系，准备回去上班，他由她去；她买菜做饭教女儿，他乐得清闲。他只是守着自己的岗位。只要她不再向他身边迫近，他就不予理会——大不了她再跑了吧？以前没她的日子也是一种日子，他并不惧怕。女人若是变了心，你越拉，她挣得越起劲。

王芳也不动声色。有一天，她到了研究所门口，对保安说她要找祈天。她是科长的妻子，保安自然让她进去。保安问："要跟祈科长联系吗？"王芳说："不用。我和他联系过了，我就拿个钥匙。"

王芳朝行政楼走去。她在楼前和一个修整花圃的园丁说了几句话，点点头，拐向了后面的实验楼。几分钟后，她在周长的办公室前出现了。

楼梯很陈旧，楼板也是多年前的原配，她的高跟鞋踩在上面，吱呀作响。周长办公室的门虚掩着，她一推就进去了。隔壁房间的一个女子正好出来，她对王芳似乎也面熟，问："你——"王芳道："我是祈天的爱人，我来找他，他们说他在这里。"她笑笑，走进了周长的办公室。她径直走向办公室的里间，喊道："祈天！我钥匙锁在家里了。"

周长从里间出来了。见是王芳，他脸上闪出一丝慌乱。"哦，你，你好。祈天不在这儿啊。"

"他不在吗？前面的人说他在你这里的。"她站在电脑桌边，恼火地道，"我进不了家了。你说他上班时间能到哪儿？"她挎着的小包似乎随意动了一下,周长的杯子"砰"一声掉到了地上!水洒了一地。"对不起,对不起。"她忙不迭地去收拾。"我来,我来。"周长弯腰去捡杯子。两人的身体擦了一下。周长更慌了。他逃跑似的把杯子扔到垃圾桶里。

她要的正是这个机会。他慌了更好。他没有被照片要挟,却也还是慌乱了。她飞快地从口袋里掏出个眼药水瓶子,朝键盘上点了一下。

"对不起,我一来就闯祸。你别怪我,要怪就怪祈天。"王芳摆了摆手道,"我再到他办公室看看。"她刚要出门,周长的电话响了。他走到里间拿起手机,"喂"了一声,却是个打错的电话。王芳出了门,微微地笑了。她已经不需要这个电话的帮助了。

周长狐疑地检视着自己的办公室。因为电脑处于关机状态,他松了口气。

王芳一下楼,远远地看见祈天过来了。"你怎么在这儿?"
"我找你啊。我钥匙丢家里了——他们说你在后面。"
祈天把钥匙递给她,道:"我正好也落了东西在家里。我们一起回去。"他看不出她有什么异常,但他总觉得有哪里不对。刚才,他偶然在办公室的屏幕上看见了王芳,她正朝实验楼走去。他先是怀疑自己看错了,拉近了一看,没错,是她。等他走下行政楼赶过去,她已经下来了。他怀疑钥匙只是一个借口。等他们到了家,他却一眼看见她的钥匙确实是摆在饭桌上。

他松了一口气。从卧室里找了点东西塞进口袋里,又到单位去了。

下午刚上班时,祈天突然从屏幕里看见一个小伙子站在研究所大门口,正在和保安说话。他比画着,朝保安亮了亮手里的一个纸盒。具体是什么东西,祈天看不清。他把电话打到保安那里,问:"他要做什么?"保安说:"是电脑公司的。给周研究员送配件。"祈天命令道:"你给周研究员打电话,请他到门口接。"

不一会儿,周长到了大门口。他和那小伙子说了几句话,接过纸盒,匆匆离开了。祈天切换一个画面,看见周长回到了实验楼。

祈天没有深究那人送来的到底是什么——也许,是实验仪器,说了他也不懂的。他更没有意识到,这件事与王芳还有关系。他注意到的是,王芳似乎更忙了,据她说,是在和医院联系复职的事,他插不上手,甚至,也不关心。他悲哀地发现,他曾经有过的两个女人,王芳和张颖,事实上都和他没什么关系了——仅仅是曾经而已!张颖还罢了,本来就是露水姻缘,但王芳这个老婆,心思也完全不在他身上!——他心里的火突突跳了上来。他想起了在网上学会的一个词:"闪"。离开不叫走,叫"闪"。"88,我闪了。"现在,他活脱脱就是被人闪了。

他又开始悄悄地上网了。只有网络,才能给他安慰。王芳回来前,他就把聊天系统装到了办公室的电脑上,但基本不去碰它。现在，只要有空，他就到网上转转。他四处乱看，在各个聊天网站乱窜。但他只和女人说话。只有女人，才能给他温暖——突然，他想起那个"冷雪凝香"来了。他们曾经有过一次未完成的约会。他突然希望，立即找到她。

网络如海。幸亏，她的号码还在"黑名单"里，没有彻底删除。他捣鼓了一阵，把她激活了。

但是她不在。大白天，她应该不在。以前，他们都是晚上聊天，白天只是偶尔碰上过。他期待着这种"偶尔"能够再次出现。他的目光，紧紧地盯在荧光屏上。

在祈天的视野以外，事态正继续发展。

发力公司的密室里，气氛紧张而兴奋。靠墙的桌上，几台设备上的指示灯闪烁着。一台笔记本电脑前，冯芳群正在工作。吴帮坐在她身后，不时地指指点点。陈易过来看看，又焦急地在房间里踱起步来。

这是周长的笔记本电脑。从王芳那里买来的。他们正在破解它的启动密码。

陈易十分紧张，虽然他知道吴帮和冯芳群都是对付这类密码的高手，但他难以抑制内心的焦虑。笔记本电脑的出现是一个柳暗花明的转机，它简直是一台超级电池，刹那间给他通上了电。他全身每个细胞都被激活了。如果这台电脑里就有他朝思暮想的数据甚至配方，哪怕只是他研究的思路，那岂不是天赐之幸！

第十八章

但首先要打开它。

养兵千日,用兵一时。这两个久经沙场的老手,难道就这么无能?!陈易冷冷地朝他们看了一眼,一言不发,出门去了。

他刚走到自己办公室门口,密室里传出了一声惊呼。他站住了。吴帮正要过来喊他,他已经快步跑了过去。

打开了。笔记本电脑打开了!

悦耳的启动音乐传出来了。屏幕在闪烁。再等几秒,一扇大门将在他们面前轰然洞开。

正翘首期待着,心怦怦乱跳,屏幕稳定了。三个人聚在前面,呆住了:屏幕上出现了一个皇帝的画像,方面大耳,下巴如铲,他的脸侧,是一首诗,就是那首《一插知》!那首奚落人的《一插知》!他们在攻击周长实验室电脑时,就见识过了!

他们再次被羞辱了!

冯芳群转过脸来。她像被抽了一巴掌,脸上红紫相间。吴帮苦笑道:"这是朱元璋吧?我在明故宫见过。"他这是自我解嘲,没话找话了。打开笔记本电脑主要是冯芳群的工作,现在已证明,这是自取其辱,但他实在不好意思再雪上加霜。他讪讪地走到另一张电脑桌,打开了台式机。

陈易心中羞恨难言。他简直没有勇气朝那个屏幕再看一眼。这是他的耻辱。那个界面将像一张膏药一样,长久地贴在他的记忆里。要把这张膏药揭掉,唯一的办法就是战胜周长。他的步骤其实扎实而稳妥,寻找"特殊文本处理系统"的工作虽暂时受挫，但并没有停止；张颖的工作也进展顺利，周长虽然拒绝了合作——这是他意料之中的——但毕竟已切入了他的生活，王芳的出现更是峰回路转。她是比张颖更为便捷的渠道。然而，她带来了什么？

一想到这里，陈易的太阳穴突突地跳动起来。十五万元，他只招来了一口唾沫！这个贪心的女人！

陈易眼前一片茫然。为了保持领导必要的威仪，他不宜长久沉默。他对冯芳群道："既然已经打开了，你继续工作。我相信，这台电脑里，不可能只有这首歪诗。"

冯芳群其实已经动手了。她进入硬盘，仔细搜寻着可疑的文件。陈易坐在沙发上，身子虚虚的。有一个念头在他头脑里飘忽，他没力气抓住。吴帮监视着屏幕，嘴里道："那里面不可能有什么的，骂人的话都等在门口了，他还会有好东西待客吗？"有一首歌的旋律在他脑子里响起来了："朋友来了有好酒，若是那豺狼来了，迎接他的，是——猎——枪……"他差点就哼出来了，突然悟到太晦气，立即闭了嘴。

冯芳群不理他。鼠标不停地移动。她实际上要比吴帮稳重，平时在下属面前，她是一个干练沉着的女强人，只有和吴帮合作，她才不退不让，变成了个伶牙俐齿的小女子。可是现在，她不计较了。她已经发现了有价值的资料，很轻易地就解开了，但她要继续找，尽可能地找得多一点，一起摆在这两个男人的面前。她抿着嘴，不说话。就在这时，吴帮突然"啊"一声叫了起来。她不由自主地扭过脸去。

陈易已经过去了。吴帮指着屏幕道:"看,键盘开始工作了!"

屏幕上,出现了一连串的字符,它们在跳动,在延续。有一只看不见的手在另一端敲击着键盘。那是周长的手!陈易脑子里那个飘忽的念头突然固定了,那是他精心安插的"神偷"键盘,周长已经开始使用了!

陈易紧紧地盯着屏幕。他得意地笑了。正是突然拿到笔记本电脑的意外之喜,干扰了他们正常的工作状态,天上掉下的馅饼把他们砸晕了;那首《一插知》更是兜头一盆冰水,浇得他们透心凉——他怎么就忘记了自己的另一突破?倒是吴帮的脑子还清醒,要不是他,他们可能还在发木。屏幕上的字符串还在延续,那一行行看上去毫无意义的符号,是钓鱼的浮标,凭借它,他们终将把握周长水下的动向。

冯芳群也过来了。三个人目光炯炯,眼睛都不愿眨,生怕漏掉任何一个跳出的字符。这时候,屏幕上的字符停顿了一下,陈易的心顿时揪了起来——明知道周长的停顿是正常的,但他还是紧张。终于,字符又动起来了。他颤声命令道:"立即启动实时记录系统,全部保存!"

屏幕前激动得手足无措的吴帮应声行动。电脑前的几台周边设备被启动了,指示灯像灵敏的眼睛一样开始眨动。陈易贪婪地注视着屏幕,这时候他才发现,他已经汗透层衣。

字符在延续。好个勤勉的周长啊。他基本上就是在给我干活了！那个"神偷键盘"，昵称"电子琴"，现在果然奏出了美妙的乐曲。这种乐曲玄妙难解，却天籁般迷人。更奇妙的是，它不是用来听的，它用来看。周长是俞伯牙，高山流水无解人，他们却是独具慧心的钟子期！

"从现在开始，你们的主要工作就是监控、搜集和分析。"陈易做着手势道，"所搜集的资料随录随出，立即分析。流水作业。"

吴帮答道："是。"

冯芳群不说话，走到笔记本电脑前道："这个你也得来看看。"

陈易疑惑地跟过去。冯芳群点开了几个文件，又依次在屏幕上铺开了。第一个文件是一个庞大的表格，一看就知道，是人的生理指征。冯芳群解释道："这是试药者的生理数据。"她鼠标一点，又一个文件出现了。一个个网页的图标铺满了屏幕，全是关于艾滋病的。吴帮突然指着其中的一个道："他果然常来常往！就是这个网页上的木马让他中了招！"他这是在提示他的功劳。陈易一笑道："你们都大有成绩。我刚才说的第一点是，"他指着那边的台式机道，"实时记录，随时分析。第二点：深挖这台笔记本电脑，不要放过任何疑点——这由你负责。"他朝冯芳群点点头。"第三：保持'电子琴'中继点的工作状态，绝不能出现任何闪失。"他拍拍吴帮的肩膀，"这要由你来落实了。"

突然出现的转机刹那间改善了他大脑的工况。他现在有底气断言,最困难的时候已经过去了。笔记本电脑里,极有可能存在着与配方有关的信息,甚至就是原始配方本身;"电子琴"更是直接连接着周长的大脑,手脑相通,它传来的信息中,无疑包含着那个"特殊文本处理系统"及其密码的线索。陈易虽不是顶尖的计算机专家,但他也明白,周长每次开启"特殊文本处理系统"时,那一串稳定的字符串,就是密码!

黑暗已过,曙光就在前头了。那一句话终于跳出来了:"他这是在为我打工啊!"

两个下属一愣,顿时明白了。冯芳群抿嘴一笑。吴帮嘎嘎大笑起来。

这两个人现在是齐头并进了。适度的竞争是提高效率的法宝。在前面的工作中,他们也曾纠缠不清,现在好了。他们分头前进,各行其是。路径不同,目标一致。两只猎狗正在奋力追逐兔子,那兔子属于后面的猎手。

第十九章

盛夏转眼间就来临了。石城素称火炉,从春天以后,这火炉的温度悄悄升高,你察觉不到,但这城市似乎被烤干了,像是堆满了无形的干柴。清晨日出,太阳一出来就像个火球,刹那间就把整个城市点着了。火炉开始燃烧了。所有的人都在淌汗。即使你把空调打开,那也是杯水车薪,顶不了什么事的。

真热。你没有地方躲。但是祈天却似乎周身寒彻。他没有病,是他心里生了病。不知不觉中,他和王芳又陷入了冷战。他们没有争吵,他们只是冷。冷若冰霜。连身体的接触都少了。大热天,没有被子阻隔,本应该很方便亲热。但他们各自睡在凉席上,哪怕什么都没有裹,也不接触。对这种状态他们都没有明说,但心照不宣。他们彼此都对对方产生了排异反应。

幸亏还有女儿,否则连表面的和气都难以维持了。不知从何时开始,女儿成了他们说话的中转站。"问你老爸,今天想吃什么?"或者,"你妈明天会在家吗?"——他们很少直接交流了。女儿细心地做着努力,她会说:"妈妈你吃的这是什么药啊?我就不信小孩子不能吃——老爸你说呢？"她这是以撒娇的方式捏合父母，但他们打打岔就闪过去了。

也有过一次"深谈"的，但王芳的铠甲护得很紧。祈天说："你不要这么忙好不好？我们就这样过日子不是很好吗？"他说的"忙"，王芳当然懂，但她不光有铠甲，还有长矛哩。她说："我忙又没有烦你。我不忙我干什么？闲着也是闲着。"祈天道："有个人告诉我，人是在荆棘中，动则痛，不动则不痛。我觉得很有道理。"王芳说："我觉得没道理。人是在水里，不动就要沉下去。"她又说："你别管我的事了，既然不帮忙，就不要添乱。你以前不是也忙过吗？我不管你以前的事，你又何必操我的心？"祈天心中一凛，立即明白她说的"以前的事"指的就是他换她护照的事，甚至还包括他和孟达储蓄所的事！——她这是递来长矛了！王芳微笑着说："你再多操心，我就真要管管你做的那些烂事了！"

不欢而散。他们目前虽还没有散，但跟散了也差不多。祈天只能保持现状。然而，他是个正当盛年的男子，他需要情感，也需要性啊。经过张颖的调教，他早已今非昔比了。他心里不时闪过她妖媚的姿态——但她也是个不能惹的！她们都疯了。只有那个虚幻的"冷雪凝香"，没有危险，只有诱惑。

他找到她了。当他在QQ上，发现她的头像开始闪烁时，他的心狂跳起来。这个家太冷了。他需要一点温暖，一点肉香。两天以后，他说单位有事——也确实有事，监控系统需要维修了——他到上海去了。

这是一次私奔。但时间被严格限制了。限制时间有时候就是限制后果。祈天心里十分明白,他只是去找一次艳遇。去"松弛"一下,第二天就回来。离家前,他突然对女儿有些不舍。她这个年龄,又怎能了解父母的离心背德呢?女儿若是知道她的父亲和别的女人乱来,她又会怎么想?……早晨离家时他没有说他要"出差",事实上,就两天时间,对女儿也确实没有什么好交代的。他只在上火车前给王芳打了个电话。王芳很诧异,但并不追问。他知道她一定在狐疑,甚至,猜到了他的真实目的。但她既然不问,他也就不必解释。

他独自带了女儿那么久,凭什么她就不能带两天?她可以私通,可以私奔,可以长期保持私情,凭什么他就不能?!——他简直有点理直气壮了。

和冷雪凝香的约会没有费什么周折。他开好房间,到街上转了转,她的电话就如约打来了。她说,晚饭还是各自吃,然后,她会自己过来。

她的声音一如从前,略显低沉,有磁性,有一种刚刚起床或者是马上就要上床的慵懒气息,总之与床有关。这太诱人了。他几乎看见了她的裸体。他被这声音激发起来了。吃完饭,他在房间里坐立不安。实在是没办法,他打开了电视机,随意地调着频道。有一条新闻吸引了他的注意。那女播音员正襟危坐,一本正经地说:"日本人口数量长期下降,已引发一系列的社会问题。科学研究证明,除了现代思潮对生育观念的影响,自来水里的避孕药才是真正的罪魁祸首。"

自来水里还有避孕药,那制药厂岂不可以关门了?祈天哑然失笑。屏幕上出现了一个白发的科学家,他说着日语。同时翻译道:"这其实是一种环境污染。人们服用的避孕药残留在人类的排泄物里,并没有经过有效处理,通过下水道排入河流,又成为自来水,最后进入了人体。其直接结果是:日本男子的精子数量和质量均大幅下降。怀孕机会减少……"

祈天突然嘿嘿笑了起来。原来人倒霉不是喝口凉水也塞牙,倒是要塞那东西啊。呵呵,有意思。他继续往下看,新闻却结束了。一段广告,仿佛有针对性的,大肆宣传他们的独家秘方——"五个疗程,包您重振雄风!"画面上,一匹骏马奔驰而来,冲得水边几个美丽女人咯咯直笑,花枝乱颤。什么"秘方",不就是春药吗!那马上的牛仔雄性勃勃,意气风发,一副吃多了药的神气。祈天突然想起,日本的河里有避孕药,中国的河里肯定也有春药啊!难怪有人总结道:三十不浪四十浪,五十正在浪尖上,六十后浪推前浪,七十还要浪打浪!怪不得他家的西施犬总要惹事,怪不得现在的男女都"性致"勃勃,水有问题啊!他觉得自己破解了一个重大的科学之谜,连周长也未必解得开的。这些狗男女,哪里知道水里被人放了蛊呢?……他微笑着,脸上的表情却突然僵住了——他现在的行为又算是什么?!

看来这环境把他也污染了。他自己也不是个好东西。以前他也"坏"过的，但今天是坏得彻底了。连"一夜情"都玩上了。他几乎是为了报复王芳而来，想起她，他应该快意才对，但他却闷闷不乐。不知道为什么，他突然感到自己这次是有些冒失了。他隐约有些不安。女儿肯定放学回家了。她一定会问：爸爸哪里去啦？……正想着要打个电话，门铃响了。

是冷雪凝香。门还未全开，一阵香气就先钻了进来。祈天略一错愕：她的香味竟如此热烈！没等到回过神来，他的身体就达到了燃点。

开始了，真的开始了。他退不回去了。从现在开始的一个小时，是一个完整的过程。在他以后的回忆里，所有的细节都很深刻，每个片段都可以截下来，反复端详。他关上门，挂出"请勿打扰"的牌子，请她坐下。两人简单地寒暄，彼此观察。然后她说天很热，他就请她去洗澡，随后他也洗了。出了浴室她没有再穿衣服，裹着浴巾斜倚在床上，他一出浴室，她一个眼神就把他呼唤到了床上。然后是迷乱的疯狂，疯狂前却也警醒，他找来宾馆里现成的套子，她却不放心，又在戴好的套子上加了一层——那是她自己带来的。她先疯狂了，他也被激发，但感觉却有些怪异。两层套子弄得他像一根没有感觉的木棒，她被舞弄得畅意，他却很快就泄了气。事毕，她倚在床上吸了根烟，说了一阵闲话，问了他什么时候回去，就穿戴好离开了。他没有送她，坐在床上发愣。

第十九章

就这样了。彻底结束了。他知道自己永远不可能再见到她了。最后是，遗忘。彼此忘记。他拎起床上的那一小堆黏糊糊的橡皮，扔进垃圾桶里，冷笑起来。他想起了她说的话："再加一层。我什么都不怕，就怕最厉害的。"事后她倚在床上吸烟时他问过她，什么是"最厉害的？"她嘿嘿笑道："艾滋病啊。什么都能治，就这是绝症——这都不知道，笨！"祈天看着墙角的垃圾桶，想起自己忙了这半天，只是在和两层橡皮较劲，突然哈哈笑了起来。她说过的：第一层是铜墙铁壁，第二层才固若金汤。他当时没好气地道："那你就躲在里面快活。"她回道："裹在里面的是你！呵呵。"

她说的倒也对。她的担心也并不多余，但他总感到沮丧。她的话不假，但他注意到她的腋下有两个不易察觉的小刀口，那一定是丰胸的痕迹。她的眼皮也似乎动过刀子，因为双得太明显，已类似于鸡眼睛——谁知道她身体里还填过些什么东西？他今天不但和橡皮斗了半天，连人也是假的——这就是他此行的成果了。

冷雪凝香已经走了很久，但她的香气依然还在。现在才回味过来，她的香水是肉香，肉体的温度。王芳的冷香30度，张颖的暖香37度，她是38度，是被心火烘烤的肉体温度，类似于发烧……恍惚间，王芳和张颖出现了。王芳颀长，张颖娇小，而冷雪凝香是丰硕的。这就是与他有关的三个女人。她们在周边旋转着，王芳冷艳，张颖娇媚，而冷雪凝香是妖娆的，一时间祈天身

天知道

边竟花团锦簇了。

电视机一直开着,而且声音很大,这是冷雪凝香提醒的,可以增加一些噪音。现在他不需要噪音了,他要安静。他把电视的声音调低了一点。看看表,十点了,女儿应该已经睡了。他到浴室冲了一下,躺在床上无聊地看着电视。

他一夜都没有睡好。女儿的影子在晃动。他还从来没有因为私欲离开过她。现在,他的偷情实现了,他体内的私欲也已释放,但他也像泄了气,浑身虚虚地没有着落,像躺在云雾里。他睡不踏实,几乎是惶惶不可终夜。难道,两层套子也不保险?也许,他根本就不该来这里!——刚刚才事毕,他就开始后悔了。

他躺在床上,留意着裆里的感觉。暂时,还没有什么异样。毕竟是双层保险嘛。他好不容易才溜入浅浅的睡梦,突然一阵被扼住的感觉把他憋醒了。他呼地坐了起来。女儿,他隐约听到了女儿的哭声!

怎么回事?!

祈天瞪大眼睛,坐在黑暗中不知所措。

预感到某种危险的,绝不仅仅是祈天一个。

就在祈天在上海翻云覆雨的时候,周长还在加班。他请来的电脑高手正在给他的电脑增加屏障。

隔行如隔山,他在边上其实帮不上什么忙。对他日益成型的成果来说,只有坚壁固守,才能让他觉得安心。"高筑墙,广积粮，缓称王。"这是明太祖的谋士朱升的进言，太祖皇帝善纳嘉言，开辟了276年的大明江山。在周长看来，这九字真言是他祖先的谆谆教导。就他的事业而言，"广积粮"说的是广搜资料，博采众长；"缓称王"是提醒你不到大功告成决不炫耀于世，哗众取宠；而"高筑墙"实乃建功立业的基石，它历久弥新，如雷贯耳。九个字，无一字虚设，句句切中要害。周长是个谨慎严密的人，他原先的防护体系应该说已经足够坚固，但强中自有强中手，最近的一些迹象更让他心神不宁。一些可疑的影子已经在他身边出现。它们在迂回，在盘旋，不知道什么时候就会从天而降。事实上，那两个女人，张颖和王芳，虽然还遮遮掩掩，但几乎已是图穷匕首见了。一想到她们，他就如坐针毡，寝食难安。他暗暗后悔在第一层防护上加了那首轻佻的《一插知》了，那个可能存在的暗中的对手，现在也许恼羞成怒，斗志更盛了。周长担心，那个作为第二层防护主体的独特的文本处理系统，也并非滴水不漏万无一失。他必须加固门户了。

这个来帮忙的高手是他的同学。他把人带进来时，保安还仔细盘问了一下，说是祈科长的交代。从这一点来看，祈天还是个尽职的人。但他的面目依然有些模糊。而自己能做的，也就是"高筑墙"。防人之心不可无。现在，对研究资料和研究进程的防护，甚至比他的研究本身更为重要。墙要是垮了，一切将成为泡影。他已经不再相信任何一个人，连这个正在忙碌的同学也不例外。他们那届高中同学中人才辈出，从事计算机研究的就有好几个。这个同学也是其中的佼佼者,对他,周长有绝对的了解,但即使是他,也是第一次接触这台电脑。而且仅此一次——这是周长的原则。你不能把鸡蛋装在同一个篮子里,更不能把几把钥匙装在同一个口袋里。几道防护网来自不同的大脑,这才让他安心。

电脑前的同学敲了一下回车键,回头道:"好了。"他关掉电脑,重新启动。周长坐到了他的位子上。同学一边教他操作,一边呵呵笑着道:"这下好了。现在除了你自己,任何人都进不去。包括我。"

"是吗?可有句话说,这世上没有打不开的锁。"

"理论上讲是这样。但这需要特殊的能力,还需要时间。除非你遇上了绝顶高手。"他冷笑着说,"可这样的高手并不很多。"

这也是个自负的人。和周长一样自负。他们中学老师的教育看来有点问题。周长拍拍他的肩膀说:"全靠你了。"

送走了同学,周长回到办公室,定定神,在脑中演练着新加的加密程序。这是个晴天的夜晚。皎洁的月光透过窗户射进了办公室,在地板上落下斑驳的树影。周长感到微微燥热。树荫深处,飘来了断续的蝉鸣,有一丝沙哑,有一丝羞涩。慢慢地,蝉鸣嘹亮起来了,那声音不屈不挠,定在某一处,像一根直线,射向周长的耳朵。渐渐地,这声音又激起了其他几处的蝉鸣,它们彼此呼应又彼此纠缠,冲周长的耳朵直飞而来。蝉鸣如箭,他成了蝉鸣的箭靶子了。

这似乎是今夏的第一阵蝉鸣。它是炎炎夏季的发令枪。蚊子和苍蝇也将在烦躁和冲动的夏季里飞舞。从现在开始,人们不可能耳根清净了。

身在上海的祈天辗转难眠。女儿的哭声如游丝,如飘絮,拒之不却,寻之不得。也许,他这是庸人自扰吧。也许是他做了亏心事,心里有鬼作怪,得了"幻听症"?是啊,女儿怎么会哭呢?

如果可能,他恨不得立即就回去。因为他心不安。

也许,要出什么事了!——他的心中陡然一惊,霍地坐了起来。他没有想到,最可怕的事已经发生了。

第二十章

250公里以外的石城,也是这个夜晚,王芳安顿好女儿,让她自己做作业,自己出了门,去见张颖。

在弄坏周长的电脑键盘之后,她已经和张颖多次联系,但张颖总说她很忙,一直没能见面。她说:你别急啊。不知道下一步能不能成功,等有了结果再见面,不更好吗?可她不能再等了,张颖已经留了话头——可是,怎么会不成功?不成功那也是他们没能耐!或者,索性就是他们耍赖!不管怎么样,她必须拿到自己应得的报酬。因此她哧哧笑了两声说:"我们还是见面比较好。否则,我就要继续努力了!"这话果然奏效,张颖立即问:"你怎么努力?"王芳道:"我也不知道,你帮我想。"张颖迟疑片刻道:"那好吧。白天我有事,晚上我们见面吧。"

王芳知道她还要去和她"老公"商量。这样的事情,她不可能一个人单干。以前她也说过,她有个"老公",很能干。王芳隐约觉得,张颖的身后岂止是一个"老公",她的背景远不止这么简单。不过这不关自己的事,她只希望,晚上见面时,张颖能够履行她们以前的约定。

她猜得不错。张颖不能够自己做主。整个下午，她一直和发力公司保持着联系。自从和王芳合作，具体说，从王芳弄坏了周长的键盘以后，她就成了个棘手的人。她不依不饶，每天至少一个电话。她先是催问他们的进度，后来连这个也不问了，直截了当地要钱。但现在显然还不到给钱的时候。陈易在电话里说，事情还只是有了一点眉目，眼下的方法能否奏效，什么时候取得成功，一切还是个未知数。"你必须先稳住她！"但是，稳住王芳又谈何容易？张颖知道陈易一刻也没有闲着，他手下的机器一定正开足马力，高效率地运转着。但是和王芳的周旋让她身心疲惫，她扛不住了。她不得不答应和王芳见面。请神容易送神难，这次见面会有什么结果，她一点底都没有。她摸着口袋里的手机，等待着陈易最后的指示。

发力公司的秘室里，陈易接完手机，走到电脑前看了一下，朝两个下属握了握拳头，回到了自己的办公室。

他明白，现在的形势十分危险，王芳的任何异动都可能导致前功尽弃。他们目前的工作，只能说是喜忧参半。那台笔记本电脑已被完全破解，可以说已经一览无遗，但这个一览无遗除了让你泄气，别无他用。冯芳群确实又找到了几个相关的文件夹，可这些文件夹里，只有大量的中医典籍的摘录，还有的，就是周长的日记。按理说，既然是日记，必然涉及他的研究，但问题是，周长显然在故意回避。有限的一鳞半爪他竟然用代号表示，语焉不详。"今天尝试与5号配对。呵呵,感觉良好。"这说的是什么?是研究,还是找女人?还配对哩,索性配种得了!——诸如此类,他们完全看不懂。要真的看不懂倒也罢了,如果是乱码,他们还可以寄希望于找到那个"特殊文本处理系统",破解它,现在没有一个字不认识,却让人彻底绝望。电脑里还有很多黄色链接,文本文件、图像文件、视频文件一应俱全,卫道士们看了肯定要皱眉头。冯芳群为了表示她的羞涩和正派,立即就扭过了脸,还"呸"了两下。陈易仰起头,长叹一口气。这真是单身汉的私人电脑。周长在这里展示了他的另一面,但对这一面他们没兴趣。他们要窥视的是他的脑子,他的心,并不关注他的下部。吴帮当时还调笑说:"这些东西和研究有关的,"他斜睨着冯芳群道,"艾滋病主要就是通过性渠道传播的,他对性多加关注也没有错。"

冯芳群顿时脸上挂不住。她一跺脚就要出去。吴帮喊住她道:"你也来指导指导我的工作啊,呵呵,我就要掏出他的牛黄狗宝啦!"他正色对陈易道,"我基本上已经锁定了他的'特殊文本处理系统'了!"

冯芳群满脸不屑地凑了过去。三个人聚在电脑前。半小时后,陈易确信,吴帮真的揪住了狐狸尾巴,他真的找到了那个朝思暮想的"特殊文本处理系统"!

这是重要的一步!

在浩繁的文件当中明察秋毫,不容易!陈易指令,立即着手筛选相应的密码。这个时候,那个一直默默工作的"电子琴"又可以大显身手了;刚刚遭受挫折的冯芳群也应该并过来,合力协作。他含笑对冯芳群说:"你负责审核。吴帮锁定系统文件,复制后安装到我们的电脑上,然后你们一起确定密码——你们现在是雌雄双杰!"

……

这似乎已经胜利在握了,但是,很难说就没有变数。在这节骨眼上,王芳竟然又来找事。这个可恶的女人!笔记本电脑已证明是白花了冤枉钱,她还要怎么样?——得寸进尺,陈易脑子里突然跳出了这个词。她太危险了!这是一个隐患。陈易慢慢伸出手,用力在烟缸上把烟头掐灭,拨通了张颖的手机。

这是张颖和王芳的第二次会面。这一次,她们换了一个地方。在公共场所见面是安全的,但是不可重复,重复就意味着规律,而规律往往就是破绽。她们换了一家新开张的茶楼。

王芳赶到时,张颖刚刚落座。两人的装束竟很类似,白色长裙,肩上都背一个小坤包。王芳点点头,在对面坐下了。

这是个小包间,二楼,很雅致,落地窗里影映着变幻的树影。王芳看着张颖道:"你怎么了,脸色不好。是太忙了吧?"不等张颖回答,她又说,"你们忙出什么结果了?"

她实在过于迫不及待了。张颖还没答话,服务小姐敲门进来了。"我要一壶龙井,"张颖问,"你呢?"

王芳道:"我加个杯就行。"等小姐进来把茶分别斟好,出去了,她接着道:"你们怎么样?成了吗?"

"到目前为止,还没有结果。"张颖道,"也许我们做了无用功。"

"是吗?我知道你就会这么说。那笔记本电脑呢,也没有你们要的东西吗?"

"真的没有。"

"鬼才相信!"王芳讥诮地说道,"那你今天约我来,就是要告诉我这个?"

"是的。我不能吹牛说大功告成了。吹牛是要兑现的。"

"可你还是得兑现。"王芳坚决地说,"笔记本电脑我们算是银货两讫,但我完成了我的工作,你就应该兑现。"她说的是换键盘。

张颖为难地道:"我会兑现。但只能部分兑现。"她从包里拿出一叠钱,推了过去。王芳捏着杯子,端坐不动,问:"这是多少?"

"五万。"

王芳笑笑。"我记得应该是三倍。"她把钱推了回去,"这点钱算我现在付给你,咨询费——你帮我出个主意。"

"什么?"张颖明显吃了一惊,她掩饰地给王芳斟满杯子,问,"出什么主意?"

"哈,你真的很健忘啊!你不但忘了我们以前的约定,连我中午电话里说的话都忘记了。"

"是吗？"

"我中午对你说，我可能要自己努力了，但究竟怎么努力，我还没想好。我现在请你帮我想。"王芳咄咄逼人，她指指那叠钱道，"这是报酬。你说，我应该怎么努力？"

张颖的脸色更难看了，刚来时是苍白，现在是惨白。她皱着眉头道："我觉得，你应该努力耐住性子，再等一等。等有了结果，我会向上面争取。就你做的事，目前先拿这么多，也不算少。"

"你们真小气！我请你出个主意，还肯出这么多哩！"她嗤笑着指着那一叠钱道，"努力耐住性子，这是个馊主意，你再想想。"

张颖喝着茶，不说话。王芳斜睨着她道："也许，我该去找一个人。"

"谁？"

"周长。"王芳侃侃道，"我去找他，有两种可能，一种是把这点钱拿给他，买他的成果——你说他肯不肯？另一种是我洗手不干了，向他认错，告诉他，键盘是我搞坏的。我是被别人收买的，这笔钱就算赔偿他的键盘——这大概物超所值了，一定能成交。对吗？"

张颖的脸上青白不定。疯了，这女人疯了。果然不出陈易所料。张颖紧紧握着杯子，刚要说话，桌子上的手机响了。王芳拿起手机看了看，"喂，是我。"她朝张颖看了一眼，走出了包间。

张颖飞快地用裙角包住双手，拿起王芳的小包，紧走两步，贴近了包间的门。王芳正在说话。张颖刷地拉开拉链，稍一打量，拿出一个瓶子。瓶子里是"艳丽宝"胶囊——上一次会面她看见她吃过。张颖回身端起桌上的茶，小心地倒进去一点，然后，她把一粒一模一样的胶囊扔了进去。

王芳和孟达通完话进来，张颖正用餐巾纸擦着自己的裙角，"水洒上去了。"她尴尬地解释道，"你就不能容我再想想办法吗？"

"那我就再等两天吧。我就不信你们就那么笨。我只相信你们是小气。"她微笑着道，"送你们一句话：小气干不成大事的哦。"

张颖诚恳地点头。心里说："贪心更要坏大事，可惜你不知道。"

仿佛为了印证她的话，临走时，王芳主动把那五万块钱塞进了自己包里。钱和胶囊摆在同一个包里，一个是她行为的动力，另一个是她行为的终点。

王芳回家时，女儿已经睡觉了。这个时候，身在上海的祈天辗转难眠。他感到巨大的危险正在他周围迂回梭巡。但他没想到，真正的灾难正在向他家里迫近。女儿睡得很香甜。因为第二天不用上学，她赖在床上不起来。王芳也是身心疲惫，她竟比女儿起得还晚。女儿肚子饿了，自己热了牛奶，吃了几块面包，无聊地在家里东玩西摸。不知怎么的,她看见王芳的小包,心念一动,悄悄翻起了里面的东西。那瓶子她早就有兴趣了,妈妈曾经说是吃了美容的,还抗疲劳。她学习也真有点疲劳哩。她打开瓶子,手一抖,一粒胶囊落在她手心。

张颖倒进去的那一点茶水把其他胶囊粘在瓶底,这使得最先被倒出来的只能是这一粒。这保证了毒药在第一时间里被吃掉。至于胶囊粘在里面,那是受了潮,谁都不会疑心的。女儿打量着胶囊,偷偷看看紧闭的卧室门,一仰脖子,把胶囊塞进了嘴里。

胶囊沾了口水很黏。她端起桌子上剩下的牛奶,冲了下去。

几分钟后,她抓着脖子叫了起来。她踉踉跄跄地走到卧室门口,拍着门喊道:"妈妈!妈妈!"

她的小脸都歪了。

因为几乎一夜无眠,祈天反倒起迟了。他拉开窗户,无数的摩天楼展现在他眼前。浩荡的长风穿行在楼群里,扑在他脸上。这是个巨大的城市,在这里,他只是一粒无人注意的尘埃。做个尘埃真好。想到很快就要回去了,他顿时有些畏闪。他下楼吃了早饭,见时间还早,又到房间躺了一会儿。

返程票是买好了的,他无法提前。11点了,他收拾了简单的行装,退了房,往火车站赶去。

突然又想起女儿来了。那一张鲜花般的笑脸!她在做作业,你走过去,蹑手蹑脚,她还是察觉了,她突然回头,并不看你,做一个鬼脸……祈天脸上漾出了笑意。在石城,在他的目的地,只有女儿才是他唯一的牵挂。他上了火车,掏出手机,拨通了家里的电话。

没人接。

这是周六。女儿应该在家的。难道,王芳带她出去了?祈天心里隐约感到不安。这种不安没有来由,却立即扩大,涨潮般涌动起来。他竟有些慌神了。他拨着王芳的手机,号码没拨完却又取消了。他不愿意和她说话。反正,两个小时后也就到了。

车过常州,路程已经过半。祈天的手机突然响了。是王芳的号码。他刚一接通手机,里面传出的竟是哭声!

祈天的心陡然往下一沉,"你说,什么事?!"他说着,起身离座,快步往车厢顶端走去。厕所正好没人,他钻了进去。手机里传出的依然是哭声。火车咣啷啷地响着,车身一甩,他一下子贴到墙上。他几乎已经预想到了可怕的结果。王芳哭着说:"你快回来,到第一医院。女儿出事了!"

"怎么了?!你说!"

"就怪你!你为什么要出差?!"

祈天眼前一黑,几乎瘫下去。他无力地呻吟道:"你告诉我,她究竟怎么了?"

手机里"吧嗒"一声,挂断了。祈天怔怔地站着,立即又醒悟过来,往她那边拨。但拨不通:"你所拨打的手机暂时无法接通,请稍后再拨。"他发疯似的不断地按重复键,一直不通。永远不通。火车抽动了一下，渐渐减了速，镇江到了。

站台上永远都是站台的情景。一个小男孩挣脱了他母亲的手，扬着膀子朝一个接站的男人跑去。那男人也张开了双臂。他们在靠近，像两只飞翔的鸟。厕所的门咣咣响起来，列车员在外面喊："你出来！停车时间不能用厕所！"祈天不理会。他摸摸自己的脸，才知道自己流了泪。

火车停了三分钟，就像三年那么长。火车再次启动时，他已经坐到了自己的座位上。他表情呆滞，像个傻子，唯一会做的，就是继续拨那个再也无法拨通的号码。

医院的那一幕刀子一样刻在祈天的心上。女儿躺在病床上，表情很痛苦。她那么长，像个大人。她站起来已经跟他差不多高，可她永远不会再站起来了！他的心被割碎了，七零八落，全散了。女儿死了。他没有女儿了。他什么都没有了！他扑上去抱住女儿，发出狼嗥一样的哭声。

不知道是谁在身后拉他。他木然站起，泪眼里一切都模糊着。"这是怎么了？这是怎么了啊？！"他捶着床，冲那些人影吼叫着。他看不清这些人，眼里却清晰地出现了王芳的面容。"你死到哪里去了？！你出来！"他紧握双拳，叫喊道，"你搞的什么鬼！"

他的肩膀被拍了一下。"老祈，你冷静。"他转过脸来，看清了，是李天羽。"你问的是不是你妻子？"

祈天没有答话。当然是她。在火车上他接到她的电话,到现在也没见她的影子。女儿不是她毒死的,也是她害死的——绝对是她惹的祸!祈天几乎立即得出了结论。李天羽扯扯他道:"你先别急。我有几句话问你。"

他们一前一后穿过护士值班室,走进了医生办公室。李天羽点点头,女医生知趣地让出去了。祈天颓然坐到椅子上。他满腔悲愤,什么也想不成。

"你老婆,是叫王芳吧?——你知道她到哪儿去了?"

"我不知道。"

"是谁通知你……出事了?"

"就是她。"祈天反问,"你们也是她叫来的?"

"不是。是医院报的案。"李天羽肯定地说,"这不是一般的中毒,是谋杀!——你同意这个判断吗?"李天羽目光炯炯地注视着祈天。

"我不知道。可谁会对我女儿下手?!"祈天霍地站起来,椅子被他撞得嘎一声,差点倒掉。他的眼泪又流了下来,"你说啊!"

"我得告诉你,是你妻子把人送来的,人送来时已经……没有生命征象。你妻子在我们赶到前离开了医院。我觉得很奇怪。你似乎也来得太迟了一些。"李天羽话锋一转道,"事发时你在哪里?你到哪里去了?"

"你怀疑我?"祈天立即从口袋里掏出车票递过去,"我出差了!这还有住宿发票。我会杀死我自己的女儿?!"

第二十章

"这是必要的程序,你应该理解。"李天羽接过去看看,又还给他,"你当然不可能杀害自己女儿,那么,你妻子也不可能杀她——可她又为什么突然失踪了?"李天羽轻轻敲着桌子道,"这完全违背常理。你知道这是什么原因吗?"

"我不知道。"

"她可能会到哪里?"

祈天摇头。

"她会因为想不开,自杀吗?"

"不可能!"祈天激动起来,"她不是这种人!"

"那她是哪种人?"李天羽逼问道,"她最近有什么异常?"见祈天不回答,他又说,"知妻莫若夫,你得好好想想。"

祈天双手抓着凌乱的头发,呻吟道:"不会是她。不会是她干的。"

"那你说是谁?"李天羽再逼一步,"她出过国,她的签证还有效吗?"

"我不知道。"祈天略显尴尬地道,"我真的不知道。她没有告诉我。"

"你不是外人,我们算是老朋友了。我实话实说,她很可疑。我们会立即寻找她的下落。另外,我们要到你家里去看看。"

祈天目光呆滞:"随你们吧。"

李天羽拿起手机,拨了个号码道:"是我。立即布置,通知各出境关口,阻止一个叫王芳的女人出境。三十多岁,高个。有什么情况立即通知我!"

祈天打开家门,看了李天羽一眼,主动站在了门外。他是内行,知道勘查现场的规矩。李天羽和朱绛套上鞋套,拎着工作包,小心翼翼地走进了家门。

屋子里很凌乱。厅中间有一个旅行包,开着,是王芳回国时带来的,有一些东西显然被拿走了。祈天一眼就断定,王芳送女儿去医院后又回来过。空气里有一股酸味,在门外都能闻到。果然,李天羽在卧室门口蹲下了。

那是一摊呕吐物。朱绛开始取样。祈天看着地上,无力地倚在门框上。有邻居挤过来看热闹。李天羽走到厨房,找了两个塑料袋递给祈天,示意他套上鞋道:"你也进来吧。"把门关上了。

祈天泪眼模糊。女儿被子还没有叠,王芳睡觉的被子也乱着。餐桌上有一包打开的饼干,一个空杯子,显然盛过牛奶。李天羽小心地拿起来,对着光看看,装进了塑料袋。祈天像失了魂,突然,他快步走到卧室的写字台那里,拉开抽屉翻了一下,回头道:"她走了。她跑了!"他对着李天羽疑问的眼光道,"钱少了。她拿了钱跑了。"

"多少钱?"

"两千多。"

"你再找找,她有没有留点什么,譬如,纸条,信?"

祈天四下看了一圈。"没有。"他无力地指着地上的旅行包道,

"这还不够吗？她肯定跑了。她该枪毙！"他捂着脸，已不敢再在这家里多看一眼。到处都是女儿的东西，到处都是她的气息。女儿再也回不来了！他呜呜地哭起来。

朱绛皱了皱眉头。这时，李天羽的手机响了。"什么？她已经出境？！嘿！我们还是慢了！"他放下手机道："她真快啊。"

很奇怪的，祈天竟轻轻舒了一口气。他似乎是希望她能顺利逃脱——这连他自己都难以理解。事实上，他此刻满心怨毒，恨不得杀了她。但他希望的，是她死在别人手上，或者，索性是那飞机掉下来。说到底，他是不希望再见到她。不要正面面对。永远不要面对。

他心念闪动，脸上却看不出。但至少，他没有出现李天羽预料的表情，李天羽问道："你认为她是畏罪潜逃吗？"

"我不知道。"

"那你觉得她的出走是计划好的，还是意外？"

"我怎么知道？！"

"我不认为她会杀死自己的女儿。也许——"李天羽斟酌着用词，顿住了。他要说的是：也许，她要杀的是别的人，或者就是你——突然，他的目光在地上定住了。几乎是同时，朱绛也注意到了那里。那是一粒胶囊，因为被桌子腿挡着，此前他们没有看到。一只戴着手套的手伸过去，一把镊子，轻轻地夹了起来。

这是一粒艳丽宝胶囊，上面有字。李天羽问："这是你妻子吃的东西吗？"

"好像是的。"祈天到卧室找来两个空瓶子道,"她一直吃。"

朱绛把瓶子接过去,放进了塑料袋里。李天羽道:"你不要介意——你们的夫妻关系怎么样?"

"正常吧。"

李天羽沉吟道:"你从来不吃这个东西吧?"

"这是女人吃的。我碰都不碰。"

"奇怪。"李天羽对着光盯着手里的胶囊。他突然注意到,它表面并不光滑,似乎被水沾过。他立即趴在地上,仔细察看着桌腿那里。地上很干,没有水。他站起来,苦笑道:"我暂时还想不明白。"

王芳真可称得上胆大心细。慌乱中她没有忘记带走那瓶吃剩的胶囊——只有一粒掉到了地下。如此一来,李天羽就没有看到剩下的胶囊都粘在瓶底。到目前为止,他一点头绪也没有。

第二十一章

尸检结果，现场勘查报告，对祈天等人的问讯调查记录都摆在桌上，很清爽，但案件一开始就陷入了困境。

有四个基本事实：第一，受害人是被装入艳丽宝胶囊的氰化物毒死的；第二，受害人的母亲长期服用这种胶囊；第三，受害人的父亲不在毒杀现场——如果仅从这三个事实出发，祈天就有重大嫌疑，很可能是他杀妻不成却误杀了女儿。问题是，第四个事实更突出，不容忽视：受害人的母亲突然弃家逃离了。她一定是因为恐惧而逃离，那她恐惧的是什么？怕被拘捕？还是怕被第二次谋杀？

如果是怕被拘捕，那就是因为罪行败露。但是，她决不可能用胶囊来杀祈天，因为祈天自己决不可能主动去吃那个东西。如果是怕被再次谋害，那么，谁是那个凶手呢？

是祈天吗？

祈天具备在胶囊上做手脚的最佳条件。如果王芳被杀，他绝对难逃嫌疑。但有两个问题：一，他偷换胶囊后又离开石城，以造成不在现场的事实，但是，既然不是直接投毒，立即毙命，在不在现场又能说明什么？这岂不是欲盖弥彰，惹火烧身？——他可是当过警察的人！二，动机。他要杀妻，动机是什么？是什么原因，导致他非得要杀人呢？这种理由存在吗？

李天羽已经调查过王芳的工作单位。他知道了，王芳上次出国有正当理由，却属于滞留不归。这一次出国单位毫不知情。这里面是否有什么隐情呢？为此，他问过祈天。从他那里，没有得到任何有用的信息。

不由得又想起以前的那桩储蓄所抢劫案来了。祈天一直没有被排除嫌疑，但问题是，没有证据——存钱是合法的。现在，又出事了。看着祈天痛不欲生，丧魂落魄的样子，李天羽决定，不要再直接触痛他了，这对案件的侦破无益。他叮嘱祈天，如果想起什么，随时可以与警方联系。"如果王芳有电话来，你一定要告诉我们。你知道，我们需要她的联络方式。"但此后祈天并没有告诉他们王芳的任何消息。处理完女儿的丧事后，祈天又回去上班了。

祈天的视野里全是女儿的遗物。即使他逃到办公室，女儿活泼的身影也时刻跟随着他。他逃不掉。他呆坐着，突然肩头似乎被谁拍了一下，女儿一声娇叱："老爸，发什么呆！"回头看看，是窗帘，窗外的风掀动窗帘拍在他肩上。他的眼圈又红了。

整个世界都是女儿的遗物。她走了，再也不会回来了。赤子离去，剩下的是一个污浊的世界！几天来，他强撑着送走了女儿，他像个失了神的鬼，东奔西走，忙里忙外，他到底做了一些什么，自己也说不清。只记得女儿被推进火炉的那一刹那，他晕倒了，再醒来时，已经被扶到了车上。有一些人在陪他，他像是认不得。回到家里，别人慢慢都走了，他成了个孤魂野鬼。他没有未来，只剩下记忆。女儿出生时初为人父的惶恐，她牙牙学语，突然会走路的惊喜，第一天送她上幼儿园她拉着他衣角不让离开的小手，这一幕幕，就像在昨天。女儿的桌上，她的作业本还摊着，他不忍动，也不敢动，似乎不动它，女儿随时都可能回来，接着做。女儿的语文书里有一张卷子，他打开来，100 分，他笑着道：你好厉害哦，满分——还有数学呢？拿出来啊！女儿不情愿地翻开书包，拿出来了：92 分。也不错了，还得加油啊！女儿伸伸舌头，嗖地把卷子抢过去了。

祈天闭上了眼睛。他站不住了，一下子坐在女儿的床上。他的双手抚摩着柔软的毛巾被，渐渐地，他的双手抓紧了。死死地揪着，仿佛要把被子扯烂。他恨！仇恨让他暂时忘却了痛苦。

到底是谁，害死了他的女儿？！

他要杀了他！他要复仇！祈天站起来，困兽般在家里团团乱转。王芳留下的包被他踢到了墙角，零碎撒了一地。他不愿意再碰它。这个骚货！他想起了孟达，想起自己为了让他离开所做的冒险，想起了那时他的私处所受的罪。他隐约觉得，一切都是从那时开始的。那是厄运的起点。他们闯下滔天的祸事，逃之夭天了！

两个女人。冷雪凝香，张颖。这也是两个骚货！她们都疯了。他和她们都干过。一个是因为骚，在网上找人操！另一个是别有用心来找他干——他突然心里透亮。张颖绝对仅仅是为了那个科研项目才来找他的。这是唯一的理由！操一下就可以挣一大堆钱，所以她就来找操了！她比那条美容一条街的妓女要聪明啊，妓女是零售，小本生意，她是批发。哈哈！祈天狂笑起来。

乱了。他脑子又乱了。突然陷入了深深的后悔。如果他不到上海，不去操那么一下，女儿就不会死！这是绝对的！他守着女儿，她怎么会吃下那个东西？你说，你说啊！他对着自己吼了起来。

她逃了。不是她杀的，也是她杀的。祈天抬起腿，砰一声，朝墙角的旅行包踢去。你死吧！我要你去死！

他额上的血管突突直跳。他的心脏在颤抖。为什么所有的痛苦都要落到他头上？！为什么？！他呻吟一声，颓然坐在沙发上。他使劲抓着头，似乎要把头发揪光。突然，一个念头一闪，他的眼睛定住了。他看到了张颖。她朝暗处使着眼色，那冷雪凝香说：好，我们一起下手，弄死他老婆！张颖说：弄死他女儿也行啊！这骚男人，活该……

祈天腾一声站起来。他张大嘴，说不出话。会是这样吗？她们要把他弄成个光杆，好爽快地玩他？可能吗？祈天突然一阵眩晕，他晃了一下，砰地倒在沙发上。

半晌,他动了一下。他没有坐起来。脑子翻江倒海。房子里很静,静得像全死了。李天羽曾交代过他的,王芳打电话来,要通知他们。可她连一个电话都没有,难道飞机真掉下来了吗?掉下来倒好了!他永远不想再听到她的声音。他爬起来,摸出手机,迟疑一下。他突然想给张颖打个电话。他一拿起手机脑子突然就亮了——一定与她有关,张颖!

她脱不了干系。一定有什么事在暗中发生了。

他几乎就要把电话拨出去了,但是,他停住了指头。一团乱麻。他是当过警察的,他肯定自己的手机已被监控了。这个电话拨出去,事情就全乱了。那些烂事!他需要镇定。他需要时间来舔自己的伤口。他得冷静下来理一理自己。还得再想一想。真要是她干的,他决不放过她——但是,他其实没有证据。连质问她都无从开口。王芳可能知道真相,但他永远找不到她了。

他后悔。恨不得杀了自己。如果时光能够倒流,他决不会被张颖勾引,更不会有什么冷雪凝香。这是两个灾星!自己真是个骚男人!他恨不得把自己的那东西剁掉!一把拖出来,咔嚓一刀,一刀了结!

周长!

他突然想起周长来了。祈天记得,周长曾讥笑同事,说"解酒药"就是"后悔药",这世界上怎么可能有后悔药呢?完全是立项不当。——可这鸟人,他怎么又去研究艾滋病?!治艾滋病的药难道不是后悔药吗?干出绝症来又怕死了,所以就后悔了,吃了药治好，接着干。他也脱不了干系！

祈天的世界里只有仇恨。所有的人都杀！他整夜地失眠。他从床上爬起来，找出一板安眠药，也不知道失效了没有，一个一个地挤出来，一口全吃了。他想到了死。可惜的是，药只剩下八粒，如果再多一点，肯定一次足量。可他连到外面买药的劲头都没有了。

八粒，或许也够了吧。

如果他就此不再醒来，那一了百了。如果他还能够醒过来，那就是说，他还得活。还有事情要他去做。

他当然死不了。因为他的心还没死。他睡了十几个小时，突然被惊醒了。有人在敲门。是谁？他迷迷糊糊地应一声，爬了起来。

他打开门，朱绛站在门口。"嘿，老祈。我来看看你。"

"谢谢。我没事。"祈天把他让进来。一股新鲜空气被带进来了。这时祈天才感到，屋子里的味道可真不好。他看看窗外，太阳已经偏西了。他苦笑了一下。

"我们打过好几次电话，你都没接。"

"有什么线索吗？"

"还没有。"

"我没事的。"祈天知道，他们一直在关注自己，顿时很不快。"你们别把精力花在我身上。"又加一句，"王芳打电话我会告诉你们的。"

朱绛被他堵得一愣,尴尬地笑笑说:"我们那两下子你都知道。请你帮忙了。"

"你还没吃饭吧?"祈天道,"我要去吃点东西了。"

他这是在逐客。朱绛只得走了。

祈天关上门,把家里的窗户全打开了。窗玻璃上的反光像着了火一样,因为门窗一直紧闭,死屋一样的家现在才有了一点生气。远处,天鸡寺的钟声悠悠地传了过来,钟声不大,舒缓悠扬,却别具一种力量,直震到人心里。祈天用手理了理头发,出门了。

黄昏的街上永远是那一幅景象。回家的人们行色匆匆,汽车鸣着喇叭在拥挤的道路上爬行。路面上热气蒸腾。几个小店老板围着一张小桌子下棋,棋子擂得啪啪响。一个十来岁的小男孩从店里跑出来,挤在边上看。看了一会儿,他插话道:"应该跳马!"那下棋的大概正被将得苦,哈地笑道:"你会下?你来啊。"小男孩摇头,回头看看店里。他爸爸出来了,远远地喊:"走了!回家吃饭。"小男孩乖乖地跟着走了。他悄悄对他爸爸说:"这人不行。就是该跳马嘛。"

祈天看得痴了。一阵酸楚。这世界并不因为少了个小女孩就发生任何改变。只有他成了一个孤单的野鬼。他在一家小店了吃了一碗面,抹抹额头的汗,又上了街。他原本打算到天鸡寺去的,不知怎么的,突然有些畏惧。他迟疑一下,拐上了一条小街。

突然,他像忘记了什么似的,挠着头,站在了一辆停在路边的汽车边。反光镜里,没有异样。他用眼睛的余光扫视着街上,没有看见盯梢的人。他掏出面巾纸擦擦汗,又往前走了。

去找张颖是一个突然的想法。他不能给她打电话,那可能会惹来无穷的麻烦,但他必须来看一看。她租住的房子在四楼,他一站到门口,就愣住了。门上贴着一张纸条:此房出租。有意者和对门联系。

张颖走了。她也失踪了!

祈天不想惊动对门,悄悄下了楼,走了。

五分钟后,朱绛也站到了门口。他仔细打量着那张纸条,正要敲对面的门,门却突然打开了。一个老太摘下老花镜问:"你租房子吗?"

"哦……是的。现在就空着吗?"

"对啊。你要不要看看?"

"好。劳驾你了。"

老太太回去取了钥匙,打开了门。房子里很干净,一点霉味都没有。朱绛问:"你这房子是才空的吧?"

"是啊。昨天人家才搬走。我这房子好租得很。八百块,价钱也不贵。"

朱绛掏出两张照片道:"对不起,大妈,你认识这个人吗?"

那是王芳的照片。老太太疑惑地看看他,戴上老花镜看一眼照片道:"不认识。不是她租的房子。租房子的女人比她漂亮——

你是？"

"我是公安局的。"

"不对吧。你是她老公对不对？这种事情我见得多了！"她理直气壮地道，"我的房子不租给二奶，住进来我也叫她走人！"

"哦。"朱绛又指着另一张照片道："你见过这个人吗？"

这是祈天的照片。"人还蛮周正的嘛。"老太太道，"不是个好东西！"

朱绛眼睛一亮："你见过他？"

"没有啊。我怎么会见过这个人？"老太太反问，"他是你老婆的相好？"

"嗯……嘿！"朱绛算是承认了。他要不承认话就更多了。他问："你租房子要签合同的吧？"他想看看合同，或许会有有价值的信息。但是老太太说："签什么合同啊——你到底租不租？"朱绛抱歉地笑笑，辞别了老太，在她同情而又疑惑的目光中离开了。

本来有两种推测。其一：王芳有了外遇，她租住在外面，被祈天察觉。他来追踪；其二：祈天自己有了女人，养了个外室。这第二种情况更为可能——因为婚外情，他下手杀妻，却误杀了女儿。但是，一看到门上的纸条朱绛就知道推测不成立。显然，祈天并不知道这里已经人去房空。更重要的是，房主既不认识王芳，也没有见过祈天。

可是，祈天又为什么要到这里来呢？他要找的人是谁？朱绛

天知道

决定立即向李天羽汇报，着重调查那个租过房子又突然消失的女人。

因为祈天在这个黄昏的行踪，案件突然呈现出了强烈的玫瑰色。这其实离事实真相相去甚远，但却准确地指向了真凶。李天羽他们外松内紧，立即着手加紧工作。其中最有希望的是：检查那套出租房，继续监控祈天和他的电话。

检查那套房子并不顺利。才过了一天，房子就被租出去了。一男一女两个房客。那房主一看到朱绛就愣了。"你真是公安局的啊。"她显然想起了自己昨天说的话，连忙解释道，"人家是夫妻。"一听是公安局的，那一男一女顿时显得紧张，这就不像是合法夫妻了，但李天羽不管这个。问题是，屋子里已经搬来了不少新家当，到处都乱了。他们只得耐住性子，一点一点地搜寻。屋子已经被房主和新房客先后打扫过，什么都找不到。连一张纸片都没有。最后，他们只得在不易擦拭到的地方提取了几枚指纹，还不知道是哪一任房客留下的。李天羽沉着脸，叫房主和两个房客留下各自的指纹，自己蹲下来，伸出指头在地上划动。然后，他抬起了手。

一根头发。长头发，栗色的。他抬眼看看那女房客的短发，把头发收进了夹子。他断定，这是"那个"女人的。

那女房客被李天羽看得发毛。突然叫起来，"这屋子死过人！我不住了！"

所有人都被吓了一跳。她声音凄厉，像有人要杀她。那老太结结巴巴地道："你胡说什么！你，你……"

"我走！"女人开始收拾东西。那男人朝老太伸出手道："房租退给我。"他手上打指纹的红印泥还没擦掉，红通通的像是杀人凶手。老太吓得直往后躲，转身朝李天羽道："你们惹的事，我不管了！"她拉开门，一闪身，跑进自己家去了。砰！门关上了。她捷如灵猫，简直全不像个老太。

朱绛没想到还有这一出。他看看李天羽。李天羽道："我郑重告诉你们，这里没有什么凶杀案。你们如果不相信，可以在周围再打听。这种事是瞒不住的。"

那男的问："那你们来做什么？"

"这不关你的事。"李天羽沉吟道，"你也不想想，如果这里发生过凶案，我们还会让你们住吗？——我们走。"他和朱绛出了门，下楼走了。

他们找到了一根头发。但这根头发此时并不长在哪个女人的头皮上，他不可能扯一下就把她拉出来——他们此行，一无所获。

与此同时，对祈天的监控并没有放松。但他很正常，除了上班，他几乎闭门不出。他的电话和手机也没有异动。他没有主动拨出一个电话；接过几个电话，也是亲朋来安慰他的。十天过去了，案件毫无进展。李天羽苦恼到极点。朱绛明显已经松下来了，但李天羽提醒他，还是先别松。多年的经验证明，松下来的案子其结果都是不了了之,除非在今后的某一天,那个凶手因为别的案子被抓住——他不相信自己能有这样的运气。他还不想放弃。

剩下的办法就是从祈天身上打开缺口。他是受害者,本该同仇敌忾,但祈天一直保持沉默。就像他一直没有主动打出一个电话一样,他没有主动说出一句与案子有关的话,更不用说提供线索。每一次找他,都是以他的催促结束:"你们有眉目没有?"他咬牙切齿地道,"你们不能放过他!"

"你说的这个'他',是男人还是女人?"有一次,李天羽突然问出一句。

祈天一愣:"我怎么知道?!"他霍地站起道,"我早就不干警察了!你才吃这碗饭!"

李天羽并不动气,笑一笑,又问:"你三天前到紫竹苑18号,有什么事吗?"

祈天怔住了。"你们跟踪我?"他冷笑起来,"你们看来一点长进都没有,还是我知道的那一套。你们用错劲了。"

"不是跟踪,我们是保护你。"

"我不需要保护。既然你问,我就告诉你。我去租房子。"

"租房子?"

"对。我那个家还能住吗?!到处都是我女儿的东西!"他一屁股坐下来,捂着脸喘起了粗气。李天羽还要说什么,祈天自己开口了:"我看到街上贴的广告,就去了。后来又没要。"

李天羽不说话,看着他。祈天道:"这地方离我家太近了。

要租我还得更远一点。我恨不得住到月球上去你知道吗?"

更多的时候,祈天基本不开口。李天羽不得不承认,他的状态是合理的。一个突然失去女儿的人,妻子又同时失踪,他不被打懵才奇怪。

但李天羽总觉得,祈天的身上别有隐情。即使他真的不知情,但决不可能对身边的罪恶毫无察觉——罪行在发作前怎么会毫无征兆?可他为什么不配合警方破案呢?通常的情况是,受害人家属不依不饶,催促破案,身边的几乎每个人都被怀疑和指责,除了他自己。祈天,他有什么难言之隐呢?

除了继续观察,等待某种契机或者说运气,难道就真的束手无策了?

不!李天羽想:我不能就此罢手。

第二十二章

张颖的突然消失,让祈天措手不及。他原本还只是怀疑,现在他几乎确信,那暗中的黑手就是她。女儿一死,两个女人都闻风而逃,唯一的可能,就是与女儿没有血缘的女人下的手!王芳是死里逃生,张颖是畏罪潜逃。

具体的细节他还不能确知,但祈天相信,一定与周长的研究有关。这是三个魔鬼,他们合谋害死了我的女儿!

到那套出租屋前,他并没有想好要怎么对待张颖,那时他没有一点证据。他一定会质问她,她当然矢口否认,说不定还巧舌如簧地来安慰他。但现在不一样了,他明白了,他恨不得一把抓住她,掐住她的脖子,骂得她狗血淋头,掐到她咽气。

然而他找不到她。她蒸发了。唯一的办法就是给她打电话。祈天料定她不会再接她熟悉的号码了,为了防备警察的监控,他也不应该用自己的电话。他找了个公用电话,拨出了张颖的手机号码。

"你所拨打的手机已停机。"

祈天稍等片刻，再拨一次。还是一样。她这是彻底地消失了。

祈天不动声色，警惕地注意着周围。他继续在电话上拨出一串号码，不等对方接听，就挂上电话走了。这个后拨的电话盖掉了张颖的手机号码。至少，下一个接触这部电话的人看不出。虽然他并未发现有人跟踪，但他必须谨慎。他渴望复仇，但他绝不能让警方介入。拔出萝卜扯出泥，张颖，王芳，孟达，最后的结果，必然是扯到他自己身上。

如果没有储蓄所的事情该多好啊！祈天后悔过很多次，这次的后悔才是彻骨锥心的。为了维护这个家庭，他付出了巨大的代价，可是，家还是塌了！彻底地坍塌了！家破人亡！他要复仇，但他自己缚住了自己的手脚。

祈天刚走不久，一个民工模样的人走向了电话亭。他刚要进去，一个小伙子抢步上前，一把挡住了他。"对不起。我有急事。"那民工一愣神，他已经钻进去了。

那民工道："谁没急事啊？你横什么横？"那民工嘴里说着，毕竟老实，还是在外面等着。可那小伙子摸着电话却又不打，直朝上面看，还拿个笔往手上记。那民工奇怪了，以为有什么好东西。正要往里面挤，小伙子已经出来了。民工急忙钻进去，电话也不打了，围着电话机左右打量了好半天。他什么也看不出，再要打电话时，连自己要打的号码都差点忘掉。要不是他提前把号码记在手上，他电话都打不成了。

那小伙子正是朱绛。他在街头拨通了李天羽的手机。李天羽指示他，立即去检查这部电话十分钟内所有的拨出电话。

一连串的话单打出来了，摆在了李天羽的面前。他拿着话单，和此前调出的祈天手机和家里座机的话单一一比对。几个可疑的号码被圈出来了。最可疑的是张颖的号码——他当然不知道机主的名字，但这个号码祈天刚刚在公用电话上拨过。祈天最后又拨出过一个空号，这说明他显然在刻意逃避注意。

似乎见到一丝曙光了！

然而接下来的调查却令人沮丧：这个号码不但已经停机，而且，是用假身份证登记的！

朱绛一屁股坐在椅子上，恨恨地说："完了。线索又断了！"

"不。"李天羽镇定地道，"没有完。我们还是应该顺藤摸瓜。"

朱绛皱着眉头道："我们只能调查这部手机停机前的通话记录。"他抓起身边的摩托头盔，跑了出去。

大约半小时后，李天羽的面前又出现了一条话单，上面所有的号码都那么熟悉！这太令人兴奋了。那上面的号码，几乎全与祈天有关。他的手机，研究所办公室，家，还有一个看起来略微面生，稍稍一想也就认识了：是祈天妻子的电话！

这绝对是异乎寻常的！李天羽简直要叫起来。他抓住了要害！这部手机的主人，是祈天熟悉的人；与他的家庭有关；极有可能与谋杀案有牵连——即使他不是凶手——但是，怎么才能找到他呢？他显然老谋深算，否则，没有哪一个人的手机，上面只

第二十二章

出现和一个人有关的号码。这是绝对的!

案件明朗了,却也复杂了。天气很热。李天羽擦着头上的汗,喃喃地道:"你别急。我还得再想想。你让我再想想。"

朱绛不吱声,怕打断他的思路。

李天羽再次遇到了困难。因为他从这里,找不到这部手机与其他人的丝毫联系:张颖在和陈易及周长联络时,用的是另外的手机。

李天羽的脑子里,案件逐渐现出了它的轮廓。这个神秘的机主——他认为是个女人——和祈天发生了婚外情,所以她和祈天一度联系频繁,后来,她也和王芳联系过,这是两个女人的较量,事实上,她失败了。于是她陷入疯狂,决意谋杀王芳。但她的计划出了差错,最终被杀的是祈天的女儿……这是一桩情杀案。只有隐秘的婚外情才可以解释那部手机上号码的单纯。暂时,只有这样的解释才合乎逻辑。

但现在机主失踪了,王芳也跑出了国。祈天也许心知肚明,但他在躲闪。除了继续观察,暂时还没有什么有力的措施——李天羽突然眼睛一亮:祈天,这到底是个什么样的人呢?他应该是个正常的,平常的,肯定还是个有头脑的男人,但是,在他的周围,一直发生着一系列不平常的事件。储蓄所的案子至今没有结案,如果说这个案子还只是与他若即若离,没有铁证,那他女儿被杀,如此塌天大灾,他又为什么行为诡秘呢?这一切,难道仅仅是巧合?

反过来说，一切也是合理的：达江储蓄所的事真的与他无关，他只是个储户；女儿被杀，因为涉及私情，他不愿意暴露，这也是人之常情。但是，为什么案子一扯到他，他李天羽就要束手无策？！这是为什么？这岂不是冤家路窄？

李天羽呼呼喘着粗气，好不容易才平静下来。"你给我盯死他！"

"谁？"

"祈天。"李天羽呼着指着窗外道，"没有我的命令，你不要撤。"

祈天的日子仿佛是停滞了。他停留在他的记忆里。他表情呆滞地上班，下了班在街上简单吃点东西就回家，很少再出来。他家里刚出事那几天，同事们还来安慰他，闪烁其词地打听一点秘闻，后来也就不再多嘴了。他的伤口几乎就摆在他脸上，别人也不忍心再去拨弄。

每天清晨，祈天都能听到天鸡寺的钟声。钟声悠扬，直入人心，以前他怎么就没有注意呢？都说是"暮鼓晨钟"，他似乎从没有听到过黄昏的鼓声。杭州的西湖有一景，叫什么"南屏晚钟"，莫不是傍晚寺庙里敲的也是钟声……祈天在心里乱想着，突然想起那个面相庄重的老和尚了。他曾经说过的：我们算是老相识了。他是出家人，方外之人，在他眼里，大概人世就是苦海，否则他怎么会出家？他知道他的"老相识"遭到了灭顶之灾吗？

死寂荒凉的家里，实在待不下去。再这么闷着他几乎要疯了。祈天出了门，慢慢朝天鸡寺走去。生机勃勃的街道上，行人如织，他的脸上渐渐显出了一丝生气。

这地方祈天已经很熟悉了。他自己曾来过几次，去年的新年，他还曾带王芳和女儿到这里来撞钟祈福。现在殿堂钟亭依然在，但已物是人非，祈天的眼中突然噙满了泪水。他四处打量着，缓步穿过广场。他经过大雄宝殿，诵经堂，沿着一条回廊，走到了藏经阁。他站住了。

一个小和尚正拿扫帚扫着地上的落叶。看见他，愣了一下道："施主，你……"他看了看藏经阁门前的小牌子，上面写着"谢绝参观"。祈天道："方丈在吗？我，我是他的老相识。"

小和尚看来很老实，大概想起了"出家人不打诳语"这句话，下意识地朝里面看了一眼。祈天踏上台阶，一智已经迎了出来。他立掌于胸，微笑着，身子一侧，把祈天让了进去。

藏经阁很大，暗淡清凉。一智正在门里的外间写字，桌上纸笔整然。祈天道："方丈，打搅了。"

一智含笑道："不妨。"

祈天看见，一智正在抄着的是《金刚经》。他苦笑道："大师，你们真是逍遥。诵经念佛，不问人间之事，好不自在，肯定个个长命百岁。"他突然一股无明火起，颤声道，"我是无事不登三宝殿——我遭灾了！"

"阿弥陀佛。"一智低下了头，道，"我也有所闻。"

"什么？你听说了？"

"老衲身居禅房，并不闭目塞听。我从报纸上看到这桩事，大略猜到就是你。"

"我并不是坏人，我只想安安稳稳地过日子，为什么遭难的总是我？！难道我也要来当和尚，才能长保平安吗？"

"施主请坐。"一智手一引道，"施主，凡所有相，皆是虚妄，这是对方外之人而言，其实谈何容易。你的痛苦，我能理解。"

祈天盯着他，道："你们反正无父无子，无妻无家，早早地先丢了，有先见之明——你也能理解？"

"善哉善哉！"一智缓缓道，"不惊不怖不畏，当知是人，甚为稀有。稀有就是难能可贵，有时就是做不到！所以我理解你。老和尚虽不茹荤腥，也食五谷杂粮。"

"我真的很苦，求大师指点迷津。"

"施主言重了。"一智指指桌上摊着的《金刚经》道，"经有云：如来所说法，皆不可取，不可说，非法，非非法——如来说的法，都不可固持，何况我呢？但经又有云：一切众生之类，若卵生，若胎生，若湿生，我皆令入涅槃。意思是，生亦何喜，死亦何忧？令女离世，对她而言，又焉知她就不快乐？"

祈天一怔。一智道："对你而言，抱元守一，应天顺变，心不妄念，身不妄行，自会苦尽甘来。"

他这又说到"妄"了。祈天悲愤交集。自从上次来测过字，他应该说基本上做到了惕惕自守。他是到上海去过一趟，但至少，他没有和那些觊觎周长成果的人同流合污。为什么那些贪婪妄为的人全都安然无事，反倒是他祈天罹此大难？这是为什么？！

"叫我不要'妄'，这就是你们说的'苦海慈航'了？"祈天指着墙上的匾额道，"你还是老一套！"

一智眼中精光一闪道："说到'妄'，我前次是说过的。"他走到桌边，提笔濡墨，写下了一个大大的"妄"字道，"你来看。"一智后撤一步，让在一边。祈天疑惑地凑过去。

一个"妄"字，笔墨饱满。但是有毛病。上下两个部分分得太开了，显得十分稚拙，还没有女儿写得好。正恍惚间，突然，他的心里轰了一下！陡然间被强大的力量击中了！

"'妄'为上下两部。'妄'即'亡女'！这是佛祖的警示，不可谓言之不预也！"

一智声音低沉，却中气十足，似乎正运狮吼之功，给祈天以当头棒喝。

祈天脑中电闪雷鸣，他的心如一叶扁舟，在风雨中飘摇。他木偶似的转过头，眼里射出仇恨的火，切齿道："是你？难道是你干的？！"

一智并不辩白，缓缓道："这'妄'字既是因，也是果。你再看看，或许还是谜底。"他指着字道，"亡女既可理解成失去女儿，又为什么不可理解成有女逃亡呢？我听说，你妻子走了。她为什么走？"

祈天不答。他说不出话。疑到一智是没有道理的。但是，他为什么不早说？！为什么不早点提醒我？他如果真的早已了然于胸，就该早说出来，这才是普度众生——事后诸葛亮，这算是什么玩意儿？！不过是故弄玄虚罢了！祈天眼里的仇恨变成了讥讽，他暴躁起来，喊道："那你说，我该怎么办？什么叫'妄'，什么又叫不'妄'？你说啊！"

一智诚恳地道："人处于欲海之中，当以普度众生为念。假舟楫者，非能水也，而绝江河。慈乃渡劫之舟啊。"他双手合十，扬起一双苍眉继续道，"祈施主，你得节哀顺变，安守本分。万物相生相克，恶人自有恶人磨。你的工作就很重要。"

祈天心中一震。他听见一智又道："你的那个同事，是姓周吧？据我所知，他的工作即是普度众生之举。祈科长，你明白吗？"

一智说话一贯旁敲侧击，却突然触及了现实，祈天不由得愣了神。他几乎反应不过来。他木然地朝一智点点头说："打搅你了。"走出了藏经阁。

他摆脱不了那个字，"妄"。它深深地刻在了他脑子里。"妄"就是乱，但他的脑子却全乱了。

已经没有什么可以让他留恋了，祈天恨这个世界。放眼望去，这广阔的城市，纵横的街道，这滚滚红尘，笑语欢歌，因为女儿的离去，全都成了无边惨景。他恨！回首看去，一幕幕，一件件，哪一件不让他心力交瘁？到头来，还是个天崩地裂。

孟达的影子突然闪现了。他在黑暗中冷笑。冷笑的脸变了，一个女人，又一个女人，还是一个女人，王芳，张颖，冷雪凝香，她们一人戳来一刀，倏地消失了。祈天呆立在出寺的台阶上，眼睛直直的，像两口空洞的枯井。

手机响了。"未知号码"！

祈天的心狂跳起来，他几乎站不住。他接通手机，呼呼地喘息着，却说不出话。

"我是王芳。"

"你……你怎么还没死？！"祈天咬牙切齿道，"你为什么不死！"

王芳在那边呜呜哭了起来。这是女儿死后祈天第一次听到她的哭声。祈天站在台阶上，低头看着山下，浑身的肌肉紧张得颤抖。他像一只恶虎，王芳恍若就在山下。他恶狠狠地说："你应该去死！我恨不得杀了你！"

"该死的不是我，是你！"哭声停止了，"是你把杀人犯引回家的！"

"谁？"

"张颖！"

祈天沉默。

"抓住她了吗？"

"没有。"祈天冷笑道，"我明白了，她要杀的是你。"

王芳沉默。突然，她厉声叫了起来："我决不能放过她！我要叫她偿命！呜，呜……我的女儿啊！"

祈天黯然垂首。

"我们不能放过她啊！"王芳的声音又传来了。他警觉了。"你想怎么办？"他嗤道，"你回来举报吗？"

"你知道了，你就不应该放过她！"

"你终究还是不敢回来。"祈天紧张地思考着，"因为你脱不了干系。你回来了就走不了了。"

"你难道还想包庇她？！"王芳喊道，"你不去举报我就自己给警察打电话！"

"你以为他们不知道吗？连你干的那些烂事他们全搞清了。哼哼，我欢迎你回来投案自首！"

"那……"王芳迟疑了，"那警察怎么没抓她？"

"会抓住的。"祈天的声音阴沉，语带威胁，"等你和孟达回来，就算一网打尽了。"

王芳不说话。祈天不再等下去了。他相信他的话已足以阻止王芳回来搅局。他轻轻把手机合上，腿一软，坐到了台阶上。苍茫的暮色中，林间的风声好大啊。

他梦游一般回到了家。枯坐着，像一尊木偶。

张颖的罪行已经被证实了，但他找不到她。如果他是个清白的人，如果他没有被孟达拖到储蓄所的案子里去，他立即就可以操起电话，向李天羽和盘托出。可他已经没有这个资格了。是王芳把他逼到了绝境。他曾经原谅她，盼着她回来，现在他几句话，就将她阻吓了。知妻莫若夫，她是个冷血自私的人，她怜惜女儿，但更怜惜的终究还是她自己。活着的女儿都可以丢下，死去的女儿还能让她自投罗网吗？

祈天累了。累极了。他的思维一直在动，但很慢，就像逐渐冷却的岩浆，慢慢地流，渐渐地冷了，暗了。

他就这么像木偶一样，坐了一夜。

第二天他还得上班。他的全身都麻木着，连大脑都不像自己的。他在办公室里坐了一会儿，再坐下去，就像要死在这里了。他慢慢起身，下了行政楼。

这是个灿烂的秋日。花在开着，鸟在叫着，蝴蝶在飞，周围一派生机，但他的心中死寂荒凉。强烈的阳光下，他低着头，看着自己的影子发愣。形单影只。他真像个孤魂野鬼了。林荫道上，树木森森，他茫然四顾，不知道自己要往哪里去。无数的房间里，同事们都在忙着自己的事，与他没关系。他已经没有去处了。他的生活失去了凭依。

不知怎么的，竟突然惦记起围栏里的动物来了。祈天拐个弯，朝西面的围墙边走去。他没走多远，就看到了周长，他正拎着一只兔子的耳朵，嗖一声，把兔子扔到围栏里去。祈天站在他背后，他没有看见。

一看见周长，他凝滞的血液立即流动起来，他活了，还魂了。周长万想不到，自己还是个起死回生的巫师。他回过身，一眼看见了祈天。"你好。"他点点头。

祈天脱口道："你又来害它们了！"他语气阴沉，仿佛地洞里吹出的阴气。话一出口他自己都吓了一跳。

周长疑惑地看着他。他语气不善。于是笑道："我刚拿它做过实验，这也算害它啊？"

"你拿污七八糟的东西往它身上打，还不是害它？"

"这不算。我总不能直接往人身上打吧？"周长掸掸手上粘的兔毛道，"它这也是为人类做点牺牲嘛。"

"总要有人做出牺牲的，"祈天斜睨着他道，"对不对？"

"可它不是人。这就是关键。"周长关切地道，"你脸色不好。干吗急着来上班啊，你需要调剂一阵子。"

"是吗？"祈天冷笑道，"你是所长吗？你批我的假？"所长确实已找过他，几乎强制他休息，但他固执地谢绝了。他挖苦周长道，"我看你很会自我提拔，不要以为你自己是救世主！"

周长被噎得说不出话来。可气的是，几只猴子竟还"吱呀呀"地上蹿下跳着，很兴奋，很开心，那只老猴竟像个观众似的鼓起掌来。只不过它毕竟还不是人，两只手掌拍不拢。周长自失地笑笑，给猴子做个鼓掌的示范动作，笑道："看来下次要让你来吃针。你真是越来越笨了！"说着，他朝祈天点点头，走了。

这其实是一句自找台阶的话，祈天说不定又要多心，但他不想再在这里待下去了。他一贯受人尊重，但今天是见了鬼了！

他刚走几步,手机响了。是协作医院打来的电话。他问:"什么事?"

"有个情况得告诉你。"手机里的声音很紧张,"我们的第三批试药人,就是那个第13号的,跑了!"

"什么?!"周长眉头紧皱。他们的试验采取的是"双盲"法,受试者并不知道自己服用的是真药还是安慰剂。他问,"我记得13号是对照组的,他没有服用我们的药物,是病情恶化了么?"

"是的。他跑掉了。联系不上。"对方焦急地道,"刚才公安局来电话了。有人在公共场所抽了自己的血,用注射器戳人!"

"啊!"周长呆了。他下意识地回头看看祈天。他还站在原处,冷冷地朝这边看。

周长对第三批次的试药特别重视。按照《新药审批办法》,一般新药的推出,必须在三家以上的医院进行试验,受试人员也必须在300人以上,即使周长所研究的属于"特殊疾病",其受试人数也应该超过100人。但是,艾滋病实在是太特殊了。你根本无法在保密的前提下铺开这么大的规模,况且,你也很难找到这么多的受试人。目前的这些试药者在周长心中弥足珍贵。他时刻关注着试药者的生理指征。他本来十分乐观,因为有关数据显示,试药者的免疫系统已经得到了明显的恢复,体内病毒数也日渐下降——比第一批次的试验效果更为明确。在试药前的临床动物试验中,他的药物经过急慢性毒性试验、三致(致畸、致癌、致突变）试验，已证明是安全的。只等第三批次的试药结束，他就可以着手整合数据，写出结题报告了。眼见着成功已经遥遥在望，却又出了这种事！

刚才还说要给猴子打针哩，现在疯子朝人下针了！今天实在晦气透了！

祈天看着周长急匆匆地离去，突然想起了一智和尚的话，他说周长的工作即是普度众生之举。言下之意，他这个保卫科长还应该当好他的保镖！

当好周长的保镖，难道就是普度众生吗？那老和尚不知道，保镖有时也是杀手哩！

第二十三章

事实上祈天很快就得知了这个消息。整个石城都得知了这个消息。几乎没有死角。沸沸扬扬的流言瘟疫一样在天空播撒。谣言比禽流感、比非典的传播速度快上百倍,那针里毒血的毒性比寻常传染病又何止厉害千倍万倍,简直是见血封喉!整个城市都陷入了巨大的恐慌之中。

手机短信是主要的传播方式。祈天也收到了几条来路不明的短信。他早已心灰意冷,并不怕那袖中的银针朝他戳上一下子——他曾经那么地害怕这个病,把自己折腾得不轻,现在他不怕了。该死就死吧!现在谁要是中了标,没人会认为他是活该,是性乱的家伙,他倒从道德上抢占了制高点,因为他是纯洁的受害者——说到底,祈天并不是不怕,而是那针真要是戳中他,他索性可以光明正大地死掉。一了百了。

心里虽这么想,在行动上,他还是本能地减少了去公共场所的机会。所有的人都逃命似的回避着人群。他人即地狱,人群意味着危险,萨特的这个论断在石城得到了验证。市场萧条了,除了一些奇怪的物件，几乎所有商品的销量都急剧下降。那些突然畅销的东西，包括宽体护腰，加厚内衣，甚至连牛皮拎包都成了畅销品。这似乎有点奇怪，其实略微一想你就明白，皮包在某些场合也可以作为盾牌使用。流言也改变了人们的生活方式，各种聚会被最大限度地取消了，除非万不得已，没有人愿意出门。这一来，包括饭店在内的服务业濒临整体歇业。流言从石城远播四方，旅游业也萧条了，市旅游协会主席对政府抱怨说，再这样下去，除了决意自杀并把石城当成最后归属的人之外，一个游客也不会来了。

整个城市都陷入了巨大的恐慌之中。人人都在提防，人人都在议论这件事。和相熟的人在一起谈论他们并不害怕。他们口沫四飞，手舞足蹈，脸上呈现的是恐惧，同时也附带说明了，他们在性上面是干净的、纯洁的，他们绝没有艾滋病，所以他们才害怕无端被戳。"真要是玩出来的也不冤了，值了，要是被戳上了，那岂不比窦娥还冤啊！"——这已经成了一句名言了，连电视里都播了。流言还催生了一种玩笑：你好好地在做事，或者走路，冷不防后背或者屁股就会一疼，你大惊失色，回头一看，原来是个朋友。这种玩笑其实开不得，最严重的后果是，一个妙龄女子十分高傲，平时很少正眼看人，这一天在办公室被她上司从后面一戳，立即软在地上，嘴也歪了，眼也斜了，送到医院，人已经死了。那上司本来只想吃吃豆腐，不想吃了人命官司，事情闹大了。

媒体本已接到严令,不得推波助澜。随着形势的发展,它们却再也无法保持沉默。报纸和电视都捏着分寸忙起来了。它们开始辟谣。其实最有效的辟谣方法是出来证明根本就没有这个"艾滋杀手",或者证明他已经被捉。但这显然违背事实。它们所能做的,就是戳穿某些传言。譬如说某人言辞凿凿,说他的朋友在某地被戳了,后来的追踪调查证明,原来是他朋友的朋友的朋友,也不是被戳,是他自己不小心跌了一跤,手腕断了,屁股好好的。如此等等。但这类报道往往并不被大众所采信,观众一撇嘴说:谁知道这个人是不是电视台找来的"托儿"呢?

要说流言的版本,那可真是五花八门。关于"艾滋杀手"的来由,就有好几个说法。有的说是一个男人,老婆乱搞,搞出了病,又传给了他。老婆一死,他就发了疯;还有的说,是他自己搞出的病,嫖得快活,现在是死到临头,他专戳女人;另有一种说法与商业有关,说是石城的两大商圈竞争激烈,一边顶不住了,雇个杀手专戳对方的顾客。还有一种说法接近真相:一个女人,搞"一夜情"搞出了艾滋病,参加了药物试验,却没有治好,反倒要死了,她逃出来,要报复男人。她先是和男人睡,后来嫌效率太低,索性拿针往男人身上打——你们以前戳我,现在轮到我戳你们了!——这句话十分生动,活像女杀手的内心独白。但实际上,那个试过药的杀手是个男人。他既戳男人,也戳女人。

周长面临着巨大的压力。他很不情愿地成了新闻人物。在他的坚持下,他在传媒上的身份不是药物专家,只是一个性传播疾病医生。他恳切地向公众说明，由于艾滋病病毒生存能力极差，被针管戳中后的感染概率微乎其微，然而观众的反应是：妈的！要戳就戳你，反正你不怕，你会治！来自上级的压力他更难抵挡，市长直接召见了他。市长近乎恳求地说：你手上的工作关系重大，能不能进度再快一点？我知道要遵从科学规律，可是，这是解民于倒悬的事啊！——快一点，哪怕快一天？

看着市长焦虑的脸色，周长只能答应，加快进度。市长很客气，但市政府的秘书长就没那么温和了。他旁敲侧击道："我们是一条船上的人。那个家伙是你的试药人，"他皮笑肉不笑地道，"如果能抓住他，我们也不这么急啊！"

周长出去后，秘书长立即招来了公安局长。市长对他就不客气了。他拍着桌子道："你说，你到底什么时候能逮住他？！"秘书长和局长平级，比较友好，他朝市长看看。市长想一想道："我再给你三天！"秘书长说："今天就不算了吧？"市长盯着公安局长，点点头道："今天不算，你还有三天！"

祈天密切注意着事态的发展。这个突发事件把他从丧女之痛中暂时拔了出来。他关注着报纸、电视，无数的信息铺天盖地，席卷而来。他打开电脑，网上也热得烫人，无数的人在上面惊呼，大有地球停转之势。好久没有上网聊天了，他突然好奇，想看看那个虚拟世界里到底会有什么变化。他登录了QQ，没等他点击任何一个好友，一个头像已经闪烁起来。他略一愣，这个人似乎并不认识，点开一看，原来是熟人，那个"大老粗"，不过他名字改了，叫"惊弓之鸟"了。这鸟人留了言："大事不好，性爱死神在石城出现！老兄，不能玩了！大老粗要改邪归正了！"还问："你也不玩了吧？"

祈天坐在电脑前，屏幕映得他脸色发青。这大老粗并不粗，原来也怕死。祈天没有给他回话，冷笑着关掉了电脑。

下了班他的电视就一直开着。他锁定本市台，锁定新闻类节目。男男女女的记者们都忙得不轻。一个男记者告诉观众，本市的娱乐业经营惨淡，不少场所已经关门歇业。他走在灯火稀疏的美容一条街上说："这里曾经畸形繁荣，现在却是门前冷落车马稀了……"镜头切换，一个丰姿绰约的女记者走进一家宾馆，她的话筒伸到了前台服务小姐的面前。那小姐神情黯淡："这几天入住率很低，客人很少。"记者问："钟点房呢？情况怎么样？"镜头里出现了价目表，钟点房，80元／两小时。那小姐道："钟点房？这两天还没有客人。"

钟点房，两小时，两小时是够了，祈天突然想起了在上海的经历，哑然失笑。突然又忍住了，四周看看，家里没有别人。他的脸色阴沉了下来。

没想到在今天的电视里，他竟看见了熟人。还不是一个，有好几个。他木然地看着电视，突然瞪大了眼睛。是他，那个林老板，清爽性病诊所的老板。这是个老相识了，烧成灰祈天也认得他！他在接受采访，竟然不是被"打假"，祈天真感到意外。林老板穿件白大褂，还支上一副大眼镜，但眼镜再大也遮不住他的没精打采。但他的话并不沮丧，像个有条理的学者。他分析道："作为一家久负盛名的治疗性病和性功能障碍的专业医院，我们的服务量与以前基本持平。具体地说，虽然治疗性功能障碍的药物销量有所下降，但来求诊的性病患者数量保持稳定。"记者问："这是为什么？"林老板答道："性病基本属于慢性病，治疗是讲究持续性的。"他对着镜头告诫道，"可不能轻易中断疗程哦。"记者追问："那以后呢？如果那个'杀手'一时不能抓获，你这里还能维持现状吗？"这一问，林老板端不住了，他一把抓下鼻子上的眼镜，扔到桌上道："怎么会抓不住他？怎么会？！"他急起来了。他的手大幅度地挥着，一副痛心疾首的表情。

祈天很想听听他到底说了些什么，但他嘴在动，声音被抹去了。祈天略一凝神，立即明白了他为什么着急——如果"杀手"继续逍遥，那还有谁敢于"性致勃勃"？如果色狼全变成了看家狗，性病就难以蔓延，这姓林的只能去喝西北风！

没等祈天再深想，下一段新闻又开始了。周长出现了！祈天坐直了身子。在看见周长的同时他也认出了那个记者，就是以前到研究所找过周长的那个。他什么时候从报纸混到电视台去了？混到电视台也还盯着个性病，可见他也是"专家"。周长显然不愿意抛头露面，一副被押上来的神情。他先是答疑解惑，以专家的身份告诫观众不要恐慌，万一被戳要立即用大量清水冲洗，及时就诊。后来那记者话锋一转，问他："艾滋病目前有办法治疗吗？据我所知，某些研究已取得进展，你能不能预测，究竟何时可以用于临床治疗？"那记者的眼睛死死盯着他，咄咄逼人。周长语塞，半晌，没好气地道："我相信有关专家一直在努力！"这时，他大概想起了"导向"问题，和缓地道，"也许，用不了多久了吧。"

周长隐去了。记者转过身，手执话筒正色说道："科学自有它自身的规律，但科学的力量是无穷的！我们寄希望于科学家，早日拿出成果，造福苍生。我们也寄希望于有关部门，及时捉拿凶手，消除隐患。我们更寄希望于广大观众，加强自我防备，洁身自好，这才是健康之本。"他意犹未尽，最后又加一句："对'艾滋杀手'事件，本台将继续追踪，直到他被缉拿归案。如果您有相关线索，欢迎和本台联系。电话……"

祈天闭上眼睛，转动着干涩的眼球。慢慢地，他的眼睛睁开了，寒冷的目光直射在电视屏幕上。电视里正在播送天气预报，卫星云图，一个人也没有。电视里的卫星云图风云变幻。棉絮状的云层飘动在地球上空。960万平方公里的国土被风云扫过。地球在转动，云层在飘浮。热带风暴即将来到了。南方早已是电闪雷鸣，石城的风暴也将为时不远了。祈天觉得烦闷，他推开窗户，外面的空气夹着市声扑面而来。他深深地吸了两口气，脑子似乎清醒了些，他的鼻子已经提前感受到了大雨到来之前的湿润。电视里的播音员不见了，世界各地的城市天气依次出现在屏幕上。明后两天，东京大雨，曼谷小雨，纽约天气晴好，芝加哥多云……祈天突然想起了王芳，他不知道她到底躲在哪一片天空之下。外国的月亮比中国圆，但与他祈天，已经没有关系了。

他木然地看着电视。他现在真是胸怀祖国，放眼全球了。他思绪飘忽，突然就想起了一智。祈天记得他说过的，人处于欲海之中，当以普度众生为念。可他现在不是身处欲海，他是身陷苦海！这世上有几个人家破人亡却又有苦说不出？哭也没处哭？！

祈天死死地盯着电视，好像那播音员是他的仇人。那播音员似乎是察觉到有人射来了阴寒的目光，说一声："天气预报结束了，再见！"一闪就不见了。他逃了。一部无聊的电视剧立即上来闹事，花花绿绿，说的是结婚离婚的故事。祈天看得眼花，却突然看见了屏幕上出现了两个人。

两个熟人。一个是看性病的林老板，另一个是周长。他们并肩而立，在屏幕上冷笑。他们刚才都在电视上出现过，莫非阴魂再现了？

这是幻觉。他们从幻觉中出现是因为他们原来就藏在他的心里。祈天用力摇摇头。随着他头的晃动，林老板像个爬在屏幕上的壁虎，簌簌地粉碎，掉落了。周长还在。他不说话，文质彬彬地，保持着微笑。电视剧浮在他脸上上演，男男女女地闹，周长隐在后面，像个嘲弄着演员的导演。祈天的身子突然颤抖起来。他腾地跳起来，扑过去"啪"一声，把电视关掉了。

寂静。无边的寂静。耳朵里有嗡嗡的声音，像无数小蜜蜂在飞舞。这是喧闹的残留。寂静从来都是喧闹的残留物，就像沙尘暴后残留在你口鼻里的土,它有毒,让你窒息。祈天感到透不过气来。他的心怦怦地跳动着。他挣扎着,仿佛濒死的鱼。

女儿的卧室里,一切依旧。她的床,她的文具,依然如故。她的微笑仍在眼前:那是女儿的照片,它静静地摆在桌上。灯光冷静地射在镜框玻璃上,有一束冷冷的反光。女儿的微笑变成了冷笑。她似乎是在嘲笑这个世界,嘲笑她的父亲。

祈天的眼泪夺眶而出。他扑倒在女儿的床上,失声痛哭。

这是男人的哭声。由心脏激荡而起,在强健的胸腔中震荡而出。因为有被子捂着,仿佛是压抑的狼嗥。哭声透过窗户,在浓密的树枝间穿行,飘进了邻居的耳朵里。他们侧耳细辨,却不知来路。这声音压抑而飘忽,有的人惶惑起来,疑心是电视里的声音。但电视里的图像很喜庆,本不该有这样的画外音啊。难不成这是一个预兆,预示这部喜剧马上就要转成悲剧?看电视的人坐下来,期待着这个古装剧能送来一点意外的享受。

又过了一天,媒体突然集体缄默了。在此之前,他们发布了这场闹剧的尾声。那条"重要新闻"是中午播出的,没等到晚上重播,几乎所有的石城人都已经知道了这条消息——那个"艾滋杀手"被抓住了!

那个"杀手"黑黑瘦瘦的,很猥琐,蹲在墙角,双手抱头。如果不是他面前摆着两支注射器,你绝对看不出他就是那个令人闻风丧胆的"杀手"。他幽灵般在人群中出没,倏然出手,悄然消失在人海之中。但他终于还是被推到了聚光灯下，头发蓬乱，瑟瑟发抖。

祈天呆呆地看着电视，百感交集，心乱如麻。

电视台播出这条消息后，对这场闹剧不置一词了。按理说还该有些"后续报道""深度追踪"之类东西，但他们什么也不说了。为了社会安定，他们只能"冷处理"。谣言在这个时候，又悄然滋生了。电信部门通过对一些敏感词汇的控制阻断了谣言在手机间的流传，但口耳相传更具神秘性。有一种说法是：那个"杀手"是被抓来"顶缸"的，他只是个吸毒者，他的注射器只对他自己戳，从来没有针对别人；他戳自己也只是往身体里打毒品，决不是抽血的——他那么瘦，哪还舍得抽啊！另一种说法更是活灵活现，也更具杀伤力：这小子确是真凶，但他只是个"师傅"，还有几个艾滋病人受了他的启发，前赴后继，四面出击，现在大开杀戒了！

但这一次的谣言并无佐证，而且，观众已看到有个人被抓住了。绝大多数人相信他就是真凶，唯一的真凶。因此恐惧虽然死灰复燃，但只阴燃着，并未烈焰冲天。毕竟，柴米油盐你一样也离不开，上班上学你都不能迟到，你硬着头皮也要正常生活。小心点罢了。只是那些娱乐场所，大概很难重振雄风了。

万没想到，祈天却遭遇了意外。那天，他下班后路过超市，进去买点东西。超市里人不少，食品货架那里，人就更多。祈天正挑着第二天吃的早点，突然，货架的另一边有人喊道："啊！

你干吗戳我？！"尖锐的声音，像挨了一刀。所有人都怔了一下，轰一声炸营了！人群呼地往外跑。祈天的身边眨眼间就空了，只有他没动。货架被推翻了，无数的东西散落在地上，踩在脚下。收银员吓呆了，跑了两步立即被老板喝回来，几双手张开来拦着人流。但哪拦得住啊！人全疯了，眨眼间全跑到了街上，拎着东西的趁机跑走了，空着手却不愿走，站在远处看。老板咆哮着，骂天骂地，冲一个拎着两袋东西的妇女扑过去，那女人好臂力，甩起一个袋子朝老板扔过去，老板双手一接，再看时，那女人已经带着另一袋战利品跑到小巷子里去了。

那老板跑回超市，一个收银员正揪着一个十来岁的小孩吵闹着。那小孩挣着嚷着："你抓我干吗？是他弄我的！"他手指着远处，理直气壮地道，"有本事你去抓他！"他的脸上湿漉漉洒着红色的水，手一抹，成了个五花脸。原来是被人滋了水。肯定是水枪！老板一把薅住他，扬起巴掌就要拍下去。那小孩子是个角色，头一甩道："有种你就打！"老板反倒被镇住了。人群轰笑起来。

收银台那边，有人喊："收钱的人呢？不要钱啦？"那收银员一看，简直喜出望外，忙不迭地跑了过去。祈天拎着购物袋等着结账。他的身后，又一个男人从超市里出来了，那是周长。两人一碰面，都愣了一下。

所有的人都注视着他们。这是两个与众不同的人，不由得众人不另眼相看。无数的目光射在他们身上，惊诧，钦佩，更多的是疑惑。那被抓着的孩子趁人不备,突然挣脱,嗖地跑了。街角的另一个孩子大概早已等着,以逸待劳,嗤地又朝他射出一股水线。人群立即被吸引过去了。

祈天和周长一前一后离开了超市。"你的定力倒很足啊!"祈天呵呵笑着道,"你怎么不跑?"

"你不也没跑吗?"周长反问道,"你怎么又没跑呢?"

"我不跑是因为如果真有人扎针,他一旦扎了人,闹得炸了窝,他决不会再扎第二个人。他的第一选择就是随人流溜掉。"

"有道理。"

"我当过警察。"祈天微笑道,"那你不跑,是因为你确信那个'杀手'已经被抓住了?"

"是的。我认识他。这是一个原因。还有一个原因是,我知道真被戳一下,也没那么可怕。"

"可人要怕起来是没有道理好讲的。"

"是啊。"周长叹了口气。他平时话不多,端着知识分子的矜持,但经过"杀手"这件事,他似乎不那么傲气了,"恐惧是瘟疫,会传染的。我算是明白了,它甚至比病毒的繁殖速度还要快。"

祈天的心里咯噔了一下。周长的话并不让他感到意外,但他的语气却令他吃惊。"我算是明白了。"这多像一个结论!祈天脱口道:"这难道也是你的实验?!"

"什么?什么实验?"周长摸不着头。

第二十三章

"那个'杀手'是你故意放出来的。他一闯进社会，你就可以试验出人对艾滋病的心理反应，"祈天似乎是开玩笑地道，"对不对？"

"你瞎扯什么啊？！"周长目瞪口呆。

"呵呵，你别急啊。我瞎说的。"祈天原本咄咄逼人，话锋一转，却又飘了开去，"我又不是科学家，我的话不精确。其实，我也知道这家伙不是你放出来的，但他一出来，你就成了名人了。"

"是吗？"周长苦笑，"我丢人现眼了。"

沉默。两人继续朝前走着。这地方离超市远了，没有人再注意他们。周长迟疑一下，看着前方的岔道。祈天道："不管怎么说，我把这一次的事件看成你科研的延伸。"他的目光直射周长，阴冷而锐利。周长不寒而栗。他摇摇头没说话。祈天接着道："我这个局外人，倒得到了实验的结果。这真是无心插柳柳成荫。"

他的神情很怪异，有些得意，脸上却又有梦幻般的诡异表情。周长奇怪地问："你得出了什么结果？"

"我的结论是：恐惧有的时候是好东西。怕撞死，人就不会飙车；怕胖死，人就不会猛吃肥肉；怕跌死，人就不会到悬崖边。"还有句话到了嘴边——怕得病，人就不会乱搞男女关系——但他没说，他忍住了。他神秘地道，"我专注的是社会学实验，你做的是医学研究。我们隔行如隔山啊。"

"是吗？"周长呵呵笑了起来。他轻慢的表情刺激了祈天，他恼怒地说:"你别笑!你不要以为只有你的医学才能拯救人类!你不要以为只有你们这些人才有资格搞科研!"

"不,不。我没这么说。"周长诧异地看着祈天,皱起了眉头,"你怎么啦?"

"没什么,没什么。"祈天掩饰着自己的失态道,"我只是刚刚琢磨出点东西,就被你这个专家泼了凉水,受不了了。"

"对不起,你别计较。最近我心里乱。"周长认真地问,"你琢磨的到底是什么呢?"

祈天正色道:"我研究的是人。"他斟酌着道,"你研究的是人的病,我研究的是人类的病,是人类的心理和他们的行为,我视野更大啊。"

他的脸上又浮现出梦幻般的表情。周长担心地道:"老祈,你不要钻牛角尖啊。我知道,有些事很不幸……"

祈天打断他道:"我不钻牛角尖,我是在钻研!"他开玩笑似地突然指着路边的一家性保健用品商店道,"我钻研出了,这些东西是城市的毒瘤!"

"这我同意。这些春药都是假的。"

"你说的是春药。还有别的哩。"

正说着,那商店的胖老板突然迎了过来。大概是这几天生意淡出鸟来,他特别热情。好像是要辩解他这几天也还能卖出东西,他巴结地指着柜台下一排花花绿绿的避孕套道:"这几天这个很好卖。质量绝对!"祈天鄙夷地看看他道:"有两个大男人一起来买这鸟东西的吗?你不懂规矩!"他自顾自地往前走,喃喃道:"这鸟人,真该死!"

周长跟在后面,他听见了祈天的话,但他不明白祈天的火气从哪里来。祈天今天像中了邪,话一纵一跳的。再说下去,自己就像只老鼠,被猫撩得可怜。这感觉不明确,却有点丧魂落魄。周长喊住他道:"我得回去了。你应该往那边。"他指指左边的小巷子道,"再见了。"祈天回过头来道:"你回去还要加班吧?"不等他回答又问,"你的研究该出结果了吧?"

"应该快了吧。再见。"

祈天拎着购物袋,慢慢往前走。他嘴里嘟哝道:"快了。是应该快了。"

第二十四章

从外表看，发力公司所在的大楼岿然不动，席卷全市的恐慌潮涨潮落，但似乎对它毫无影响。和高新技术园区所有其他的技术开发公司一样，他们追逐项目，落实合同，项目经理们带领他们各自的科研人员埋头苦干，企划部，人力资源部，财务部，所有的部件都运转正常。对这些长期在外资企业训练有素的员工来说，"艾滋杀手"引起的惊慌，只能对他们工作时间以外的生活产生影响，在这座大楼里，他们绝对专心致志，心无旁骛。因为他们都明白，失业的危险，远比那个"杀手"离他们更近。社会上很多人对那个"杀手"议论纷纷，不少人还在交流防范绝招，但发力公司的人决不在公司大楼里谈论。万一影响了工作，即使那个"杀手"不来戳你，允许你活下去，但你其实也活不好。

公司一切如常，这让陈易少操了不少心。公司里没有人谈论与艾滋病有关的事，这也说明绝大多数员工并不知晓公司的核心业务正与此有关。他对保密工作十分满意。既然是核心，就应该包裹得严严实实。和往日一样，陈易很少走出他的办公室。对普通员工来说，那地方是威严和神秘的，那是公司的心脏，是公司的钟摆。但事实上，这钟摆已经在暗中加快了频率。陈易就像钟表的擒纵系统，他掌握着动作的节奏，但其实内心焦急。

　　自从"艾滋杀手"事发，陈易就在他办公室的套间里摆了一台电视机。他时不时地要走过去看两眼。对他而言，这是一个信息源，同时也是一个加速器。和所有从事秘密工作的人一样，陈易是个狐疑的人。既精确，又多疑。那个"杀手"刚在社会上闪现，陈易首先怀疑这是一个阴谋，或者说是一个策划，更具体地说，是一个庞大的宣传计划的一部分——为艾滋病治疗成果的推出制造舆论，在万众期待中，隆重推出救世良方！但他随即推翻了这个推断。周长那张既熟悉又陌生的面孔是质朴的，即使他是一个角色，也是一个本色演员。那个记者在催问他：究竟什么时候才能用于临床？——这个问题问得好啊，简直是代陈易在问。周长面露难色，半晌才说："我相信有关专家一直在努力！"这简直是在赌气了嘛。但他下面的一句话引起了陈易的注意："也许，用不了多久了吧。"——用不了多久，那是多久？几年？几个月？几十天？周长是个科学家，他决不会随嘴乱说。这意味着，他们的时间，也已经不多了。一旦成果发布，产品推出，那所有心血和代价将付之东流，一切都成泡影！

　　石城有句话：醒得早，起得迟。这是一种讥讽，一个笑柄。他决不能成为笑柄。历史的笑柄！现在，手下的人正按照他的调度紧张地工作着，他焦急地等待着结果。他在心底，常常也会抱怨他这项任务的难度。如果他要获得的，只是一项现成的成果，那他可以偷，甚至可以抢，问题是，他要得到的，是一个人的大脑，是一个正向成功逼近的大脑。为了保证成果的准确和同步，他必须钻到这个人的大脑里去！利诱当然是首选手段，是间谍界的"规定动作"，但这已经失败了。幸运的是，周长似乎并没有察觉他们的企图，这样，他们还有机会展示他们的"自选动作"，他们还有机会。然而，和体育界的"自选动作"一样，"自选"就意味着难度，意味着冒险，是一种赌博。而赌博的成功，除了靠实力，有时，也要靠运气。

运气并没有绕着他走。在运气的垂青下，吴帮和冯芳群终于顺利地在本机上安装了那个"千呼万唤始出来"的"特殊文本处理系统"。通过"电子琴"发送的信息，密码也得到了。那个周长启用文本处理系统时固定出现的字符串是：1368~TZGHDKTPD~1644。

因为遭受过太多的兜头冷水，他们沉稳了。没有确切的把握，他们决不贸然报告。这一串字符看上去毫无意义，但吴帮首先看出，1368 和 1644，正是明朝的起讫年代——笔记本电脑上那个明太祖像泄露了天机。很快，冯芳群也发现，后面的四个英文字母 KTPD，在智能汉字输入法中，唯一的对应词语是"开天辟地"。如此一来，这个字符串含义明确，绝无歧义了：1368 太祖高皇帝开天辟地 1644！这个出现得如此规律，具有清晰逻辑且与艾滋病研究毫无关涉的字符串,除了是密码,不可能是别的!

吴帮真想试一下,但他不敢。没有得到指令擅自行动,后果很严重。他拿起写着字符串的纸,说一起去报告,不想冯芳群却拒绝了。她神秘地眨眨眼道:"你去吧。我另有任务。"

他们两个没有一起去报喜。这一来,陈易所面临的将是一个喜讯,紧接着又是一盆雪水。吴帮正喜滋滋地解说他的成就,冯芳群进来了。她面如死灰,只一句话就说得两个男人目瞪口呆:"完了,他又加了验证程序!我们进不去了!"

"什么?"吴帮大惊失色道,"这不可能!"

"你自己去看吧。"

冯芳群的话很快就得到了验证。他们点击那个目标文件夹,这一次连乱码都看不见了。随即出现的是一个认证界面——这又是一道屏障,最近才设置的屏障——也许五分钟前才设置完毕!吴帮哀叫一声,抱着头颓然倒在沙发上。"妈的,他真是厉害啊!"

吴帮的失败似乎激发了冯芳群的激情。她坐到电脑前,飞快地将认证界面最小化,随着她的手指在键盘上灵巧的舞蹈,她进入了周长的电脑。她抿着嘴,一言不发,仔细在周长的电脑里搜寻着。陈易看出了苗头,问:"你想通过认证界面的属性确定程序的路径,然后找到它?"

"对。只有这个办法。"

"找到了又有什么用?"吴帮缓过神来,立即开始了对冯芳群的阻击。他还要说什么,陈易手一伸把他的话掐断了。

良久,冯芳群抬起了头。"他新加的屏障组合了两个程序,面容识别和声音识别。"

"我们怎么能突破它?"吴帮沮丧地道,"除非把周长请来帮忙。"

"绕得开吗?"

"好像不可能。"冯芳群道,"这是一个两合一的程序,从来没有见过。如果是单独的面容识别或者声音识别,也许还有办法。"

三个人都坐着。有的支颐,有的抱头,身量都缩得很小,好像他们都被"最小化"了。半晌,陈易缓缓地道:"我有办法。"

吴帮和冯芳群都一动,怀疑地看着他。陈易眯着眼,肯定地重复道:"我有办法。"他的脸上露出了难以言表的笑容,"我早已料到了他这一手。你们不要忘记,我们的人已经和周长有过接触。那些东西现在派上用场了。"

天晓得他其实没有这么神。他并没有料敌于先机。是长期的职业锤炼让他养成了不放过每个机会的意识。张颖提供的周长的图像和声音,现在成了及时雨了。

"他的这个认证程序不是二合一吗?"他开玩笑似的说,"那好,你们两个也合二为一。"他的布置是:冯芳群负责模拟周长的面容;吴帮集中精力,在周长的声音上下功夫。

要突破周长的身份认证程序,面容和声音是两个必备的工具。问题是,仅有声音是不够的,他们还必须知道这个声音发出的口令。最困难的地方正是在这里。吴帮分到了一个棘手活,他刚一着手,就停顿了。左思右想,只能向陈易明说了。

是啊,那一句口令是什么?是一句日常用语?还是几味中药名称?甚至,就是一句"他妈的"?——这里的可能性几乎是无穷的!如果周长不是一个人就简单了,假如他是一只狗,他就只会"汪汪"——不过,他"汪"几声呢?你还是不知道!

办法只有一个,那就是获取周长进入系统的口唇动作。幸运的是,通过隐蔽的摄像头,他们已经掌握了周长在帮张颖修理电脑时的全部画面。其中最有价值的是他进入电脑时口唇的下意识动作:张颖在边上报出自己电脑的密码,周长随即输入,他嘴里嘟哝了一句什么,右手一按回车键,扭头对张颖笑了。他进去了……这是长期反复进入他自己的系统养成的习惯,遗憾的是,他们的录音设备没有能录到那个关键时刻哪怕一点点的声音——周长和张颖所有的对话都很清晰,一字不漏,甚至连周长动了动屁股,放了一个屁都录下来了,但就缺那一句。陈易知道这不能怪张颖,因为周长实际上并没有出声,但她可以设法诱导他啊。然而可惜,她做不到。实际上,她连这句话的重要性都没有意识到——可在当时,谁又意识到了呢?陈易心里承认,他其实也没有这个先见之明。

这无疑是最大的难题。在这个关键时刻,陈易责无旁贷,只能自己出马了。

他指示吴帮,对张颖提供的视频文件进行剪辑,隐去所有背景,只留下周长口唇翕动的那个片段,随时等待调用。"你不要问,你的任务是执行命令。"他对满面疑惑的吴帮道,"第二,你去找一份市聋哑学校的教师名册,尽快交给我。"

公司的规矩是,理解要执行,不理解更要执行——因为你不理解的往往关系重大。吴帮接令去了。

陈易的思路是:请聋哑学校的唇读专家,依据周长的口唇动作,读解口令。

这也许是唯一的办法了。但是——陈易突然担心起来:万一,周长嘴唇的那一连串动作,只是偶然的呢?甚至,他就是故设疑阵?如果这样,这个跟头可就跌得惨了!所以,它还需要印证。只有互为印证的材料才是可靠的,只有可靠的材料才能得出正确的结果。他必须立即着手,争取得到周长进入文本处理系统的口唇动作,真实的、实际发生的口唇动作!

陈易随即采取了切实有效的手段。他秘密派人在天鸡山上选取了一个点,用带望远镜镜头的摄像机严密监控周长实验室的窗户。他相信百密一疏,周长那厚实的窗帘,在如此燥热的天气里,总有撩开的那一刻——他需要的就是那一刻:窗帘偶然开着,周长正在启用他的"特殊文本处理系统"。他们只要得到那一刻周长的口唇动作,一切将云开日出!

第二十四章

这又需要运气了,但更需要的却是耐心。说到底,这是一个无奈之举。如果当时王芳在她进入周长实验室时,顺手安置一个声音拾录装置,也不至于现在被卡在周长的嘴唇上。但在陈易这个行当里,虽说设备齐全,却从不配备后悔药。连后悔的情绪都是绝对要杜绝的。他只能应对变化,不屈不挠。

等待就是煎熬。

突然,桌上的电话响起来了!他抓起话筒,点着头,脸上顿时一片喜悦。"撤!"他轻轻发出命令,放下了电话。

半小时后,吴帮将储存器插到了电脑上。陈易摆摆手,自己调整鼠标,点开了视频文件。

一栋楼,一扇窗户。风很大,树枝在风中摇晃。厚重的红黑双层窗帘,在风中飘动。电脑前空着,没有人……过了一会儿,仿佛过了漫长的时间,周长的身影出现了。他伸出手,启动了电脑。焦距在调整,周长的面孔被逐渐拉近,然而他沉默着,这是在等待电脑启动……焦虑的几十秒。就在这时,窗帘合上了!那是风突然停了,这一次似乎又要无功而返了!——虽然知道已经得手,但陈易的心仍然揪了起来。他恨不得变成风神,呼地吹去一口气,把那窗帘掀起来。在这稍纵即逝的时刻,狂风乍起,窗帘无声地分开了!只见周长板着脸,嘴唇轻轻地翕动着……窗帘又合上了。

好风啊!好雨知时节,这风更是知人心!

陈易用鼠标拖动滑块,再一次欣赏周长的嘴唇动作。这嘴唇略显肥厚，轮廓不够分明，人中也短浅，算不得男人的好嘴唇。但是它会动，现在就在动，上下嘴唇琴瑟和谐，你呼我应，焦不离孟，孟不离焦，仿佛一对男女在舞蹈，在做爱，鱼水之欢中却又少了点激情，真像是老夫老妻，熟极而流了……你看不见舌头，但是那舌头也没闲着，它在口腔里飞舞，两颊的肌肉在为它伴舞。他脸颊上还有发青的胡碴哩。这双唇和舌头多像是一家三口，在大脑、肺和腹肌的支持下，你敬我爱，共奏仙乐啊！

但这不是仙乐，是咒语。是打开宝藏的咒语。陈易虽然听不见，但他被陶醉了。他从来没想到，人说话，还需要调动那么多的肌肉，那么多的器官，还这么可堪玩味。

"你干得不错。"陈易看看吴帮道，"你马上把这段图像剪辑处理一下，具体要求和上次那段视频一样。"

吴帮站着不动，诡秘地笑着问："然后请聋哑学校的专家来读？"

"你倒是鬼聪明！"陈易皱皱眉头道，"你猜测到这里就可以了。去吧。"

"如果两段录像不一致呢？"

"当然以他实际进入的为准。"陈易果断地道，"两相印证，我相信不会有歧义。"

当天下午，结果就出来了。很简单的一句话。五个字。简直像个玩笑：

芝麻，开门吧！

开门，开门，芝麻开门。陈易念叨着，突然哈哈大笑起来。是啊，为什么就不能是这五个字？阿里巴巴打开宝藏的不就是这个咒语吗？！想不到这句话竟是打开周长大脑的密钥，想不到这周长还具有如此大胆的幽默感。陈易突然想起了那首促狭的《一插知》，周长曾用中药名编写过密码。呵呵。芝麻，开门吧！中药，阿拉伯神话。没想到周长的保密系统竟融合了世界上两个最聪明的东方民族的智慧。如果再加上那个高技术含量的"特殊文本处理系统"，周长简直是构筑了一座熔铸了现代科技与古老智慧的迷宫。

但是，他陈易马上就能够进入了！

回想起来，他们真可谓煞费苦心了。那个保卫科长竟是个忠于职守的人，他不但抵御了张颖的诱惑，还严密地保卫着研究所的外围安全。外人要进入周长的研究室，不着痕迹地动一点手脚，相当困难。陈易也曾设想，调用最先进的粘连式音频拾录器，用弹射装置让它吸附在周长的窗户玻璃上——这并不困难，难的是这个装置虽然只有一元硬币大小，但吸在玻璃上依然十分醒目，被发现的可能很大——一旦周长发现如此确凿的企图，肯定就要前功尽弃。陈易最终决定采用相对原始的手段，远距离偷拍，但运气终于站到了他这一边，他成功了！

陈易兴奋地站了起来。他走到密室的墙角，站在一个花盆架前，端详着。花盆架上摆着一个奇怪的东西，一块红绸缎蒙在上面。陈易伸出手,轻轻拉掉绸缎,一个人头模型露了出来。

这是周长。周长的面相模型。它很逼真,连面色和发型都尽可能地严谨。陈易打开射灯,侧光之下,它有一种阴谋的味道,却又栩栩如生。这是冯芳群负责的作品,她站在边上,充满爱怜地注视着它。连吴帮也不得不承认,确实十分逼真。

"芝麻,开门吧!"

它的嘴唇翕动着,突然吐出了一串字符。陈易一愣,眨了眨眼睛。它又恢复了端严的表情。是的,该让它说话了,是果断冲击的时候了!

陈易蒙好绸缎,回头对吴帮道:"你立即用周长的声线模拟口令。'芝麻,开门吧。'"陈易缓缓说道,"这不难。一天的时间应该够了吧?"

"够了。"

陈易对冯芳群道:"从现在开始,你上机演练进入系统的程序。注意:不要忽视任何一个细节!"

吴帮补充道:"播放口令时,声音大小可能也要恰当。"

"你说得对。"陈易抱歉地道,"今天你们又要加班了。"

在陈易的眼里,这一次的"杀手事件"也是一项实验。它确凿证实了周长的成果的巨大价值——虽然这不言而喻。它像一块石头投入人海,触动了人心,激起了波澜。人欲如潮,人海茫茫,巨大的市场前景如一轮朝阳即将喷薄而出了!总部的调研显示,目前的市场每年就有150亿美元,这是无边的金矿,真正的朝阳产业啊!

陈易激动得心脏乱跳。他不可能想到,那个身为保卫科长的祈天,也把这次"杀手事件"看成了一个实验,但他的结论与自己截然相反。陈易眼中的朝阳,却是祈天心中的末日。是世界堕入黑夜的起点。

周长是唯一的,他是普照大地的太阳,也是呼啸而至的陨石。

陈易皱着眉头,梳理着将要进行的工作。他是个极端细致的人,他们的行动计划也已经过反复的检查和挑剔,但他总觉得还有什么疏忽,或者说,他生怕再有任何疏忽。突然,他瞪大了眼睛。他站了起来。

周长是唯一的!不可再生的!

他立即拨通了张颖的手机。

第二十五章

那个"艾滋杀手"虽然被抓获,但并未万事大吉。社会上继续传来有人被扎的消息。扑在祈天女儿被杀案上的李天羽,又一次被干扰了——他总是要被干扰,这真是无可奈何的事。那个后续的戳针的家伙实在是可恨!石城重又人心惶惶,人人自危了,李天羽接到上面的命令,主持一个区的"守候行动",但他终究丢不下手头的案子,他指示朱绛继续保持对祈天电话的监控。随着城市里恐慌的蔓延,朱绛终于没法继续坐在监控设备边了。全城几乎所有的警察都被撒到了人群里。李天羽明白,祈天女儿的案子怎么说也是个不急之务,他让朱绛暂时撒开手,也参加到"守候行动"中去。"你就在天鸡山一带的街区活动,有空也关照关照你的老朋友。"

他说的老朋友,当然是祈天。

在两个案子之间切换,朱绛还是第一次执行这样的任务。他身着便装,在天鸡山周边的公共场所"生活"。看上去他真像个普通的当地居民,但他的一双眼睛一刻也没闲着。他密切注视着人群里的异动。一连几天,他所在的这一区一直未见任何异常,但其他地点不断传来有人被戳的消息。看来,他暂时还撤不得。

几天来,他遇到过祈天几次。远远地他就闪起来了。祈天很正常,他的出现也相当符合一个上班族的正常规律,但每看见他一次,朱绛的心里都会咯噔一下。因为一连串的案件,朱绛对他太熟悉了。这一系列案子看不出关联,却总令人生疑。

为什么他总要与警察打交道,难道仅仅因为他是保卫科长?

但祈天确实并无异常的表现——除了那个在街头电话亭打出的电话。他为什么要打那个电话?对方是谁?为什么此后又不再联系?——最后一个问题其实已经有了答案:那部手机被停用了。正因为此,这个电话更显得疑云重重,祈天这个人,也更让人觉得神秘莫测了。

神秘的人也许是危险的。

朱绛决定,缩小自己活动的范围。天鸡山周边散布着很多街区和两个商业副中心,都可能是戳针的家伙下一次的下手地点,但朱绛顾不了那么多了。他更关心祈天的活动。他在心里勾画出祈天经常出没的区域,简单地化了装,四处晃悠。只要一看到祈天,他就远远地盯着。

然而,远距离的观察只能看到一个人的行动,却无法洞悉他的内心。祈天的内心风起云涌,电闪雷鸣,巨大的风暴正在酝酿,但朱绛对此无从掌握。更要命的是,那个戳针的家伙,不早不迟干扰了他,他因此丧失了发现真相的机会,阻止犯罪进程的契机也从他身边擦肩而过了。他看见祈天下了班回家,好久都没有再出来。这时他感到肚子饿了,就在路边的小摊上吃了碗面条——这并没有耽误什么事,因为祈天也在家里吃饭。即使在吃面条时,他的眼睛也不依不饶地盯着祈天所在的小区大门。这是唯一的出入口。他结了账,刚刚退到小巷子口,却看见围墙里,祈天家的灯熄了。他兴奋地瞪大了眼睛……

只要再等一两分钟,他将看到祈天出现。祈天变了样,他戴着墨镜,换了衣服,胡子也长出来了,甚至还戴了假发。完全是面貌一新!但在一个也化着装,并且长时间盯着他的警察眼里,这个装扮足以使他倍加醒目。问题是,就在这时,朱绛的手机响了。

"快!陕西路商场里乱了!有人戳了人!我们已经封了出入口,快来帮忙!"

朱绛无奈地看看祈天即将要出现的出入口,骂一声娘,跨上了摩托车。

这一次,他们终于抓住了最后的"艾滋杀手",然而,朱绛错过了一个关键的时刻。

摩托车的轰鸣刚刚消失,祈天以朱绛错过的面目出现了。

就是那个样子。墨镜,胡子,假发。这样的祈天走在街上,熟人都认不出。他慢慢走在马路上,似乎是无数饭后散步的人中的一个。在这个城市的"非常时期",很多活动都隐藏着危险,但散步是个例外。你得承认,对艾滋病的恐惧驱使人们选择了健康的生活方式。温柔的夜色下,街上很洁净,人们安安乐乐,和和美美,这是多么好啊……祈天的步态和缓,面色平静,他沿着他早已挑定的那条马路向西走去,十几分钟后,又返回来,朝东边走过去。这看起来很像是悠闲的散步,但实际上,祈天一点都不悠闲。他的眼睛藏在墨镜里,四处扫射着,似乎生怕漏掉什么东西。

突然,前面出现了一个人,他背着一个上班用的黑包,径直走进了路边的超市。那是周长。按规律,他稍微加一会儿班,正该在这个时候出现。祈天四下打量一下,稍等片刻,也进了超市。

即使人们再怕那些戳针的,超市也是个离不开的地方。遍布城市的大小超市,通过每个家庭的冰箱和数不清的肠胃联系起来,构成了这个城市的营养系统。超市的出入口,有人出来,也有人跟着祈天进去了。

超市不大不小,大约有不到一千平方米;人也不多不少,在每一条货架构成的通道间,基本上都有人在购物,食品区那里,面包和牛奶各占了通道的一边,那里的人要稍多些。周长先买牛奶。他只喝他喝惯了的牌子。他拿起一罐牛奶,查看一下保质期,放到自己的篮子里。他买了三罐牛奶。为了看清纸罐上的小字,他不得不把近视眼镜推到头顶上去,这说明他也开始老花了。他拿好牛奶,转身去挑面包,或者蛋糕。保质期还得一个个看。如果不再买其他东西,他一般会在超市停留十分钟左右。

有一个人过来了,在他身后的货架上挑东西。周长没有在意。他的眼睛如果不和眼镜配合,除了看面前的小字,周围的一切都有点模糊。他刚拿好面包,突然,哗啦一声,身后的那人似乎是碰掉了东西。架上的货物撒了一地,一小袋牛奶掉在了周长脚边。周长略一错愕。那男人摊摊手,开始弯腰捡拾地上的东西。他动作不快,但似乎还算麻利,看起来不需要周长帮忙。

周长的篮子摆在地上。那人捡到篮子边,继续捡。但他飞快地插入了一个动作。然后又往前捡。周长的视线被他的身子挡着,什么也没看见。

一个理货员过来了。见碰掉的东西已经被摆回去,她就随手再去理一理。那个闯了小祸的男人鼻子里叹一口气,拿了几袋牛奶,朝结账通道走去。

祈天付了钱,拎着购物袋走出了超市。他透过墨镜,回头看了看,阴冷地笑了。

他已经得手了。那个在周长的篮子前的动作,他在心里演练了很多次。说不上千锤百炼,至少也已经熟极而流。前面的马路上,一个窨井盖失踪了,黑沉沉的,像一只巨大的瞎眼。他从口袋里掏出个东西,扔了进去。

那是一只注射器。已经空了。里面的溶液是三毫升,从牛奶罐的顶部打进去。神不知鬼不觉,差不多就是直接打到周长的肠胃里去。

现在，周长能够继续存活的时间得由他喝牛奶的进程决定了。如果他运气不好，那他今天晚上就会喝那罐有毒的，他活不到明天；如果他鸿运当头，那他还能再多活一天。

祈天狞笑着想：他还不知道他面对那两罐牛奶，伸出手去，是在抓生死符哩！

周长毫无察觉。但是，谁又能算无遗策？

螳螂捕蝉，黄雀在后。祈天扔掉注射器，回家去了。他没有看到，他身后的超市里，又有人开始了行动。周长走向结账通道，正把东西往台子上摆，一个中年男子插到了他前面。那人把购物篮"咚"地往台上一蹾，老实不客气地叫道："结账！"收银员看看他，又看看周长，见周长不计较，也就把他袋里的东西往外拿了。

周长微微一笑。这男人年纪不大，头发已几乎全秃。为了减少头顶的反射率，几缕珍贵的头发被均匀地梳散了，以增加头发的覆盖面。这样粗鲁的人哪里都有的，周长犯不着和他计较，却突然好奇，想看看这人买的东西里有没有治秃药——他毕竟是个药物专家嘛——他没有看见治秃药，却看到那人抓起自己买的牛奶，朝前一推道："这还有一罐。"周长正要提醒他拿错了，那秃子抓着罐子的手用力过大，只听得"嗤"一声，一道白线从罐子顶部射了出来！

"啊！"

天知道

两个人都惊呼一声。收银员也呆了。"你们这是怎么说？这还能喝？！"那秃子气冲冲地道，"叫你们经理来！"

收银员还没说话，一个被领带西装勒得像个弥勒佛的胖子跑了过来。那秃子再一捏，罐子又"嗤"地一声，白线射上去，立即落下来，洒了他自己一头，脑袋成了爆了浆的大芋头了。胖经理想笑又没敢笑，连声道歉，抓起瘪罐子摆到了一边。"你重拿一罐吧。真是对不起了。"那秃子一个个捏着已经刷过价的牛奶，瞪着胖经理道，"怎么，你还不把它扔掉，还想卖给别人吗？"

"嘿，你误会了，"胖子赔着笑道，"我要留着跟厂家结算。"他拿起收银台上的剪刀，对准罐子就是一下——"接着啊，看什么呆！"收银员赶紧拉开一个袋子，接住淋下的牛奶。"这下你们放心了吧？"

这倒还是个有责任心的秃子。他嘟嘟囔囔地结了账走了。周长拎着袋子出了超市，看见那秃子不紧不慢地走在前面。周长上前道："其实我该谢谢你啊。那罐奶本来是我拿的。"

"是嘛？"

"天这么热，你帮我躲过了一次拉肚子。呵呵。"

"也许还不止拉肚子哩！"秃子嘿嘿笑着，头上一闪一闪的，"你是得谢谢我！"

"你们做得很好。"陈易对着电话道，"你丈夫就没看清是谁下的手吗？"

"他不认识。"张颖在那边说。

"周长一点也没有察觉吗?"

"是的。"

陈易沉吟不语。这个人周长不认识,会是谁呢?难道,有什么其他势力介入了吗?他们要杀他?这是为什么?!他意识到了周长的珍贵,也提前采取了措施,但内心里,却不敢确信真有人会对周长下手。

"你们继续盯住他。尽可能地保护他。"他对等待指示的张颖说,"注意,不能让他知道有人要害他。"他仿佛看到了张颖脸上的疑问,按规矩,她不能问。他顿一下道,"知道有人要害他,他就可能有动作。我们希望他一切如常。"

"好吧。"

周长如果察觉到人身危险,就很可能要求警方介入,同时,对自己的系统也一定会加强防范,甚至将数据完全转移——这是绝对不能出现的情况!

周长此人的全部价值,就在于他的艾滋病研究,甚至,他作为一个人的最大特征,也在于此。难道,真有人要把他消灭?——那动机是什么呢?他总得有动机,才会有行动。难道,是有什么和周长从事同一研究的机构,因为在竞争中已经落后,因此要把对手灭掉?——这有可能。但从逻辑上说,他们首先应该觊觎周长的研究,偷不成,抢不到,才会去杀人:这连小毛贼都懂,却也是普遍的逻辑。然而在发力公司对周长的长期监控和

天知道

渗透中,并未发现有这样的对手……突然,陈易脑中一闪,浑身一激灵,他想起了那个"艾滋杀手"。

有没有可能就是他干的?!

第一个"杀手"可能真的被抓住了,但是,后续者前赴后继。此人既然乐于火上浇油,那索性对研究艾滋病的周长下手,取他性命,岂不天下大乱,更是趣味无穷了吗?

陈易的心揪了起来。说不定,一个疯子现在竟成了他的对手。但愿石城的公安部门,能及时抓住"杀手",确保周长无虞……想到自己竟然寄希望于公安部门,陈易不禁哑然失笑。但他现在既然不可能去提醒周长,不指望公安,又能有什么高招呢?

必须把希望抓在自己手上。现在最重要的,是尽快进入周长的系统。一想到这个,陈易的心坠坠地沉了下去:恰恰在这个紧要关头,他们又被卡住了!

周长的双手似乎一直扣在他的脖子上,兴致一来,就卡他一下。

陈易恼火地哗一声拉开窗帘,一缕斜阳投射在他脸上。他定住,不动,似乎是在享受阳光的抚摸。他们在昨天和今天上午已分别试过一次,识别系统毫不留情地将他们拒之门外。根据推测,他们应该有三次机会,假如第三次再失败,系统的报警甚至是自毁装置就可能启动了!

问题究竟出在哪里呢?陈易绞尽脑汁,但他看上去很安详。他轻轻地转动着脸,阳光勾勒出他的脸部轮廓,无声地扫过去。

他的眼睛闭着，在光线的投射下，他竟看见了自己通红的眼皮，细密的血管；一排整齐的栅栏呈现在他红色的视野里，他愣了一下，突然明白，那是睫毛，自己的睫毛。细致的观察竟让他发现了自己的睫毛！

这是光线的力量！它无声无息，却洞穿一切。

过犹不及！

陈易微微笑了。他甩甩头，似乎这一甩，就把他脸上胶水般讨厌的阳光甩掉了。他离开办公室，快步走向走廊的更深处，那间密室。

吴帮和冯芳群正在工作。他们正在3D系统上调整头像的照射角度。摄像头准确地对准周长的头部模型。它安稳地立在一个半人高的支架上，表情平静，是进入工作前正常的面部表情。你可以想象他正正襟危坐，等待着系统的认可。但是他突然活动了，脸上的肌肉牵拉着，嘴微微一咧，微笑起来。

他这是在嘲讽！嘲笑这些异想天开的人！

两个下属期待地看着陈易。陈易缓缓说道："把这些东西暂时撤掉，喊电工来。"

吴帮和冯芳群的脸上写满了问号。冯芳群嘟哝道："头像不可能有问题的。"

"声音更不可能有问题！"这话已到嘴边，吴帮还是忍住了。因为周长的认证系统是声音和面容合二为一的，他和冯芳群已经被牢牢绑到了一起。他负责声音模拟，头像是冯芳群的作品，一荣俱荣，一毁俱毁。是对手撮合他们成了共同体。是周长在验证他们的工作，甚至，是在验证他们这两个人，一男一女。他们面对周长，弄得他竟像个主婚人了……吴帮一瞥之间，突然发现，细眉紧蹙的冯芳群原来并不难看，远胜她平时的女强人模样，简直惹人怜爱了……

陈易并不知道他一瞬间竟动了这么多心思。他自己动手，在电脑上调出了一个视频文件。鼠标双击，文件开始播放了，突然，陈易一按鼠标，指着定格的画面说："总共两盏日光灯，一盏在人的前面，一盏在后面。"

"从灯管长度看，都是40W的？"吴帮似乎明白过来，"你是说我们的光线不对？"

"是的。"

"你是说，我们考虑到了声音的强弱和缓急，却忽略了光线？"冯芳群道，"难道我们的光照还不够？"说到这里，她自己顿住了。显然，陈易要调整的，不仅是光源的强弱，更是光源的方位。

陈易对吴帮道："你立即通知电工到位。"又说，"我们已经反复检查过进入程序，最可能的疏漏就是光线。是光线在与我们作梗。"他小心地把周长的头部模型移到墙角，用一块白布遮起来。"你们应该想到，无论多么高超的模拟，都不可能绝对精确。而不恰当的光线，也许会暴露、甚至放大那些难以避免的失真！"

冯芳群道："他的面容识别系统竟如此挑剔吗？"

"头像是没有问题的。我们应该相信自己的工作。"吴帮瞟一下冯芳群道，"恐怕周长本人坐在这里，光线也是个重要因素。"

陈易诧异地看看他。两个下属不再互相攻讦，终于同舟共济了，这也许是个好兆头。冯芳群感激的目光从吴帮脸上一掠而过。她关掉电脑，拉开一匹蓝布，把所有应该盖起的地方全盖好了——你可以认为这是为了挡灰。

陈易刷地拉开窗帘。鲜红的残阳映射进来。现在看起来，这个房间光明正大，毫无秘密——当然，在电工到来之前，他先得离开。

第二十六章

互联网甫一诞生，就如同野性的藤蔓一样，在这个星球上蔓延开来。它爬过国界，伸入家庭，无数的人把自己的神经搭接上去，把自己变成了网络上的一个微生物。这些可怜的生物们感受资讯，寻求交流，沉溺在宽阔无垠的世界当中。这是一个介于现实和梦幻之间的世界，它比现实温柔，又不像梦幻那样虚幻，那么不可触摸。在人类无奈于现实世界的坚硬冷漠，又哀叹梦境难寻的时候，网络从天而降，它宣告了一个"第三世界"的诞生。人类突然发现，原来还有如此美妙的天地，可以容纳他们孤寂的灵魂，他们惊喜交集。

其实，人原本就是一种类似于蜘蛛的生物。千万年来，他们就在编织交流之网。只是因为技术的限制，他们的网编不大，撒不远。现在，一张无边之网呼地撒过来，无私却也阴险地接纳了他们，包容了他们，他们沉醉了。这个世界成就了他们，他们都成了超人。但是网络在继续生长，它汲取着人类的血液，继续扩张。它的网眼也越来越小，天下万物，差不多一网打尽了。这张无形之网稍一抬起,你就发现,无数可怜的鱼在网上挣扎,喘息:那是千百年来伴随人类成长的其他娱乐,电影、小说、戏剧……凡此种种,都已陷入网络之中。网络举手之间就将它们搜罗殆尽,除了主动合作,企求网络手下留情,它们再也无法呼吸了——网络上的人们离不开网络,如果正在网上梦游的他们突然遇到停电,网络突然消失,他们就要手足无措,丧魂落魄了。

当然,并不是所有的人都这样。很多的人只把网络作为工具。生活的工具,挣钱的工具,交流的工具;也是寻求的工具,试探的工具,讨好的工具,撩拨的工具,缠绵的工具;有时也是咒骂的工具,甚至是陷害的工具……网络上包含了世界上最浓烈的柔情蜜意,最迷人的虚情假意,也隐藏着致命阴谋。

晚上九点半,网吧里,烟雾缭绕,声光杂乱。几十台电脑都在运行。屏幕前的网民们专心致志,沉浸在自己的天地里。靠墙角的一台电脑前,一个中年男子不声不响,正飞快地打着字。老板一看就知道,这是个聊天的。应该说,这是最讨喜的顾客了,相比与那些打游戏,狂敲键盘的玩家来说,聊天的顾客才是好上帝。对那些游戏迷,老板是又爱又恨,他们迷进去,迷得昏天黑地,老板就有钱赚,但一看到他们出手超重,电脑键盘敲坏了,赚的钱怕是还不够修,老板就恨不得把他们踹出去——但其实他不敢。他最多也就敢悄悄地瞪瞪那几个狂喊乱打的小伙子。他走到那打字的汉子身边,递一根烟过去,搭讪一句:"你看看,这里面就你手脚最轻。都像他们那样，我改电脑修理铺得了！"他声音很大，以宣示态度，但没一个人理他。连那汉子也不理。他把烟往边上一拨，又忙自己的去了。老板碰个软钉子，讪讪地走了。心里想：这鸟人也是个穷货，家里连个电脑都没有，要不就是躲着家里女人来搞鬼的！要不干吗还戴个护眼镜？

护眼镜里的目光安详而锐利。一双有力的手指灵活地在键盘上跳动，时而停顿一下，似乎在等待对方的回应。老板好奇地朝他的屏幕瞥了一眼，但他什么也没看清。他是个近视眼，为了威武一点，他从来不肯戴眼镜——后来，警察来调查时，他只能实话实说：他什么都没看见，连那个中年男子的长相都没看清。这是个周日，机器全满，他刚走回柜台，忽然，"耶嘿"一声，那个头发染得黄白交杂的小伙子跳了起来。他指着屏幕喊道："妈的！被灭了不是？！跟我较劲！"他身边那个姑娘双拳捣着小伙子的胸口，尖声叫道："你厉害！你是英雄！"他们打的是一款叫"谁是英雄"的游戏，看来他们赢了。老板警惕地注视着他们，生怕他们动作太大，把电脑碰翻掉。所有的人都对他们侧目而视，只有那个墙角的汉子盯着屏幕，不为所动。老板突然有些愣神，再看那一男一女，他们竟又坐下来，重燃战火了。这一次是姑娘上机，男的在边上指挥。老板叹口气，坐了下来。这时，那个汉子站了起来，推开了椅子。

钱是进门时就付了的，不需要再结账。为了表示礼貌，老板站了起来。那汉子沿着通道，走向大门。这时，那一对男女突然又暴跳起来,双拳乱舞,为自己喝彩。那汉子略一驻足,让他们一让,他嘴角一咧,似乎冷笑了一下。老板顿时有些紧张,生怕惹出事来。但那汉子没有停留,径直出去了。

在事后的追问之下,老板对那一丝冷笑,印象深刻。

这两天都是好日子,周长的楼下,有一户人家结婚。整个楼道里喜气洋洋,人来人往,楼梯上撒满了彩纸屑。周日这天,婚礼已毕,但亲朋好友仍然不绝如缕。

十点多了,周长的窗户依然亮着。楼梯上也灯火通明。这楼梯的灯原本装的是延时开关,显然是为了结婚,临时被换了,长明不熄,灯上还被缠了彩带。十点半左右,又一群客人沿着林荫道过来了,老老小小有十几号人。他们都衣装整齐,说说笑笑地上了楼梯。不一会儿,那间贴着双喜字的窗户上人影杂乱,热闹起来了。说笑声就像炸了鸡窝。

天已经不早了,如此喧闹显然影响了周围的居民。实在是有些不自觉。张颖的丈夫站在树丛后的暗处,心中突然涌起一阵烦躁。他早就该走了,周长在家里能有什么事?如此良辰美景中,根本就没有一丝危险的味道。周长的窗户依然亮着,而且会一直亮着,甚至亮到凌晨——这就是科学家的生活习惯!想到自己谎称得了艾滋病,差点就去试药,他就觉得好笑。但不管怎么说,这总算是个有善心的人,至少曾答应了救自己。前天救了他一命,也算是两清了。

难道，就一直这么陪着他？什么时候才是个头呢？那个贴了双喜的窗户里依然很热闹，他简直像个听房的！岂止如此，他半夜三更盯着一个单身汉的家，这不活脱脱就是个抓奸的吗！

想到张颖十有八九和这个周长不清不楚，他顿时心中苦涩。他为了钱不择手段，但张颖简直是奋不顾身了！这实在是有点窝囊！他好不容易才耐住性子，等到了那拨客人闹够了，嘻嘻哈哈地下了楼。新郎出来送客，他站在楼下，朝众人挥手道别。他拖双拖鞋，穿着T恤，实在看不出是个新郎，唯一的长处就是头发还没有秃。"快回去，回去陪新娘子。"不知谁的一句正经话，激得大家轰笑起来。

树丛后的人忍住笑。临走前，他又朝周长的窗户看了一眼。一切正常。

不知道从什么时候开始，起雾了。

雾是个见不得太阳的东西。几乎所有的雾都是夜里悄悄升起的。我们看见雾的时候，其实它已经完成了布局，成了气候了。很少有人能目睹雾的酝酿和生长。不过，值夜班的人例外。

夜雾笼罩下的医药研究所看上去保卫严密，戒备森严。雾气把路灯和围墙上的射灯全蒙住了，每盏灯的前面都像挡了一层油纸，大是大了，却也散了光。雾失楼台。浓雾中的研究所恍若幻境。

这一天，带夜班的是一个姓黄的小伙子。他是个面容黧黑，身材挺拔的农村青年,从部队转业后,好不容易才谋到这个职位,十分负责。按规定,他的岗位是在门口岗亭,负责监控全所各部位的摄像头和报警设施,同时调度保卫队每半小时一次的巡逻。他的对讲机一直开着,巡逻人员向他报告:一切正常,说着对方还打了个哈欠。他放下对讲机,呵呵笑了。现在是晚间十二点,算起来一天已经过去,但他们的工作才算真正开始。但是,看来不会有什么事。他站起身,抬手撕掉了一张日历,团起来,轻轻扔掉了。

他到这里已经快一年了,十一个月。再等一个月,他就可以转正,成为研究所的正式一员了。以前人家叫他"黄队长",他总有点心虚脸红,到那时,他就可以名正言顺了。名正言顺是多么好,走路都能走得响。他透过雾气,看着远处被射灯勾勒出蜿蜒身姿的一带围墙,觉得真是好看。他喜欢自己的工作,心里美滋滋的。他更高兴的是,刚才,他接了一个电话,是他的顶头上司祈科长打来的。祈科长说今天有雾,他不放心,打个电话来看看。科长说的"来看看",其实就是来查岗,见他没有脱岗,又"一切正常",科长一高兴,这就说起了转正的事情。看得出,祈科长对他的工作是满意的,不然,他不会主动说起这件事。科长主动提到转正,这绝对说明了转正有望!祈科长的电话打得挺长,在黄队长看来,简直就是情深意长!提前一个月就能解除心病,小伙子真是喜出望外了。

他受到关怀,立即把领导的关怀落实到了行动上。他坐到监视器前，点击着鼠标，仔细查看着各个图像——一切正常。但监视器里，巡逻的两个家伙似乎萎靡不振，一个在伸懒腰，一个在撒尿。黄队长对着对讲机大喝一声："当心！后面有鬼！"那两个家伙吓得一愣，忙回头去看。黄队长哈哈大笑起来。

那两个家伙在对讲机里就骂起来了。他们不晓得黄队长今天中了什么邪，值夜班还有开玩笑的兴头。他们身上被雾沾湿了，比淋了雨还要难受。三个人在岗亭里斗了一阵嘴，大概一小时以后，已经过了凌晨，人真是有点困了。两个巡逻的家伙挤到值班室的床上打盹。黄队长打起精神走到岗亭外面，随意打量着四周。浓雾中的实验楼庞大巍峨，突然，他的眼睛瞪大了。异常的亮光在闪烁。这不是灯光，好像是火。是火在晃动！他大喊一声，向前冲了过去。

是火！实验楼着火了！

他返身一脚踢开岗亭的门，喊道："快！报警！打110！"

一个小伙子跳出来，一眼就看见了火。"什么110，是119！"他刚才的气还没消，顶道，"火警是119。还队长哩！"

几分钟后，警笛长鸣，警灯闪烁，大批消防车云集而至。很多居民从睡梦中惊醒了，赶过来看热闹。火势渐大，火光中闪现着消防队员的身影。一条条水柱划出弧线射向火场，二楼那间着火的房间的窗玻璃，在水柱的冲击下"哗"一声就散了。空气中弥漫着焦糊的水汽。

火还在烧，雾气增强了它的视觉效果。围观的人圈外面，一个人骑着自行车直冲过来。他"嘎"地刹住车，跳下来，把车往岗亭前一扔，拔腿就朝研究所里冲去。离火场不远，一个扶着水管的消防队员拦住了他。他站住，望着卷着黑烟的火头发愣。突然，他似乎想起了什么，转身朝着后面大喊："小黄，小黄！你死到哪去了？！"

黄队长躲躲闪闪地出现了。他身上往下滴水，头发也焦了一半。"祈科长，我……"他结结巴巴地说不出话。

"你他妈的干什么吃的？你不是说一切正常吗？！"

"那时候是正常的。可……"

"那这是怎么回事？！"祈天指着火光喊，"你说啊！"他对走过来的消防队长道："我是这儿的保卫科长。我姓祈。"

消防队长看看渐渐减弱的火头道："马上就完事。我们得说点事儿。"

祈天点点头，冲那个还在发呆的黄队长道："你们几个别愣着，上岗，不要让外人进来！"他带着消防队长进了岗亭，把门关上了。"幸亏发现及时。"队长道，"烧的是什么地方，你知道吗？"

"看方位大概是一个实验室。"祈天伸头看看外面，火已经熄了，烟还没散，"仰仗你们了。"

"这没什么。不过，损失你们得估算一下。另外，火灾的原因，你怎么看？"

祈天沉吟着还没说话,门被推开了,一个头戴消防帽的队员报告说:"火场清查过了。里面没有人。"

"幸亏是星期天。要是死了人我就完了!"祈天松了口气道,"至于起火原因,总得去看看现场才能下结论。你看,是不是等天亮了我们再去看?"

"依我说,应该立即通知刑警部门。"

"怎么,你怀疑是人为纵火?!"

消防队长反问道:"你能排除吗?"正说着,一身便装的李天羽敲了敲门,进来了。他是老熟人,祈天站了起来。"正说到你们,你就来了。本来要向你们报告的。"

"是嘛。"李天羽笑笑道,"我在家里听到警笛,打电话一问,说是这边着火了,就来了。"

"我们应该换换位子,你反正睡不着,干消防比我合适。"消防队长打趣道,"就怕屈了你这个大侦探的才啊。"

祈天大致介绍了情况。消防队长说:"我还得去扫扫尾。你们先谈。"出去了。李天羽道:"我们也去看看吧。"

三个人一起,沿着水汪汪的道路走向实验楼。

着火的是周长的实验室。木门被烧掉了,只剩一个防盗门,像个栅栏。因为电路被烧坏了,没有灯,在手电的光线下,一切都黑乎乎的。几把折叠椅烧得只剩个骨架,电脑桌也是钢架的,残骸竟陷到了烧通的地板里。房顶已经通了,依稀映入淡淡的天光。

为了保护现场,他们没有进去。只在门口这么一看就知道,这间实验室是彻底报销了。

祈天不时地叹气。他不可能没有压力。他们摸黑沿原路下楼。对面,一只手电摇晃着过来了。祈天站住了。"老祈,这是怎么弄的嘛?!"所长的声音老远就传过来了,"损失怎么样?"

祈天垂头丧气地道:"一间办公室,基本没了。"

所长打着手电朝门里一看,回头道:"什么原因,你说!"

祈天说不出话。这情形李天羽不能不出来打圆场了:"所长,事已经出了,您也别急。"李天羽道,"现在先保护现场。天亮了我们会来勘查。具体什么原因,一定会查出来。"

"一定会查出来?这可是你说的!"所长冷笑着,气哼哼地跺一下脚,自己下去了。祈天连忙跟了过去。

李天羽苦笑。是啊,自己还有什么资格吹牛"一定会查出来"?他皱着眉头,突然间心神恍惚。他一听说研究所着了火,心中就是一凛。现在,他已置身于现场,一种奇异的感觉却如水汽浓雾,更飘忽了。

他总觉得有哪里不对。似乎少了一些什么:一些应该存在,却没有看到的什么东西。

突然,他的脚下一崴,一脚踩到了烧破了的地板。他扶住墙,站好,脑子里突然轰了一下——周长!周长为什么不在?

他为什么没来?!要知道,他的家离这里不远,这里闹成这样,他难道会毫无反应?祈天干系重大,赶过来了,那周长岂会无动于衷？

除非他一点都没有听到。

除非他听不到了！

周长的尸体当夜就被发现了。

客厅，明亮的灯光下，周长趴在地上，脑后是一摊血。李天羽倒抽了一口凉气——何其相似的场景！但这一次不是在超市，是在他家里！李天羽飞快地扑上去，摸着周长的脉搏，翻了翻眼睑，回头对祈天道："他死了。"

祈天惊得目瞪口呆。他张大嘴，什么也说不出，乖巧地退出了门。门刚才是被一脚蹬开的，当时里面的灯就亮着，看上去并无异常，但李天羽嗅到了一丝血腥味。他连着两脚，就把门破了。周长的对门看来是个空关房，没有人居住，楼上的邻居闻声下来了，睡眼惺忪地挤过来看热闹。祈天严肃地道："我们是公安局的。请你配合一下，立即离开。"说话间楼下的邻居也上来了。祈天重复了刚才的话，进了门，把门关上了。为了防止破坏现场，他只站在门口，不往里走。明亮的灯光下，李天羽给朱绛打了个电话，从鞋架上找了双塑料鞋套套上脚，继续四处查看。

这时是夜间两点，墙上的时钟静静地走着。周长身着睡衣，蜷曲在地上。书房里，他的电脑还开着，电脑边上，摆着一杯喝了一半的牛奶。李天羽小心翼翼地凑过去一看，是QQ聊天的界面。他仔细观察着聊天文字，迟疑一下，没有去动鼠标。

"朱绛怎么还不到?"他焦急地说着,走到门口,问祈天道,"你怎么看?"

"是谋杀。"

李天羽笑一下,意思是,这还用你说?祈天道:"应该看看,是不是丢了什么东西。"

"是。"李天羽看看表道,"我两手空空,要等朱绛来了再说。"正说着,阳台上突然传来了几声"咕咕"的声音。侧耳听听,那声音响成了一串。"这是什么?"

祈天道:"不知道。像是青蛙。就在家里。"

李天羽走过去,在几个摆在地上的木箱前弯下了腰。"是蛤蟆。他养这个干吗?"

祈天摇头。"真是个怪人。"李天羽嘟哝着走到门口:"我们不知道的事看来还有不少,但是——"他皱着眉头,看着祈天道,"有一些事已经明确了。"

"什么?"

"第一,是熟人作案。他身穿睡衣,不会在晚上接待生人,更不会给那个人沏茶。"他的手指着客厅的茶几道,"还有个细节也说明了凶手是个熟人:边上的餐桌上就有烟,却没拿过来,泡了茶,这证明周长了解这个人不吸烟。"

祈天怔怔地看着李天羽,他点头,承认李天羽的分析有道理。

"第二,周长被杀的时间,应该是晚上 11 点以后不久。"

祈天"噢"了一声,满面惊诧。

"你没有看到电脑,所以你不知道。他正在聊天,有人来了。他从电脑前走开,接待来客。电脑上最后一句话的时间记录是22点58分。此后不久,来人就下了手。"

"那人既然目的明确,就不会耽误很长时间,对吗?"

"是的。你不愧也干过这一行。"李天羽肯定地道,"当然,要确定这个时间,还要等尸检结果。"他指着那杯牛奶道,"牛奶一般一气喝完。他没喝完就有人来了。只要查一下胃内消化情况,就能证实我的推断。"他的语气很确凿,但似乎又立即怀疑这结论来得太容易,喃喃道,"是的,我相信,凶手不会和他聊很长时间。"

外面有人敲门。是朱绛赶到了。

几乎没有新的发现。

现场没有其他人的指纹。连那杯茶都没有别人碰过。这从侧面说明了来人坐了一会儿,但并没有坐很久,还没等开水降到可以喝的温度就动了手;当然,他也可能推说自己喝了茶睡不着觉,但如果这样,他完全应该在周长泡茶前谢绝。这至少可以避免留下有人来访的痕迹。

现场没有脚印。原因很简单:进门是要换鞋的。该死的卫生习惯!

现场已经仔细勘查过,技术分析的结果也出来了。但李天羽不断回忆现场当时的每一个细节，希望能发现疏漏。

周长的钱包扔在床上，看样子是从边上的衣服里掏出来的。钱包里只有一些零钱，原来肯定有现金，具体多少，难以查证。但钱包里的现金一般很有限。其他地方并未发现被撬开和翻动的痕迹。翻开周长的枕头，一只欧米茄手表赫然在目，这只表价格肯定超过一万。当时李天羽突然心念一动，回到客厅，问祈天道："你有周长的手机号码吗？"

祈天一愣，说："可能有。"他在自己手机上找了一下道，"在这里。"

"你打一下。"

祈天拨出号码。悦耳的彩铃声在浴室里响了起来。"手机也没丢。这么说，只有钱包被动过。"李天羽喃喃地道，"不是钱。绝不是为了钱！"突然，他想起了以前发生的那桩电脑被抢案，急切地问："现在有笔记本电脑吗？怎么不在家里？"

他这是在问祈天。祈天摇头道："我不知道。他后来确实又用着一个新的，这我知道。"

"我得去火灾现场看看。"李天羽果断地对朱绛道，"这里交给你了。明天天一亮，你再找邻居了解情况。"他走到门口，看着门铃按钮，问道："这里的指纹打过了吗？"朱绛点头。李天羽轻轻一按，一阵欢快的铃声响了起来。"这铃声很特别，不常见。你别忘了询问邻居，他们听到铃声没有，什么时间。"

但第二天的调查结果更令人沮丧：被惊醒的邻居们听到过一

阵门铃声，但从时间看，那一下是李天羽自己按的。整个晚上周长家都很安静，没有人听到过打斗声。周长的笔记本电脑在火灾现场被发现了，但已经被烧毁。唯一让人略感振奋的是，尸检结果证明，当时的推测是正确的，周长正是在喝下那半杯牛奶的半小时内被杀。结合电脑上的聊天时间，可以得出结论：23点后的半小时内，就是发案时间。

可以想象：周长正在聊天，外面的门被轻轻敲响了。凶手进来。大约十几分钟后，凶手趁周长不备，突然下手。钝器击打两下，周长死亡。

但是，凶手的作案动机呢？不是为了钱，又是为什么？如果是为了他的笔记本电脑，这么一个细心周密的凶手，又是熟人，怎么可能疏忽了周长没有把电脑带回去这个事实呢？

长期的刑侦实践告诉他，只有确定了动机，才能指向目标。否则，那将是大海捞针。

李天羽陡然间恼火起来。为什么，为什么这一年多他总是要碰到无头案？！难道是自己能力退化，手眼生疏了？要不就是他交了霉运，流年不利？或者，是有什么高手有意逞能，盯上了他这个"神探"？

但他立即就打消了这个想法，因为在这个世界上，绝没有一个人，仅为了逞能而和警察较量，只有小说家才会如此杜撰。然而事实是明摆着的，这一年多来，具体说，从周长的笔记本电脑被抢，到储蓄所抢劫案，祈天女儿被杀，再到现在的周长被杀，他几乎全都束手无策——还不包括医药研究所失火案。失火现场也已经勘查完毕,虽有人在电路上做了手脚,试图把视线往电路老化上引,但人为纵火依然留下了蛛丝马迹。

又是一团乱麻。渐渐的,这一团乱麻纠成了一个"结"。这一个"结"一直窝在他心里。此刻思维稍一触及,突然间被挑开了:祈天!是祈天!

为什么案子只要与祈天有了瓜葛,就破不开?!

李天羽霍地站了起来。他猛地推开窗户,清冽的空气涌了进来。他清醒了。其实他一直也不迷糊,有好几次灵光从他眼前闪过,都被他摇头避过去了。他在内心很难相信,杀人和放火,会和祈天有关。他压住兴奋,定了定神,他发现自己的思路又绕回去了:难道祈天就是那个逞能的"高手"?

如果不是逞能,他到底为了什么?

有时候,在不明确动机的情况下,只能先从案件本身入手。抓住了案犯,作案动机自然也会水落石出。

对周长的同事和熟人的全面调查已经开始了。祈天无疑是重中之重。

李天羽看着从凶案现场搬来的电脑,沉思起来。

第二十七章

那本是一个寂静之夜。一个人被谋杀了，无人察觉。但消防车凄惨的尖啸像一把利刃，挑开了夜雾，划破了天鸡山下的沉寂。禅房里，一智方丈从打坐的蒲团上站了起来。西北的花窗外，火光闪烁，树影摇曳。一智怔怔地站在窗前，他的目光越过树顶，看到了烈焰熊熊，烟雾冲天。那火头从树顶窜出，仿佛是巨大的花朵。鼎沸的人声中，那火头在浓雾中招摇着，变幻着，十足的气焰嚣张。

"阿弥陀佛！这火来得不善啊。"一智宣一声佛号，闭上了眼睛。他的眼皮被光透过了，依然可见万丈红尘。他灵光一闪，如遭当头棒喝，立即想起了周长。他心中一冷，分开八片顶阳骨，倾下半桶雪水来！这个方外之人觉到了危险！

怎么办？以他的身份，突然现身火场实在是惊世骇俗，他不能去。老方丈数十年来第一次手足无措了。

突然，他想起了周长前几天曾来拜访过。他们曾有一席清谈。让一智略感诧异的是，周长涉猎甚广，对明史尤为谙熟。石城本是明朝都城，明代史迹几乎随处可见。说起来这天鸡寺和明朝皇帝也颇有渊源，洪武帝于洪武二十年曾命崇山侯李新重修颓寺，不但尽复旧观，还亲赐匾额"天鸡寺"。后又经宣德、成化年间的扩建和弘治年间为时六年的大修，才达到今天的规模。在这样的环境中谈起明史，两人都颇有兴致。后来，周长又说起自号"八大山人"的朱耷，画意超拔，执数百年写意画之牛耳，至今无人能及；他原是洪武皇帝的九世子孙，锦衣玉食，因明朝覆亡而放浪形骸，后遁入空门了。两人说得投机，周长提笔写下"八大山人"四个字，道："大师一定知道这四个字的读法了。"一智答道："哭之，笑之。"周长凄然一笑道："他是对这世界哭笑不得吧？"一智道："施主其实已经知道了。"

　　他们谈古说佛，看上去不着边际。记得周长后来又说："不但明朝的皇帝好像和佛教结有不解之缘，列朝列代不少皇帝也都信佛。其实天子代天牧民，总理河山，是尘世的总领，他们如此尊崇佛教，难道是觉得只有这青灯古寺才是真正的净土吗？"这个问题回答起来一言难尽。一智道："说起净土，只要心存佛法，心田即是净土。"周长若有所悟，缓缓点头，却又突然问道："大师可知道八大山人晚年的巅峰之作《安晚帖》，现存何处？"一智一愣，叹道："在日本，东京泉屋博物馆。可怜绝世国宝，飘零海外，流入异邦了。"一智看出周长神情疲惫，面带忧色，因问道："施主可有心结？老衲或许能为你分忧。"周长认真地看看他，终于说明了来意。

他的托付说明了他已有预感。看来，这位施主心有慧根，已做好不测之备了……

火还在烧。烈焰升腾。一智双手合十，忧虑地眺望着远方变幻的烟火。"南无、喝啰怛那、哆啰夜耶，南无、阿唎耶，婆卢羯帝、烁钵啰耶，菩提萨埵婆耶……"他喃喃念着大悲咒，默祷周长能够逃过这一劫。

火并不算很大，但它映红了辽阔的玄武湖面。按计划，星期一一上班，陈易立即就要投入最后的冲击。只要周长打开电脑，连上网络，他们将即刻启动他们反复预演的程序，悄然潜入。待成功进入文本处理系统，他们首先全盘复制周长的现有资料，同时，无声无息地潜伏下来，随时监控和掌握周长的研究动态，直到研究完成——这是一个艰苦的计划，几乎耗尽了他的才智和心力；这更是一个伟大的壮举，它不但对公司总部来说居功至伟，甚至，可堪载入国际谍战史册！

但他们都累极了。身心疲惫。为了保持决胜前的饱满状态，陈易严令吴帮和冯芳群回去休息。他自己也回到公寓，放下心思，安然静卧。

然而他睡不着，身体似乎松弛了，大脑依然亢奋。他不断梳理着明天的程序：打开机器，密切监控；……周长开机，他们潜入他的电脑；"电子琴"传来周长的键盘动作，这是他在启用文本处理系统了；他们同步操作，进入"二合一"身份识别程序……一个朝思暮想的天地呈现在眼前了……突然传来了警报声！陈易大惊失色，他呼地从床上坐起，这才发现不是他梦想中的系统报警声。是火警！

这是一栋临湖而建的公寓，不需要起床，他就透过窗户看见了明亮的火光。那是他殚精竭虑的目标，是他梦中的金矿，是医药研究所！

多少次他站在床前，面朝远方，心驰神往。现在，它蹿起了熊熊的火焰。

火光映照在湖面上，湖上的夜雾被映红了，仿佛湖水也着了火。整个世界都烧起来了！陈易哀叹一声，抬脚把前面的茶几踢翻了。他死死地盯住那火焰，浑身都软了。突然，他操起电话，拨了吴帮家里的号码，喊道："你叫上冯芳群，立即赶到公司，进入程序！"

"她，她就在我这儿。"吴帮显然吓了一跳。他身边冯芳群的声音道："谁啊，这么晚了！"吴帮支支吾吾地道："我们还在讨论明天的工作……工作程序。"

"嗯？！还讨论个屁！"陈易焦躁地喊道："你没看见研究所被烧了吗？！"

他掼下电话，飞快地穿衣出门，驾车朝研究所方向奔去。

他知道大势已去，但不看到最后的结果，他总不死心。十几分钟后，他远远地把车停下了。他没有下车，光影闪烁的脸上，眼泪慢慢地流了下来。

是谁，谁干的？！出手也太狠了。既准又狠！

作为一个局内人，一看见火光，他就知道，这是人为纵火。

他不知道，他的手下现在是不是已赶到岗位，这一对男女刚才绝不是在"讨论"工作，而是在"切磋"身体！但他已经没有兴趣再去追究了。对一个过火后已经断电的目标使劲，只是聊胜于无的垂死挣扎而已。

天亮后不久，陈易就得到了周长的死讯。他顿时瘫软在椅子上，一句话也说不出。按理说，他应该感到沮丧，感到愤怒，但他发现，自己竟似乎如释重负了。没有了，什么都没有了。一个睿智有趣的对手消失了，他捂着藏着的成果也已不复存在。荷戟独彷徨，猛士走四方。陈易简直不知道自己还能再做些什么了。

为什么祈天的周围总是暗流涌动？为什么案件里只要出现他的身影就成了死案？为什么？

李天羽感到窝囊，这些案子如果不破，即使不会伤及他的半世英名，他也会被憋屈死！他的斗志被激发了。即使祈天不是故意摽上自己，但既然狭路相逢，他李天羽也必须迎上前去！

专案组已经开始工作。在李天羽的坚持下，凶杀案和纵火案并案侦察——这其实是本案最终得以侦破的关键一步，但当时极富争议。从当时掌握的情况看，两案并线实在有些牵强，但直觉驱使李天羽据理力争。他的"直觉"其实是拿不上台面的，关键时刻，研究所的所长无意间帮了他的大忙。所长在介绍情况时，吞吞吐吐地绕着周长的研究成果,不肯触及要害——他还坚守着他们的规矩:不到万不得已,决不泄露所里的科研细节。——但他最终还是忍不住了,他突然激动起来,失态地喊道:"全完了!什么都没有了。我们投入了多少财力,寄托了多大的希望啊!"老先生摘下眼镜,捂着脸呜咽起来,"我们现在是鸡飞蛋打了!"李天羽适时解释道:"请注意:鸡,还有蛋。周长是研究所的重要人物。我的理解是,蛋指的是被烧掉的试验室,鸡就是周长——所以两案并线是理所当然的!"

朱绛讥诮地道:"鸡蛋,鸡蛋,都在鸡窝里。所以要并案。"

李天羽瞪他一眼:"但愿我们也能一锅端!"

他说的"一锅端",就是以这两个案子为突破,把有关的积案也一鼓荡清。话虽这么说,但祈天的嫌疑并不能落实。从目前看,有一点很明显,那就是周长被杀,至少不是祈天亲自下手。因为他没有作案时间。

难道还有另一个人?两个人联手作案?

周长被害前的聊天记录被复制了。这段记录和周长胃内的牛奶消化程度互为印证,明确提示了他的被害时间。

就在这个时间段里,祈天正在和研究所护卫队的黄队长通电话。那个电话从晚上 10 点 50 分开始,到 11 点 10 分结束。电话是从祈天家里打出的,通话时间为 20 分钟。

通话记录已被调出,绝无错误。对黄队长也进行了反复讯问。结果证实,在案发的时间段,祈天一定是在家里。他分身无术。

李天羽又遇到了难题。这个难题出在时间上，出在精确、冷漠，每时每刻都在流逝的时间上。有人说，人不可能同时踏入两条河流，同理，人也不可能同时出现在两个场合。但是，李天羽固执地盯住了祈天。在他的安排下，专案组针对两个案子分成两拨，采取"群众路线"，开始大规模地调查有关人员。他们的对手是潜伏在水底的狡猾的鱼，他们是在撒网，而李天羽却像个手执鱼叉的渔夫，他仔细观察着微波不兴的水面，期待着一叉中的。

他反正是和祈天耗上了。

是的。表面看起来一切正常。一个尽职的保卫科长，打电话给值夜班的下属，这天经地义；他在电话里关心下属的转正，也算是人性化管理，无可非议。但蹊跷的是，恰恰在他打电话的时间里，有人被杀了；就在此后不久，黄队长的护卫范围内，竟又失了火——不但是黄队长的护卫范围，更是祈天的工作范围——他有亏职守，看起来也是一个受害者。

再往前看，他的女儿死于谋杀；他的老婆弃家而去；达江储蓄所抢劫案看起来与他没有直接关系，但他的角色却又不明不白……如果祈天真是清白的，那难不成真应了那句话：天将降大任于斯人也，必先苦其心志，劳其筋骨，饿其体肤，什么灾难都往一个人头上砸？

不可能！这种话可以用来自我鼓励，也可以用来安慰别人，但若用它来解释案情，则完全是鬼话。一连串的孤立事件中一定存在某种必然——虽然暂时还看不破。

应该从最近的两个案子入手。周长被杀更是关键。这是主干，抓住它，前面那一连串的案子也许将全部迎刃而解。

周长被杀，是熟人作案；研究所被烧，也是深谙内情的人下的手。从了解内情这一点上说，没有人再比祈天更熟悉研究所的安保措施了。事实上，案犯正是利用了它的漏洞，从视频监控的唯一死角潜入了现场，他毒杀了研究所的那条德国"黑背"，成功纵火。

但问题是，祈天没有杀人时间。

难道纵火的是祈天，杀人的另有其人吗？但李天羽的直觉很坚定：不是这样的！

朱绛一贯和李天羽保持一致，这既是尊重领导，更因为他钦服于李天羽的赫赫战绩。但这一次，朱绛有了不同意见了。他走访了无数的人，梳理了周长所有的社会关系，但几乎一无所获。他气喘吁吁地进了门，一把扔下摩托车头盔，嘟哝道："队长，我还是觉得两个案子并案有点说不通。"

李天羽坐在电脑前，下意识地敲击着键盘，不说话。不说话就是否认。朱绛不服气地道："如果说可以并案，只有一个理由，"说着他自己笑起来了，"那就是杀人放火是一个成语，两个动作是联系在一起的。"

李天羽问："杀人放火是成语吗？"

"不是成语也是个词。先杀人,后放火。所以咱们就并案了。"

李天羽看了他一眼,没答他的话。朱绛道:"这又杀人又放火的,他到底图个什么?"

"谁?"

"祈天啊,"朱绛嘿嘿一笑道,"我早知道你在怀疑他。"

"为什么?"李天羽追问道:"为什么我就会怀疑他?理由?"

"他干起来最方便!可是……"朱绛摇摇头,"除非他发疯了。"

"其实你心里也赞成并案了,只是遇到了困难,想打退堂鼓——是的,我们不妨把他当个疯子看,"李天羽沉吟道,"可是这个疯子很厉害啊。"说着他抬手打开了桌子上的电脑。朱绛看到正在启动的屏幕,立即就没了兴趣。那一段聊天记录李天羽已经看了很多遍了,再看下去,难道这屏幕还能帮他画影图形吗?"队长,我出去了。"

他刚跨上车,发动了机器,身后传来了李天羽的喊声:"你等等!"

朱绛吓了一跳。摩托车划道弧线,停住了。他狐疑地回到办公室。李天羽紧紧盯着屏幕,目不转睛地道:"你不要走。帮我再看看。我知道你是经常用QQ聊天的——你不要狡辩,我又没说你上班聊天——我们再看看,我总觉得这东西不能放过。"

朱绛苦笑。坐了下来。

已看过无数遍了。朱绛至少也已看过五遍。正是这个聊天记录明确了周长的被杀时间。这个时间和祈天打出的那个电话互为印证，严密地排除了祈天的作案可能。但正因为严密，它更令人生疑。聊天的双方是"隐忧"和"周密"，"周密"是周长的网名，"隐忧"是谁呢？现在还不知道。

他们的聊天是有主题的。围绕艾滋病。这是周长的本行。要引诱周长聊天，艾滋病是最合适有效的话题。"隐忧"显然是男性，他担心自己得了艾滋病，向"周密"请教。他详细描述了自己的症状，还坦白地叙述了自己的不洁性经历。"周密"宽慰他。他是个敬业的人，也许还希望借此了解有用的病例，他很耐心。

整个聊天记录分为两段。前一段紧扣艾滋病，很长。"周密"（周长）答疑解惑，"隐忧"唠唠叨叨，忧心忡忡，他终于接受了"周密"的意见，答应尽快去检查一下："你说得对，只有医生才能断定一个人是否得了这个病。"于是"周密"说："祝你好运。886。"——说这句话的时间是晚上 10 点 05 分。

下面是另一段。10 点 50 分，"周密"再次向"隐忧"发话：你在吗？你隐身了吗？对方没有回答。几分钟后，他又问：你下线了吗？依然没有应答。"周密"说："你真的不要紧张。不要疑神疑鬼。很多人过于担心，最后得了'艾滋恐惧综合征'。"最后他说："有人来了，再见。"——这是周长最后一句话。他留在这个世界上的最后记录，时间是 10 点 58 分。紧接着，有人进来，他被杀害了。

这后一段准确地说不能算是"聊天",只能算是独白,因为"周密"并没有得到对方的回应。技术部门已经调阅了"周密"和"隐忧"的所有交往记录,结论是:这两个人认识不久,"隐忧"五天前才被"周密"接受为好友。"隐忧"也不是一开始就袒露心迹,暴露隐私的。他们此前聊过两次,"隐忧"是逐渐敞开心扉的。

这也正常。没有谁会一认识就脱了自己裤子亮给人看。然而,这种迂回渐进,不也可以理解成一种处心积虑吗?

李天羽本能地觉得这个"隐忧"不可轻忽。他没有确凿的理由,只是因为这个聊天记录的时间,实在是太重要了。

李天羽曾怀疑过,"隐忧"就是祈天。通过 IP 地址,朱绛已经找到"隐忧"所在的网吧,反复盘问启发的结果是,那个网吧老板回忆起案发那晚曾有个中年男子在他那里聊过天,但具体时间他说不准;面对祈天的照片,他说,不敢确认。检查那台电脑,那个时段的上网痕迹已经被清除了。

李天羽现在面对的是周长的电脑。是他死亡前使用的电脑。键盘他们已经仔细检查过,没有发现别人的指纹——要么确实没别人用过,要么就是:有人用过键盘,但避免了留下指纹……李天羽心中雷击般的震颤了一下。

两段记录。周长为什么要在 10 点 50 分,再次在 QQ 上招呼"隐忧"呢?"隐忧"已经下线了啊。看不出他有什么迫切的理由,他不断地给"隐忧"打字,并不见他有什么不得不说的话:他只是继续劝慰"隐忧"。对一个萍水相逢的网友,这似乎关心得过了分。

一段淡淡的影像在李天羽的脑海中浮现起来。但还不明确。他抓不住。他随手点击着周长QQ上的"最近联系人",一个,又一个。突然,他的目光尖锐地聚焦了——在周长和"隐忧"聊天的同时,他还与另一个网友聊着天!10点15分,周长对对方说:"有人来了……"——又是一个"有人来了"!真是糊涂,怎么以前就没有注意到这一段聊天记录!

这个聊天对象是女的。一个秀丽的头像。他们语涉私密,在接待来客之前,周长本能地把她的界面关掉了。这很正常。问题是,大概半小时后,周长再次向"隐忧"发话,又出现一个"有人来了"——难道,他当天晚上曾有两个客人来访?一个是在10点15分,另一个更晚,10点58分?

这不可能!他们已经调查过周长的邻居。虽说那天有人结婚,楼道里比较杂乱,但如果曾先后有两个人进出,他们不可能一次都没有发觉……李天羽紧皱眉头,绞尽脑汁。

朱绛漫不经心地凑了过来,看到周长和女网友的聊天记录,他眼睛一亮;看到他们语气亲昵,他咧嘴笑了起来。李天羽沉郁地瞪了他一眼。他立即敛住表情,随手点开了周长和"隐忧"的聊天记录。

真是烂熟于心了。他几乎都能背下来了。"那祝你好运。886。"第一段结束;第二段是周长在自说自话,然后,"有人来

天知道

了。再见。"实在没什么看头。他顺手又点开了周长与女网友的记录。突然,他的表情僵住了。"奇怪!"他凑近了。李天羽闻声凑了过来。

"你看,"朱绛同时点开两个界面,"这好像有问题!"

"什么?"

"在这儿,"朱绛拖动着鼠标指示道,"这里一个是'886',另一个是'再见'。"

"什么意思?'886'就是'拜拜了',也就是再见。你告诉我的。"

"可你不知道说惯了'886'的人,不可能再去说再见的。'……'是让对方等一下,是网络语言,'886'也是行话。说再见,这多麻烦!多老土!"朱绛的鼠标指示着女网友的记录道,"他前面说'886',十七分钟后,他却舍简就繁,说再见。这一定有问题!"

"你聊天怎么说?"

"我,我说'886'。"朱绛期期艾艾地道,"我这人比较懒,嘿嘿,说惯了就不改口。也许,周长换个说法道别,也有可能。"

"不!你是对的!"李天羽霍地站起,折叠椅被他的大腿弹出老远,"你上班聊天,聊出了一功!"

李天羽不知道祈天曾经偷换过他老婆的护照,更不知道再早一些,他曾偷偷用自来水换过自己的小便,他并不了解偷梁换

第二十七章 419

柱、李代桃僵是祈天的故伎。但此刻,他的心中已经明澈如洗。在纸上一摆,一切都清晰了:

晚上9点半到10点05分,隐忧在网吧和周长聊天。周长最后对他说:"祝你好运。886。"

大约10点15分,隐忧赶到周长家(周长听到有人敲门,对女网友说:"有人来了……"他迎来的是杀身之祸。)

10点25分左右,隐忧杀掉了周长。他仔细清理了现场,把周长电脑的时间修改为10点50分,用周长的QQ继续向隐忧发话。最后一句话的时间显示为10点58分——他以此表明周长此时还活着,还在聊天。

10点40分,隐忧将电脑的时间复原,离开现场。故意不关掉电脑,以留下自己没有作案时间的证明。

10点50分,他赶到家,立即拨通护卫队的电话,直到11点10分结束。护卫队队长作证,10点58分前后,他正在接祈天的电话。

"隐忧"冒充周长聊天,当然也可以选择别的对象,但他最有把握不在线的,就是这个"隐忧",否则万一对方回话,一切将要穿帮。显而易见,周长和女网友的聊天记录才是真实的,他的最后一句话,10点15分,这才是凶杀案真正的起点!这才是没有被动过手脚的时间！电脑上显示的聊天记录，每句话都精确到秒，但李天羽已不需要如此琐碎。凶手给自己安排的时间宽裕而又严密。李天羽长舒一口气，呵呵微笑起来。他抬头望着墙上的时钟。钟面反射着光线，白花花的一片。祈天的身影在钟面上晃动。

朱绛一拍桌子，"就是他！头儿，你好厉害啊！把'隐忧'换成祈天，就是真实的作案过程！"

"为什么？"

"修改时间的得益者，一定就是凶手！我们应该立即传唤他！"

"你能证明有人修改了时间吗？"

"这是明摆着的！"

"可你无法证明。你更不能证明修改时间的就是祈天。"李天羽的眼前，墙上的时钟幻化成了祈天的脸。他几乎已经看见，杀人后，祈天在家里待到深夜；他看见了凌晨1点前后，祈天潜入研究所，实施纵火的身影……但是他说："我们没有证据。这可是个法治时代啊。"

"那怎么办？要找到铁证，太难了。他太狡猾了！"

"先等等。"李天羽无奈地抓着自己的头发，"你先不要动，让我再想想。"

第二十八章

这是一桩奇案。在李天羽二十多年的侦查生涯中,他办过很多监守自盗的案子,但一个保卫科长,杀人放火,直接导致本单位的研究课题"鸡飞蛋打",李天羽还闻所未闻。

正如朱绛所说,现场勘查和随后的调查工作已经极为细致,随着时间的推移,再希望有所发现,基本是个梦想。继续调查的结果也证明了这一点:他们没有收获。在他们撒网式的广泛讯问中,祈天是暗中的重点。但他很镇定。按他的说法,他案发当天晚上,一直在家。因为他一人独住,无人证明。

"老祈,这是例行公事,你不要多心。"李天羽抱歉地苦笑着,突然话锋一转道,"据我们了解,你案发当晚出去过,而且到过两个地方!"

这是突然的出击,电光石火的一瞬间,祈天一愣,但立即笑了起来:"是啊。我是出去过。单位烧起来我去救了火,后来又跟你去了周长家里——这你都知道,我就没说。"祈天开始反击了,"我理解你们的做法,但是你们看来是怀疑上了我?!"

"不不。我们必须一个个排除疑点,但最不怀疑的就是你。"

祈天反问:"这又是为什么?"

"你是保卫科长。出了这样的事,你难辞其咎。"

祈天长叹一声,不说话了。半响,他皱眉道,"即使你们破了案,我至少也得挨一个处分。饭碗能不能保住还难说。"

李天羽递了根烟给他。祈天摆摆手没接,道:"我早戒了。离开公安局我就戒掉了。"李天羽自己点着烟,突然问:"你晚上在家,具体做了什么?"

"就随便翻翻晚报。"

朱绛插话道:"没看电视吗?"

"怎么会不看?我一般看看新闻,有时也看看体育节目。"祈天想了想道,"那天晚上没有好比赛,本地新闻一结束我就关掉了。"

不需要再问了。他们已经没法再追问祈天看过一些什么节目。这是一个无懈可击的回答。你可以不相信,但你无法推翻。

如果祈天真是对手,他的防守也太严密了。李天羽心中的怒火突突地蹿了起来。越是无懈可击,他的嫌疑就越大!但这是搬不到台面上的话,李天羽只能忍住。他手里"得得"地顿着记录笔,一时语塞。这局面实际上很清楚了:他抓不住把柄,却不甘愿就此收手。因为不是正式的传唤,这次讯问虽然也在刑警大队的办公室,但并没有拉开架势,三个人像聊天一样随便地坐着。祈天自己到饮水机那里续了点水,突然嘿嘿笑了一声道:"这警察也不好当啊。我是干不了啦,所以就调走了。这案子破不了,我是不得清爽,你们压力更大。"

这本来是一句转弯的话,却把朱绛惹火了:"谁说破不了?"他啪地扔掉手里的笔道,"我肯定案犯已经进了网,只不过要再养养!"

祈天"哦"了一声,却不再问。

沉默。

李天羽不动声色。他预料到和祈天一接触就会触及要害,但没想到破绽没找到,朱绛却把话说僵了。既然已经打草惊蛇,索性一逼到底。"你晚上一直在家,看报纸,连电视都没怎么看……"李天羽沉吟着,分散着祈天的注意力,突然问,"老祈,你用QQ聊天吗?"

"不,不聊。"祈天补充道,"以前聊过的,现在不喜欢了。这种东西都是一阵一阵的。"又是一个滑不留秋的回答。他的脸上看不出一点惊慌和意外。李天羽站起来,果断地说:"如果我们想看看你的电脑,你不会介意吧?"不等他回答,转脸对朱绛道,"你跟祈科长去一趟,把主机搬来。注意,不要惊动邻居。"

"这好办,我就装成个修电脑的。"

朱绛把电脑搬来了。祈天从家里直接去了单位。分手前他叹口气对朱绛说:"你们别白费劲了。"朱绛当即指着电脑道:"你是说,在这上面我们也会白费劲?"言下之意是:难道你预先动过手脚？祈天一笑道："我不知道你们要看什么。不过我一个单身男人，总有点隐私，你们不要太顶真。"朱绛道："我们不管这个。"祈天看看朱绛，老大哥似的说："你们搞错了目标了。要是真凶抓不住，你们日子可不好过啊。"

朱绛把电脑接到办公室的显示器上，气呼呼地道："他实在是太嚣张了！最后还问我，'你们也不想想，我为什么要干这种事？什么目的？有什么好处？'"

李天羽问："你怎么说的？"

"我立即逼一句：'这种事'是什么事？"

"问得好。"李天羽赞许地问，"他什么反应？"

"他狡猾得很！"朱绛沮丧地说，"我以为他会脱口而出，一口提到这两桩案子，没想到他笑笑说，'反正你们弄错了。'还说，他保证配合，随叫随到。"

李天羽发亮的眼睛黯淡下来。他也失望了。警方从未泄露过他们已经将两案并线，如果祈天仓促间暴露出两案其实就是一案，那他就漏了底。

记得有个揭露了无数黑幕的外国记者说过：真相就是无底洞的底。现在，李天羽已算是找到了洞口，但是里面黑沉沉的。他看不透。是的，祈天问得对：他为什么要干这种事？什么目的？有什么好处？

李天羽想得脑瓜子疼。他对祈天的电脑已经没有多大兴趣了。这肯定是一台"干净的"电脑，大概比小学信息教室的电脑还要干净。实际上，里面除了几十张不那么干净的美女图片，没有任何让人眼睛一亮的东西。QQ 里也没有与"周密"的聊天记录，而且正如祈天所说，他已经很久不用了。

摆在面前的是一条主干：储蓄所抢劫案……祈天女儿被杀……周长被害、实验室被烧，若明若暗中，都与祈天脱不了干系，而且，似乎愈演愈烈。杀人放火，已经是最恶性的案件，难道，要等到"911"在石城再现，才能缉拿真凶吗？！

这真是一颗沾油的铜豌豆！

任你是铁头猢狲，任你是百变精怪，我也一定要捉住你！

李天羽恨得牙根都发痒了。他决定，把研究所的杀人纵火案暂时摆一摆。兵法有云："击其首则尾应，击其尾则首应，击其中则首尾皆应。"所有的串案也都如"常山之蛇"，牵一发而动全身。既然目前已经陷入僵局，既然从"杀人放火"这个末梢无从下手，那么，不妨从开头入手。所谓"开头"，就是储蓄所抢劫案。

一定要击溃他！

在这个 600 万人口的城市，每天都有很多人死掉，其中有相当多的人属于"暴死"或"横死"，但任何一个人的死亡都不可能吸引人们长久的关注。撇除亲朋好友，一个人死掉，哪怕死得再离奇，也只能让周围方圆不大的范围内的人们议论一阵，慢慢也就不提了。就像人身上有个地方破了皮，伤口周围会疼，但绝不影响这个人的活动。

任何人的死亡都不是城市的致命伤。周长虽然算个重要人物，却也只限于某个特定的领域。案子还悬着，但城市的生活依然如常。除了失火的实验室还被封着，研究所也已经恢复正常的秩序了。

因为案子没破，井井有条的节奏中也有一丝异样。几乎所有的人都被讯问过，几乎所有的人也都在怀疑除他自己以外的人。这世界上笨人原本就不多，研究所更是群英荟萃，他们都推测，杀人凶手八成是他们单位的人；没准就是周长的竞争对手，所以他连研究成果都要毁掉。如果有哪个接收了周长的工作，并在将来的某一个时间取得"意外"突破，那这案子怕也就破了。

这一来，周长未竟的工作一时还真的没人接手了——谁敢呢，不怕被怀疑，也怕被人再干掉！况且，周长的资料已毁灭殆尽，完全需要另起炉灶。犯不着嘛。大家各忙各的，不议论，不惹事。研究所的空气里弥漫着怀疑的气息。

祈天很正常。他见了人要比以前客气得多。这可以理解：他有压力，更应该和大家搞好关系。看着他忙前忙后地指挥工人对安保系统维修升级，大家觉得他也不容易。一想到他女儿死了，老婆也跑了，人人都认为他实在是背时倒霉透了。

因为和周长素无过节，又不在一个层次，没有人去怀疑祈天。

一张冷静的脸。明灭的光线勾勒出他的轮廓。电视机开着，在活动。另一个屏幕在窗前的电脑桌上，它是黑的。摆放主机的地方空了。

　　祈天倚在床头，木然地看着电视。下了班以后，他就再也没有出去。看起来，他确实做好了"随叫随到"的准备。电视里的节目很遥远，无关痛痒，他之所以开着，只不过是因为他需要一点动静。那些平面的人形虽然出不来，但至少可以分散心思，不至于纠缠于自己的内心。

　　他随意地调着频道，每个频道都浏览了一遍，然后，从头再来。最后，他在石城卫视停下了。主持人正说着开场白，祈天脸上幻灭的光线固定了。

　　这是一档小有名气的节目，叫《探案追踪》。他以前也看过的。但也不迷，撞上了就看。今天他不但撞上了，而且，只看了几分钟，就像挨了凌空一棒，猛地坐了起来。

　　案子并不复杂。模拟的剧情演示着案情。说的是一个蒙面歹徒抢劫了一个地处偏僻的储蓄所，反复调查后却无法破案。在展示了现场勘探结果后，警察一个个调查目击证人，"过筛子"。目击者一个个被讯问，他们面临的问题几乎一样：当时是什么情况，你在做什么？你以前见过这个人没有？最近有什么值得怀疑的事吗？问讯结束后，案犯被勾勒出来了：中等偏高身材，戴头套，持有手枪，灰色夹克。作案过程持续不过五分钟。抢得金额二十余万。

案件在这里陷入了僵局。没有线索。祈天浑身绷紧了，微微发抖。往事如兀鹰般从天而降。他一直压着那段记忆，很少触动，今天，它换个方位，突然出现了！它双翅如风，一头撞入他的卧室，立在他面前。祈天猝不及防，目瞪口呆。

难道案子已经破了吗？如果没破，他们怎么会有这个闲心拿出来吹牛？也许，孟达已经被抓住了？！

大祸临头了！祈天的第一反应就是要逃。他不能束手待擒。门外这时有了脚步，他霍地站起，嗖地逼近房门。那个人吹着口哨，上楼去了。这是邻居。祈天顿时松下来，倚到门上。

不会的。如果已经破案，他们不可能还让他在这里安身。仔细回想，也绝无破绽。也许，只是巧合？不妨再看看。

电视里，主持人正在向观众提问：这个案子能破吗？如果是你来破案，你将如何打开缺口？那主持人是个三流影视演员，经常在电视剧里出演坏蛋，现在倒一副正义在手，高深莫测的模样，他大声对台下的观众说："寻蛛丝马迹，撒天罗地网——请发言！"

观众被分成了几组，分别属于三个"神探"：克里斯蒂、波罗和福尔摩斯。各小组都有代表出来分析。有的说是蒙面人独立作案，有的说他一定有同伙；有的说同伙就在储蓄所内，属于内外勾结；有的说这属于突发案件，没有周密计划。有人认为应该进一步扩大调查范围，发动群众；有的却说应该继续在目击证人身上着力,深挖蛀虫……七嘴八舌说了半天,后来,各个"神探"也加入了讨论,彼此针锋相对,个个言辞凿凿。那主持人大概也听得昏了,手一挥道:"大家已各抒己见,下面大家重新归队!"

所谓"重新归队",就是观众按自己的见解重新选择队伍。三个"神探"的身后,观众们乱了一阵,各自找到了自己的代言人。那主持人扫一下全场,见有个小伙子孤零零站在三个方阵之外,问:"你怎么不坐?"那小伙子答道:"没有人能够代表我。他们说得都不对。""哦?那你——"那小伙子从边上找张椅子,坐在一边道:"我自己代表我自己。"观众轰地笑了起来,还有人起哄鼓掌。那主持人反应机敏,立即找个牌子出来,在上面写两个字:"奎恩",塞在他手上。"艾勒里·奎恩是著名美国侦探。他长于推理,破案无数,比之其他神探是否真有过人之处,我们拭目以待!——下面,我们且看案情的进一步发展。"

案情在深入。祈天直愣愣地看着电视,心中黑云压城,电闪雷鸣。他一眼就认出了那个"奎恩",不是别人,正是老熟人朱绛!市公安局的侦察员!

祈天坐不住了。他浑身发麻,两腿僵硬,定在了电视机前。

模拟的剧情继续发展。警察转换思路,开始调查储蓄所近期的存取款账目。一个女储蓄员在边上配合。片中的警察看着凭证,眉头锁了起来。那女储蓄员在边上说道:"要不是这笔存款,他也抢不到这么多。他真是好运气!"警察丢下单子道:"好运气?

什么人给了他这个好运气？"他突然站起来，猛地一拍桌子……画面停了。电视上是女储蓄员惊愕的脸。祈天像挨了一枪，一屁股坐在床上。主持人面带得色地说道："再狡猾的罪犯，也斗不过好猎手。雪泥鸿爪，草蛇灰线，往往通向迷案之门。各位观众，你们注意到了吗？"

剧情又继续了。电视里警灯闪烁，警笛呼啸。审讯室里，一个中年男子戴着手铐正在接受讯问。他说："……我们要干得够本，只能我再存进去一笔，让他去抢……这地方太偏僻了，没什么人来存钱……"祈天瞪大眼睛，死死地盯着那个男人。他满脸沮丧，但相貌端正，竟和自己有几分相像。祈天傻了，一时间竟不知自己身在何处。

一阵掌声把他惊醒。"我们今天成功的神探就是……"主持人卖着关子，聚光灯在观众区扫射，突然，光圈定住了，照在朱绛的身上，"——奎恩！"掌声如潮，叫好声响成了一片。朱绛扬起手朝大家致意，右手做出了一个"V"字手势。一个特写。

这绝对是个特别的节目，故弄玄虚，有备而来，敲山震虎！这绝对是李天羽安排的好戏！祈天第一次感觉到他的狡猾和毒辣。他为什么不亲自来？他为什么只当导演不当演员？突然间，祈天竟有些恼火了。

他感觉到真正的危险正在逼近。他们在这当口旧事重提，难道一切都已经胸有成竹了？

不！

如果他们真的掌握了证据，岂能手下留情？正因为无从下手，他们才这么虚张声势。"你也真够别出心裁的了！"祈天冷笑着，已打定主意：任何时候都不说自己看过这个节目。我装聋作哑，叫你白费心机——然而，他心中一闪，怔住了：刚才审问那个"罪犯"时，他似乎看见过字幕，那个家伙叫"尹忧"！

那显然是个群众演员，可是他叫"尹忧"。尹忧——隐忧，这不是自己上网和周长聊天时的网名吗？！

祈天的脑子里轰了一下。他像被捅了一刀，浑身的血液刹那间就流尽了。他坐都坐不住了，软到了床上。

这时候，门铃响了。同时，有人敲门。

来了。终于来了。无路可逃。祈天飞快地关掉电视，问着："谁啊？"镇定地走过去，打开了门。李天羽和朱绛站在门口。

"又麻烦你了。你还得跟我们走一趟。"朱绛微笑道，"你说随叫随到的。"

李天羽闪身进了门。他径直走到卧室，伸手摸了摸发热的电视机。他打开电视，石城卫视正在播送晚间新闻。"刚才的节目怎么样？我们谈谈观后感吧。"

第二十九章

在被带走的过程中，祈天几乎一言不发。至少看上去他很镇定。上了车，他对方向盘前的李天羽道："你还是把车门锁好吧。"他苦笑着说，"你们就不怕我跑掉？"两个人都没理他。汽车颤抖一下，拐上了马路。

这是通往市刑警大队的路。离大门还有五百米，汽车往右一拐，在公安局招待所门前停下了。李天羽，祈天，朱绛，三个人就像来住宿的客人那样进去了。

这原先是一间小会议室。现在四面白墙，去掉了一切装饰。陈设也很简单，一张条台，上面摆着一台仪器，一台电脑，一台打印机。对面是一把带扶手的椅子。一个不到四十岁的便装少妇朝椅子指指，祈天顺从地坐下了。

房间里开着空调，气温宜人，光线柔和。李天羽和朱绛一左一右坐在少妇身边，不声不响地看着屏幕。这少妇无疑是今天的主角，没等她走过来安放传感器，祈天就明白了，他们这是要测谎了。

祈天双手放在扶手上，几根颜色各异的电线从他身上延伸出去，连接到仪器上。少妇调整着仪器上的旋钮，朱绛开口了："你说过你愿意配合我们的。如果你真的配合，就请你放松心情，排除杂念，回答问题。你可以回答'是'或者'不是'，也可以说'知道'或'不知道'，或者'清楚''不清楚'，当然，你也可以保持沉默。"

少妇道："你可能已经知道，我们将要进行的是测谎。这是一门科学，源远流长，古希腊人破案，就在讯问时要求嫌疑人嘴里嚼着干燥的米粒，同时回答问题。吐出的碎米被口水均匀搅拌，就说明他无罪；反之，吐出的碎米干涩少口水，就认定他撒了谎，因为心理压力导致他的生理机能发生了异常。现在的测谎技术大大进步了。这些导线把你的生理指数传递过来，仪器实时分析，我们将据此判断你的话的真伪。"她朝李天羽点点头道，"开始吧。"

朱绛站起身，拿着纸笔走到祈天身边，说："你写一个数字，0到9之间的任何数字，写好后你团好，放在扶手上，我们不接触它。"

祈天顺从地依言做好，少妇开始发问了。

"你叫祈天吗？"她的声音圆润平和，语速缓慢，不带任何感情色彩。

"是。"

"你是本市医药研究所保卫科长吗？"

"是。"

"你刚才所写的数字是0吗?"

"不是。"

"是1吗?"

"不是。"

"是2吗?"

"不是。"

……

"是9吗?"

"不是。"

条台前的三个人紧紧盯着屏幕,李天羽不时抬眼观察祈天。问完十个数字,少妇微笑着道:"是8。你写的是8。"朱绛走过去,打开纸团,朝祈天亮了一下。果然是8。

"8,"李天羽微笑道,"8,发,东窗事发了。"

屏幕上的三道波形剧烈起伏起来。这是导入性问题所起的效果。这种导入性测试正是为了给被测者一个震慑。数字被测出,小试锋芒,祈天的生理指数果然剧烈变动,尤其是中间的红线,它所代表的皮电指标波动异常。上面的蓝色血压线和下面的绿色呼吸线也表现出相应的变化,但是转瞬即逝,这说明祈天正力图平抑情绪,而且转眼间就起到了效果。见测出了他写的数字,祈天自失地一笑,重又沉默。

短暂的休息。测试需要平稳的基础情绪。朱绛给祈天端去一杯水。

这是个心狠手辣，意志坚定的人。他当过警察，见过世面，普通的测谎对他未必能奏效。李天羽不是测谎专家，但他了解祈天的心理。按照测谎理论，所有重大事件，尤其是凶案，必定在当事人心中留下深刻印记，必要的导入和唤起，一定能激起他的生理变化。在测试前的准备中，他请来的专家，也就是这个少妇自信地说，根据她的经历，测谎的准确率达到了90%，她几乎没有失过手。但是，还有那10%呢？——李天羽认为，祈天一定是那10%中的一个。但关键是，他并不完全依赖测谎，测谎只是一个手段，他早已不需要结果——祈天作案已不需要靠测谎来推测，测谎的结果也不能作为逮捕他的证据。他要通过这个过程击溃他的意志！

少妇来自公安大学，是个"海归"人士，全国测谎的权威。她对李天羽如此使用她的测谎技术十分不满，他们有过激烈的争论。最后，她认可了李天羽的思路。客随主便嘛。按照李天羽的设想，她精心编制了测试题。测试的节奏，则完全是李天羽的布置。

导入性的数字测试有两个目的，一是获得基础数据，另一个就是在心理上让被测者折服。祈天几乎一触即溃，这让李天羽大出意外。怎么会这样？他这么经不起考验？短暂的惊愕后，李天羽立即恢复了平静。他唱他的调，我奏我的曲。他走过去，接过了祈天手里的杯子，走到条台前，指着上面的电脑说："你大概没注意，这台电脑你认识。"

祈天抬起了半闭的眼睛。突然，他的眼睛瞪大了。那是我的电脑！他们正用我的电脑进行测谎！电脑上，光驱的附近，女儿贴了个"花仙子"的花纸。一个张着翅膀的小天使。不是李天羽提醒，他完全没有留意。物在人亡。祈天强忍泪水，痛苦地闭上了眼睛。屏幕上的曲线剧烈波动起来，三种颜色的曲线交结扭曲着，好像癫痫病人的脑电图。这个时候，正好趁隙而入。

"你知道本市医药研究所发生了纵火案吗？"

又一组测试题开始了。祈天仿佛没有听见。沉默。

少妇继续以播音速度问："你知道周长被杀了吗？"

"是。"

"你知道他是在家里被杀的吗？"

"是。"

"他是在晚上9点左右被杀吗？"

"不知道。"

"他是在晚上10点左右被杀吗？"

"不知道。"

"他是在晚上11点左右被杀吗？"

"不知道。"

"他是被木棍击打致死吗？"

"不知道。"

"他是被铁棍击打致死吗？"

"不知道。"

"周长死前曾请凶手喝茶,请凶手吸烟吗?"

"不知道。"

"周长被杀前惨叫了一声吗?"

"不知道。"

问到这里,少妇顿住了。所有的问题,祈天都回答"不知道"。屏幕上显示的波形很奇怪,每回答一个问题,三道线都略有波动,但立即又恢复平稳。这说明他在压抑内心的慌乱。更值得注意的是,当问到"周长被杀前惨叫了一声吗?"的时候,波形虽还是先动后稳,但波动的时间明显加长了。这说明击中了要害!他在回忆。他不由自主地回忆着当时的一幕!

必须乘胜追击!

"我们已经知道,研究所被烧是人为纵火。你知道罪犯用什么装的汽油吗?"

"不知道。"

"是玻璃瓶吗?"

"不知道。"

"是塑料桶吗?"

"不知道。"

"是塑料袋吗?"

"不知道。"

现场的勘查结果表明,纵火所装的汽油装在塑料袋里,它比任何其他器具都容易销毁。如果不是发现了一滴聚乙烯残留,几乎没有罪证。但祈天在回答这个问题时，波形没有反应。难道不是他，另有其人？且慢，继续问。

"周长被杀与研究所被烧，是同一人所为吗？"

"不知道。"

"是两个人分别作案吗？"

"不知道。"

"是因为私仇吗？"

"不知道。"

"杀害周长的凶手已证明是熟人。那么纵火犯也是他的熟人吗？"

"不知道。"

"是同事吗？"

"不知道。"

"是熟悉保卫工作的人所为吗？"

"不知道。"

问答暂停。这一连串的问题下来，祈天的波形竟然基本正常！他在顽抗。事实上，在导入性的数字测试中，祈天故意不去对抗，让他们得出了正确的结果——让他们迷信仪器去吧！他知道，测谎并不能作为法律证据，尤其是大案；他更坚信，自己可以绝对控制自己的心理。可惜他看不到屏幕，他不知道，转瞬即逝的慌乱和短暂的对抗，也会留下痕迹。

但是，他们似乎知道得很多。远比预想得要多。而且，他们在他看那档节目时把他带来，却偏偏对储蓄所的案子绝口不提——祈天简直期待着他们就此发问,但他们就是不提。这实在是太阴险了。祈天决定以不变应万变,兵来将挡,总之是三个字:"不知道。"

又开始提问了。依然绕开了储蓄所的案件。

"你女儿被害,与周长被杀有关吗?"

"不知道。"

"你女儿被害,与你的私情有关吗?"

"我没有私情。"

"你女儿被害后,你妻子是畏罪潜逃吗?"

"不知道。"

"你女儿是你妻子害死的吗?"

"不知道。"祈天嗤笑着道,"这应该问你们。"

提到女儿,祈天的生理指数又开始了波动。这很正常,关心则乱。按照测谎的要求,本不应该设置这样触动感情的题目,但是李天羽另有考虑。他们不是要在众多嫌疑人中找出罪犯,他们是认定了一个人,要征服他。这是一次测谎,更是一次"测真",他期望的,是通过连珠炮般的题目,多方位出击,首先摧垮他最脆弱的部分,得出真相。

少妇看看面前的题目,正要继续发问,李天羽的手机响了。他轻轻"喂"了一声,"是我。哦,我知道你……什么?!"他的脸色严峻起来,站起身出了门。对方显然说起了重要的事情,李天羽的声音大了。他继续往走廊深处走,但依稀可以听见他的声音。"人命关天,口说无凭,你必须提供证据。哦。我们希望你回来,把事情说说清楚。"

片刻之后,李天羽回到房间,脸上带着奇怪的表情。他看了一眼少妇道:"我来问。"他盯着祈天坐了下来,"你认识一个叫张颖的女人吗?"

沉默。然后回答:"不认识。"

"你妻子认识她,对吗?"

"不知道。"

"她和你女儿的死有关吗?"

"不知道。"

"是她杀了你女儿吗?"

"不知道。"

祈天又是一问三不知,这似乎把李天羽激怒了,他厉声问:"你和她是什么关系?!"这种问话方式已经完全不符合测谎的规范了。祈天斜眼看看他,含笑道:"什么关系?男女关系,好了吧?"他讥诮地扭过脸,不出声了。

屏幕上的曲线刚经过一次强烈的波动,现在稳定了。房间里的人都不说话。这一段问话看似临时插入,实际上早有准备。在拟定测试题前李天羽就接到了王芳的举报电话,安排在这里突然发问,是为了在即将垮下的骆驼背上,再加一根临界性的稻草。但祈天的身子骨很硬,骆驼喘了几口粗气,竟又站稳了。那么,继续问。李天羽朝少妇点了点头。

"周长被杀,是为了抢劫钱财吗?"

"不知道。"

"周长被杀,是因为私怨吗?"

"不知道。"

"周长被杀,与他的研究课题有关吗?"

"不知道。"

"是因为嫉妒他的成就吗?"

"不知道。"

"杀死周长,烧掉试验室,是同一个目的吗?"

"不知道。"祈天不安地在椅子上动了一下。李天羽插话了。他的声音可不像少妇那么温润平和了,他咄咄逼人。

"杀人和放火,看上去没有关联,但我们知道,一个即将取得成果的课题被彻底毁灭了。作为他的同事,你认为凶手是为了毁掉成果吗?"

"我不知道。"

李天羽一问即止,他看了祈天一下,不再说话。少妇继续问道:

"如果他是为了毁掉成果,你觉得应该吗?"

"不知道。"

"这你也不知道?!"朱绛忍不住站了起来,"你是滚刀肉!一问三不知!"他虎着脸,像只老虎,恨不得扑过去。李天羽瞥了他一眼,示意他坐下。少妇接着问:"假设作案者有一个情有可原的目的,这才起意作案,作为一个懂法律的人,你认为他可以在审判时得到同情吗?"

沉默。

"你了解法律上的从宽条件吗?"少妇的声音醇厚平和,她脱离了播音速度,突然间浸润了感情,一个温情脉脉的女人开始说话了,"我知道,是生活里的重大变故造成了你的伤痛,是伤痛导致了你的偏激。"她柔声道,"我读懂你了。"

屏幕上的波形开始了迄今为止烈度最大的波动。峰值出现了!这些话已经不是在测试,而是在暗示,在撩拨。在测试前的准备中,她详细了解了案情,包括他妻子突然失踪这样看似无关的事。直觉告诉她,是隐情诱发了他的疯狂。预先拟定的测试题里并没有她最后的这些话,但她突然决定冒险一试。这是改头换面的催眠术,果然收到了奇效……这时,屏幕上的红色波形突然消失了。她吃惊地看着祈天,看见他慢慢摘掉了手指上的传感器。

祈天的脑子里早已如熔岩涌动,是他的意志大山似的压着,才不至于喷射而出。现在大山坍塌了,分崩离析,他的脑中山呼海啸。坚硬的铁矿石被熔化了。他摘掉手指上的传感器,把腕上的也摘掉了。对面的女人怜悯地看着他。她的声音依然在回响,慈悲,悠长,仿佛天鸡寺里那个一智方丈在诵经。李天羽鹰隼的眼睛逼视着他,朱绛像吃人的老虎。两人仿佛观音身边的护法金刚。被他们盯上,他其实注定是无处遁形了。祈天轻轻叹了口气,竟奇迹般的平静了。他轻轻拉掉伸向胸口的导线。屏幕上最后一根曲线消失了。

"够了。真的够了。"祈天慢慢把那一束线理好,站起身,轻轻摆在那女人面前。"你们别费心了。都是我干的。"他重又坐回椅子,脸上闪现出奇异的光彩,"可是你们相信吗?我不是为了我自己。我是为了普度众生!——你们懂吗?!"

测谎立即变成了审讯。

仪器被搬到了墙角的桌子上。条台前,李天羽端坐当中。朱绛记录。女专家原本对这次测谎一肚子意见,现在却觉得,这是一次难得的机缘。这样的案例或者说病例,弥足珍贵,不容错过。她征得李天羽的同意,继续坐在边上。

这是正式的审讯,但没有给祈天戴上手铐。他很平静,很主动,没有等人讯问就开始了交代。他熟悉审讯的程序,姓名,性别,年龄,职业,住址,连次序都没有颠倒。

他很有条理,从储蓄所抢劫案开始,侃侃道来。只有遇到一些关键的细节,李天羽才需要追问。他已经不是在交代,而是在倾诉。往事如流水般潺潺而出。即使是这时,他依然有所保留,出于自尊,他隐去了一些难以启齿的细节;说到储蓄所抢劫案时,他强调自己是被胁迫的,为了让孟达离开他的家庭,他万般无奈才去存下那笔钱。他说到妻子女儿,说到周长,说到了张颖。他说着,顿一顿,想一想又说,脸上浮现出沉醉的酡红。那是梦幻般的表情。突然,他的脸上阴云骤现,他咬牙切齿地道:"你们不要放过她!"

"谁?"

"张颖!"

"你放心。"李天羽冷笑道,"她跑不了。"

祈天死死地揪着自己的头发,低下了头。案情逐渐清晰了。很多细节和心理,除了他自己说出,你永远无法洞悉。李天羽突然问:"这一阵的'艾滋杀手'事件,和你有没有关系?你有没有用针管戳过别人?"

"没有。"祈天坚决地否认,但是他说,"可我认为他可以理解。"

"嗯?"

"他这是善意提醒。"祈天侃侃道,"他是在提醒人们,世界上还有个艾滋病,你们不要太放肆!"

"你这么理解?"朱绛忍不住道,"鬼话!"

"鬼话?你才是鬼话!你懂个屁!"祈天激动起来,他霍地站了起来。朱绛一拍手里的笔就要去制止,李天羽瞪眼拦住了。祈天走到窗前,一把推开了窗户。燥热的空气顿时侵入,窗帘哗哗飘舞。祈天指着窗外璀璨的灯火,指着对面一家星级酒店道:"你们看啊,这是一个什么世界啊!桑拿、按摩、歌厅。妓院都开到你们身边来了,你们都看不见!你们熟视无睹,视而不见了。可你们能否认里面正在卖淫嫖娼,正在吸毒赌博吗?"他手再往前一指,手臂直戳窗外,"好个温柔之乡,好个浮华世界啊,太阳早已落下去，它看不见下界了。那些四通八达的大街小巷里，有多少肮脏男女在勾搭，在交易；现在已经是睡觉的时间，哈哈，他们上床了！你们看见了没有，有多少野男人睡在别人的床上，有多少骚女人躺在别人丈夫的怀里？你们不知道，但天知道，我知道。我看见了。我看透了他们！……天啦！"他转过身，闭上了眼睛。他痛心疾首地仰天长叹道，"这万家灯火下，本该是家庭和睦，夫爱妻贤啊……"

室内的清凉消散了，房间里渐渐燥热起来。祈天陡然睁开眼睛，侧着脸，森然问道："可是他们在淫荡，他们在放纵，他们猪一样地呻吟着，难道你们没有听到吗？！"

朱绛问："这就是你同情那个戳针的家伙的理由？"

"对！"祈天坦然承认。"这还是我杀掉周长，毁掉实验室的理由！"远处的霓虹灯光映在他脸上，呈现出一种奇异的血色，"周长是放纵的帮凶，他的成果是堕落的催—化—剂。""催化剂"这三个字他是一字一句地说出来的，拉长了腔调，抑扬顿挫，"你们不要以为我就不懂科学。周长才不懂科学。呵呵，科学家！他们懂的是科技，我才真正领悟了科学！你们想，如果艾滋病都能治了，他们还怕什么？！"他扳着指头如数家珍，"梅毒吊吊水就好了，淋病打两针也没事，尖锐湿疣激光一照就掉，他们还怕什么？"他的手呼一声再一次指向窗外，"他们将肆无忌惮，有恃无恐，无所畏惧。那是个什么情景啊——人类将在纵欲中毁灭！"祈天仰天长叹道，"上天爱人类，所以他托人类的亲戚黑猩猩给他们捎去了一份礼物——艾滋病。"他坚定地说,"我爱人类,所以我必须杀掉周长!"

巧舌如簧,居然也能自圆其说。李天羽紧锁眉头,注视着祈天。朱绛呆了,早已忘记记录,桌上的录音机在代替他工作。女专家端坐不语,这时突然问:"那么你是认为,艾滋病是老天对人类的警告?"

"岂止是警告,它是救星。"他轻轻唱起来了,"东方红,太阳升,天下出了个艾滋病。"他眉毛一挑,声音大了,引吭高歌了,"从来就没有什么救世主,也不靠神仙皇帝……"此时此刻,那个身缠性病、妻子出墙的窝囊男人冲天而出,傲立于世了。他昂着头,一副力挽狂澜、独木擎天的英雄形象,"要创造人类的幸福,全靠我们自己……"

三个人目瞪口呆。他真的是疯了吗?祈天在那个"己"字上戛然一收,侃侃道:"我如此赞美它,是因为我拥有科学的思维。艾滋病毒比一千个哲学家管用,比一万个道德教师管用,比十万本道德教材管用!他们磨破了嘴皮,喊破了嗓子,也顶不上艾滋病毒牛刀小试!"他坐回椅子,喘口气道,"姚明你们知道吗?最高大强壮的中国人!他上次受了伤,脚趾骨折,导致发炎,几乎无药可治。最后,由美国卫生部特批,调用了藏于国库的最新抗生素,才杀掉了细菌。"他卖着关子,不说了。

李天羽道:"这与你有什么关系?"

"你还是不懂。细菌和目前通用的抗生素是平衡的。然而细菌在进化,抗生素也在进步,这种平衡十分脆弱。因此,最先进的抗生素总是藏之密室,不可动用,直到更先进的抗生素研究出来。这是一个动态平衡,万物相生相克,互相制约,人类,永远留了一手。"

女专家隐约懂了。朱绛嗤笑道:"你还是鬼话。周长研究的,恐怕正是最先进的抗生素。那就是最后的防线。"

"错!你错了!"祈天顿时激昂,又站了起来,"你正好说反了。艾滋病才是最后的防线。那是上天为人类留了一手。周长他是什么?他是细菌,他是鼓动放纵,让人类糜烂的细菌!"他嘲弄地看着朱绛道,"你之所以产生错误认识,是因为你也是个世俗之徒。"

朱绛火了,他一拍桌子道:"可是周长是无辜的!你怎么狡辩,也不能减轻你的罪过!"

"匹夫无罪,怀璧其罪。"女专家喃喃道,"看来你倒不是完全的科盲。可是你要知道,这世上并非所有人都是因为性乱才感染了艾滋病。那些母婴传播和输血感染的人,完全是无辜的,他们没有一点错啊!"

祈天一愣,瞪大了眼睛。半晌他道:"哪个庙里没有屈死鬼呢。他们就算是为人类献身吧。"他振振有辞,仿佛一个铁血将军,"周长不也用动物做试验吗?要奋斗总会有牺牲。"

众人愕然。李天羽嗤笑道:"你是找不到张颖,又不能向我们举报,才迁怒于周长的吧?"

"不！找到找不到她并不关键。找到她又有什么用，能让我女儿复生吗？"祈天傲然道，"我已经高了一个层次了，我以天下苍生为念了。普天之下欲焰炎炎，杀掉周长，才是釜底抽薪。他该死！"

"你——"朱绛涨红了脸，冷笑道："你是个阴暗的禽兽！你性无能，所以你仇恨人类美好的性爱，我说对了吧？！"

祈天呆住了。这似乎戳到了他的痛处。他不说话，淡然一笑，坐回椅子上。他闭上眼睛，粗重地喘了几口气，突然睁眼，直愣愣地看着女专家。她容貌秀美，身材窈窕，散发着难得的飒爽之气和书卷味。她一贯对自己的外貌很自信，但被一个杀人嫌犯这样看着，不由得局促起来。

祈天脸上发生了一种奇异的变化，他面色潮红，双眼迷离。他抬起手，霍地指着自己的两腿中间道："我是不是性无能，你们可以检验。"

三个人全愣了。女专家脸色煞白。祈天见没有人动作，狂躁起来，他腾地站起，嗖地解开了皮带，一挥手，皮带像鞭子一样地呼啸一声。"我看到她就有反应。我招之即来，立竿见影！你们看啊！"

朱绛见状立即扑了过去，把他按在椅子上。女专家站起身，慢慢走出了房间。李天羽跟过去，抱歉地道："对不起。真对不起。我没想到。"

"这不怪你。我也算长了见识。"她苦笑着摇摇头，"我建议，你们给他做个精神病鉴定。他也很可怜。"

"好。我们会对他负责的。"

诊断的结果是,祈天患有间歇性精神病。现在的问题是:他作案时是否处于发病期?这直接关系到他是否具有责任能力。要做出这样的鉴定还需要时间,但李天羽已经不是主角了。他把案子移送到了检察院,总算有了短暂的闲暇。

一桩惊心动魄的案件,总算是尘埃落定了。

尾 声

李天羽身心疲惫，他请了假，只上半天班；下午，就在家里睡睡觉，看看报纸。他浑身松弛，全身各个部位、各个零件都像被卸散了。这十分难得，不知道什么时候，一个电话又会把他装配成刑警了。

案子破了，他和朱绛都立了功。张颖和她丈夫已被列为网上追逃人员，被抓住只是个时间问题；对孟达的国际通缉令也正在交涉当中。唯一的遗憾是，周长的研究成果没有保住。如果研究所的领导能破除他们那个行当里的狭隘心理，早些在安全部门备案，寻求保护，也不至于"鸡飞蛋打"了，但是，现在说这个有什么用呢？

所有的案子之所以成立，都是因为它已然发生。已经发生的案子哪怕最后破了，都是一种遗憾。这个道理李天羽当然明白，但奇怪的是，他忘不掉祈天，他一闭上眼睛，就能看见祈天口若悬河，正义在握的亢奋表情。他这个警察，怎么就和一个"普度众生"的人成了对手呢？每念于此，李天羽就难以释怀。

祈天是个疯子，但据说，疯子离天才最近。

这一天，艳阳高照，秋风阵阵。他睡过午觉，刚从床上起来，手机响了。是朱绛的声音。他说，有个奇怪的人，打了一个奇怪的电话，"他指名要找你。"

"谁？"

"天鸡寺的方丈，叫一智。"朱绛嘻嘻笑着说，"他很固执，一定要找到你才行。"

"他在哪里？"

"和尚当然在寺里。呵呵。"

李天羽稍一沉吟，道："我去一趟。"

夕阳下的天鸡寺安详庄严。李天羽快步登上了长长的台阶，穿过山门，站在了大雄宝殿前的广场上。正想着到哪里去找方丈，一智从念佛堂里出来了。

"又扰你了。"一智单手立掌，微微低头道，"你来得很快。"

"我是无事不登三宝殿啊。"广场很寥落，四周飒飒树响，红叶飘零，李天羽道，"大师找我一定是有事。"

"是的。我听说山下研究所出了事。有人作恶，罪孽不轻啊。"

"案子已经破了。法网恢恢，总算是疏而不漏。"李天羽奇怪地问道，"大师也关心这些事？"

"我身在石城，同饮一江水，虽说置身事外，但焉能一无挂怀？"一智缓缓道，"施主能否略加宣示？"

"大师有兴趣，我就说说。"李天羽感觉到今天的事很有来头,就把案情简要地说了一遍,最后,他一哂道,"那个保卫科长还口口声声宣称,他这是在普度众生哩!"

一智愕然。他身子一震,痛苦地闭上了眼睛。他低下头,喃喃自语。李天羽听不清他念叨的是什么,怔怔地看着他。

一智心如沧海,早已宠辱不惊,但祈天所说的"普度众生"这四个字,还是把他惊呆了。这是他的信念,他也曾以此劝慰过祈天,万没想到,这四个字又会凌空飞回来,嗖地把他刺伤了。

祈天这是在普度众生吗?

一智犹豫着。他有些迟疑,要不要把那个东西拿出来。他的心中波涛汹涌。

半晌,他终于开口了:"阿弥陀佛,他走火入魔了!"一智苍眉紧锁,"他这是谬解佛音。"他痛苦地沉吟着,"一个人固执于一念,自以为天下苍生系于己身,这一念之差,常常就堕入魔道了——不度己,焉能度人呢?"

说着,他从袖中拿出一张纸,递给李天羽道,"这是周施主给我的。他并未托我转交给谁。我思量再三,还是冒昧地麻烦你们。"

李天羽大喜过望。他接过那张纸,见上面有一行小楷,是电子邮箱地址。他立即明白,邮箱里一定保存着非常重要的东西。最可能的,是周长的研究资料!

李天羽的手微微颤抖。夕阳的映照下,那一行钟笔小楷,圆润娟秀,闪现着奇异的光辉。他还从来没见过用毛笔写的英文字母,更没见过毛笔写的电子邮箱地址。这是中国古典文化与现代科技的神妙结合。今天,在这个千年古刹中,一个方外之人让他开了眼界。

这是一个虚拟的邮箱,它没有形状,没有声息,如一束灵光,飘浮于无边的虚空当中,翩然游荡。

一智道:"周施主钟灵毓秀,真乃俊杰。"

李天羽问:"他把这个给你时,有没有什么交代?"如果没有密码,没有那一串召唤的魔咒,这邮箱将永远遁身,无从捉摸。他急切地说,"他说过什么吗?"

一智深邃的目光看着前方,凝神思索着道:"他说,'不管三七二十一,无论东西南北中,我就把这个存在你这儿了。'这就是他的话,你明白了吗?"

"我……应该是明白了。"李天羽心念一动,眉头立展:邮箱地址的后缀是3721.com,"不管三七二十一",周长已经说得很清楚了,密码极有可能就是3721!李天羽决定,回去后立即试一试。"真是太感谢你了。"他叹口气道,"不知道里面的东西还有没有人能看懂,能不能接手。"

"施主放心,世上万事,皆有因果。既存此因,自然有果。我佛如来大智无俦,但《金刚经》也说:'如来灭后,后五百年有持戒修福者,于此章句能生信心。'后来,六祖慧能大师,果然得传衣钵。"他指着广场周围杂花生树的灌木丛道,"既已开花,终能结果的。"

李天羽感激地道:"我今天有幸,见到了一个入世的大师。"

一智庄容正色,口宣一偈道:

> 兀兀不修善,
> 腾腾勿造恶;
> 寂寂断所闻,
> 荡荡心无著。

"佛经有云:'憎爱不关心。'我心向往,却不能至,所以我岂敢自称大师啊。"一智深邃的目光射向远方,城市的风景历历如画,"我佛精义实在幽微玄妙,'憎爱不关心',说的究竟是修行者不必关心人世万方对自身的憎爱,还是说我们对俗世悲苦应该超然物外呢?"

"可我知道,佛法好像也提倡降妖除魔的。"李天羽听不懂他的偈语,后面的话他却是懂了,"怎么可以事不关己,高高挂起呢?孙悟空不就是打妖精的吗?"

"善哉,善哉。可他其实是只猴子。"一智扬起苍眉,粲然一笑道,"你才是悟空啊。老衲多事,实在是僭越了。"

2007 年
(完)